ВОЙНА МИРОВ.
ЧЕЛОВЕК-
НЕВИДИМКА

Герберт Уэллс

Война миров. Человек-невидимка

Герберт Уэллс

На исходе девятнадцатого столетия никто не поверил бы, что за человеческой жизнью зорко, внимательно и завистливо наблюдали разумные существа, стоящие на более высокой ступени развития. Они расчетливо ковали планы против землян: чтобы выжить, расе марсиан требовалось завоевать территорию, населенную низшими существами. И вот в начале двадцатого века на Землю посыпались цилиндрические снаряды, выпущенные с Марса, — началась война миров…

«Человек-невидимка» - трагическая история талантливого ученого, совершившего удивительное открытие и возомнившего себя «сверхчеловеком», отличается напряженным, почти детективным сюжетом и поражает сочетанием психологической и бытовой достоверности с фантастичностью происходящих событий. Книга была неоднократно экранизирована, а ее герой стал одним из самых популярных персонажей.

ISBN: 978-1-7637956-7-9

ВОЙНА МИРОВ

Моему брату Фрэнку Уэллсу, который подал мне мысль об этой книге

Книга первая
ПРИБЫТИЕ МАРСИАН

Глава 1. Накануне войны

Никто не поверил бы в последние годы девятнадцатого столетия, что за жизнью человечества зорко и внимательно следили существа более развитые, чем человек, хотя такие же смертные, как и он; что в то время как люди занимались делами, их исследовали и изучали, может быть, так же внимательно, как человек изучает тварей, кишащих и размножающихся в капле воды. С бесконечным самодовольством сновали люди по земле, занятые своими делишками, уверенные в своей власти над материей. Возможно, что инфузория под микроскопом делает то же самое. Никому не приходило в голову, что более старые миры пространства — источник опасности для человеческого рода; сама мысль о какой-либо жизни на них казалась невозможной и невероятной. Забавно вспомнить некоторые общепринятые тогдашние взгляды. Самое большое допускалось, что на Марсе могут жить другие люди, может быть, низшие, чем мы, но готовые нас дружески встретить. А между тем через бездну пространства на Землю смотрели глазами, полными зависти, существа, превосходившие нас высокоразвитым холодным бесчувственным интеллектом настолько, насколько мы превосходим вымерших животных, и медленно, но верно осуществляли свои враждебные нам планы. На заре двадцатого века эта иллюзия была разрушена.

Планета Марс — мне едва ли нужно напоминать об этом читателю — вращается вокруг Солнца в среднем на расстоянии 140 000 000 миль, получает от него вдвое меньше тепла и света, чем наш мир. Марс должен быть, если верна гипотеза о туманностях, старше нашей Земли, жизнь на поверхности Марса началась задолго до окончательного формирования Земли. Тот факт, что масса Марса в семь раз меньше земной, должен был ускорить процессы его охлаждения до температуры, при которой могла начаться жизнь. На Марсе есть воздух, вода и все необходимое для поддержания органической жизни.

Но человек так тщеславен и так ослеплен своим тщеславием, что никто из писателей до самого конца девятнадцатого века не писал о том, что разумная жизнь там, возможно, намного опередила земную. Также не принимали во внимание, что раз Марс старше Земли и своей поверхностью, равной четвертой части земной, дальше отстоит от Солнца, то, следовательно, и жизнь на нем не только дальше от своего начала, но и ближе к своему концу.

Вековое охлаждение, которое когда-нибудь должно остудить и нашу планету, у нашего соседа, без сомнения, зашло гораздо дальше. Хотя во многом еще условия жизни на Марсе остаются для нас тайной, но мы уже знаем, что даже в экваториальном его поясе средняя дневная температура такая же, как и у нас в самую холодную зиму. Его атмосфера гораздо более разрежена, чем земная. Его усыхающие океаны покрывают только треть всей его поверхности; вследствие медленного круговорота времен года около каждого из его полюсов собираются огромные снежные массы и, тая, периодически затопляют его умеренные пояса. Последняя стадия истощения планеты, для нас еще бесконечно далекая, сделалась проблемой настоящего для обитателей Марса. Под давлением неотложной необходимости их интеллект стал работать более усиленно, воля закалялась, могущество росло. И, глядя в мировое пространство, вооруженные такими инструментами и знаниями, о которых мы только можем мечтать, они видели невдалеке от себя, всего за 35 000 000 миль по направлению к Солнцу, утреннюю звезду надежды, нашу более теплую планету, зеленоватую от растительности, серую от водяных пространств, с туманной атмосферой, красноречиво свидетельствующей о плодородии, с поблескивающими сквозь облачную завесу широкими кусками населенных материков и узкими, кишащими судами морями.

Мы, люди, существа, населяющие Землю, должны были казаться им такими же чуждыми и неразвитыми, как нам — обезьяны и лемуры. Мы знаем, что жизнь — это непрерывная борьба за существование, и на Марсе, очевидно, думают то же самое. Их мир начал уже охлаждаться, а на Земле все еще кишит жизнь каких-то низших тварей. Завоевать новый мир — в этом их единственное спасение от неуклонно надвигающейся гибели.

Прежде чем судить их слишком строго, мы должны припомнить, как беспощадно уничтожали сами люди не только животных, таких, как исчезнувшие бизон и додо, но и себе подобных представителей низших рас. Жители Тасмании, например, были совершенно уничтожены в течение пятидесяти лет в истребительной войне, затеянной европейскими эмигрантами. Разве мы сами такие апостолы милосердия, что можем возмущаться марсианами, действовавшими в том же духе?

Марсиане, повидимому, рассчитали свой спуск с удивительной точностью — их математические познания, очевидно, превосходят наши — и выполнили свои приготовления очень согласованно. Если бы наши инструменты были более совершенны, то мы могли бы заметить надвигавшуюся грозу задолго до конца девятнадцатого столетия. Ученые вроде Скиапарелли наблюдали красную планету — странно, между прочим, что в течение многих веков Марс считался звездой войны, — но им не удавалось разъяснить те явления, которые они умели так хорошо заносить на карты.

В течение всего этого времени марсиане, очевидно, делали свои приготовления.

Во время противостояния в 1894 году на освещенной части диска был виден сильный свет, замеченный сначала обсерваторией в Ликке, затем Перротеном в Ницце и другими наблюдателями. Английские читатели впервые узнали об этом из журнала «Nature»[1] от 2 августа. Я склонен думать, что это явление было выстрелом из громадной пушки, поставленной в глубине шахты на Марсе, откуда обстреливали Землю.

---

[1] «Природа» (англ.)

Подобное странное явление, до сих пор, впрочем, необъяснимое, наблюдалось вблизи места этого взрыва в течение двух следующих противостояний.

Гроза разразилась над нами шесть лет назад. Когда Марс приблизился к противостоянию, Ловелл с Явы передал по телеграфу астрономам удивительное сообщение о громадном взрыве раскаленного газа на планете. Это случилось около полуночи; спектроскоп, к помощи которого он тут же прибегнул, обнаружил массу горящих газов, главным образом водорода, двигавшуюся к Земле с ужасающей быстротой. Этот поток огня перестал быть видимым около четверти первого. Ловелл сравнил его с колоссальной вспышкой пламени, вырвавшегося внезапно из планеты, «как взрыв из орудия».

Сравнение было удачное. Однако в газетах на следующий день не было никаких сообщений об этом, если не считать небольшой заметки в «Дейли телеграф», и мир ничего не узнал об этой самой серьезной из всех опасностей, когда-либо угрожавших человечеству. Я тоже, вероятно, ничего не узнал бы об извержении, если бы не встретился с Огилви, известным астрономом, в Оттершоу. Он был очень заинтересован этим сообщением и в большом волнении пригласил меня принять участие в его наблюдениях за красной планетой.

Несмотря на все последующие события, я очень ясно помню наше ночное бдение: черная молчаливая обсерватория, прикрытый фонарь в углу, бросающий слабый свет на пол, тиканье часов в телескопе, небольшое отверстие в потолке — бездна, испещренная пылью звезд. Почти невидимый Огилви бесшумно двигался около телескопа. В телескопе виден был темно-голубой круг с маленькой плававшей в нем круглой планетой. Она казалась такой ничтожной, блестящей и с едва заметными поперечными полосами, со слегка неправильной окружностью. Она была так мала, так серебристо-тепла, эта светлая булавочная головка. Она как бы слегка колебалась, но на самом деле это вибрировал телескоп под действием часового механизма, держащего планету в поле зрения.

Во время наблюдения звездочка то уменьшалась, то увеличивалась, то приближалась, то удалялась, но это происходило просто от усталости глаз. Она находилась от нас больше чем за 40 000 000 миль пустого пространства. Немногие могут представить себе всю необъятность пустоты, в которой плавают пылинки материальной вселенной.

Вблизи планеты, я помню, находились три маленьких светящиеся точки, три телескопические звезды, бесконечно удаленные, а вокруг — неизмеримый мрак пустого пространства. Вы знаете, как выглядит эта бездна в морозную звездную ночь. В телескоп она кажется гораздо глубже. И невидимо для меня, вследствие удаленности и малой величины, неизменно и быстро стремясь ко мне через все это невероятное пространство, приближаясь на многие тысячи миль с каждой минутой, неслось то, что они послали к нам, то, что должно было принести столько борьбы, гибели и смертей на Землю. Я совсем не думал об этом, наблюдая планету; никто на Земле и не помышлял о последствиях, к которым может привести этот меткий метательный снаряд.

В эту ночь снова наблюдался взрыв на Марсе. Я сам видел его. Он имел красноватый блеск и чуть заметный выступ по краю и появился как раз тогда, когда хронометр показывал полночь. Я сообщил об этом Огилви, и он занял мое место. Ночь была теплая, и мне захотелось пить. Я ощупью, неловко ступая в темноте, двинулся к столику, где стоял сифон, как вдруг Огилви вскрикнул при виде несшегося к Земле огненного газа.

В эту ночь новый невидимый снаряд был выпущен с Марса к Земле ровно через сутки, с точностью до одной секунды после первого. Помню, как я сидел за столом в темноте, с красными и зелеными пятнами перед глазами. Я искал огня, чтобы закурить. Я совсем не придавал значения этой мгновенной вспышке и всему тому, что она должна была принести с собою. Огилви делал наблюдения до часу; в час он окончил, мы зажгли фонарь и отправились к нему. Внизу в темноте лежали Оттершоу и Чертси с сотнями мирно спавших жителей.

Огилви в эту ночь высказывал разные предположения относительно условий жизни на Марсе и высмеивал вульгарную мысль о том, что обитатели Марса подают нам сигналы. Он полагал, что на планету упал целый град метеоритов или что там происходит громадное вулканическое извержение. Он доказывал мне, как мало вероятности, чтобы органическая эволюция развивалась одинаково на двух близких планетах.

— Один шанс против миллиона за то, что Марс обитаем, — сказал он.

Сотни наблюдателей видели пламя в полночь в эту и последующие десять ночей. Почему выстрелы прекратились после десятой ночи — этого никто не мог объяснить. Может быть, газ от выстрелов причинял какие-нибудь неудобства марсианам. Густые клубы дыма или пыли, замеченные в самый сильный телескоп Земли, в виде маленьких серых волнообразных пятен растягивались в чистой атмосфере планеты и затемняли ее очертания.

Наконец все газеты заговорили об этих пертурбациях, стали появляться популярные заметки относительно вулканов на Марсе. Юмористический журнал «Punch» очень остроумно воспользовался этим для политической карикатуры. А между тем эти незримые снаряды Марса летели к Земле через пустую бездну пространства со скоростью нескольких миль в секунду, приближаясь с каждым часом, с каждым днем. Мне кажется теперь странным, как это люди могли заниматься своими мелкими заботами, когда над нами уже нависла гибель. Я помню, как радовался Маркхем, получив новый фотографический снимок с планеты для иллюстрированного журнала, который он тогда издавал. Люди нынешнего, более позднего времени с трудом представляют себе изобилие и предприимчивость журналов девятнадцатого века. Что касается меня самого, то я с большим рвением учился ездить на велосипеде и читал массу журналов, обсуждавших возможное развитие нравственности в связи с прогрессом цивилизации.

Однажды ночью (первый летательный снаряд мог быть в это время за 10 000 000 миль от нас) я вышел прогуляться вместе с женой. Небо было звездное, и я объяснял ей знаки зодиака и указал на Марс — на яркую точку света около зенита, куда было направлено столько телескопов. Ночь была теплая. Толпа гуляющих из Чертси и Эйлворта, возвращаясь домой, прошла мимо нас с пением и музыкой. В верхних окнах домов светились огни, и люди ложились спать. С железнодорожной станции издалека доносился, смягченный расстоянием и звучавший почти как мелодия, грохот маневровых паровозов. Жена показывала мне на красные, зеленые, желтые сигнальные огни, горевшие как в раме на фоне неба. Все казалось таким спокойным и безмятежным.

Глава 2. Падающая звезда

Затем наступила ночь первой падающей звезды. Ее видели на рассвете; она неслась над Винчестером к востоку, очень высоко в виде огненной полосы. Сотни людей видели ее и приняли за обыкновенный метеорит. По описанию Альбина, она оставляла за собою зеленоватую полосу, которая блестела несколько секунд. Деннинг, наш величайший авторитет в вопросе о метеоритах, утверждал, что она стала заметной уже на расстоянии девяноста или ста миль. Ему показалось, что она упала на Землю приблизительно за сто миль к востоку от него.

Я в этот час был дома и писал в своем кабинете; но, хотя мои французские окна выходили на Оттершоу и штора была поднята (я любил наблюдать ночное небо), я ничего не заметил. Однако этот метеорит, самый необычайный из всех когда-либо падавших на Землю из мирового пространства, должен был упасть, когда я сидел там, и я мог бы увидеть его, если бы взглянул на небо. Некоторые, видевшие полет, говорят, что он летел со свистом, но сам я этого не слышал. Многие жители Беркшира, Суррея, Мидлсекса видели его падение и подумали, что упал новый метеорит. В эту ночь никто, кажется, не поинтересовался взглянуть на упавшую массу.

Бедный Огилви, наблюдавший метеорит и убежденный, что он упал где-нибудь на выгоне между Хорзеллом, Оттершоу и Уокингом, поднялся рано утром и отправился его разыскивать. Он нашел метеорит вскоре после рассвета неподалеку от песчаного карьера. Громадная воронка была вырыта упавшим телом, песок и гравий были разбросаны по сторонам среди вереска и кустарника кучами, заметными за полторы мили. Вереск загорелся и тлел тонким голубым дымком на фоне рассвета. Упавшее тело зарылось в песок и лежало среди разбросанных осколков сосны, разбитой в щепки. Наружная часть имела вид громадного обгоревшего цилиндра; его очертания была скрыты толстым чешуйчатым слоем темного нагара. В диаметре цилиндр имел около тридцати ярдов. Огилви приблизился к этой массе, пораженный ее объемом и формой, так как обычно метеориты бывают шарообразны. Цилиндр был так раскален после полета сквозь атмосферу, что к нему нельзя было близко подойти. Сильный шум, слышавшийся изнутри цилиндра, Огилви приписывал неодинаковому охлаждению его поверхности. В то время ему не приходило в голову, что цилиндр может быть полым.

Огилви стоял у края образовавшейся ямы, пораженный необычной формой и цветом цилиндра, и начинал смутно догадываться о его назначении. Раннее утро было тихо, солнце, только осветившее сосновый лес около Уэйбриджа, слегка пригревало. Огилви не помнит, чтобы он слышал пение птиц в это утро, и только изнутри покрытого нагаром цилиндра раздавались какие-то звуки. На лугу никого не было.

Вдруг он с изумлением заметил, что слой нагара, покрывавшего метеорит, стал отваливаться с верхнего края цилиндра. Он падал в песок, точно хлопья снега или капли дождя. С шумом, напугавшим Огилви, отвалился и упал большой кусок.

Ничего не понимая в первую минуту, Огилви спустился в яму и, несмотря на сильный жар, подошел вплотную к цилиндру, чтобы лучше разглядеть его вблизи. Он подумал, что это следствие охлаждения тела, но этому противоречил тот факт, что нагар спадал только с одного конца цилиндра.

И вдруг Огилви заметил, что круглая вершина цилиндра начинает вращаться. Вращение было такое медленное, что Огилви заметил его только потому, что черная метка, бывшая около него пять минут тому назад, находилась теперь на другой стороне окружности. Все же он не вполне понимал, что все это значит, пока не услыхал глухого, но резкого звука и не увидел, что его черная метка продвинулась вперед почти на дюйм. Тогда он наконец догадался, в чем дело. Цилиндр был искусственный, полый внутри, с отвинчивающейся крышкой! Что-то внутри цилиндра отвинчивало крышку!

— Боже мой, — воскликнул Огилви, — там внутри человек! Люди, зажаренные почти до смерти. Они пытаются выбраться оттуда...

Мгновенно он сопоставил это со взрывом на Марсе.

Мысль о заключенном в цилиндре существе казалась ему такой ужасной, что он позабыл про жар и подошел к цилиндру еще ближе, чтобы помочь отвернуть винт. Но, к счастью, пышущий жар вовремя его удержал, и он не успел обжечься о раскаленный металл. Он постоял с минуту в нерешительности, потом вылез из ямы и побежал к Уокингу. Было около шести часов. Он встретил извозчика и попытался объяснить ему, что случилось, но его слова и вид были так дики — шляпу он потерял в яме, — что возчик просто проехал мимо. Также неудачно обратился он к какому-то пьянчуге, который только что отворил дверь трактира у Хорзелл-Бриджа. Малый подумал, что это сумасшедший, и сделал безуспешную попытку затащить его в трактир. Это немного отрезвило Огилви, и, увидев Хендерсона, лондонского журналиста, в своем садике, он обратился к нему через палисадник, стараясь говорить возможно толковее.

— Хендерсон, — начал он, — прошлую ночь вы видели упавшую звезду?

— Ну?

— Она теперь на Хорзеллской пустоши.

— Боже мой! — воскликнул Хендерсон. — Упавший метеорит? Это интересно.

— Но это кое-что побольше, чем метеорит. Это цилиндр, искусственный цилиндр. И внутри цилиндра что-то есть.

Хендерсон выпрямился с лопатой в руке.

— Что такое? — переспросил он (он был глух на одно ухо).

Огилви рассказал все, что видел. Хендерсон с минуту соображал. Потом бросил лопату, схватил пиджак и вышел на дорогу. Оба поспешно отправились к метеориту. Цилиндр лежал в том же положении. Звуки изнутри прекратились, и между крышкой и телом цилиндра блестела тонкая металлическая нарезка. Воздух или вырывался наружу, или входил внутрь.

Они прислушались, постучали палкой по нагару и, не получив ответа, решили, что человек или люди, заключенные внутри, потеряли сознание или умерли.

Конечно, они двое не могли ничего сделать. Они крикнули несколько слов ободрения, пообещали вернуться и пошли в город за помощью. Оба в песке, возбужденные и растрепанные, они бежали по узкой улице утром, в то время когда лавчонки отворяют свои ставни, а люди раскрывают окна своих спален. Хендерсон прежде всего отправился на железнодорожную станцию, чтобы сообщить новость по телеграфу в Лондон. Газетные статьи подготовили уже всех к самому невероятному.

К восьми часам толпа мальчишек и зевак отправилась на пустошь посмотреть на «мертвых людей с Марса». Такова была первая версия этого события. Я впервые услышал об этом от своего газетчика около четверти девятого, когда вышел купить номер «Дейли кроникл». Конечно, я был поражен и немедленно отправился через мост Оттершоу к песочным ямам.

Глава 3. На Хорзеллской пустоши

Я нашел уже человек двадцать около огромной воронки, где лежал цилиндр. Я уже описывал вид этого колоссального снаряда, зарывшегося в землю. Дерн и гравий вокруг него, казалось, обуглились, точно от внезапного взрыва. Очевидно, удар вызвал пламя. Хендерсона и Огилви там не было. Вероятно, они решили, что пока ничего нельзя сделать и ушли завтракать к Хендерсону.

На краю ямы сидели четверо или пятеро мальчишек, болтая ногами; они забавлялись, пока я не остановил их бросание камешков в гигантскую массу. Потом, после моих слов, они начали играть в пятнашки, вертясь вокруг взрослых.

Среди собравшихся были два велосипедиста, садовник-поденщик, которого я иногда нанимал, девушка с ребенком на руках, мясник Грегг со своим мальчиком, несколько гуляющих, обычно снующих около станции. Говорили мало. Многие из простонародья в Англии в то время имели очень смутное представление об астрономии. Большинство из них спокойно смотрели на плоскую крышку цилиндра, которая находилась в том же положении, в каком ее оставили Огилви и Хендерсон. Я думаю, что все были разочарованы, найдя вместо обуглившихся тел неподвижный цилиндр. Пока я там стоял, некоторые ушли домой, а вместо них подошли другие. Я спустился в яму, и мне показалось, что я слышу слабое колебание под ногами. Крышка перестала вращаться.

Только подойдя совсем близко к цилиндру, я обратил внимание на его странный вид. На первый взгляд он походил на опрокинувшийся экипаж или дерево, упавшее на дорогу. Впрочем, это сравнение не совсем точно. Он походил скорее на ржавый газометр, погруженный в землю. Необходим был некоторый запас научных сведений, чтобы заметить, что серый нагар на цилиндре был не простой окисью, что желтовато-белый металл, поблескивавший под крышкой, был странного цвета. Слово «экстраземной» не имело значения для большинства зрителей.

Я уже не сомневался, что цилиндр упал с Марса, но считал невероятным, чтобы в нем находилось какое-нибудь живое существо. Я допускал, что развинчивание могло быть автоматическим. Несмотря на слова Огилви, я все еще продолжал верить, что на Марсе живут люди. Моя фантазия разыгралась. Возможно, что внутри цилиндра запрятан какой-нибудь манускрипт... Сумеем ли мы его перевести, найдем ли мы там монеты и модели, и так далее? Впрочем, цилиндр был, пожалуй, слишком велик для этого. Меня разбирало нетерпение увидеть его открытым. Около одиннадцати, видя, что ничего особенного не происходит, я вернулся домой в Мэйбюри. Но я не мог приняться за свои абстрактные исследования.

После полудня вид пустоши сильно изменился. Ранний выпуск вечерних газет вызвал в Лондоне переполох огромными заголовками:

СООБЩЕНИЕ С МАРСА! НЕБЫВАЛОЕ СОБЫТИЕ В УОКИНГЕ!!! —

и так далее. Кроме того, телеграмма Огилви Астрономическому обществу всполошила все британские обсерватории.

На дороге у песочных ям стояло более полудюжины кабриолетов со станции Уокинг, фаэтон из Чобхема и чья-то карета. Приехало много велосипедистов, много публики пришло пешком из Уокинга и Чертси, несмотря на жаркий день, так что у песочной ямы собралась довольно порядочная толпа, между прочим, несколько нарядных дам.

Было очень жарко. На небе ни облачка, ни малейшего ветра, и клочок тени можно было найти только под редкими соснами. Вереск уже не горел, но равнина до самого Оттершоу почернела и дымилась. Предприимчивый торговец из бакалейной лавочки на Чобхемской дороге прислал своего сына с ручной тележкой, нагруженной зелеными яблоками и имбирным пивом.

Подойдя к краю ямы, я увидел в ней с полдюжины людей — Хендерсона, Огилви и высокого волосатого джентльмена — это был Стэнт, королевский астроном, как я узнал после, с несколькими рабочими, вооруженными лопатами и кирками. Стэнт давал указания чистым, резким голосом. Он стоял на цилиндре, который, очевидно, остыл. Его лицо было красно, пот катился с него ручьями, и он был чем-то раздражен.

Большая часть цилиндра была откопана, хотя нижний конец все еще находился в земле. Огилви увидел меня среди толпы на краю ямы, позвал меня вниз и попросил пойти к лорду Хилтону, владельцу этого участка.

Все увеличивавшаяся толпа, говорил он, особенно мальчишки, мешают раскопкам. Они хотели загородиться от публики забором. Он сообщил мне, что изнутри цилиндра слышался слабый шум, но рабочим не удалось отвинтить крышку, так как не за что ухватиться.

Стенки цилиндра, повидимому, очень толстые, и возможно, что слабый звук, который мы слышали, на самом деле отдается внутри грохотом.

Я был очень рад исполнить его просьбу и таким образом попасть в число привилегированных зрителей при предстоящем раскрытии цилиндра. Я не застал лорда Хилтона дома, но узнал, что его ожидали из Лондона с шестичасовым поездом со станции Ватерлоо; так как было только четверть шестого, то я зашел домой выпить чаю и снова пошел на станцию, чтобы перехватить Хилтона на дороге.

Глава 4. Цилиндр отвинчивается

Когда я вернулся на выгон, солнце уже садилось. Публика из Уокинга все прибывала, домой возвращались очень немногие. Толпа вокруг ямы все росла и чернела на лимонно-желтом фоне неба: собралось не менее двухсот человек. Что-то кричали; казалось, около ямы происходила какая-то борьба. Меня охватило тревожное предчувствие. Приблизившись, я услышал окрик Стэнта:

— Назад, осади назад!

Пробежал какой-то мальчуган.

— Оно движется, — сообщил он, — все отвинчивается и отвинчивается. Мне это не нравится. Я пойду лучше домой.

Я подошел ближе. В толпе стояли действительно двести или триста человек, расталкивавших локтями друг друга. Две или три дамы держались не менее активно.

— Он упал в яму! — крикнул кто-то.

— Назад, назад! — кричали многие.

Толпа немного отхлынула, и я протолкался вперед. Все были сильно взволнованы. Я услышал глухой шум из ямы.

— Да осадите же наконец этих идиотов! — крикнул Огилви. — Мы ведь не знаем, что находится в этой проклятой штуке.

Я увидел молодого человека, мне кажется, приказчика из Уокинга, который стоял на цилиндре и пытался выбраться из ямы, куда его столкнула толпа.

Верхняя часть цилиндра была отвинчена изнутри. Было видно около двух футов блестящей винтовой нарезки. Кто-то оступился около меня, и я чуть-чуть не упал на конец винта. Я обернулся и, пока смотрел в другую сторону, винт, должно быть, вывинтился весь, и крышка цилиндра со звоном упала на песок. Я ударил кого-то локтем позади себя и снова повернулся к цилиндру. Круглое пустое отверстие казалось совершенно темным. Солнце било мне прямо в глаза.

Все ожидали, что изнутри покажется человек, может быть, он будет не совсем похож на нас, земных людей, но все же подобный нам. По крайней мере, я ждал этого. Но, взглянув, увидел что-то копошащееся в темноте, сероватое, волнообразное, движущееся: блеснули два круга вместо глаз. Потом что-то похожее на серую змею, толщиной в трость, стало выползать кольцами из отверстия и двигаться, извиваясь, в мою сторону, — щупальца.

Меня охватила дрожь. Сзади меня закричала какая-то женщина. Я полуобернулся, не спуская глаз с цилиндра, из которого высовывались новые щупальца, и старался отойти от края ямы. Вместо удивления на лицах окружавших выражался ужас. Толпа попятилась. Приказчик все еще не мог выбраться из ямы. Я остался один и видел, как убегали люди на другой стороне ямы, в числе их был и Стэнт. Я снова взглянул на цилиндр и оцепенел от ужаса. Я стоял точно в столбняке и смотрел.

Большая сероватая круглая туша, величиною, может быть, с медведя, медленно и с трудом вылезала из цилиндра. Когда она высунулась на свет, то блеснула, точно мокрая кожа. Два больших темных глаза пристально смотрели на меня. Чудовище имело круглую форму и, если можно так выразиться, лицо. Под глазами находился рот, безгубые края которого двигались и дрожали, выпуская слюну. Тело тяжело дышало и судорожно пульсировало. Один мягкий придаток вроде щупальца упирался в край цилиндра, другой размахивал по воздуху.

Тот, кто не видел живого марсианина, вряд ли сможет представить их отвратительную наружность. Треугольный рот с отвислой верхней губой, ни малейшего признака бровей, а также подбородка под клинообразной нижней губой, непрерывное подергивание рта, щупальца, как у Горгоны, шумное дыхание легких в непривычной атмосфере, неповоротливость и затрудненность в движениях — результат большей силы притяжения Земли, особенно огромные пристальные глаза — все это было отвратительно до тошноты. Их маслянистая темная кожа напоминала грибы, их неуклюжие медленные движения внушали ужас. Даже при первом впечатлении, при беглом взгляде я почувствовал ужас и отвращение.

Вдруг чудовище исчезло. Оно перевалилось через край цилиндра и упало в яму, шлепнувшись точно тюк кожи. Я слышал, как оно издало какой-то особый, неясный крик, и вслед за первым показалось в сумраке отверстия второе чудовище.

Я повернулся и побежал изо всех сил к деревьям, находившимся ярдов за сто от цилиндра. Я бежал вкось и спотыкался, потому что не спускал глаз с ямы.

Там, среди молодых сосен и поросли вереска, я остановился, задыхаясь, и стал ждать, что будет дальше. Пустошь вокруг песочных ям была усеяна людьми, так же как и я, с любопытством и страхом наблюдавшими за чудовищами, или, вернее, за кучей гравия, где они лежали. И вдруг я с ужасом заметил что-то круглое, темное, высовывающееся из ямы. Это была голова свалившегося туда приказчика, казавшаяся черной на фоне полуденного неба. Вот высунулись его плечи и колени, но он снова соскользнул вниз — виднелась одна только голова. Потом он скрылся, и мне послышался его слабый крик. Первым моим движением было желание вернуться и помочь ему, но я не мог преодолеть чувства ужаса. Больше я ничего не увидел: все было скрыто глубокой ямой и грудами песка, вырытого упавшим цилиндром. Всякий, кто шел бы по дороге из Чобхема или Уокинга, был бы удивлен таким необычайным видом. Около сотни людей или более рассыпались в канавах, за кустами, за воротами и изгородями и молча, обмениваясь отрывистыми фразами, рассматривали внимательно кучи песка. Брошенный бочонок с имбирным пивом чернел на фоне раскаленного неба, а у песочных ям стояли пустые экипажи с лошадьми, которые ели овес из своих торб или рыли копытами землю.

Глава 5. Тепловой луч

Вид марсиан, выползавших из цилиндра, в котором они явились на Землю со своей планеты, точно парализовал мои движения.

Я долго стоял по колено в вереске и смотрел на песчаную, скрывавшую их насыпь. Во мне боролись страх и любопытство. Я не решался приблизиться снова к яме, но мне очень хотелось заглянуть туда. Поэтому я начал кружить, отыскивая более удобный наблюдательный пункт и не спуская глаз с песчаных ям, где скрывались пришельцы на нашу Землю. Один раз в блеске заката показались три какие-то черные конечности, вроде щупальцев осьминога, но тотчас же скрылись. Потом поднялась тонкая составная мачта с каким-то круглым диском наверху, медленно вращающимся.

Что они с ней будут делать?

Большинство зрителей разбились на две группы — одна поменьше, ближе к Уокингу, другая побольше — к Чобхему. Очевидно, они колебались так же, как и я. Невдалеке от меня стояли несколько человек. Я подошел к одному — это был мой сосед, хотя я не знал, как его зовут, — и заговорил с ним. Однако момент для разговора, был неподходящий.

— Что за чудовища, — сказал он, — боже, что за чудовища! — Он повторил это несколько раз.

— Видели вы человека в яме? — спросил я.

Но он ничего не ответил. Мы молча стояли рядом и наблюдали, чувствуя себя вдвоем в большей безопасности. Потом я перенес свой наблюдательный пункт на бугор, возвышающийся на ярд или немного более.

Оглянувшись, я увидел, что мой сосед пошел по направлению к Уокингу.

Закат уже сменили сумерки, а ничего нового не произошло. Толпа налево, ближе к Уокингу, казалось, увеличилась, и я слышал ее неясный гул. Кучка людей по дороге в Чобхем рассеялась. В яме не было никакого движения.

Все это придало храбрости. Новоприбывшие из Уокинга также приободрили толпу. В сумерках на песчаных буграх началось медленное движение, которое, казалось, собиралось с силами, пока вечерняя тишина около цилиндра ничем не нарушалась.

Черные вертикальные тени, по двое и по трое, двигались, останавливались, прислушивались и снова двигались, растягиваясь тонким неправильным полумесяцем, рога которого понемногу охватывали яму. Я тоже стал приближаться к яме.

Потом я увидел, как кучера и другие смело подошли к яме и услышал стук копыт и колес. Мальчик покатил тележку с яблоками. Потом в тридцати ярдах от ямы я заметил черную кучку людей, идущих от Хорзелла. Впереди кто-то нес развевавшийся белый флаг.

Это была делегация. Посовещавшись, решили, что марсиане, очевидно, несмотря на свою безобразную внешность, разумные существа и надо показать им знаками, что и мы тоже разумные существа.

Флаг приближался, развеваясь по ветру, — сначала пошли направо, потом налево. Я стоял слишком далеко, чтобы разглядеть кого-нибудь, но после узнал, что Огилви, Стэнт и Хендерсон принимали участие вместе с другими в этой попытке завязать сношения. Делегация точно втягивала за собою кольцо публики, и много неясных, темных фигур следовали за ней на приличном расстоянии.

Вдруг блеснул свет, и зеленоватый дым вырвался из ямы тремя клубами, поднявшимися один за другим в неподвижном воздухе.

Этот дым — слово «пламя», пожалуй, здесь более уместно — был так блестящ, что темно-голубое небо наверху и бурая, простиравшаяся до Чертси пустошь с торчащими кое-где черными соснами вдруг потемнели при вспышке и стали казаться после нее еще темнее. Послышался какой-то слабый, шипящий звук.

За ямой стояла кучка людей с белым флагом, пораженная этим феноменом — поросль вертикальных темных теней над черной землей. Вспышка зеленого дыма осветила на миг их бледные, зеленоватые лица.

Шипение перешло сначала в глухое жужжание, потом в непрерывное, громкое гудение. Из ямы вытянулась горбатая тень, и сверкнул луч какого-то искусственного света.

Языки пламени, ослепительный огонь перекинулся по рассеянным кучкам зрителей, точно невидимая струя ударила в них и вспыхнула белым пламенем. Мгновенно каждый как бы превратился в горящий факел.

Я увидел, как одни шатались и падали, пожираемые этим огнем, другие же разбегались в разные стороны.

Я стоял и смотрел, еще не вполне сознавая, что это смерть перебегает по толпе от одного к другому. Я понял только, что произошло что-то страшное. Почти бесшумная и ослепительная вспышка света — и человек падает ничком и лежит неподвижно. От невидимого жара сосны загорались, сухой вереск вспыхивал ярким пламенем. Даже вдалеке, у Нэпхилла, загорелись деревья, заборы, деревянные постройки.

Эта огненная смерть, этот невидимый, неизбежный пылающий меч наносил мгновенные меткие удары. Я заметил, что он приближается ко мне, по вспыхнувшему кустарнику, до которого он коснулся, но был слишком поражен и ошеломлен, чтобы спасаться бегством. Я слышал гудение огня в песчаных ямах и внезапно оборвавшееся ржание лошади. Как будто чья-то невидимая, но пышущая жаром рука протянулась по пустырю между мной и марсианами, и далеко вокруг песчаных ям темная земля дымилась и шипела. Что-то упало с треском вдалеке налево, там, где выходит на пустошь дорога Уокингской станции. Шипение и гудение прекратились, и черный куполообразный предмет медленно опустился в яму и скрылся.

Все это произошло так быстро, что я все еще стоял неподвижно, пораженный и ослепленный блеском огня. Если бы эта смерть описала полный круг, она неизбежно испепелила бы и меня. Но она скользнула мимо и пощадила меня, сделав окружающую темноту еще более жуткой и мрачной.

Холмистая пустошь погрузилась в кромешный мрак, только полоска шоссе серела под темно-голубым небом ранней ночи. Люди как будто исчезли во мраке. Вверху мерцали звезды, а на западе светилась бледно-зеленоватая полоса. Вершины сосен и крыши Хорзелла четко выделялись на ее фоне. Марсиане и их орудия были невидимы, только на тонкой мачте беспрерывно вращалось зеркало. Кустарник и отдельные деревья дымились и горели, а дома близ станции в Уокинге отбрасывали зарево в тихие сумерки.

Все осталось таким же, как и было, если бы не этот пожар и ужас. Кучка черных точек с белым флагом была уничтожена, а вечерняя тишина осталась такой же невозмутимой.

Потом я вспомнил, что стою здесь, на темном пустыре, один, беспомощный, беззащитный. Точно что-то обрушилось на меня — страх.

С усилием я повернулся и побежал, спотыкаясь, через кустарник.

Страх, который я испытывал, был не просто страхом — это был панический ужас не только перед марсианами, но и перед окружающими мраком и тишиной. Я потерял всякое мужество и бежал, всхлипывая, как ребенок. Раз я обернулся, но не решился посмотреть назад.

Помню, у меня было такое чувство, точно мной кто-то играет, точно теперь, когда я уже почти в безопасности, вдруг таинственная смерть, мгновенная как вспышка огня, выпрыгнет из ямы и уничтожит меня на месте.

Глава 6. Тепловой луч на Чобхемской дороге

До сих пор еще не объяснено, каким образом марсиане могли умерщвлять людей так быстро и так бесшумно. Многие предполагают, что они как-то концентрировали интенсивные тепловые лучи в совершенно не пропускающей тепло камере. Эту конденсированную теплоту они бросали параллельными лучами на тот предмет, который избирали целью, при посредстве полированного, параболического зеркала, подобно тому как параболическое зеркало маяка бросает снопы света. Но никто не выяснил этих подробностей. Несомненно одно — здесь действовали тепловые лучи. Тепло, невидимое тепло вместо видимого света. Все, что только могло гореть, превращалось в языки пламени при его прикосновении; свинец растекался, как вода; лучи размягчали железо и расплавляли стекло. При прикосновении вода, клокоча, обращалась в пар.

В эту ночь около сорока человек лежали под звездным светом около ямы, обугленные и обезображенные до неузнаваемости, и всю ночь пустошь между Хорзеллом и Мэйбюри была безлюдна и пылала заревом.

В Чобхеме, Уокинге и Оттершоу, вероятно, в тот же день узнали об этом избиении. В Уокинге лавки уже были закрыты, когда это произошло, и кучки народу, торговцев и других, заинтересованных слышанными рассказами, разгуливали по Хорзелл-Бриджу и между заборами, по дороге, ведущей на пустошь. Молодежь после дневной работы, воспользовалась этой новостью, конечно, как предлогом пойти погулять и пофлиртовать.

Вы можете представить себе, какой был гул голосов по дороге в темноте.

В Уокинге только немногие знали, что цилиндр открылся, хотя несчастный Хендерсон отправил посыльного на велосипеде в почтовую контору со специальной телеграммой для вечерней газеты.

Когда гуляющие парами и втроем вышли на открытое место, то увидели кучку людей, которые возбужденно спорили и смотрели на вращающееся зеркало над песчаными ямами; волнение их, без сомнения, передалось и подошедшей публике.

Около половины девятого, когда делегация была уже уничтожена, там, близ места их гибели, собралась толпа человек в триста или даже больше, не считая тех, которые свернули с дороги, чтобы подойти поближе к марсианам. Среди них находились три полисмена (один конный), которые старались, согласно инструкциям Стэнта, осадить толпу и не подпустить ее к цилиндру. Не обошлось, конечно, дело и без тех горячих голов, для которых всякое сборище является поводом пошуметь и позабавиться.

Стэнт и Огилви, предупреждая возможность столкновения, телеграфировали из Хорзелла в казармы, как только марсиане показались из своего цилиндра, и просили прислать роту солдат для того, чтобы оградить этих странных существ от насилия. После этого они вернулись во главе несчастной делегации. Описание их смерти так, как видела это толпа, совпадает с моим собственным впечатлением: три вспышки зеленого дыма, глухое гудение и языки пламени.

Толпе, однако, было труднее бежать, чем мне. Их спас только песчаный, поросший вереском холм, задержавший часть тепловых лучей. Если бы параболическое зеркало было поднято на несколько ярдов выше, не осталось бы никого, кто мог бы рассказать о случившемся. Они видели, как вспыхивал огонь, как падали люди, как невидимая рука, зажигавшая кустарники, быстро приближалась к ним в сумерках. Со свистом, заглушавшим гул, из ямы мелькнул луч над их головами, зажигая вершины буков, окаймлявших дорогу, раскалывая кирпичи, разбивая вдребезги окна, воспламеняя оконные рамы и разрушив часть крыши одного из домов на углу.

При треске и блеске пылавших деревьев охваченная паническим ужасом толпа несколько секунд колебалась.

Искры и горящие сучья начали падать на дорогу, кружились огненные листья, загорались шляпы и платья. С пустоши послышались крики.

Все вопили и кричали. Конный полисмен проскакал среди всеобщего смятения с криком, схватившись руками за голову.

— Они идут! — крикнула какая-то женщина.

Тотчас же все повернулись и, ринувшись на стоявших позади, стали прокладывать себе дорогу к Уокингу. Все разбегались слепо, как стадо баранов. Там, где дорога становится уже и темнее, между высокими заборами, толпа сжалась и произошла отчаянная давка. Не обошлось, конечно, без жертв: трое — две женщины и один маленький мальчик — были раздавлены и растоптаны. Их оставили умирать среди ужаса и мрака.

Глава 7. Как я добрался до дома

Что касается меня, то я помню только, что натыкался на деревья и спотыкался в кустарнике. Надо мой навис невидимый ужас марсиан. Этот безжалостный тепловой меч, казалось, взмахивал, сверкая над головой, прежде чем обрушиться и уничтожить меня. Я выбежал на дорогу между перекрестком и Хорзеллом и побежал к перекрестку.

Скоро я изнемог от волнения и быстрого бега, пошатнулся и упал около дороги, невдалеке от моста через канал у газового завода. Я упал и лежал неподвижно.

Пролежал я так, должно быть, довольно долго.

Я приподнялся и сел, недоумевая. В течение минуты я не мог понять, как я сюда попал. Недавний ужас точно спал с меня, как одежда. Шляпа пропала, и воротничок соскочил с запонки. Несколько минут назад передо мной были только неизмеримая ночь, пространство и природа, моя беспомощность, страх и близость смерти. Теперь все сразу переменилось, и мое настроение было совсем другим. Переход этот совершился незаметно. Я стал снова самим собою, таким, каким я бывал каждый день, обыкновенным скромным горожанином. Пустырь, мое бегство, летучее пламя казались мне теперь сном.

Было ли это все на самом деле? Это казалось мне невероятным.

Я встал и пошел по крутому спуску моста. Моя голова плохо работала. Мои мускулы и нервы расслабились. Я пошатывался, как пьяный. Над аркой моста поднялась чья-то голова, и показался рабочий с корзиной. С ним шел маленький мальчик. Рабочий прошел мимо, пожелав мне доброй ночи. Я хотел заговорить с ним — и не смог. Я только ответил на его приветствие каким-то бессвязным бормотанием и прошел дальше через мост.

Около арки Мэйбюри поезд — волнистая полоса белого огненного дыма и длинная гусеница светлых окон — пронесся к югу — тук-тук, тук-тук — и исчез. Кучка людей разговаривала у ворот одного из домов, составлявших так называемую Восточную Террасу. Все это было так реально, так знакомо. А там, в поле... Это было так невероятно, фантастично. «Нет, — подумал я, — этого не могло быть».

Вероятно, я не совсем нормален и чувствую не так, как все люди. Иногда я страдаю от странного чувства отчужденности от самого себя и от окружающего мира. Я как-то извне наблюдаю за всем, откуда-то издалека, вне времени, вне пространства, вне житейской борьбы, вне ее трагедий. Это ощущение было очень сильно у меня в ту ночь. Все это было резким контрастом моему сну. Здесь такая безмятежность, а там, меньше чем за две мили, — стремительная, летучая смерть. Газовый завод шумно работал, и все электрические лампочки горели. Я остановился подле разговаривающих.

— Какие новости с пустоши? — спросил я.

У ворот стояли двое мужчин и одна женщина.

— Что? — переспросил один из мужчин, оборачиваясь.

— Какие новости с пустоши? — повторил я.

— Разве вы сами там не были? — спросили они.

— Люди, кажется, совсем поглупели с этой пустошью, — сказала женщина из-за ворот. — Что они там нашли?

— Разве вы не слышали о людях с Марса? — сказал я. — О живых существах с Марса?

— Довольно, хватит с нас, — ответила женщина из-за ворот — Спасибо.

И все трое засмеялись.

Я оказался в глупом положении. Раздосадованный, я попытался рассказать им о том, что видел, но у меня ничего не вышло. Они только рассмеялись над обрывками моих фраз.

— Вы еще услышите об этом! — крикнул я и пошел домой.

Я испугал жену своим видом. Прошел в столовую, сел, выпил немного вина и, собравшись с мыслями, рассказал ей обо всем, что видел. Обед, уже холодный, был подан, но мы не обращали на него внимания.

— Только одно хорошо, — заметил я, чтобы успокоить перепуганную жену. — Это самые неповоротливые существа из всех, которых я когда-либо видел. Они могут ползать в яме и убивать людей, которые подойдут к ним близко, но они не смогут оттуда вылезти... Но как они ужасны!..

— Не говори об этом, дорогой! — воскликнула жена, хмуря брови и кладя свою руку мне на плечо.

— Бедный Огилви, — сказал я, — подумать только, что он лежит там мертвый!

Я заметил, как моя жена побледнела и перестал говорить об этом.

— Они могут добраться сюда, — повторяла она.

Я настоял, чтобы она выпила вина, и пробовал разубедить ее.

— Они еле-еле могут двигаться, — сказал я.

Я стал успокаивать и ее, и себя, повторяя все то, что говорил мне Огилви о невозможности для марсиан приспособиться к земным условиям. Особенно я напирал на затруднения вследствие разницы в силе тяготения. На поверхности Земли сила тяготения втрое больше, чем на поверхности Марса. Всякий марсианин поэтому будет весить на Земле в три раза больше, чем на Марсе, между тем как его мускульная сила не увеличится. Его тело точно нальется свинцом. Таково было общее мнение. И «Таймс», и «Дейли телеграф», например, писали об этом на следующее утро, и обе упустили из вида, как и я, две особенности, компенсирующие это влияние.

Атмосфера Земли, как мы знаем теперь, содержит гораздо более кислорода и гораздо меньше аргона (в каком бы то ни было виде), чем атмосфера Марса. Живительное действие этого избытка кислорода на марсиан было, бесспорно, сильным противовесом увеличившейся тяжести их тела. Затем мы упустили из виду, что при своей высокоразвитой технике марсиане могли обойтись и без мускульных усилий.

Но я не знал обо всем этом в то время, и потому мои доводы против шансов пришельцев оказались несостоятельными. Под влиянием вина и еды, чувствуя себя в безопасности за своим столом и успокаивая свою жену, я и сам понемногу осмелел.

— Они сделали большую глупость, — сказал я, передвигая свой стакан вина. — Они опасны, потому что, наверное, обезумели от страха. Может быть, они совсем не ожидали найти живых существ, особенно разумных живых существ. Одна хорошая бомба в яму, в крайнем случае, и все будет кончено.

Сильное возбуждение вследствие пережитых волнений обострило, без сомнения, мои чувства. Я и теперь необыкновенно ясно помню этот обед. Нежное и встревоженное лицо моей дорогой жены, смотрящее на меня из-под розового абажура, белая скатерть с серебром и хрусталем (в те дни даже писатели-философы могли позволить себе такую маленькую роскошь), темно-красное вино в моем стакане — все это запечатлелось в моем мозгу. В конце стола сидел я, куря папиросу, сожалея о необдуманном поступке Огилви, и доказывал, что марсиан нечего бояться.

Так какой-нибудь солидный додо на острове Святого Маврикия, чувствуя себя полным хозяином своего гнезда, мог обсуждать прибытие проголодавшихся безжалостных моряков.

— Завтра мы с ними разделаемся, дорогая.

Я не знал тогда, что за этим последним моим обедом в культурной обстановке последуют ужасные, необычайные события.

Глава 8. Ночью в пятницу

Самым необычайным из всего того странного, чудесного, что произошло в ту пятницу, кажется мне полная беззаботность нашего общественного строя перед лицом тех событий, которые должны были перевернуть его в корне. Если бы вы в пятницу ночью взяли циркуль и описали круг радиусом пять миль вокруг песчаных ям Уокинга, то, сомневаюсь, нашли ли бы вы хоть одного человека за его пределами (кроме разве родственников Стэнта и родственников трех-четырех велосипедистов и лондонцев, лежавших мертвыми на пустоши), чьи чувства и привычки были бы нарушены пришельцами. Разумеется, многие слышали о цилиндре и говорили о нем в свободное время, но он далеко не произвел такой сенсации, какую произвел бы, например, ультиматум Германии.

Полученная ночью в Лондоне телеграмма бедного Хендерсона о постепенном развинчивании цилиндра была принята за простую утку. Вечерняя газета послала ему телеграмму с просьбой прислать подтверждение и, не получив ответа (Хендерсон был убит), решила не печатать экстренного выпуска.

Внутри пятимильного круга большинство населения ровно ничего не предпринимало. Я уже описывал, как вели себя мужчины и женщины, с которыми мне пришлось говорить. По всему округу мирно обедали и ужинали, отдыхали в своих садиках после дневного труда, укладывали спать детей. Молодежь гуляла в укромных уголках и говорила о любви, студенты сидели за своими книгами.

Может быть, о случившемся поговаривали на улице и в трактирах; какой-нибудь нарочный или очевидец вызывали кое-где волнение, беготню и крик, но в большинстве случаев жизнь шла по раз заведенному с незапамятных лет порядку: работа, еда, питье, сон — все было как обычно, как будто в небе не было никакого Марса.

То же было на станции Уокинг, в Хорзелле и Чобхеме.

На узловой станции Уокинга до поздней ночи поезда останавливались и уходили или переводились на запасные пути; пассажиры толпились и ждали. Мальчик из города, нарушая монополию Смита, продавал вечернюю газету. Звонки и давка на платформе, резкие свистки паровозов заглушали его выкрики о «людях с Марса». Около девяти часов на станцию стали прибывать взволнованные очевидцы с невероятными известиями, но они произвели не большее впечатление, чем пьяные. Пассажиры, несшиеся к Лондону, смотрели в темноту из окон вагонов, но видели только редкие взлетающие искры около Хорзелла, красный отблеск и тонкую пелену дыма, застилавшую звезды, и думали, что это горит вереск. Только на краю пустоши заметно было некоторое смятение; на окраине Уокинга горело несколько дач. В окнах домов трех соседних селений светились огни, и жители не ложились спать до рассвета.

Любопытные все еще толпились на Чобхемском и Хорзеллском мостах. Один или двое смельчаков, как потом выяснилось, отважились в темноте подползти совсем близко к марсианам. Но назад они не вернулись. Световой луч, вроде прожектора военного корабля, скользил по пустоши, и вслед за ним проносился тепловой луч. Обширный пустырь был тих и пустынен, и обугленные тела лежали неубранными всю ночь и весь следующий день. Из ямы слышался металлический стук.

Таково было положение дел в пятницу ночью. В кожу нашей старой планеты вонзился отравленной стрелой цилиндр. Но яд только еще начинал оказывать свое действие. Кругом расстилалась пустошь, дымившаяся кое-где разбросанными черными, едва заметными скорченными трупами. Кое-где горели деревья и кустарники. Дальше простиралась зона смятения, и за эту черту пожар еще не распространился. В остальном мире поток жизни катился так же, как и раньше с незапамятных времен. Лихорадка войны, которая должна была закупорить вены и артерии, умертвить нервы и разрушить мозг, только начиналась.

Всю ночь марсиане возились и склепывали какие-то машины; иногда вспышки зеленовато-белого дыма поднимались спиралью к звездному небу.

К одиннадцати часам через Хорзелл прошла рота солдат и оцепила пустошь. Позднее через Чобхем прошла вторая рота и оцепила пустошь с севера. Несколько офицеров из Инкерманских казарм рано утром отправились осматривать пустошь, и около полуночи один из них, майор Идеи, не вернулся. Полковой командир появился у Чобхемского моста и расспрашивал толпу. Военные власти, очевидно, поняли серьезность положения. Утром около одиннадцати газеты готовили сообщение, что эскадрон гусар и около четырехсот солдат Кардиганского полка с двумя пулеметами «максим» вышли из Олдершота.

Спустя несколько секунд после полуночи толпа на дороге в Чертси, близ Уокинга, увидела метеорит, упавший в сосновый лес на северо-западе. Он падал с зеленоватым блеском, похожим на летнюю молнию.

Это был второй цилиндр.

Глава 9. Сражение начинается

Суббота прошла в нерешительном выжидании. Это был томительный день, жаркий, душный; барометр, как мне передавали, то быстро падал, то поднимался. Я спал, но плохо — в противоположность жене — и встал рано. Перед завтраком я вышел в сад и стоял, прислушиваясь; со стороны пустоши слышалась только трель жаворонков.

Молочник явился как обыкновенно. Я услыхал скрип его тележки и подошел к калитке узнать последние новости. Он рассказал мне, что ночью марсиан окружили войсками и что ожидают артиллерию. Вслед за этим послышался знакомый, успокоительный грохот поезда в Уокинге.

— Их не будут убивать, — сказал молочник, — если только этого можно будет избежать.

Я увидел своего соседа в садике, поболтал о ним немного и отправился завтракать. Утро было самое обычное. Мой сосед был уверен, что войска захватят в плен или уничтожат марсиан в тот же день.

— Жаль, что они так неприступны, — заметил он, — было бы интересно узнать, как они живут на своей планете. Мы могли бы кое-чему научиться.

Он подошел к забору и протянул мне тарелку с земляникой — он был хорошим садоводом и не скупым человеком. При этом он сообщил мне о лесном пожаре около Байфлитского поля для гольфа.

— Говорят, туда упала другая такая же штука, номер второй. Право, с нас довольно и одной. Страховым обществам это обойдется дороговато. — И он добродушно засмеялся.

Леса, говорил он, все еще горят. И он указал на пелену дыма.

— Торф и хвоя будут тлеть еще несколько дней, — сказал он и принял серьезный вид, вспомнив о «бедном Огилви».

После завтрака, вместо того чтобы сесть за работу, я решил пойти к пустоши. У железнодорожного моста я увидел группу солдат — это были, кажется, саперы в маленьких круглых кепи, в черных штанах и высоких ботинках, в грязных красных расстегнутых мундирах, из-под которых виднелись голубые рубашки. Они сообщили мне, что никого не пропускают за канал. Взглянув на дорогу к мосту, я увидел часового солдата Кардиганского полка. Я заговорил с солдатами, рассказал им о виденных мной вчера марсианах. Солдаты еще не видали их, очень смутно их представляли и закидали меня вопросами. Сказали, что не знают, кто распорядился двинуть войска. Они думали, что произошли какие-то волнения в конной гвардии. Саперы, более образованные, чем простые солдаты, с большим знанием дела обсуждали необычные условия возможного боя. Я рассказал им о тепловом луче, и они начали спорить между собою.

— Подползти к ним под прикрытием и броситься в атаку, — сказал один.

— Ну да, — ответил другой, — Чем же можно прикрыться от такого жара? Хворостом, что ли, чтобы лучше зажариться? Мы можем только подойти к ним возможно ближе и начать рыть траншеи.

— К черту твои траншеи! Ты вечно мелешь о траншеях! Тебе бы родиться кроликом, Сниппи.

— Так у них совсем, значит, нет шеи? — спросил вдруг третий, маленький смуглый молчаливый солдат с трубкой в зубах.

Я еще раз описал им марсиан.

— Вроде осьминогов, — сказал он. — Значит, мы должны сражаться не с людьми, а с рыбами.

Убить таких чудовищ! — сказал первый солдат.

— Пустить в них снаряд да и прикончить разом, — предложил маленький смуглый солдат. — А то они еще что-нибудь натворят.

— Где же твои снаряды? — возразил первый. — Мы не можем ждать. Надо их атаковать, да поскорее, по-моему.

Так разговаривали солдаты. Вскоре я оставил их и пошел на станцию за утренними газетами.

Однако я не буду утомлять читателя описанием этого томительного утра и еще более томительного дня. Мне не удалось взглянуть на пустошь, потому что даже колокольни в Хорзелле и Чобхеме были в руках военных властей. Солдаты, к которым я обращался, сами ничего не знали толком. Офицеры расхаживали с таинственным видом. Жители снова почувствовали себя в безопасности под охраной войск Маршалл, табачный торговец, сообщил мне, что его сын погиб около ямы. На окраинах Хорзелла войска велели жителям запереть и покинуть свои дома.

Я вернулся ко второму завтраку около двух часов очень усталый, так как день, как я уже сказал, был очень жаркий и душный. Чтобы освежиться, я принял холодный душ. Около половины пятого я отправился на железнодорожную станцию за вечерней газетой, потому что в утренних газетах было только очень неточное описание гибели Стэнта, Хендерсона, Огилви и других. Однако и вечерние газеты не сообщили ничего нового. Марсиане не показывались. Они, казалось, чем-то были заняты в своей яме — оттуда по-прежнему слышался металлический стук и вырывались клубы дыма. Очевидно, они тоже готовились к бою. «Новые попытки установить контакты при помощи сигналов оказались безуспешными», — неизменно сообщали газеты.

Сапер сказал мне, что какой-то человек из ямы поднимал флаг на длинной жерди. Но марсиане обратили на это не больше внимания, чем мы на мычание коров.

Я должен сознаться, все эти военные приготовления очень нервировали меня. Мое воображение разыгралось, и я придумывал разные способы для уничтожения непрошеных гостей. Я, как школьник, мечтал о сражениях и героизме. Тогда мне казалось, что борьба с марсианами неравная: они так беспомощно барахтались, повидимому, в своей яме.

Около трех часов со стороны Чертси или Адлстона послышался оружейный гул — это начали обстреливать дымившийся сосновый лес, куда упал второй цилиндр, в надежде разрушить его, прежде чем он раскроется. Однако полевое орудие для обстрела первого цилиндра прибыло в Чобхем только к пяти часам.

Около шести часов вечера, когда мы с женой сидели за чаем на нашей даче, оживленно разговаривая о предстоящей борьбе, я услышал отдаленный взрыв со стороны пустоши и сильный гул. Через несколько секунд раздался грохот обвала так близко от нас, что даже земля задрожала. Я выскочил из дома и увидел, что вершины деревьев вокруг Восточной Коллегии охвачены дымным красным пламенем, а колокольня небольшой церкви лежит в развалинах. Башенка обрушилась — крышу Коллегии, казалось, бомбардировали стотонным орудием. Одна труба нашего дома рассыпалась, как будто в нее попал снаряд, и куски ее покатились по черепице и образовали целую кучу красных черепков на цветочной грядке у окна моего кабинета.

Мы с женой стояли перепуганные. Потом я сообразил, что вершина Мэйбюри-Хилла уже не защищает нас от теплового луча марсиан — вся Коллегия разрушена.

Схватив жену за руку, я потащил се па дорогу. Потом вызвал из дома прислугу и сказал ей, что сам схожу наверх за ее сундуком, который она не хотела оставить.

— Опасно здесь оставаться, — сказал я.

Вслед за этими словами с пустыря снова послышался гул.

— Но куда же мы пойдем? — спросила моя жена в ужасе. Я задумался, потом вспомнил о кузене в Летерхэде.

— Летерхэд! — крикнул я среди гула.

Жена посмотрела вниз по склону холма. Испуганные люди выбегали из домов.

— Как же нам добраться до Летерхэда? — спросила она.

Дальше за холмом я увидел разъезд гусар, проезжавших под железнодорожным мостом. Трое из них въехали в открытые ворота Восточной Коллегии; двое спешились и стали заходить в дома. Солнце, блестевшее в дыму горевших деревьев, казалось кроваво-красным, и свет его был странный, мрачный.

— Стойте здесь, — сказал я, — Вы тут в безопасности.

Я побежал в трактир «Пятнистая собака», так как знал, что у хозяина есть лошадь и двуколка. Я торопился, предвидя, что скоро начнется повальное бегство жителей нашей стороны холма. Хозяин трактира стоял у кассы. Он и не подозревал, что творилось за его домом. Какой-то человек, стоя ко мне спиной, разговаривал с ним.

— Меньше фунта нельзя, — заявил трактирщик- Да и править некому.

— Я даю два, — сказал я через плечо незнакомца.

— За что?

— И доставлю обратно к полуночи, — добавил я.

— Боже! — воскликнул трактирщик. — Что за спешка! Выгодное предложение. Два фунта и сами доставите обратно? Что такое происходит?

Я поспешно объяснил, что вынужден уехать из дому, и нанял также и кабриолет. В то время мне не приходило в голову, что сам трактирщик будет вынужден покинуть свое жилище. Я быстро запряг лошадь и, оставив ее под присмотром жены и служанки, вбежал в дом и уложил самые ценные вещи, вроде серебряной посуды. Буковые деревья перед домом загорелись, пока я укладывал вещи, а решетки у дороги накалились докрасна. Один из спешившихся гусар подбежал к нам. Он заходил в каждый дом и предупреждал жителей, чтобы они уходили. Он пробегал мимо, когда я вышел на крыльцо со своими сокровищами, завязанными в скатерть.

— Что нового? — крикнул я ему вдогонку.

Он повернулся, взглянул на меня, крикнул что-то вроде «вылезают из ямы в каких-то штуках, похожих на крышки от мисок», — и побежал к воротам дома на вершине холма. Внезапный клуб черного дыма пересек дорогу и на минуту скрыл его. Я побежал к дверям соседа и постучался, чтобы удостовериться, уехал ли он с женой в Лондон — я уже знал это, — и запер ли квартиру. Потом снова вошел в дом, вспомнив о сундуке прислуги, вытащил его, привязал позади экипажа и, схватив вожжи, вскочил на козлы.

Через минуту мы уже выехали из дыма и грохота и быстро спускались по противоположному склону Мэйбюри-Хилла, к Старому Уокингу.

Перед нами расстилался мирный пейзаж: освещенные солнцем пшеничные поля по обеим сторонам дороги и гостиница Мэйбюри с покачивающейся вывеской. Впереди нас ехал доктор в своем экипаже. У подножья холма я оглянулся назад. Густые столбы черного дыма, прорезанные красными языками пламени, поднимались в неподвижном воздухе и отбрасывали черные тени на зеленые вершины деревьев. Дым расстилался далеко на восток и на запад: до сосновых лесов Байфлита на востоке и до Уокинга — на западе. Дорога позади была усеяна беглецами. Глухо, но отчетливо в знойном неподвижном воздухе слышался грохот орудий, иногда прекращавшийся, и непрерывный треск ружей.

Очевидно, марсиане зажигали все, что находилось в сфере действия их теплового луча.

Я плохой кучер, и потому скоро все свое внимание я обратил на лошадь. Когда я снова обернулся, второй холм был весь окутан черным дымом. Я стал подхлестывать лошадь и пустил ее рысью, пока Уокинг и Сэнд не отделили нас от этого смятения и ужаса. Я нагнал и перегнал доктора между Уокингом и Сэндом.

Глава 10. Под грозой

От Мэйбюри-Хилла до Летерхэда почти двенадцать миль. На лугах за Пирфордом пахло сеном, по краям дороги цвела живая изгородь из шиповника. Орудийный гул, гудевший, пока мы ехали по Мэйбюри-Хиллу, прекратился так же внезапно, как и начался. Мы благополучно добрались до Летерхэда к девяти часам. Я дал лошади отдохнуть около часа, поужинал у родных и передал жену на их попечение.

Жена была молчалива во время дороги и казалась подавленной, точно предчувствуя что-то плохое. Я старался подбодрить ее, говоря, что марсиане привязаны к яме собственной тяжестью и вряд ли смогут оттуда выползти. Она отвечала односложными словами. Если бы не обещание трактирщику, то она уговорила бы меня остаться на ночь в Летерхэде. О, если бы я остался! Она была очень бледна, когда мы расставались.

В течение целого дня я был лихорадочно возбужден. Что-то вроде военной лихорадки, которая овладевает порой цивилизованным обществом, бродило в моей крови, и я был уже доволен, что мне нужно вернуться ночью в Мэйбюри. Я уже боялся, что прекращение ружейной перестрелки означает, что с марсианами покончено. Мне страшно хотелось присутствовать при этом.

Выехал я часов в одиннадцать. Ночь была очень темная. Когда я вышел по освещенному коридору из дома кузины, темнота показалась мне кромешной. Было так же жарко и душно, как днем. Вверху быстро неслись облака, хотя не было ни малейшего ветра. Муж моей кузины зажег оба фонаря. К счастью, я хорошо знал дорогу.

Моя жена стояла у освещенной двери и смотрела, как я садился в кабриолет. Потом вдруг повернулась и ушла в дом, оставив родных, желавших мне счастливого пути.

Я был сначала подавлен дурным настроением жены, но вскоре все мои мысли были заняты марсианами. Тогда я не знал никаких подробностей вечернего сражения, не знал даже, почему оно началось. Проезжая через Окхэм (я поехал по этому пути, а не через Сэнд и

Старый Уокинг), я увидел на западном горизонте кроваво-красное зарево, которое по мере моего приближения медленно увеличивалось. Тучи надвигающейся грозы смешивались с клубами черного и красного дыма.

На Рипли-стрит никого не было. Селение как бы вымерло, только в нескольких окнах виднелся свет. У поворота дороги к Пирфорду я чуть не наехал на кучку людей, стоявших ко мне спиной. Они ничего не сказали, когда я проезжал мимо. Не знаю, было ли им известно что-нибудь о том, что происходило за холмом. Не знаю также, спали ли мирно в тех безмолвных домах, мимо которых я проезжал, или они стояли пустые и заброшенные во мраке ночи.

От Рипли до Пирфорда я ехал долиной Уэй, где не было видно красного зарева. Но когда я поднялся на небольшой холм за пирфордской церковью, зарево снова появилось, и деревья зашумели под первым порывом надвигавшейся бури. На пирфордской церкви пробило полночь, и впереди на красном фоне четко вырисовывались крыши и деревья Мэйбюри-Хилла.

Вдруг яркий зеленый блеск залил светом дорогу впереди и осветил сосновый лес у Адлстона. Я почувствовал, как вожжи натянулись, заметил, как тучи прорезала зеленая полоса пламени, осветившая хаос облаков и упавшая налево, в поле. Это была третья падающая звезда.

Вслед за ней блеснула ослепительно фиолетовая молния начинавшейся грозы, и прокатился удар грома, разорвавшийся, как ракета. Лошадь закусила удила и понесла.

Спуск с Мэйбюри-Хилла довольно крутой, и мы понеслись вниз. Вспышки молний следовали одна за другой с короткими промежутками, почти непрерывно.

Частые раскаты грома сопровождались каким-то странным треском, скорее напоминающим громадную электрическую машину, чем грозу. Вспыхивающий свет ослеплял, приводил в замешательство, а резкий град больно бил мне в лицо.

Сначала я смотрел только на дорогу впереди, потом мое внимание было привлечено чем-то очень быстро двигающимся вниз по другому склону Мэйбюри-Хилла. Сперва я принял это за мокрую крышу дома, но при блеске двух молний, сверкнувших одна за другой, разглядел что-то быстро перекатывавшееся. Это походило на привидение — минутный ошеломляющий мрак и потом нестерпимый блеск, превращавший ночь в день, красное здание Приюта на холме, зеленые вершины сосен и этот загадочный предмет, вырисовывавшийся так четко и резко.

Что я увидел? Как мне описать это? Громадный треножник, выше многих домов, шагавший среди молодого соснового леса и ломавший на своем пути сосны; машина из блестящего металла, шагающая по вереску; стальные спускающиеся тросы и громкий треск, смешивающийся с раскатами грома. Блеснула молния — и треножник четко выступил из мрака. Он держался на одной ноге, две другие повисли в воздухе. Он исчезал и опять появлялся при новой вспышке молнии уже на сотню ярдов ближе. Можете себе представить складной стул, покачивающийся и переступающий по земле? Таково было видение при мимолетных вспышках молний. Но вместо стула представьте громадную машину, передвигавшуюся на треножнике.

Внезапно сосны впереди раздвинулись, как ломкий тростник, когда через него пробирается человек. Они ломались и падали, и через секунду показался другой громадный треножник, шагавший, казалось, прямо на меня. А я мчался во весь опор навстречу ему. При виде второго чудовища мои нервы не выдержали. Не решаясь взглянуть на него еще раз, я изо всей силы потянул вожжи круто направо, тележка перекинулась через лошадь, оглобли с треском сломались, я отлетел в сторону и шлепнулся в лужу.

Я отполз и спрятался, лежа в воде, за кустом дрока. Лошадь лежала без движения (бедное животное сломало шею). При блеске молнии я увидел черный кузов опрокинутого кабриолета и силуэт все еще медленно вращавшегося колеса. Еще секунда — и колоссальный механизм прошел мимо меня и стал приближаться к Пирфорду.

Вблизи треножник показался мне еще более странным, потому что это была, очевидно, управляемая машина с металлическим звенящим ходом, с длинными гибкими блестящими щупальцами (один из них ухватил молодую сосну); они качались и свешивались вниз. Треножник, впрочем, выбирал дорогу, и медная крышка наверху поворачивалась в разные стороны, напоминая голову. За остовом машины висело гигантское сплетение из какого-то белого металла, похожее на огромную рыбачью корзину, клубы зеленого дыма вырывались из суставов чудовища, когда оно шло мимо меня. Через минуту оно уже скрылось.

Вот что увидел я очень смутно при блеске молнии, среди ослепительных вспышек в черном мраке.

Проходя мимо, чудовище оглушительно заревело, заглушая раскаты грома: «Элу... элу...» — и через минуту присоединилось к другому треножнику за полмили дальше, остановившемуся над чем-то в воде. Я не сомневался, что это был третий из десяти цилиндров, которые были выпущены к нам с Марса.

Несколько минут я лежал за кустом под дождем, в темноте, наблюдая при вспышках света, как эти чудовищные существа из металла двигались вдали над заборами. Стал падать редкий град, и очертания их то расплывались в тумане, то снова вырисовывались четко, когда прояснялось. В промежутках между молниями их поглощала ночь.

Я весь промок: сверху — град, внизу — лужа. Не сразу я пришел в себя от изумления, выбрался из лужи на более сухое место и стал соображать, куда мне спрятаться.

Невдалеке, на картофельном поле, стояла деревянная сторожка в одну каморку. Я поднялся и осторожно пользуясь любым прикрытием, побежал к сторожке. Тщетно я стучал в дверь — ответа не последовало (может, там никого не было). Тогда я перестал ломиться и, прячась в канаве, добрался ползком, не замеченный чудовищными машинами, до соснового леса около Мэйбюри.

Здесь, под прикрытием, мокрый и продрогший, я стал пробираться к своему дому. Я тщетно старался отыскать тропинку между деревьями. В лесу было очень темно, потому что молнии стали сверкать реже, а частый град падал потоком сквозь тяжелую хвою.

Если бы я понял, что происходит, то немедленно повернул бы назад и вернулся бы через Байфлит и Стрит-Кобхэм к жене в Летерхэд. Но загадочность всего происходившего, ночной мрак, физическая усталость — все это повлияло на мою психику. Я устал, промок до костей, был ослеплен и оглушен грозой.

Я думал только об одном: как бы поскорее добраться домой. Я плутал между деревьями, упал в яму, расшиб колено и наконец вынырнул на дорожку, спускающуюся от Коллегии Бедных. Я говорю «вынырнул», потому что по песчаному холму несся бурный поток. Тут в темноте на меня наткнулся какой-то человек и толкнул меня так, что я зашатался.

Он вскрикнул, в ужасе отпрыгнул в сторону и скрылся, прежде чем я успел прийти в себя и заговорить с ним. Порывы бури были так сильны, что я с большим трудом взбирался на холм по склону. Я пробирался, держась вдоль изгороди по левой стороне.

Невдалеке от вершины я наткнулся на что-то мягкое, и при свете молнии увидел у своих ног кучу темной одежды и пару сапог. Я не успел рассмотреть лежащего — вспышка погасла. Я нагнулся над ним, ожидая следующей вспышки. Это был рослый человек в дешевом, но еще не поношенном костюме. Голова подвернулась под туловище, и он лежал, прижавшись к забору, как будто налетел на него с разбега.

Преодолевая отвращение, вполне естественное, так как мне не приходилось дотрагиваться до мертвого тела, я наклонился и перевернул лежащего, чтобы посмотреть, бьется ли еще сердце. Он был мертв. Очевидно, он сломал себе шею. Молния блеснула в третий раз, и я увидел лицо мертвеца. Я отшатнулся. Это был трактирщик, хозяин «Пятнистой собаки», у которого я нанял лошадь.

Я осторожно шагнул через труп и стал пробираться дальше. Я прошел мимо полицейского участка и Коллегии Бедных к своему дому. Пожар на склоне холма прекратился, хотя со стороны пустоши все еще виднелось красное зарево и клубы красноватого дыма вставали в ливне града. Большинство домов, насколько я мог рассмотреть при молнии, уцелело. Около Коллегии на дороге лежала какая-то темная груда.

Вниз по дороге к Мэйбюри-Бридж слышались чьи-то голоса и шаги, но у меня не хватило смелости крикнуть или пойти навстречу. Я вошел в свой дом, отворил дверь ключом, затворил и запер ее на засов и в изнеможении опустился на ступеньки лестницы.

Перед глазами у меня мелькали шагающие, металлические чудовища и мертвец, прижавшийся к забору.

Весь дрожа, я прислонился спиной к стене.

Глава 11. У окна

Понемногу я начал приходить в себя. Я почувствовал, что промок и мне холодно. На половике, разостланном на лестнице, возле меня набралась целая лужа. Я машинально поднялся, прошел в столовую и выпил немного виски, потом решил переодеться.

Переменив платье, я поднялся в свой кабинет — почему именно туда, я и сам не знаю. Из окна моей рабочей комнаты были видны деревья и железнодорожная станция около Хорзеллской пустоши. В суматохе мы даже забыли закрыть окно. В коридоре было темно, и комната тоже казалась темной по контрасту с пейзажем в рамке окна. Я остановился около двери.

Гроза прошла. Башни Восточной Коллегии и окружающие сосны исчезли; вдали в красном свете виднелась пустошь с песчаными ямами. На фоне зарева двигались гигантские черные тени.

Казалось, все в этой стороне было охвачено огнем — по широкому склону холма пробегали языки пламени, колебавшиеся и корчившиеся в порывах затихающей бури и отбрасывавшие красный отсвет в облачное небо. Часто дым близкого пожарища заволакивал вид и скрывал тени марсиан. Я не мог рассмотреть, что они делали. Их очертания вырисовывались неясно, они возились над чем-то темным, и я не мог разобрать тех предметов, над которыми они работали. Я не видел и ближайшего пожара, хотя отблеск его играл на стенах и потолке кабинета. Слышалось резвое смолистое потрескивание огня.

Я тихо приоткрыл дверь и подкрался к окну. Передо мной открылся более широкий вид от станции Уокинга до обугленных и почерневших сосновых лесов Байфлита. Вблизи арки на линии железной дороги, у подножия холма, что-то ярко горело. Многие дома вдоль по дороге к Мэйбюри и улицы вблизи станции тлели в грудах развалин. Я сначала не мог разобрать, что горело на линии железной дороги. Огонь перебегал по какой-то черной груде, направо виднелось что-то желтое, длинное. Потом я разглядел, что это был потерпевший крушение поезд, передняя часть которого была разбита и горела, задние же вагоны еще стояли на рельсах.

Между этими тремя центрами света — домами, поездом и горевшими окрестностями Чобхема — вклинивались неправильные черные куски, разорванные кое-где полосами тлеющей и дымящейся почвы. Это было странное зрелище: черное пространство, усеянное огнями. Это напомнило мне гончарные заводы ночью. Сначала я не заметил людей, хотя и смотрел очень внимательно. Потом на фоне пожара у станции Уокинга я увидел несколько мечущихся темных фигурок.

И этот огненный хаос был тем маленьким мирком, где я столько лет жил так мирно! Я не знал, что произошло в течение последних семи часов; я только начинал смутно догадываться, что есть какая-то связь между этими механическими колоссами и теми неповоротливыми чудовищами, которые на моих глазах выползли из цилиндра. С каким-то странным любопытством, не думая об опасности, я придвинул свое рабочее кресло к окну, уселся и начал наблюдать. Особенно заинтересовали меня три черных гиганта, расхаживавшие при блеске пожарища около песчаных ям.

Они, казалось, были чем-то заняты. Я недоумевал, что они там делают. Неужели это одухотворенные механизмы? Но ведь это невозможно! Очевидно, в каждом из них находится марсианин и управляет им. Я стал сравнивать их с нашими машинами и в первый раз в жизни задал себе вопрос: какими должны казаться разумному, но менее развитому, чем мы, существу броненосцы или паровые машины?

Гроза пронеслась, и небо очистилось. Над дымом пожарища блестел, как булавочная головка, Марс.

Какой-то солдат залез в мой сад. Я услыхал легкое царапанье по забору и, пробудившись от своего оцепенения, увидел человека, перелезавшего через частокол. При виде другого человеческого существа мой столбняк сразу прошел, и я быстро высунулся в окно.

— Тсс... — прошептал я.

Он в нерешительности уселся верхом на заборе. Потом перелез и, согнувшись, прокрался через лужайку к углу дома.

— Кто там? — шепотом спросил он, стоя под окном и глядя вверх.

— Куда вы идете? — спросил я.

— Я и сам не знаю.

— Вы хотите спрятаться?

— Да.

— Входите в дом, — предложил я.

Я спустился и впустил его. Потом снова запер дверь. Я не мог видеть его лица. Он был без фуражки, мундир был расстегнут.

— Боже мой! — воскликнул он, когда я впустил его.

— Что случилось? — спросил я.

— И не спрашивайте. — Несмотря на темноту, я заметил, что он безнадежно махнул рукой. — Они смели нас, просто смели... — повторял он.

Почти машинально он вошел за мной в столовую.

— Выпейте виски, — предложил я, наливая ему порядочную порцию.

Он выпил. Потом опустился на стул перед столом, положил голову на руки и в волнении начал всхлипывать, как ребенок. Забыв о своем недавнем припадке отчаяния, я с удивлением смотрел на него.

Прошло довольно много времени, пока он наконец совладал со своими нервами и смог отвечать на мои вопросы. Он говорил отрывисто и путано. Он был ездовым в артиллерии и попал в бой только около семи часов. В это время стрельба на пустыре была в полном разгаре; говорили, что первая партия марсиан медленно ползет ко второму цилиндру под прикрытием металлической брони.

Потом эта металлическая броня превратилась в треножник, в ту первую военную машину, которую я увидел. Орудие, при котором он находился, было выставлено около Хорзелла для обстрела песчаных ям, и его прибытие ускорило развязку. Когда ездовые с лафетом отъезжали в сторону, его лошадь оступилась и упала, сбросив его в яму. В ту же минуту пушка сзади взлетела в воздух вместе со снарядами.

Все было охвачено огнем, и он очутился погребенным под грудой обгорелых мертвых тел людей и тушами лошадей.

— Я лежал тихо, — рассказывал он, — полумертвый от страха. На мне лежала передняя часть лошади. Они нас смели. А запах! Боже мой! Точно пригорелое жаркое. Я расшиб спину при падении лошади. Так я лежал, пока мне не стало немного лучше. Минуту назад мы ехали точно на парад — и вдруг разбиты, сметены, уничтожены. Нас смели, — повторял он.

Он долго прятался под тушей лошади, высматривая украдкой. Кардиганский полк пытался броситься в штыки, но его мигом уничтожили. Потом чудовище поднялось на ноги и начало расхаживать по пустоши, преследуя спасавшихся бегством. Вращавшийся колпак на нем напоминал голову человека в капюшоне. Какое-то подобие руки держало сложный металлический ящик, вспыхивал зеленый свет, рассеивавший тепловой луч.

В несколько минут на пустоши не осталось ни одного живого существа, кусты и деревья, еще не обратившиеся в почерневший скелет, горели. Гусары стояли на дороге за холмом, и он их не видел. Он слышал, как застрекотали пулеметы, потом все смолкло. Гигант сначала не тронул станцию Уокинга и окрестные дома. Потом скользнул тепловой луч, и городок превратился в груду пылающих развалин. Чудовище прикрыло тепловой луч и, повернувшись спиной к артиллеристу, заковыляло по направлению к дымившемуся сосновому лесу, где упал второй цилиндр. Вместо него поднялся второй сверкающий титан.

Второе чудовище последовало за первым. Артиллерист осторожно пополз по горячему пеплу вереска к Хорзеллу. Ему удалось доползти до канавы, тянувшейся вдоль края дороги, и таким образом он добрался до Уокинга. Рассказ артиллериста был очень краток. Через Уокинг нельзя было пройти. Немногие уцелевшие жители, казалось, сошли с ума. Многие сгорели заживо или были обожжены. Он повернул в сторону от огня и спрятался в развалинах, когда один из гигантов вернулся. Он видал, как чудовище, преследуя бегущих, схватило одного из них своим стальным щупальцем и размозжило ему голову о сосновый пень. Когда стемнело, артиллерист стал пробираться дальше и добрался до железнодорожной насыпи.

Потом он направился к Мэйбюри, в сторону Лондона, думая, что там будет безопаснее. Люди прятались в погребах и канавах, и многие из уцелевших бежали к Уокингу и Сэнду. Его мучила жажда. Около железнодорожной арки он увидел водопровод, вода била ключом на дорогу из лопнувшей трубы.

Вот и все, что я смог у него выпытать. Он несколько успокоился, рассказывая мне обо всем, что ему пришлось видеть. С полудня он ничего не ел. Он сказал мне об этом еще в начале своего рассказа. Я нашел немного баранины и хлеба в кладовой и принес ему еду. Мы не зажигали лампу, боясь привлечь внимание марсиан, и наши руки часто соприкасались, нащупывая еду. Пока он рассказывал, окружавшие предметы стали неясно выступать из мрака, за окном виднелись затоптанные кусты и сломанный шиповник. Можно было подумать, что по полянке промчалась толпа людей или животных. Теперь я мог рассмотреть лицо артиллериста, перепачканное, бледное, — такое же, вероятно, было и у меня.

Закусив, мы поднялись осторожно в мой кабинет, и я снова выглянул в открытое окно. За одну ночь цветущая долина превратилась в долину развалин. Пожар догорал. Там, где раньше бушевало пламя, теперь чернели клубы дыма. Бесчисленные развалины разрушенных и покинутых домов, поваленные обугленные деревья, скрытые раньше мраком, казались такими ужасными в сумерках рассвета. Кое-что уцелело среди всеобщего разрушения каким-то чудом: белый железнодорожный семафор, часть оранжереи. Никогда еще в истории войн не было такого разрушения. Поблескивая в свете зари, три металлических гиганта стояли около ямы, и их колпаки поворачивались, как будто они любовались произведенным опустошением.

Мне показалось, что яма стала шире. Вспышки зеленого пара беспрерывно взлетали навстречу разгоравшейся заре — клубились, падали и исчезали.

Около Чобхема вздымались столбы пламени. С первым лучом рассвета они превратились в столбы кровавого дыма.

Глава 12. Разрушение Уэйбриджа и Шеппертона

Когда совсем рассвело, мы отошли от окна, откуда наблюдали за марсианами, и тихо спустились вниз.

Артиллерист соглашался со мной, что в доме оставаться опасно. Он предлагал идти в сторону Лондона. Там он присоединится к своей батарее конной артиллерии. Я же хотел вернуться в Летерхэд. Пораженный могуществом марсиан, я решил увезти жену подальше, в Ньюхэвен. Я предчувствовал, что скоро окрестности Лондона неизбежно станут сценой ужасной борьбы, пока чудовища не будут уничтожены.

Между нами и Летерхэдом, однако, находился третий цилиндр, охраняемый гигантами. Будь я один, вероятно, положился бы на свою судьбу и пустился бы напрямик, но артиллерист разубедил меня.

— Вряд ли вы поможете своей жене, если сделаете ее вдовой, — сказал он.

В конце концов я согласился идти вместе с ним, под прикрытием леса, к северу до Стрит-Кобхэма. Оттуда я должен был сделать большой круг через Эпсом, чтобы попасть в Летерхэд.

Я хотел отправиться сразу, но мой компаньон был опытным военным. Он заставил меня перерыть весь дом и отыскать флягу, в которую налил виски. Мы набили свои карманы сухарями и ломтиками мяса. Потом вышли из дому и пустились бегом вниз по размытой дороге, по которой я шел прошлой ночью. Дома казались вымершими. На дороге лежали рядом три обуглившихся тела, пораженных тепловым лучом. Кое-где валялись брошенные или потерянные вещи: часы, туфля, серебряная ложка и другие малоценные предметы. На повороте к почтовой конторе лежала на боку распряженная тележка со сломанным колесом, нагруженная ящиками и мебелью. Несгораемый ящик был, видимо, наспех открыт и брошен среди разной рухляди.

Дома в этой части не особенно пострадали, горела только одна сторожка при Приюте. Тепловой луч скользнул только по трубам.

Однако, кроме нас, на Мэйбюри-Хилл, повидимому, не было ни души. Большая часть жителей бежали, вероятно, к Старому Уокингу по той дороге, по которой я ехал в Летерхэд, или прятались где-нибудь.

Мы спустились вниз по переулку, мимо намокшего от града мертвеца в черном, вошли в лес у подножия холма и добрались до полотна железкой дороги, никого не встретив. Лес по ту сторону железной дороги казался сплошным буреломом. Далеко кое-где торчали обгоревшие стволы.

На нашей стороне огонь только опалил ближайшие деревья и не произвел больших опустошений. В одном месте, очевидно, лесорубы еще работали в субботу. Деревья, срубленные и свежеочищенные, лежали на просеке, среди кучи опилок, около паровой лесопилки. Рядом стояла пустая лачуга. Все было тихо; воздух казался неподвижным, даже птицы куда-то исчезли. Мы с артиллеристом переговаривались шепотом и часто оглядывались. Раз или два мы останавливались и прислушивались.

Скоро мы приблизились к дороге и услышали стук копыт. В сторону Уокинга медленно ехали три кавалериста. Мы окликнули их, и они остановились. Мы быстро подошли к ним. Это были поручик и двое рядовых 8-го гусарского полка с каким-то прибором вроде теодолита. Артиллерист объяснил мне, что это гелиограф.

— Вы первые, кого я встретил на этой дороге сегодня утром, — сказал поручик. — Что тут у вас такое заварилось?

Он казался озабоченным. Солдаты смотрели на нас с любопытством. Артиллерист спрыгнул с насыпи на дорогу и отдал честь.

— Пушку нашу взорвало прошлой ночью, сэр. Я спрятался. Хочу догнать батарею, сэр. Вы увидите марсиан, я думаю, если проедете еще с полмили по дороге.

— На какого черта они похожи? — спросил поручик.

— Великаны в броне, сэр. Сто футов высоты. Три ноги, тело похоже на алюминиевое, с огромной головой в колпаке, сэр.

— Рассказывай! — воскликнул поручик, — Что за чепуху, ты мелешь?

— Сами увидите, сэр. У них в руках что-то вроде ящика, сэр, из него вспыхивает огонь и убивает на месте.

— Вроде пушки?

— Нет, сэр. — И артиллерист стал говорить о тепловом луче. Поручик прервал его и обернулся ко мне. Я все еще стоял на насыпи у дороги.

— Вы тоже видели это? — спросил поручик.

— Он говорит правду, — ответил я.

— Ну, — сказал офицер, — я думаю, и мне не мешает взглянуть на это. Слушай, — обратился он к артиллеристу, — нас отрядили сюда, чтобы очистить дома от жителей. Ты лучше явись лично к бригадному генералу Марвину и доложи ему обо всем, что знаешь. Он находится в Уэйбридже. Ты знаешь дорогу?

— Я знаю, — сказал я.

Офицер повернул свою лошадь снова к югу.

— Вы говорите, полмили? — спросил он.

— Самое большее, — ответил я и указал на вершины деревьев к югу.

Он поблагодарил меня и поехал дальше. Мы не видели их больше.

Потом у коттеджа мы увидели трех женщин и двоих детей на дороге, нагружавших ручную тележку узлами и разной рухлядью. Все они были так заняты, что не стали разговаривать с нами.

У станции Байфлит мы вышли из соснового леса. В лучах утреннего солнца деревня казалась такой мирной. Здесь мы были уже вне сферы действия теплового луча; если бы не опустевшие дома, не суетня укладывающихся, не кучки солдат на мосту над железной дорогой, смотревших вдаль по линии к Уокингу, день походил бы на обычное воскресенье.

Несколько телег и повозок двигалось со скрипом по дороге к Адлстону. Через ворота в изгороди мы увидели на лугу шесть двенадцатифунтовых, аккуратно расставленных на равном расстоянии друг от друга пушек, направленных в сторону Уокинга. Прислуга стояла подле в ожидании, зарядные ящики были на положенном расстоянии за линией. Солдаты стояли точно на смотру.

— Вот это хорошо, — сказал я. — Во всяком случае, они дадут хороший залп!

Артиллерист в нерешительности остановился у ворот.

— Я пойду дальше, — сказал он.

Ближе к Уэйбриджу, как раз за мостом, солдаты в рабочих куртках рыли длинный вал, за которым торчали новые пушки.

— Это все равно что лук и стрелы против молнии, — сказал артиллерист. — Они еще не видали этого огненного луча.

Офицеры, не принимавшие непосредственного участия в работе, стояли и смотрели к юго-западу на вершины леса, солдаты тоже часто отрывались от работы и поглядывали в том же направлении.

Байфлит был в смятении. Жители укладывались, и двадцать человек гусар, частью спешившись, частью верхом, торопили их. Три или четыре черных лазаретных фургона, с красными крестами на белом круге, и какой-то старый омнибус грузились на улице среди прочих повозок. Многие из жителей приоделись по-праздничному. Солдатам стоило большого труда растолковать всю опасность положения. Какой-то старичок сердито требовал от капрала, чтобы захватили его большой ящик и около двух дюжин цветочных горшков с орхидеями. Капрал хотел их оставить. Я подошел и дернул старичка за рукав.

— Знаете вы, что там делается? — спросил я, показывая на вершины соснового леса, скрывавшего марсиан.

— Что? — обернулся он. — Я говорю им, что этого нельзя бросать.

— Смерть! — крикнул я. — Смерть приближается! Смерть!

Не знаю, понял ли он мои слова. Я поспешил за артиллеристом. На углу я обернулся: солдат ушел от старичка, который стоял возле своих горшков с орхидеями и смотрел растерянно в сторону леса.

Никто в Уэйбридже не мог сказать нам, где помещалась штаб-квартира. Такого беспорядочного оживления не увидишь даже в городе. Повозки, экипажи, лошади всех сортов. Почтенные жители местечка, спортсмены в одежде для гольфа и гребли, нарядно одетые женщины — все укладывались. Помогали даже катающиеся по реке. Дети галдели и были очень довольны такой удивительной переменой в их воскресном времяпрепровождении. Среди всеобщей суматохи почтенный викарий, не обращая ни на что внимания, под звон колокола служил раннюю обедню.

Мы с артиллеристом присели на ступеньку у колодца и наскоро перекусили. Патрули — уже не гусары, а гренадеры в белом — предупреждали жителей и просили их или уходить, или прятаться по погребам, как только начнется стрельба. Переходя через железнодорожный мост, мы заметили большую толпу около станции. Платформа кишела людьми и была завалена ящиками и узлами. Обычное расписание было нарушено, вероятно, для того, чтобы подвести войска и орудия к Чертси; после я слышал, что произошла страшная давка из-за мест в экстренных вечерних поездах.

Мы оставались в Уэйбридже до полудня, К двенадцати часам мы были у Шеппертонского шлюза, где сливаются Темза и Уэй. Немало времени мы потратили также на то, чтобы помочь двум старушкам нагрузить их тележку. В устье Уэя три рукава. Здесь причаливают лодки и находится паром. По ту сторону над деревьями Шеппертона виднелась харчевня с лужайкой, а дальше колокольня шеппертонской церкви — теперь она заменена шпилем.

Здесь мы встретили целую толпу беженцев. Хотя бегство еще не стало паническим, все же желающих переехать было гораздо больше, чем могли вместить лодки. Люди шли, задыхаясь под тяжелыми ношами. Муж с женой тащили даже небольшую входную дверь от своего дома, на которую сложили разный домашний скарб. Какой-то человек сказал нам, что хочет попытаться уехать со станции в Шеппертон.

Слышались крики, и нашелся даже один шутник. Многие думали, что марсиане великаны, похожие на людей: они могут напасть на город и разорить его, но, конечно, в конце концов должны погибнуть. Часто посматривали через Уэй на луга около Чертси, но там не было ничего особенного.

По ту сторону Темзы, кроме того места, где причаливали лодки, тоже все было спокойно — полный контраст по сравнению с Сурреем. Народ, выходивший там из лодок, рассыпался по улице. Большой паром только что перевалил через реку. Три или четыре солдата стояли на лужайке возле харчевни и подшучивали над женщинами, не предлагая своей помощи. Харчевня была закрыта.

— Что там? — крикнул вдруг один лодочник.

— Тише, глупая! — унимая какой-то человек возле меня лаявшую собаку.

Звук повторился на этот раз со стороны Чертси, заглушенный какой-то гул — выстрел из пушки.

Бой разгорался. Скрытые за деревьями батареи за рекой направо приняли участие в этом хоре, тяжело стреляя одна за другой. Какая-то женщина вскрикнула. Все смотрели в сторону сражения. Мы не видели ничего, кроме ровных лугов, пасшихся коров и серебристых подстриженных ив, неподвижных под лучами горячего солнца.

— Солдаты задержат их! — проговорила нерешительно какая-то женщина возле меня.

Над лесом показался дымок.

И вдруг мы увидели — далеко вверх по течению реки — вспышку дыма, взлетевшего и погасшего в воздухе. Почва под ногами у нас задрожала, и оглушительный взрыв потряс воздух, разбив стекла в соседних домах. Все оцепенели от удивления.

— Вот они! — закричал какой-то человек в синей фуфайке, — Вон там! Видите? Вон там!

Быстро один за другим появились одетые в броню марсиане — один, два, три, четыре, вдали над деревьями, среди лугов Чертси. Сначала они казались маленькими фигурками в колпаках и двигались как будто на колесах с быстротой птиц.

Они поспешно шагали к реке. Сбоку наискось к нам приближался пятый. Их броня блестела на солнце, когда они направились к батареям, и при приближении размеры их увеличивались. Самый крайний и самый дальний из них слева поднял высоко в воздух какой-то большой ящик, и ужасный призрачный тепловой луч, который я уже видел в ночь на субботу, скользнул к Чертси и поразил город.

При виде этих странных быстроходных чудовищ толпа на берегу реки оцепенела от ужаса. Ни возгласов, ни криков — мертвое молчание. Потом бурный рокот и топот ног — шлепанье по воде. Какой-то человек, слишком перепуганный, чтобы сбросить сумку с плеча, повернулся и углом своей ноши так сильно ударил меня, что я пошатнулся. Какая-то женщина уцепилась за меня и бежала сзади. Я тоже побежал вместе со всеми, хотя и не потерял способности мыслить. Я думал об ужасном тепловом луче. Нырнуть в воду! Самое лучшее!

— Ныряйте! — тщетно кричал я.

Я обернулся вперед и бросился навстречу приближавшемуся марсианину, прямо вниз по песчаному отлогому берегу в воду. Некоторые последовали моему примеру. Какая-то лодка с пассажирами опрокинулась. Камни под моими ногами были скользкие от тины, а река так мелка, что я пробежал около двадцати футов, и вода доходила мне едва до пояса.

Когда марсианин показался у меня над головой ярдах в двухстах, я быстро нырнул. В ушах у меня, как удары грома, раздавался плеск людских тел, падавших с лодок.

Многие торопливо выпрыгивали и выбирались на берег по обеим сторонам реки.

Но марсианин обращал не больше внимания на людей, чем человек на беготню снующих муравьев в муравейнике, на который он наступил ногой. Когда, полузадохшийся, я поднял голову над водой, колпак марсианина был обращен к батареям, которые все еще обстреливали реку. Приближаясь, он держал что-то наготове, очевидно, генератор теплового луча.

В следующее мгновение он был уже на берегу и шагнул на середину реки. Колени его передних ног упирались в противоположный берег. Еще мгновение — и он выпрямился во весь рост у Шеппертона. Вслед за тем шесть орудий — никто не знал о них на правом берегу, так как они были скрыты за окраиной, — дали залп. От сильного сотрясения сердце мое учащенно забилось. Чудовище уже поднимало камеру теплового луча, когда первый снаряд разорвался в шести ярдах над его колпаком.

Я вскрикнул от удивления. Я забыл про остальных четырех марсиан — все мое внимание было отвлечено происходившим. Почти одновременно с первым два других снаряда взорвались вблизи в воздухе, колпак наклонился, но не успел увернуться от четвертого снаряда.

Снаряд ударил прямо в лицо марсианину. Колпак треснул и разлетелся кусками красного мяса и сверкающего металла.

— Ловко! — не то вскрикнул, не то взвизгнул я.

В ответ послышались крики людей, стоявших в воде недалеко от меня. От восторга я готов был выскочить из воды.

Обезглавленный колосс пошатнулся, как пьяный гигант, но не упал, сохранив каким-то чудом равновесие. Никем не контролируемый, с высоко поднятой камерой, испускавшей тепловой луч, он быстро, но нетвердо зашагал по Шеппертону. Его живой мозг, марсианин под колпаком, был разорван на куски, и неуправляемое чудовище стало теперь слепой машиной разрушения. Оно шагало, неуправляемое, по прямой линии и вдруг натолкнулось на колокольню шеппертонской церкви, раздробив ее, точно тараном, отшатнулось, затрепетало и с грохотом рухнуло в реку.

Раздался взрыв, и целый смерч воды, пара, грязи и обломков металла взлетел высоко к небу. Камера теплового луча погрузилась в воду, и вода стала превращаться в пар. В следующий момент огромная волна, вроде морского прибоя, горячая почти до обжигания, покатилась по берегу вверх против течения. Я видел, как люди барахтались и старались выбраться на берег, и слышал их крики и вопли, заглушенные кипением воды после падения марсианина.

Не обращая внимания на жар, позабыв про опасность, я поплыл по бурной реке, оттолкнув какого-то человека в черном, пока не добрался до поворота. С полдюжины пустых лодок беспомощно качались на волнах. Упавший марсианин лежал поперек реки дальше вниз по течению, почти весь под водой.

Густые облака пара поднимались над местом его падения, и среди их вихря я разглядел гигантские члены чудовища, бившегося в воде и выбрасывавшего в воздух: фонтаны из грязи и пены. Щупальца размахивали и бились, как руки, и если бы не беспомощность и бесполезность этих движений, то можно было бы подумать, что какое-то раненое существо борется за жизнь среди волн. Масса какой-то красновато-коричневой жидкости струей била вверх из машины.

Мое внимание было отвлечено от этого зрелища ужасным ревом, напоминавшим рев паровой сирены. Какой-то человек, стоя по колени в воде недалеко от тропинки, по которой идут с бечевой, что-то кричал мне и на что-то указывал, но я не мог разобрать его слов. Оглянувшись, я увидел второго марсианина, приближавшегося огромными шагами от Чертси к берегу реки. Пушки из Шеппертона стреляли без всякого результата.

Я нырнул и поплыл, сдерживая дыхание, пока движение не превратилось в какую-то агонию. Вода бурлила и быстро нагревалась.

Когда на минуту я вынырнул, чтобы перевести дыхание, удалить упавшие на глаза волосы и набравшуюся под веки воду, то увидел, что кругом белыми клубами поднимался пар, скрывший марсианина. Шум был оглушительный. Затем я увидел серых колоссов, казавшихся сквозь туман еще более огромными. Они прошли мимо, и двое из них нагнулись над дымящимися останками своего товарища.

Третий и четвертый стояли возле в воде, один — ярдах в двухстах от меня, другой — дальше к Лелхэму. Генераторы теплового луча были высоко подняты, и лучи с шипением падали в разные стороны.

Воздух звенел от оглушительного хаоса звуков: пронзительный рев марсиан, грохот рушащихся домов, шипение охваченных пламенем деревьев, заборов, сараев, гул и треск огня. Густой черный дым поднимался вверх и смешивался с паром от реки. Прикосновение теплового луча, скользившего по Уэйбриджу, вызывало белые вспышки, за которыми следовала дымная пляска более темного пламени. Ближайшие дома все еще стояли нетронутыми; ожидая своей участи, сумрачные, бледные на огненном зыбком фоне.

С минуту я стоял по грудь в почти кипящей воде, растерянный, не надеясь спастись. Сквозь пар я видел, как из реки выползали по камышу на берег люди, точно лягушки, прыгающие по траве при приближении человека, и разбегались в ужасе в разные стороны.

Вдруг белые вспышки теплового луча стали приближаться ко мне. Дома рушились при его прикосновении и охватывались пламенем; деревья с шумом обращались в огненные столбы. Он скользил вверх и вниз по береговой тропинке, сметая разбегавшихся людей, и наконец спустился до края воды, может быть, за пятьдесят ярдов от того места, где стоял я. Потом перенесся на другой берег, к Шеппертону, и вода под ним закипела и стала обращаться в пар. Я бросился к берегу.

В следующую минуту огромная волна, почти кипяток, обрушилась на меня сзади. Я закричал и, полуослепленный, обваренный, вне себя от боли, старался выбраться на берег из кипевшей воды. Поскользнись я — и все было бы кончено. Я упал беспомощно на глазах у марсиан на широкой песчаной открытой отмели, на месте слияния Уэя и Темзы. Я считал себя уже погибшим.

Помню как во сне марсианина, который прошел ярдах в двадцати от моей головы, увязая ногой в гравии, вытаскивая ее и поднимая; потом, после долгого промежутка, четыре марсианина пронесли останки своего товарища, выступая то отчетливо, то смутно сквозь пелену дыма, расползавшегося по реке и лугам. Потом я понял, что каким-то чудом спасся.

Глава 13. Как я встретился с викарием

Показав свое превосходство над земной военной техникой, марсиане отступили к своей первоначальной позиции на Хорзеллской пустоши. Они торопились унести останки своего разорванного снарядом товарища и поэтому не обращали внимания на таких жалких беглецов, как я. Если бы они бросили его и двинулись дальше, то не встретили бы на своем пути никакого сопротивления, кроме нескольких батарей двенадцатифунтовых пушек, и, конечно, достигли бы Лондона гораздо раньше, чем поток беженцев. Их неожиданное появление было бы так же ужасно и губительно, как землетрясение, разрушившее сто лет назад Лиссабон.

Но им нечего было спешить. Из межпланетного пространства каждые двадцать четыре часа, принося им подкрепление, падал цилиндр за цилиндром. Военные и морские власти тоже приготовлялись с лихорадочной поспешностью, узнав на опыте силу врага. Ежеминутно новое орудие ставилось на позицию; еще до наступления сумерек почти из каждого куста, из каждой пригородной дачи на холмистых склонах близ Кингстона и Ричмонда торчало черное пушечное дуло. На всем обугленном и опустошенном пространстве в двадцать квадратных миль вокруг лагеря марсиан на Хорзеллской пустоши, среди пепелищ и развалин, под черными и обгорелыми остатками сосновых лесов, были устроены наблюдательные пункты, которые должны были тотчас же предупредить артиллерию о приближении марсиан. Но марсиане поняли маневры нашей артиллерии и опасность близости людей: всякий, кто пытался подойти к одному из цилиндров ближе чем на милю, расплачивался за это своей жизнью.

Кажется, что гиганты потратили все утро на переноску груза второго и третьего цилиндров — второй упал у Адлстона, третий у Пирфорда — к своей яме на Хорзеллской пустоши. Над почерневшим вереском и разрушенными строениями стоял на часах один марсианин. Остальные же сошли со своих боевых машин в яму. Они работали до поздней ночи, и из ямы вырывались вспышки густого зеленого дыма, который был виден с холмов Мерроу и даже, как говорят, из Бэнстеда и Эпсома.

Пока марсиане позади меня готовились к новой вылазке, а впереди человечество собиралось дать им отпор, я с большим трудом и мучениями пробирался к Лондону от пожарища Уэйбриджа.

Увидев плывущую вниз по течению брошенную лодку, я сбросил большую часть своего промокшего платья, поплыл за ней, поймал и спасся таким образом от гибели. Весел не было. Я подгребал, насколько мог, обожженными руками, вниз по течению к Холлифорду и Уолтону, подвигаясь очень медленно и боязливо оглядываясь назад. Я предпочел водный путь, так как на воде легче было спастись в случае встречи с гигантами.

Пар от падения марсианина клубился вниз по реке, почти на протяжении мили оба берега были скрыты. Раз, впрочем, я различил несколько черных фигур, спешивших через луга от Уэйбриджа.

Холлифорд казался вымершим, несколько домов у берега горело. Странно было видеть спокойное и безлюдное селение под знойным голубым небом с взлетающими языками пламени и клубящимся дымом. Первый раз видел я пожар без толпы. Сухой камыш на отмели тоже дымился и горел, и огонь медленно подбирался к сенокосу.

Долго я плыл по течению, измученный и усталый от всех этих ужасов. Даже на воде было очень жарко. Однако страх был сильнее, и я снова стал грести руками. Солнце жгло мою обнаженную спину. Наконец, когда за поворотом показался Уолтонский мост, лихорадка и слабость преодолели страх, и я причалил к отмели Мидлсекса и растянулся в изнеможении на траве. Было около четырех или пяти часов. Потом я встал, прошел с полмили, никого не встретив, и снова улегся под тенью забора. Меня томила жажда, и я сожалел, что не напился на реке.

Любопытно, что я злился на свою жену. Меня раздражало, что я должен был добраться до Летерхэда.

Я не помню уже, как встретился с викарием. Вероятно, я задремал. Я увидел, что он сидит рядом со мной, в выпачканной сажей рубашке, закинув вверх гладко выбритое лицо, и смотрит на легкие облачка, пробегавшие по небу. Небо было, как говорится, покрыто барашками, рядами легких перистых облаков, чуть окрашенных отблеском летнего заката.

Я привстал, и он обернулся ко мне.

— Нет ли у вас воды? — спросил я сразу.

Он покачал головой.

— Вы целый час все спрашивали воду, — сказал он.

Мы молча с минуту рассматривали друг друга. Вероятно, я показался ему странным: почти голый (на мне были только промокшие насквозь брюки и носки), красный от ожога, с лицом и шеей, черными от дыма. Он же казался совсем расслабленным, нижняя челюсть отвисла, а волосы спустились льняными завитками на низкий лоб. Большие светло-голубые глаза смотрели грустно. Он говорил отрывисто, смотря куда-то в пространство.

— Что такое происходит? — спросил он. — Что значит все это?

Я смотрел на него.

Он протянул белую тонкую руку и заговорил жалобно:

— Зачем все это допущено? Чем же мы согрешили? Я кончил утреннюю службу и прогуливался по дороге, чтобы освежиться и приготовиться к проповеди, — и вдруг огонь, землетрясение, смерть! Содом и Гоморра! Все труды пропали… Кто такие эти марсиане?

— А кто мы сами? — ответил я, откашливаясь.

Он обхватил свои колени и снова повернулся ко мне. С полминуты он смотрел молча.

— Я прогуливался по дороге, чтобы освежиться, — сказал он. — И вдруг огонь, землетрясение, смерть!

Он снова замолчал. Подбородок его почти касался колеи. Потом опять заговорил, размахивая рукой:

— Все труды… все воскресные школы… Что мы сделали? Что сделал Уэйбридж? Все исчезло, все разрушено. Церковь! Мы только три года тому назад ее перестроили — она исчезла, стерта с лица земли! Почему?

Новая пауза. И снова он заговорил как помешанный.

— Дым от ее пожарища будет вечно подниматься к небесам! — воскликнул он.

Его глаза блестели, костлявым пальцем он указывал на Уэйбридж. Я начал догадываться, что передо мной душевнобольной. Ужасная трагедия, свидетелем которой он был, — очевидно, он спасся бегством из Уэйбриджа, — довела его до сумасшествия.

— Далеко отсюда до Санбэри? — спросил я деловым тоном.

— Что же нам делать? — спросил он. — Неужели эти исчадия повсюду? Неужели Земля отдана им во власть?

— Далеко отсюда до Санбэри?

— А ведь только сегодня утром я служил раннюю обедню...

— Обстоятельства переменились, — сказал я спокойно. — Не отчаивайтесь. Есть еще надежда...

— Надежда?!

— Да, надежда, несмотря на все это разрушение.

Я стал излагать ему мой взгляд на наше положение. Он сначала слушал с интересом, но скоро впал в прежнее безразличие и отвернулся, его взор снова стал блуждающим.

— Это начало конца, — прервал он меня. — Конец! День Страшного суда!

Я старался его разубедить и встал, положив ему руку на плечо.

— Будьте мужчиной, — сказал я, — вы просто потеряли голову. Хороша вера, если она не может устоять перед несчастьем! Подумайте, сколько раз в истории человечества были землетрясения, потопы, войны и вулканы. Почему Бог должен был сделать исключение для Уэйбриджа? Ведь он не агент страхового общества.

Он молча слушал.

— Но как нам спастись? — вдруг спросил он. — Они неуязвимы, они безжалостны...

— Ни то ни другое, может быть, — ответил я. — И чем могущественнее они, тем разумнее и осторожнее должны быть мы. Я сам видел, как один из них был убит три часа тому назад.

— Убит! — воскликнул он, взглянув на меня, — Разве может быть убит вестник Божий?

— Я сам видел, — продолжал я. — Мы с вами попали как раз в самую свалку, только и всего.

— Что это за мигание в небе? — вдруг спросил он.

Я объяснил ему, что это сигналы гелиографа. Это люди стараются нам помочь. Мы находимся как раз посередине. Пока все спокойно. Это мигание в небе возвещает о приближающейся грозе. Вон там марсиане, а в стороне Лондона, там, за холмами около Ричмонда и Кингстона, под прикрытием зелени устроены траншеи и поставлены орудия. Марсиане пойдут по этой дороге...

Я не успел кончить, как он вскочил и остановил меня жестом.

— Слушайте! — сказал он.

Из-за низких холмов за рекой доносился глухой гул отдаленной орудийной пальбы и какой-то далекий странный крик. Потом все стихло. Майский жук, жужжа, перелетел через забор мимо нас. Высоко на западе, над дымом Уэйбриджа и Шеппертона, в ослепительном закате поблескивал бледный нарождающийся месяц.

— Нам лучше пойти по этой тропинке к северу, — сказал я.

Глава 14. В Лондоне

Мой младший брат находился в Лондоне в то время, когда в Уокинге упал цилиндр. Он был студентом-медиком и готовился к предстоящему экзамену. Он тоже ничего не слыхал о прибытии марсиан до субботы. Утренние субботние газеты в дополнение к длинным специальным статьям о Марсе, о жизни на нем и так далее напечатали короткое, довольно туманное сообщение о том, что марсиане, напуганные приближением толпы, убили несколько человек при помощи какой-то скорострельной пушки. Телеграмма заканчивалась словами: «Марсиане, несмотря на свой ужасный вид, не вылезали из ямы, куда они упали, и, очевидно, не в состоянии сделать это. Вероятная причина этого — большая сила земного притяжения». Передовицы особенно напирали на этот последний пункт и успокаивали публику.

Конечно, все студенты, подготовлявшиеся к экзамену по биологии в университете, куда отправился в тот день и мой брат, очень заинтересовались сообщением, но на улицах не замечалось никакого особенного оживления.

Вечерние газеты вышли с сенсационными заголовками, но сообщали только о движении войск к пустоши и о пожаре сосновых лесов между Уокингом и Уэйбриджем. В восемь часов «Сент-Джеймс газетт» в экстренном выпуске кратко сообщила о порче телеграфа. Предполагали, что линия повреждена упавшими от пожара соснами. В эту ночь ничего не было известно о сражении. Это была та ночь, когда я ездил в Летерхэд и обратно.

Мой брат не беспокоился о нас, так как знал из газет, что цилиндр находится по крайней мере в двух милях от моего дома. Он собирался поехать вечером ко мне, чтобы, как он говорил, посмотреть на чудовищ, пока их не уничтожили. Он телеграфировал мне около четырех часов, а вечером был на каком-то концерте. Телеграмму я так и не получил.

В Лондоне в ночь на воскресенье также разразилась гроза, и брат мой доехал до станции Ватерлоо на извозчике. На платформе, откуда обыкновенно отходит двенадцатичасовой поезд, он узнал, прождав некоторое время, что в эту ночь поезда почему-то не доходят до Уокинга. Почему — он так и не мог добиться, толком об этом не знала даже железнодорожная администрация. На станции не заметно было никакого волнения, администрация предполагала, что произошло крушение между Байфлитом и узловой станцией Уокинга. Вечерние поезда, шедшие обычно через Уокинг, направлялись через Виргиния-Уотер или Холлифорд. Много хлопот железнодорожной администрации доставила перемена маршрута экскурсии Саутгемптонского и Портсмутского воскресного союза. Какой-то репортер вечерней газеты, приняв брата по ошибке за начальника движения, на которого брат немного походил, хотел получить у него интервью.

Почти никто, не исключая и железнодорожников, не ставил крушение в связь с марсианами.

Я потом читал в какой-то газете, что будто бы еще утром в воскресенье «весь Лондон был наэлектризован сообщениями из Уокинга». В действительности ничего подобного не было. Большинство обитателей Лондона впервые услышали о марсианах только в понедельник утром, когда разразилась паника. Даже те, кто читал газеты, не сразу поняли составленное наспех сообщение. Большинство же лондонцев вообще не читают воскресных газет.

Кроме того, лондонцы так уверены в своей личной безопасности, а сенсационные утки так обычны в газетах, что никто не был особенно обеспокоен следующим сообщением:

«Вчера вечером, около семи часов, марсиане вышли из цилиндра и, двигаясь под броней из металлических щитов, совершенно разрушили станцию Уокинг и расположенные поблизости от нее дома и уничтожили целый батальон Кардиганского полка. Подробности неизвестны. Пулеметы «максим» оказались совершенно бессильными против их брони; полевые пушки приведены были ими в негодность.

Летучие отряды гусар спешно направлены в Чертси. Марсиане, повидимому, медленно продвигаются к Чертси или Виндзору. В западном Суррее всеобщее беспокойство. Возводятся земляные укрепления, чтобы преградить доступ к Лондону».

Это было напечатано в «Санди сан», а «Рефери» написал, что это походило на разбежавшийся зверинец.

Никто в Лондоне не знал, что такое эти бронированные марсиане; почему-то упорно держалось мнение, что чудовища очень неповоротливы: «ползают», «с трудом волочатся» — вот выражения, которые встречаются почти во всех первых сообщениях. Воскресные газеты печатали экстренные выпуски, даже когда не было никаких новостей. Ни одна из телеграмм не составлялась очевидцами сообщений. Только вечером газеты получили правительственное сообщение, что население Уолтона, Уэйбриджа и всего округа эвакуируется в Лондон.

Утром брат зашел в церковь Приюта, все еще ничего не зная о том, что случилось прошлой ночью. Там он услышал разговоры о каком-то вторжении и специальную молитву о мире. При выходе он купил номер «Рефери». Взволнованный новостями, он отправился на станцию Ватерлоо узнать, восстановлено ли железнодорожное движение. Омнибусы, экипажи, велосипедисты, масса разодетой публики. Никто особенно не был взволнован неожиданными новостями, о которых кричали газетчики. Люди интересовались, даже беспокоились, но не о себе, а о местных жителях. На вокзале он в первый раз услышал, что на Виндзор и Чертси поезда не ходят. Носильщики сказали ему, что со станций Байфлита и Чертси было получено утром несколько важных телеграмм, но что теперь телеграф почему-то не работает. Брат не мог добиться от них более точных подробностей. «Около Уэйбриджа идет бой» — вот все, что они знали.

Движение поездов нарушилось. На станции стояла толпа ожидавших приезда родных и знакомых с юго-запада. Какой-то седой старый джентльмен вслух ругал Юго-Западную компанию.

— Ее нужно подтянуть! — ворчал он.

Пришли один или два поезда из Ричмонда, Путни и Кингстона с лондонскими жителями, выехавшими на праздник покататься на лодках. Они рассказывали, что шлюзы заперты и в воздухе чувствуется паника.

Мой брат разговорился с каким-то человеком в бело-голубом спортивном костюме.

— Множество народу едет в Кингстон на повозках, на телегах, на чем попало с сундуками, со всем скарбом, — рассказывал тот, — Едут из Молси, Уэйбриджа и Уолтона и говорят, что около Чертси слышен гул орудий, канонада и что кавалеристы велели им поскорее выбираться, потому что приближаются марсиане. Мы слышали стрельбу из орудий у станции Хэмптон-Корт, но мы думали, что это гром. Что значит вся эта чертовщина? Ведь марсиане не могут вылезти из своей ямы! Не так ли?

Мой брат на это не мог ничего ответить.

Немного спустя он заметил, что какое-то смутное беспокойство передалось и пассажирам подземной железной дороги: воскресные экскурсанты начали почему-то раньше времени возвращаться из всех юго-западных дачных местностей — из Барнса, Уимблдона, Ричмонд-парка, Кью и других. Но никто не мог сообщить ничего, кроме смутных слухов. Все пассажиры на главной конечной станции, казалось, были не в духе.

Около пяти часов собравшаяся на станции публика была очень удивлена открытием движения между Юго-Западной и Юго-Восточной линиями, обычно закрытым, а также платформами с тяжелыми орудиями и воинскими поездами. Это были орудия из Вулвича и Чэртхема для прикрытия Кингстона. Публика шутила с солдатами: «Вас там съедят!» — «Ничего, мы укротители зверей», и так далее. Вскоре на станцию явился отряд полицейских и стал очищать платформы от публики. Мой брат вышел на улицу.

Церковные колокола звонили к вечерне, и группа девушек Армии спасения шла с пением по Ватерлоо-род. На мосту толпа зевак смотрела на странную коричневую пену, клочьями плывшую вниз по течению. Солнце садилось, колокольня и здание парламента четко вырисовывались на фоне самого спокойного неба, какое только можно себе представить, — золотого, с грядой розовато-пурпурных облаков. Говорили, что видели проплывшего утопленника. Один из публики — он назвал себя резервистом — сообщил моему брату, что на западе он заметил сигналы гелиографа.

На Веллингтон-стрит брат встретил двух бойких газетчиков, которые только что выбежали с Флит-стрит с еще сырыми газетами, испещренными ошеломляющими заголовками.

— Ужасная катастрофа! — выкрикивали они наперебой по Веллингтон-стрит. — Бой под Уэйбриджем! Подробное описание! Отпор марсианам! Лондон в опасности!

Брат дал три пенса за номер газеты.

Только теперь он понял, как ужасны и опасны эти чудовища. Он узнал, что это не просто кучка маленьких неповоротливых созданий, что это разумные существа, управляющие гигантскими механизмами, что они могут быстро передвигаться и уничтожать все и что против них бессильны самые дальнобойные пушки.

Их описывали в виде «громадных паукообразных машин, почти сто футов вышиной, способных передвигаться со скоростью экспресса и выбрасывать какой-то интенсивный тепловой луч». Замаскированные батареи, главным образом полевых орудий, были расставлены около Хорзеллской пустоши и Уокинга по дороге к Лондону. Видели, как пять машин двигались к Темзе; одна из них благодаря счастливой случайности была уничтожена. Обычно все снаряды не достигали цели, и батареи мгновенно истреблялись тепловым лучом. Упоминалось также о тяжелых потерях в войсках, но вообще сообщения были составлены в оптимистическом духе.

Марсиане все же отбиты. Оказалось, что они уязвимы. Они отступили к треугольнику, образованному тремя упавшими около Уокинга цилиндрами. Разведчики с гелиографами их окружили. Быстро подвозятся пушки из Виндзора, Портсмута, Алдершота и Вулвича, даже с севера. Между прочим, из Вулвича доставлены дальнобойные девяностопятитонные орудия. Выставлено около ста шестидесяти пушек — главным образом для защиты Лондона.

Никогда еще в Англии не производилась с такой быстротой и в таких обширных размерах концентрация военных сил.

Все последующие цилиндры будут впредь уничтожаться самыми сильными взрывчатыми веществами, которые уже изготовлены и рассылаются. Положение, несомненно, серьезное, но население не должно поддаваться панике. Конечно, марсиане чудовищно опасны, но ведь их всего около двадцати против миллионов людей.

Власти имели основание предположить, принимая во внимание величину цилиндров, что в каждом не более пяти марсиан. Всего, значит, их пятнадцать. Один из них уже уничтожен, может быть, даже и больше. Население будет предупреждено вовремя при приближении опасности, и будут приняты специальные меры для охраны жителей юго-западных предместий. Уверениями в безопасности Лондона и выражением твердой надежды, что правительство справится со всеми затруднениями, кончалось это квазиправительственое сообщение.

Все это было напечатано очень крупно на еще непросохшей бумаге, без всяких комментариев. Любопытно было смотреть, рассказывал брат, как безжалостно все остальное содержание газеты было скомкано и урезано, чтобы дать место этому сообщению.

На Веллингтон-стрит нарасхват раскупали экстренный выпуск, а на Стрэнде уже раздавались выкрики целой армии газетчиков, спешивших за первыми пионерами. Публика толпилась и толкалась в погоне за газетой. Сообщения, видимо, взволновали толпу, несмотря на ее прежнюю апатию. Ставни магазина географических карт на Стрэнде были раскрыты, и какой-то человек, одетый по-праздничному, в лимонно-желтых перчатках, стоял в витрине и поспешно прикреплял к стеклу карты Суррея.

Проходя по Стрэнду до Трафальгар-сквер с газетой в руке, брат встретил нескольких беглецов из западного Суррея. Какой-то мужчина ехал в тележке, похожей на тележку зеленщиков, — на ней сидели его жена, два мальчика и был навален домашний скарб. Он ехал от Вестминстерского моста, а вслед за ним ехала фура для сена — на ней сидели пять или шесть человек, прилично одетых, с сундуками и узлами. Лица беженцев были испуганны, и они резко выделялись среди празднично разодетых пассажиров омнибусов. Люди в элегантных костюмах смотрели на них с удивлением из кэбов. Они в нерешительности остановились у площади, потом повернули на восток по Стрэнду. За ними проехал какой-то человек в рабочей одежде на старинном трехколесном велосипеде с маленьким передним колесом. Он был весь перепачкан. Лицо его было бледно.

Мой брат повернул к Виктория-стрит и встретил новую толпу беженцев. У него мелькнула смутная мысль, что он, может быть, увидит меня. Он заметил многочисленных полисменов, которые регулировали движение. Некоторые из беженцев разговаривали с пассажирами омнибусов. Один уверял, что видел марсиан: «Паровики на ходулях, говорю вам, и шагают, как люди». Большинство беженцев были взволнованы и возбуждены.

За Виктория-стрит рестораны были переполнены беженцами. На всех углах толпились кучками, читали газеты, возбужденно разговаривали или смотрели на этих необычных пришельцев. Беженцы все прибывали, и к вечеру, по словам брата, улицы походили на Хай-стрит в Эпсоме в день скачек Мой брат обращался ко многим из беженцев, но они давали очень неопределенные ответы.

Никто не мог сообщить ничего нового относительно Уокинга. Только один какой-то человек уверял его, что Уокинг совершенно разрушен еще прошлой ночью.

— Я из Байфлита, — сказал он, — какой-то велосипедист проехал рано утром, заходя в каждый дом и советуя нам уходить оттуда. Потом пришли солдаты. Мы вышли посмотреть — на юге был виден дым, только дым, и никто не приходил по той дороге. Потом мы услыхали гул орудий у Чертси. Из Уэйбриджа повалил народ. Я запер свой дом и тоже ушел вслед за другими.

В толпе слышался ропот, ругали правительство за то, что оно оказалось неспособным справиться с марсианами.

Около восьми часов гул канонады был ясно слышен в южной части Лондона. Мой брат не мог слышать его из-за движения на главных улицах, но, проходя по более тихим улицам к реке, он тоже ясно расслышал гул.

Около восьми часов он шел от Вестминстера обратно к своей квартире у Риджент-парка. Он очень беспокоился обо мне и понял, насколько скверно положение. Как и я в ночь на субботу, он тоже заразился военным духом. Он думал о молчаливых ожидающих пушках, о таборах беженцев, старался представить себе «паровики на ходулях» сто футов вышиной.

На Оксфорд-стрит ему попались одна или две телеги с беженцами, на Мэрилбон-род — тоже несколько; но известия распространялись так медленно, что Риджент-стрит и Портленд-род были полны обычной воскресной гуляющей толпой, хотя кое-где собирались кучки и обсуждали последние события. В Риджент-парке, как обычно, под редкими газовыми фонарями попадались молчаливые парочки, которые прятались по укромным уголкам. Ночь была теплая и тихая, слегка душная; гул орудий доносился с перерывами; после полуночи па юге блеснуло что-то вроде молнии.

Брат читал и перечитывал газету, боясь, что со мной случилось какое-нибудь несчастье. Он не мог успокоиться и после ужина и снова пошел бесцельно бродить по городу. Потом вернулся и тщетно попытался заняться своими лекционными записями. Он лег спать после полуночи, но вскоре был пробужден от своих мрачных снов стуком дверных молотков, топаньем ног по мостовой, отдаленным барабанным боем и звоном колоколен. На потолке вспыхнули красные отблески. С минуту он лежал и не мог понять, что случилось. Наступил уже день или все сошли с ума? Потом вскочил с постели и подбежал к окну.

Его комната помещалась в мезонине, и он, распахнув со звоном окно, услышал крики с обоих концов улицы. Из окон высовывались и перекликались заспанные неодетые люди.

— Они уже близко! — кричал полисмен, стуча в двери. — Марсиане приближаются! — И шел к следующей двери.

Изо всех церквей несся беспорядочный набат. Из казарм на Олбэни-стрит слышались барабаны и трубы. Хлопали двери, в окнах домов на противоположной стороне вспыхивали желтые огни, точно иллюминация.

По улице пронеслась во весь опор закрытая карета; шум колес вырвался вдруг из-за угла, перешел в оглушительный грохот под окном и замер где-то вдали. Вслед за каретой пронеслись два кэба — авангард целой вереницы экипажей, мчавшихся к станции Чок-Фарм, где специальные поезда Северо-Западной дороги забирали пассажиров, вместо того чтобы спуститься к Юстону.

Долго мой брат смотрел из окна в тупом изумлении. Он видел, как полисмены перебегали от двери к двери, стуча молотком и выполняя какое-то приказание. Вдруг дверь сзади отворилась, и вошел жилец, занимавший комнату напротив. Он был в рубашке, брюках и туфлях, с болтающимися подтяжками, с взлохмаченными после сна волосами.

— Что за чертовщина? — спросил он. — Пожар? Что за дьявольская суматоха!

Оба они высунули головы из окна, стараясь разобрать, что кричали полисмены. Из боковых улиц повалил народ, останавливаясь кучками на углах.

— Что за чертовщина? — спросил сосед.

Мой брат что-то ответил ему и стал одеваться, подбегая с каждой принадлежностью туалета к окну, чтобы видеть то, что происходит на улицах. Откуда-то налетели газетчики, продававшие необычно рано вышедшие газеты и кричавшие во все горло:

— Лондон под угрозой удушения! Укрепления Кингстона и Ричмонда взяты! Ужасная бойня в долине Темзы!

Вокруг в квартирах нижнего этажа, во всех соседних домах, в Парк-террас, и в сотне других улиц этой части Мэрилбона, в районе Вестберн-парка и Сен-Панкраса; на западе и на севере — в Килбурне, Сент-Джонс-Вуде и Хэмпстеде; на востоке — в Шордиче, Хайбэри, Хаггерстоне и Хокстоне; на всем громадном протяжении Лондона, от Илинга до Истхэма, люди протирали глаза, отворяли окна, выглядывали на улицу, задавали бесцельные вопросы и поспешно одевались. Первое дыхание надвигавшейся грозы — страха — пронеслось по улицам. Это было началом паники. Лондон, спокойно уснувший в воскресенье ночью, проснулся рано утром в понедельник под угрозой смертельной опасности.

Не имея возможности разузнать из окна, что случилось, мой брат спустился вниз и вышел на улицу. Над крышами домов розовела заря. Толпа бегущих пешеходов и количество экипажей с каждой минутой все увеличивалось.

— Черный дым! — услышал он выкрики. — Черный дым!

Паника захватила всех. Стоя в нерешительности у порога, брат мой остановил газетчика и купил газету. Газетчик побежал дальше, продавая газеты на ходу по шиллингу — забавная смесь наживы и паники.

В газете брат прочел следующее катастрофическое донесение главнокомандующего:

«Марсиане рассеивают громадные клубы черного ядовитого дыма при помощи ракет. Они уничтожили наши батареи, разрушили Ричмонд, Кингстон и Уимблдон и медленно приближаются к Лондону, разрушая все на своем пути. Остановить их невозможно. От черного дыма нет иного спасения, кроме немедленного бегства».

Очень коротко, но и этого было достаточно. Все население огромного шестимиллионного города зашевелилось, растерялось, обратилось в бегство. Все устремились к северу.

— Черный дым! — слышались крики. — Огонь!

Колокола соседних церквей били набат. Какой-то неумело управляемый экипаж налетел среди криков на кучку людей, пивших из водопровода на улице. Бледно-желтый свет мелькал в окнах домов; у некоторых кэбов еще горели ночные фонари. А вверху разгоралась заря, холодная, ясная, спокойная.

Брат слышал, как бегали по комнатам и лестнице. Его хозяйка вышла, наскоро закутанная в пеньюар и шаль; за ней шел ее муж, что-то бормотавший.

Когда брат наконец понял, что происходит, он поспешно вернулся в свою комнату, захватил все свои деньги — всего несколько десятков фунтов, — положил их в карман и снова вышел на улицу.

Глава 15. Что случилось в Суррее

Как раз в то время, когда викарий сидел и дико разговаривал со мной под плетнем на поле, около Холлифорда, а брат смотрел на поток беженцев, стремившийся по Вестминстерскому мосту, марсиане перешли в наступление.

Если можно верить сбивчивым рассказам, то большинство марсиан оставались до девяти часов вечера в яме Хорзеллской пустоши, занятые какой-то спешной работой, сопровождавшейся взрывами зеленого дыма.

Установлено, что трое из них вышли оттуда около восьми часов и, продвигаясь медленно и осторожно через Байфлит и Пирфорд к Рипли и Уэйбриджу, появились перед сторожевыми батареями па фоне освещенного закатом неба. Марсиане шли не колонной, а цепью, на расстоянии полутора миль один от другого. Они переговаривались каким-то ревом, похожим на вой сирены, издававшей то высокие, то низкие звуки.

Этот рев и пальбу орудий из Рипли и Сент-Джордж-Хилла мы и слышали у Верхнего Холлифорда. Артиллеристы у Рипли — неопытные волонтеры, которых не следовало ставить на такую позицию, — дали один преждевременный безрезультатный залп и обратились в бегство верхом и пешком по опустевшему местечку. Марсианин спокойно перешагнул через орудия, не пользуясь тепловым лучом, осторожно ступая среди них, прошел по фронту и затем, застав врасплох, уничтожил батареи в Пэнсхилл-парке.

Артиллеристы Сент-Джордж-Хилла оказались более опытными и храбрыми: скрытые соснами от ближайшего к ним марсианина, они навели свои орудия тщательно, как на параде, и дали залп, когда марсианин находился на расстоянии около тысячи ярдов.

Снаряды рвались вокруг марсианина. Он сделал несколько шагов, пошатнулся и упал. Все закричали от радости. Артиллеристы снова зарядили орудия. Рухнувший марсианин издал продолжительный рев, и тотчас второй блестящий гигант, отвечая ему, показался над деревьями с юга. Повидимому, снарядом была разбита нога треножника. Весь второй залп пропал даром. Снаряды перелетели через марсианина и ударились в землю. Тотчас же два других марсианина подняли камеры теплового луча, направляя их на батарею. Все снаряды моментально взорвались, сосны загорелись, из прислуги, обратившейся в бегство, спаслись всего несколько человек.

Трое марсиан остановились и стали о чем-то совещаться. Разведчики, наблюдавшие за ними, донесли, что они стояли неподвижно около получаса. Опрокинутый марсианин неуклюже выполз из своего колпака — издали он походил на хлебный грибок — и занялся починкой своего треножника. К десяти он уже закончил, и его колпак снова показался над лесом.

Вскоре после девяти часов вечера к этим троим часовым присоединились четыре других марсианина, каждый с большой черной трубой. Такие же трубы были переданы и каждому из троих первых. После этого все семеро растянулись на разном расстоянии друг от друга по кривой линии между Сент-Джордж-Хиллом, Уэйбриджем и селением Сэнд на юго-западе от Рипли.

С холмов перед ними, как только они начали двигаться, взвились сигнальные ракеты, предупреждая батареи у Диттона и Эшера. В то же время четыре боевые машины, также снабженные трубами, переправились через реку и, чернея на фоне закатного неба, появились передо мной и викарием, когда мы, усталые и измученные, шли поспешно по дороге к северу от Холлифорда. Нам казалось, что они двигались над облаком, потому что молочный туман покрывал поля и поднимался до трети их высоты.

Викарий, увидев их, вскрикнул сдавленным голосом и пустился бежать. Зная, что бегство бесполезно, я свернул в сторону и пополз среди покрытого росой терновника и крапивы в широкую канаву на краю дороги. Викарий оглянулся, увидел, что я делаю, и побежал назад ко мне.

Два марсианина остановились — ближайший к нам стоял, обернувшись к Санбэри, второй вырисовывался серой массой под вечерней звездой в стороне Стэйна. Рев марсиан прекратился, и каждый из них тихо занял свою позицию на длинной кривой линии, тянувшейся от цилиндров. Расстояние между концами этой дуги было около двенадцати миль. Ни разу еще со времени изобретения пороха сражение не начиналось среди такой тишины.

Из Рипли было видно то же, что и нам: марсиане одни возвышались среди ночного мрака, освещенные бледным месяцем, звездами, отблеском заката и красноватым заревом Сент-Джордж-Хилла и лесов Пэнсхилла.

Но против наступающих марсиан повсюду — у Стэйна, Хаунслоу, Диттона, Эшера, Окхэма, за холмами и лесами, к югу от реки и за ровными сочными лугами к северу от нее, из-за деревьев и домов — были выставлены орудия. Сигнальные ракеты взвивались и рассыпались искрами во мраке. Батареи лихорадочно готовились к бою. Марсианам стоило только войти в сферу обстрела, и все эти неподвижные силуэты людей, все эти пушки, поблескивавшие в ранних сумерках, были бы охвачены боевой горячкой.

Без сомнения, так же, как и я, тысячи этих бодрствующих людей думали о том, понимают ли нас марсиане. Поняли ли они, что нас миллионы и что мы организованны, дисциплинированны и действуем согласованно? Или для них наши выстрелы, неожиданные удары наших снарядов, наша упорная осада их укреплений то же самое, что для нас яростное нападение потревоженного пчелиного улья? Или они так самонадеянны, что хотят нас всех уничтожить? (В это время еще никто не знал, чем питаются марсиане.) Сотни таких вопросов приходили мне в голову, пока я наблюдал за стоявшим на страже марсианином. Вместе с тем я думал о том, готов ли Лондон к их встрече. Вырыты ли ямы-западни? Удастся ли их заманить в ловушку к пороховым заводам в Хаунслоу? Хватит ли у лондонцев смелости и мужества превратить в пылающую Москву огромный город?

Наконец после бесконечного ожидания из-за плетней по земле отдался гул отдаленного орудийного выстрела. Второй, несколько ближе, третий... Марсианин невдалеке от нас поднял высоко свою трубу и выстрелил из нее, как из пушки, с таким грохотом, что дрогнула земля. Марсианин у Стэйна последовал его примеру. При этом не было ни дыма, ни пламени — только сильный детонирующий гул.

Я был так поражен этими раскатами, следовавшими один за другим, что совсем забыл о безопасности, о своих обожженных руках и полез на забор посмотреть, что происходит у Санбэри. Раздался второй выстрел, и высоко надо мной какой-то снаряд пролетел к Хаунслоу. Я ожидал увидеть или дым, или огонь, или какой-нибудь иной признак его разрушительного действия, но увидел только темно-голубое небо с одинокой звездой и белый туман, стлавшийся по земле. Ни вспышки, ни взрыва — все тихо. Прошла всего одна минута.

— Что случилось? — спросил викарий.

— Ничего не видно, — ответил я.

Летучая мышь пролетела и скрылась. Издали донесся и замер какой-то крик. Я взглянул на марсианина — он быстро и плавно скользил теперь к востоку вдоль берега реки. Я ждал, что вот-вот на него направят огонь какой-нибудь скрытой батареи. Но спокойствие ночи ничем не нарушалось. Фигура марсианина уменьшилась, и скоро его поглотили туман и ночная темнота. Побуждаемые любопытством, мы влезли выше. У Санбэри, заслоняя даль, виднелось какое-то темное пятно, как будто только что насыпанный конический холм. Дальше, за рекой, мы заметили второе такое же возвышение. Эти похожие на холмы груды на наших глазах уменьшались и расползались.

Взглянув на север, я и там увидал холмик черного дыма.

Все было необычайно тихо. Только далеко на юго-востоке перекликались марсиане. Воздух снова дрогнул от отдаленного грохота их орудий, но земная артиллерия не отвечала.

В то время мы не могли понять, что происходит. Позже я узнал, что значили эти зловещие расползавшиеся в темноте черные кучи. Каждый марсианин со своей позиции на упомянутой мной громадной дуге выпускал по сигналу из похожей на пушку трубы снаряды вроде жестянки на каждый холм, лесок, дом — на все, что могло служить прикрытием для наших орудий. Некоторые марсиане выпустили по одному заряду, другие по два; так, например, тот, которого мы видели у Рипли, говорят, выпустил не меньше пяти. Ударившись о землю, снаряды беззвучно рвались и выпускали клуб тяжелого черного дыма, который, извиваясь кольцами, взлетал вверх большим черным облаком. Газовый холм оседал и медленно расстилался по окрестностям.

Он был тяжел, этот газ, тяжелее самого густого дыма. После взрыва он оседал на землю и заливал ее точно жидкость, стекая с холмов и устремляясь в долины, в углубления, к уровню реки, подобно тому как стекает углекислота при выходе из вулканических трещин. При соединении газа с водой происходила какая-то химическая реакция, и поверхность тотчас же покрывалась пыльной накипью, которая очень медленно осаждалась. Эта накипь совершенно не растворялась, поэтому, несмотря на ядовитость газа, воду по удалении из нее осадка можно было пить без всякого вреда для здоровья. Этот газ не диффундировал, как всякий другой газ. Он висел над ровными местами, стекал по склонам, не рассеивался от ветра, очень медленно смешивался с туманом и влагой и оседал на землю в виде пыли. Мы до сих пор ничего не знаем о составе этого газа; известно только, что в состав его входил какой-то новый элемент, дававший четыре линии в голубой части спектра.

Взлетев, черный газ оседал и прилегал так плотно к почве, прежде чем превратиться в пыль, что на высоте пятидесяти футов в воздухе, на крышах, в верхних этажах высоких домов, на высоких деревьях можно было спастись от него. Это подтвердилось в ту же ночь в Стрит-Кобхэме и Диттоне.

Один человек, спасшийся в Стрит-Кобхэме, передавал странные подробности о кольцевом потоке этого газа. Он смотрел вниз с церковной колокольни и видел, как дома селения выступали из черного газа, точно призраки. Он просидел там полтора дня, несмотря на усталость, голод и жару. Земля под голубым небом, обрамленная отдаленной возвышенностью, казалась покрытой черным бархатом с торчавшими кое-где в лучах солнца красными крышами и зелеными вершинами деревьев; кусты, ворота, амбары и стены домов казались подернутыми черным налетом.

В Стрит-Кобхэме черный газ не был рассеян, а осел на землю. Вообще же марсиане, использовав газ, очищали воздух, направляя на газ струю пара.

То же сделали они и с облаками газа недалеко от нас; мы видели это при свете звезд из окна брошенного дома в Верхнем Холлифорде, куда мы вернулись. Мы видели, как прожекторы скользили по Ричмонд-Хиллу и Кингстон-Хиллу. Около одиннадцати часов стекла в окнах задрожали, и мы услыхали раскаты тяжелых осадных орудий, поставленных там на позицию. С четверть часа с перерывами продолжалась стрельба наудачу по невидимым марсианам у Хэмптона и Диттона, потом бледные лучи электрического света погасли и сменились большим красным заревом.

Затем упал четвертый цилиндр — яркий зеленый метеорит — в Бэши-парк, как я потом узнал. Еще раньше гула орудий у Ричмонда и Кингстона послышалась откуда-то с юго-запада беспорядочная канонада; вероятно, орудия стреляли наугад, пока черный газ не покрыл артиллеристов.

Марсиане действовали методично, как люди, которые выкуривают гнездо ос, и разливали этот удушающий газ по окрестностям Лондона. Концы полумесяца медленно расходились, пока наконец марсиане не вытянулись в прямую линию от Хануэлла до Кумба и Молдена. Всю ночь приближались их смертоносные трубы. Ни разу после того, как марсианин был выбит с треножника у Сент-Джордж-Хилла, они не давали больше артиллерии случая попасть в них. Туда, где можно было скрыть пушки, они выбрасывали баллон с черным газом, а там, где пушки стояли без прикрытия, выпускали тепловой луч.

В полночь горевшие по склонам Ричмонд-парка деревья и зарево над Кингстон-Хиллом осветили облака черного газа, клубившегося по всей долине Темзы и простиравшегося до самого горизонта, где расхаживали два марсианина, направляя свистящие струи пара.

Марсиане в эту ночь берегли почему-то тепловой луч; может быть, потому, что у них был ограниченный запас материала для его производства, или потому, что они не хотели обращать страну в пустыню. Они пользовались им только в случае сопротивления или для устрашения, и, конечно, очень успешно. В ночь на понедельник была последняя попытка остановить их наступление. После этого никто уж не осмеливался выступить против них — всякое сопротивление казалось безнадежным. Даже экипаж торпедных лодок и миноносок, поднявшихся вверх по Темзе со скорострельными пушками, отказался остаться на реке, взбунтовался и ушел в море. Единственным средством борьбы после этой ночи были закладка мин и устройство ловушек, но даже это делалось недостаточно энергично.

Можно только представить себе судьбу артиллеристов около Эшера, которые так напряженно ждали во мраке. Из них никто не остался в живых. Представьте себе ожидание настороженных офицеров, орудийную прислугу, приготовившуюся к залпу, сложенные у орудий снаряды, обозную прислугу с передками лафетов и лошадьми, кучку штатских зрителей, старающихся подойти возможно ближе, вечернюю тишину, палатки походного лазарета с обожженными и ранеными из Уэйбриджа. Затем глухой раскат выстрелов марсиан и уродливый снаряд, пролетевший над деревьями и домами и упавший в соседнем поле.

Можно представить себе то напряженное внимание, с каким люди следили за быстро развертывающимися кольцами и извивами надвигающегося черного облака, превращающего сумерки в тьму; непонятный и ужасный враг — газ, охватывающий свои жертвы; бегущие и падающие в панике люди и лошади, вопли ужаса, брошенные орудия, люди, столкнувшиеся на бегу и корчащиеся на земле, и расширяющийся черный конус газа. И вдруг ночь и смерть — и беззвучная газовая завеса над мертвецами.

Еще перед рассветом черный газ разлился по улицам Ричмонда. Дезорганизованное правительство сделало последнее усилие и сообщило населению Лондона, что необходимо очистить город.

Глава 16. Исход из Лондона

Трудно представить себе ту бушующую волну страха, которая прокатилась по величайшему городу мира рано утром в понедельник, — ручей бегства, выросший скоро в поток, бурно пенившийся вокруг железнодорожных станций, превращающийся в бешеный водоворот у судов на Темзе и стремившийся по всем улицам к северу и востоку. К десяти часам паника захватила и полицию, к полудню — и железнодорожную администрацию: служащие теряли связь друг с другом, растворялись и уносились в потоке беженцев.

Все железнодорожные линии к северу от Темзы и жители юго-восточной части города на Кэнноп-стрит были предупреждены еще в полночь в воскресенье; уже в два часа все поезда были переполнены, люди дрались из-за стоячих мест в вагонах. К трем часам поток беженцев залил даже Бишопсгейт-стрит. На расстоянии каких-нибудь двухсот ярдов от вокзала Ливерпуль-стрит раздавались револьверные выстрелы, происходила поножовщина, и полисмены, посланные регулировать движение, усталые и раздраженные, разбивали головы публике, которую они должны были охранять.

Скоро машинисты и кочегары начали отказываться возвращаться назад в Лондон; охваченные паникой, люди толпами устремлялись к северу от вокзалов по полотну железных дорог. В полдень у Барнса видели марсианина; облако медленно оседающего черного газа ползло по Темзе и равнине Ламбета, отрезав дорогу через мосты. Другое облако ползло по Илингу и окружило небольшую кучку уцелевших людей на Касл-Хилле, которые еще были живы, но не могли пройти.

После бесплодной попытки попасть на северо-западный поезд у Чок-Фарм — паровоз поезда с товарной платформы двинулся прямо на кричавшую толпу, и несколько дюжих молодцов едва сдержали публику, хотевшую размозжить машинисту голову о топку, — мой брат вышел на Чок-Фарм-род, перешел дорогу, лавируя среди роя мчавшихся экипажей, и, по счастью, оказался одним из первых при разгроме велосипедного магазина. Передняя шина велосипеда, который он захватил, лопнула, когда он вытаскивал машину через окно, но он тем не менее вскочил в седло и поехал, слегка поранив кисть руки в свалке. По крутому подъему Хаверсток-Хилла нельзя было проехать из-за трупов павших лошадей, и брат выехал на Белсайз-род. Он выбрался из охваченного паникой города и, повернув на Эджуер-род, к семи часам достиг Эджуера, голодный и усталый, но зато опередивший толпу беженцев. По пути он встречал людей, которые стояли и удивлялись. Его обогнали несколько велосипедистов, несколько всадников и два автомобиля. За милю от Эджуера лопнула и задняя покрышка, ехать дальше было невозможно. Он бросил велосипед у дороги и пешком отправился к селению. На главной улице магазины были открыты. Жители толпились на мостовой, стояли у дверей и окон и с удивлением смотрели на это необычайное шествие беженцев, которое только что начиналось. Брату удалось закусить в гостинице.

Он задержался в Эджуере, не зная, что ему делать. Поток беженцев все увеличивался. Многие, подобно моему брату, казалось, хотели остаться там, О марсианах ничего нового не сообщалось.

Дорога была полна беженцами, но еще свободна. Сначала было больше велосипедистов, потом появились быстро мчавшиеся автомобили, кэбы, экипажи; пыль висела столбом по дороге к Сент-Олбэнсу.

Вспомнив, очевидно, про своих друзей в Челмсфорде, брат решил свернуть в тихий переулок, тянувшийся к востоку. Он дошел до забора, обогнул его и направился по тропинке к северо-востоку. Он проходил мимо фермерских домиков и каких-то небольших местечек. Он видел нескольких беженцев.

У Хай-Барнета в заросшем травой переулке он встретился с двумя дамами, ставшими его спутницами. Он догнал их как раз вовремя, чтобы спасти.

Услыхав крики, он поспешно завернул за угол и увидел, как двое мужчин старались высадить женщин из фаэтона, в котором они ехали, тогда как третий удерживал под уздцы испуганного пони. Одна из дам, небольшого роста, в белом платье, кричала; другая же, стройная брюнетка, ударила хлыстом по лицу мужчину, схватившего ее за руку.

Мой брат поспешил им па помощь. Один из нападавших оставил даму и повернулся к нему. Брат, хороший боксер, видя по лицу противника, что драка неизбежна, кинулся к нему и одним ударом свалил его под колеса.

Тут было не до рыцарской вежливости, и брат, оглушив упавшего вторичным ударом, схватил за шиворот второго нападавшего, который держал за руку стройную брюнетку. Вдруг он услышал топот копыт, хлыст скользнул по его лицу, и третий противник нанес ему удар в переносицу. Мужчина, которого он держал за шиворот, бросился бежать по переулку в ту сторону, откуда подошел брат.

Оглушенный ударом, брат очутился лицом к лицу с человеком, который держал пони; он видел, как фаэтон удалялся по переулку, вихляя из стороны в сторону. Обе женщины обернулись назад. Рослый противник готовился нанести ему второй удар, но брат остановил его ударом в лицо. Потом, видя, что остался один, брат увернулся от удара и побежал по переулку вслед за фаэтоном, преследуемый своим противником и вторым нападавшим, который спешил ему на помощь.

Вдруг брат споткнулся и упал; его ближайший преследователь пробежал дальше с разбегу, и брат, вскочив на ноги, очутился лицом к лицу уже с двумя противниками. У него было мало шансов справиться с ними, но в это время стройная брюнетка остановила лошадь и поспешила к нему на помощь. Оказывается, у нее был револьвер, но он был спрятан под сиденьем, когда на нее и на ее спутницу напали. Она выстрелила на расстоянии шести ярдов, чуть не попав в брата. Менее храбрый из грабителей пустился наутек, а его товарищ последовал за ним, проклиная его трусость. Оба они остановились в конце переулка, около третьего нападавшего, лежавшего на земле без движения.

— Возьмите, — сказала стройная брюнетка, подавая брату свой револьвер.

— Идите скорее к фаэтону, — уговаривал ее мой брат, вытирая кровь с рассеченной губы.

Она молча повернулась. Оба они, запыхавшиеся, пошли назад туда, где женщина в белом платье старалась сдержать испуганного пони.

Грабители уже не пытались нападать. Обернувшись, брат увидел, что они уходят.

— Я сяду здесь, если можно, — сказал брат и взобрался на пустое переднее сиденье.

Брюнетка оглянулась через плечо.

— Дайте мне вожжи, — сказала она и ударила пони кнутом.

Через минуту трое нападавших скрылись за поворотом.

Таким образом совершенно неожиданно брат, запыхавшийся, с рассеченной губой, с опухшим подбородком и окровавленными пальцами, очутился в фаэтоне рядом с двумя женщинами.

Он узнал, что одна из них была женой, а другая младшей сестрой хирурга из Стэнмора, который вернулся домой рано утром от тяжелобольного в Пиннере, услыхав на одной из железнодорожных станций о приближении марсиан. Он поспешил домой, разбудил женщин — прислуга ушла от них за два дня перед тем, — уложил кое-какую провизию, сунул, к счастью для моего брата, свой револьвер под сиденье и сказал им, чтобы они ехали поскорей в Эджуер к поезду. Сам он остался оповестить соседей и обещал нагнать их около половины пятого утра. Теперь уже около девяти, но его все не было. Остановиться в Эджуере они не могли из-за массы беженцев и поэтому заехали в глухой переулок.

Все это они бессвязно рассказывали моему брату, пока не остановились на дороге к Нью-Барнету. Брат обещал не покидать их по крайней мере до тех пор, пока они не решат, что предпринять, или пока их не догонит хирург. Брат уверял, что он отличный стрелок из револьвера, желая их успокоить, хотя стрелять он совсем не умел.

Они расположились около дороги, и пони чувствовал себя счастливым около живой изгороди. Брат рассказал спутницам о своем бегстве из Лондона и сообщил им все, что слышал о марсианах. Солнце поднималось все выше, и скоро их оживленный разговор сменился неловким молчанием. По переулку прошли несколько беженцев. От них брат узнал кое-какие новости. Эти отрывистые ответы еще более подтвердили его впечатление о каком-то громадном бедствии, разразившемся над человечеством, и о необходимости дальнейшего бегства. Он сообщил об этом своим спутницам.

— У нас есть деньги, — сказала стройная брюнетка и смутилась. Ее глаза встретились с глазами брата, и ее нерешительность прошла.

— У меня тоже есть деньги, — сказал брат.

Она сообщила, что у них имеется тридцать фунтов золотом и одна пятифунтовая кредитка и высказала предположение, что они смогут сесть в поезд в Сент-Олбэнсе или Нью-Барнете. Брат думал, что попасть на поезд совершенно невозможно: он видел, с какой яростью поезда осаждались толпами лондонских жителей и предложил, со своей стороны, пробраться через Эссекс к Хариджу и там сесть на пароход.

Миссис Элфинстон — так звали даму в белом — не хотела слушать никаких доводов и хотела ждать своего Джорджа. Но ее золовка оказалась более рассудительной и в конце концов согласилась с моим братом. Они поехали к Барнету, намереваясь пересечь Большую Северную дорогу. Брат вел пони под уздцы, чтобы сберечь силы лошади.

Солнце поднималось, и день становился очень жарким; мелкий беловатый песок блестел, раскаляясь под ногами, так что они подвигались вперед очень медленно. Живая изгородь посерела от пыли. Когда они приблизились к Барнету, то услышали какой-то отдаленный гул.

Стало попадаться больше народу. Беженцы шли изнуренные, угрюмые, грязные, неохотно отвечая на расспросы. Какой-то человек во фраке прошел мимо них, смотря в землю; они слышали, как он разговаривал сам с собою, и, оглянувшись, увидели, что одной рукой он схватил себя за волосы, а другой наносил удары, повидимому, врагу; после этого пароксизма бешенства он пошел дальше, ни разу не обернувшись.

Когда брат и его спутницы подъезжали к перекрестку дорог южнее Барнета, то увидели женщину налево от дороги, в поле, с ребенком в руках; двое детей шли за ней, а позади шел муж в грязной черной блузе, с толстой палкой в одной руке и с пледом в другой. Потом за углом улицы, откуда-то из-за дач, отделявших ее от проезжей дороги, выехала тележка, в которую был запряжен взмыленный черный пони. Бледный мальчик в широкополой, серой от пыли шляпе правил — в тележке сидели три девушки, по виду работницы из Ист-Энда, и двое детей.

— Как проехать на Эджуер? — спросил напуганный мальчик.

Брат ответил, что надо свернуть налево, и мальчик хлестнул пони, даже не поблагодарив. Мой брат заметил, что дома перед ним и белый фасад террасы за дорогой позади дач окутаны голубоватой дымкой, точно мглой.

Миссис Элфинстон вдруг вскрикнула, увидев дымные красные языки огня над домами на фоне знойного голубого неба. Среди гула стали выделяться теперь голоса, грохот колес, скрип повозок и стук копыт. Улица круто поворачивала за пятьдесят ярдов от перекрестка.

— Боже мой! — вскрикнула миссис Элфинстон. — Куда же вы едете?

Брат остановился.

Большая дорога представляла сплошной клокочущий людской поток, стремившийся в давке к северу. Облако белой пыли, блестящей в лучах солнца, поднималось над землей на высоту двадцати футов, окутывало все своей пеленой и не рассеивалось, так как ноги лошадей, пешеходов и колеса экипажей вздымали новые клубы.

— Дорогу! — слышались крики. — Дайте дорогу!

На перекрестке улицы и дороги казалось, будто въезжаешь в облако дыма; толпа гудела, как пламя, а пыль была горячей и едкой. Немного дальше горела дача, и клубы дыма стлались по дороге, увеличивая беспорядок.

Мимо прошли двое мужчин, потом какая-то женщина, перепачканная и заплаканная, с тяжелым узлом. Потерявшая хозяина собака покружилась, высунув язык, вокруг фаэтона, испуганная и жалкая, и убежала, когда брат цыкнул на нее.

Впереди вся дорога со стороны Лондона казалась сплошным клокочущим среди домов потоком грязных спешащих людей. Черная масса голов и тел делалась более отчетливой в своем напоре у угла, проносилась мимо и снова сливалась в сплошную массу под облаком пыли.

— Вперед, вперед! — раздавались крики. — Дорогу, дорогу!

Руки задних упирались в спины передних. Брат вел под уздцы пони. Подхваченный толпой, он медленно, шаг за шагом, продвигался по улице.

В Эджуере чувствовалось какое-то беспокойство, в Чок-Фарме — паника, но здесь происходило точно переселение народов. Трудно описать движение этой массы — это не походило даже на толпу. Фигуры появлялись из-за угла и удалялись, повернувшись спиной. По краям шли пешеходы, рискуя попасть под колеса экипажей, сталкивались, спотыкаясь о выбоины.

Повозки и экипажи тянулись вплотную друг за другом. Более быстрые и нетерпеливые иногда и в давке прорывались вперед, заставляя жаться к заборам и воротам вилл.

— Пропустите! — слышались крики. — Дорогу! Они идут!

В одной коляске стоял слепой старик в мундире Армии спасения, жестикулируя скрюченными пальцами и вскрикивая: «Вечность, вечность!» Он охрип и кричал так пронзительно, что брат слышал его долго спустя после того, как тот скрылся за поворотом в облаке пыли. Многие, сидевшие в экипажах, подхлестывали лошадей и переругивались; некоторые сидели неподвижно, жалкие, растерянные; другие кусали себе руки или лежали, растянувшись в повозках. Удила были покрыты пеной, а глаза лошадей налиты кровью.

Тут были кэбы, коляски, фургоны от магазинов, повозки, даже почтовая карета, и телега для нечистот с надписью «Приход св. Панкратия», и платформа для перевозки досок, переполненная оборванцами, и повозка для перевозки пива с запачканными свежей кровью колесами.

— Дайте дорогу! — раздавались крики, — Дайте дорогу!

— Вечность! Вечность! — доносилось, как эхо, издалека.

Тут были суровые, угрюмые женщины, и хорошо одетые, и оборванные с плакавшими и спотыкавшимися детьми; их платье было запылено, усталые лица заплаканы. Со многими шли мужья, то беспомощные, то озлобленные и рассвирепевшие. Тут же прокладывали себе дорогу оборванцы в выцветших черных лохмотьях, зычно кричавшие и цинично ругавшиеся. Рядом со здоровыми рабочими, энергично пробиравшимися вперед, жались тщедушные люди, похожие по одежде на клерков и приказчиков; мой брат заметил раненого солдата, железнодорожных носильщиков и какого-то жалкого человека в ночной рубашке с наброшенным поверх пальто.

Но, несмотря на все свое разнообразие, толпа имела и нечто общее. Лица у всех были испуганные, измученные, чувствовалось, что всех гонит страх. Шум впереди на дороге, спор из-за места в повозке заставляли всю эту толпу ускорять шаг. Даже люди, до того испуганные, что у них подгибались колени, точно гальванизированные, на мгновение делались более энергичными. Жара и пыль истомили толпу, кожа пересыхала, губы чернели и трескались. Все хотели пить, все устали, все прихрамывали. И среди хаоса криков слышались споры, упреки, стоны изнеможения и усталости. У большинства голос был хриплый и слабый. И вся толпа выкрикивала, точно припев:

— Дорогу, дорогу! Марсиане идут!

Некоторые останавливались и отходили в сторону от потока. Переулок выходил на большую дорогу узким проходом — можно было принять его за продолжение Лондонской дороги. Толпа оттесняла сюда более слабых; постояв здесь и отдохнув, они снова кидались в давку.

Посреди переулка лежал какой-то человек с обнаженной ногой, в окровавленных лохмотьях. Над ним наклонились двое. Счастливец — у него нашлись друзья!

Невысокий старичок с седыми солдатскими усами, в грязном черном сюртуке выбрался, прихрамывая, из давки, сел, снял ботинок — носок был в крови, — вытряс мелкие камешки и снова надел. Девочка, лет восьми-девяти, бросилась к забору, неподалеку от брата, и расплакалась.

— Я не могу идти дальше… Я не могу идти дальше…

Мой брат, очнувшись точно от столбняка, стал ее утешать, поднял и отнес ее к мисс Элфинстон. Девочка притихла, как будто в испуге.

— Элен! — кричала жалобно какая-то женщина в толпе. — Элен!

Девочка вдруг вырвалась из рук брата с криком «мама!».

— Они идут, — сказал человек, ехавший верхом по переулку.

— Прочь с дороги, эй, вы! — кричал, привстав, какой-то кучер.

Мой брат увидел закрытую карсту, которая сворачивала в переулок.

Толпа отхлынула, давя друг друга, чтобы не попасть под лошадь. Брат осадил пони ближе к забору, кучер проехал мимо него и остановился на повороте. Это была карета с дышлом для пары, по почему-то только с одной лошадью.

Брат заметил сквозь облако пыли, что двое мужчин подняли кого-то на белых носилках и осторожно положили на траву около забора. Один из них подбежал к брату.

— Есть тут где-нибудь вода? — спросил он. — Он почти умирает, он хочет пить… Это лорд Геррик.

— Лорд Геррик? — воскликнул брат. — Верховный судья?

— Где тут вода?

— Может быть, в одном из этих домов найдется кран, — сказал брат, — у нас нет воды, я боюсь оставить своих.

Человек побежал через толпу к воротам углового дома.

— Идите, идите! — кричали люди, напирая на него. — Они идут! Не задерживайте.

Брат заметил бородатого мужчину с орлиным профилем, с небольшим саквояжем в руке; саквояж раскрылся, и из него посыпались золотые соверены, со звоном падая на землю и катясь под ноги двигавшихся людей и лошадей. Бородатый мужчина остановился, тупо, смотря на рассыпавшееся золото. Оглобля кэба ударила его в плечо, он пошатнулся, вскрикнул и отскочил в сторону, чуть не попав под колесо.

— Дорогу! — кричали ему — Не останавливайтесь!

Как только кэб проехал, бородатый мужчина бросился снова, протянув руки к куче монет, и стал совать их пригоршнями в карманы. Вдруг над ним выросла лошадь. Он приподнялся, но тут же упал под копыта.

— Стойте! — закричал брат и, оттолкнув какую-то женщину с дороги, бросился, чтобы схватить лошадь под уздцы.

Но прежде чем брат успел сделать это, послышался крик, и сквозь клубы пыли он увидел, как колесо проехало по спине упавшего. Кучер хлестнул кнутом подбежавшего брата. Рев толпы оглушил его. Несчастный корчился в пыли среди золотых монет и не мог подняться, потому что колесо переехало ему позвоночник и его ноги были парализованы. Брат попытался остановить следующий экипаж. Какой-то человек на черной лошади вызвался помочь ему.

— Уберите его с дороги! — крикнул он.

Брат схватил за шиворот упавшего и стал одной рукой тащить его в сторону, но тот все силился подобрать монеты и злобно бил брата по руке пригоршней золота.

— Не останавливайтесь, проходите! — злобно кричали сзади. — Дорогу, дорогу!

Послышался треск, и дышло кареты ударилось о повозку, которую остановил человек на черной лошади.

Брат повернулся, и человек с золотыми монетами укусил его руку.

Произошло столкновение, черная лошадь рванулась в сторону, а лошадь с повозкой прошла мимо, чуть не задев копытом ногу брата. Он выпустил упавшего и отскочил в сторону. Он видел, как злоба сменилась ужасом на лице валявшегося на земле несчастного; через минуту он исчез в давке.

Брата оттеснили, и он с большим трудом пробрался назад в переулок.

Он видел, как мисс Элфинстон прикрыла глаза, и девочка с детским любопытством смотрела па пыльную черную кучу под колесами катившихся экипажей.

— Поедем назад! — крикнул брат и стал поворачивать пони. — Нам не пробраться через этот ад.

Они проехали около ста ярдов назад по переулку, пока яростная толпа не скрылась за поворотом. Проезжая мимо, брат увидал мертвенно-бледное, искаженное, лоснящееся от пота лицо умирающего лорда Геррика в канаве под забором. Обе женщины, содрогаясь, молча схватились за сиденье.

За поворотом брат остановился. Мисс Элфинстон была бледна; ее родственница была так потрясена, что забыла даже про своего Джорджа. Брат тоже был перепуган. Только отъехав от главной дороги, он понял, что необходимо опять попытаться проехать через нее. Он решительно повернулся к мисс Элфинстон.

— Мы должны проехать там, — сказал он и снова повернул пони.

Второй раз в этот день девушка показала свое мужество.

Чтобы пробиться сквозь поток людей, брат бросился вперед и осадил лошадь какого-то кэба, пока мисс Элфинстон объезжала мимо. Экипаж зацепился колесом и обломал фаэтон. В следующую секунду их подхватил поток и понес вперед. Брат, с красными полосами на лице и руках от бича кучера, правившего кэбом, вскочил в фаэтон и взял вожжи.

— Цельтесь в человека позади, — сказал он, подавая револьвер миссис Элфинстон, — если он будет напирать слишком... Нет, цельтесь лучше в его лошадь.

Он попытался проехать по правому краю и переехать дорогу. Это оказалось невозможным — надо было двигаться по течению толпы. Вместе с толпой они миновали Чиппинг-Барнет и проехали почти милю от центра города, прежде чем им удалось пробиться на другую сторону дороги.

Кругом были такие же шум и давка, но в городе и за городом дорога несколько раз разветвлялась, и толпа немного разрядилась.

Они направилась к востоку через Хэдли и здесь по обе стороны дороги и еще дальше в одном месте увидели толпу людей, которые пили прямо из реки и дрались из-за водопоя. Еще дальше, с холма близ Ист-Барнета, они видели, как вдали медленно, беспорядочно, без сигналов, друг за другом двигались два поезда. Не только вагоны, но даже тендеры с углем позади паровозов были облеплены народом. Масса народу шла пешком к северу по Главной Северной линии. Очевидно, поезда эти взяли пассажиров вне Лондона, потому что в то время из-за паники сесть в вагоны на центральных вокзалах было невозможно.

Здесь они остановились отдохнуть: все трое страшно устали после пережитых волнений. Они начали чувствовать первые приступы голода; ночь была холодная, но они боялись уснуть. Даже вечером мимо их стоянки проходили беженцы, убегающие от неведомой опасности и направляющиеся в ту сторону, откуда приехал брат.

Глава 17. «Гремящий»

Если бы марсиане стремились только к разрушению, то они могли бы в тот же понедельник уничтожить все население Лондона, медленно растекавшееся по ближайшим графствам. Не только по дороге к Барнету, но и по дороге к Эджуеру и Уолтхэм-Эбби, и на восток к Саусенду и Шрусбери, и к югу от Темзы, к Дилу и Бродстерсу, стремилась такая же яростная толпа. Если бы в это июньское утро кто-нибудь, поднявшись на воздушном шаре в ослепительную синеву, взглянул на Лондон сверху, то все северные и восточные дороги, отделявшиеся от бесконечной сети улиц, показались бы ему усеянными черными точками беженцев, каждая точка — молекула человеческого страха и отчаяния. В конце предыдущей главы я передал рассказ моего брата о дороге к Чиппинг-Барнет, чтобы показать читателям, чем представлялся этот рой черных точек одному из беженцев. Ни разу еще в истории мира не двигалась и не страдала вместе такая масса людей. Легендарные полчища готов и гуннов, величайшие орды показались бы только каплей в этом потоке. Это было беспорядочное шествие, паническое стадное бегство, гигантское и ужасное, без всякого порядка, без определенной цели: шесть миллионов людей, безоружных, без запасов пищи, стремились куда-то очертя голову. Это было началом падения цивилизации, гибели человечества.

Прямо перед собою воздухоплаватель увидел бы сеть улиц, дома, церкви, скверы, перекрестки, сады, уже покинутые, точно огромную карту с чернеющими пятнами на юге. Над Илингом, Ричмондом, Уимблдоном словно какое-то чудовищное перо накапало чернильные кляксы на карту. Безостановочно, неуклонно каждое черное пятно ширилось и расстилалось, разветвляясь, останавливаясь перед подъемом и быстро переливаясь через возвышенность в какую-нибудь вновь открытую ложбину. Так расплывается чернильное пятно на промокательной бумаге.

Дальше, за голубыми холмами, поднимавшимися на юг от реки, расхаживали, поблескивая, марсиане, спокойно и обдуманно выпуская ядовитые облака газа. Затем они рассеивали газ струями пара и захватывали завоеванную страну. Они, очевидно, не собирались все уничтожать, только хотели вызвать деморализацию и сломить всякое сопротивление. Они взрывали пороховые склады, перерезали телеграфные провода и портили в разных местах полотно железных дорог. Они как бы подрезали человечеству подколенную жилу. Казалось, они не торопились расширить зону своих действий и прошли в этот день не дальше центра Лондона. Возможно, что значительное количество лондонских жителей оставалось еще в своих домах в понедельник утром. Без сомнения, многие из них были задушены черным газом.

До полудня Пул представлял удивительное зрелище. Пароходы и разные суда еще стояли там, и за переезд предлагались громадные деньги. Говорят, что многие бросались вплавь к судам — их отталкивали баграми, и они тонули. Около часа дня под арками Блэкфрайерс-Бриджа показались тонкие струйки черного газа. Моментально весь Пул превратился в арену бешеного смятения, борьбы и свалки. Масса лодок и катеров стеснилась в семерной арке Тауэр-Бриджа, и матросы-грузчики отчаянно отбивались от людей, бросавшихся к ним с берега. Некоторые, карабкаясь, спускались даже по устоям моста.

Когда спустя час за Клок-Тауэром появился первый марсианин и направился вниз по реке, то за Лаймхаузом плавали одни обломки.

Я уже упоминал о пятом цилиндре. Шестой упал у Уимблдона. Брат, охраняя своих спутниц, спавших в фаэтоне на лугу, видел зеленый блеск его полета далеко за холмами. Во вторник, все еще не теряя надежды уехать по морю, он продолжал пробираться среди массы беженцев к Колчестеру. Слухи о том, что марсиане уже захватили Лондон, подтвердились. Их видели у Хайета и даже у Нисдона.

Брат мой увидел их, однако, только на следующий день.

Скоро толпы беженцев почувствовали недостаток продовольствия. Голодные не церемонились с чужой собственностью. Фермеры должны были защищать с оружием в руках свои скотные дворы, амбары и еще зреющую и не снятую с полей жатву.

Некоторые беженцы, также как и мой брат, повернули на восток. Находились такие смельчаки, которые в поисках пищи возвращались обратно к Лондону. Это были главным образом жители северных предместий, которые знали о черном газе только понаслышке. Брат слышал, что около половины членов правительства собралось в Бирмингеме и что масса сильных взрывчатых веществ была заготовлена для закладки автоматических мин в средних графствах.

Ему передавали также, что железнодорожная компания Мидленда исправила все повреждения, причиненные в первый день паники, восстановила сообщение, и поезда снова идут к северу от Сент-Олбэнса, чтобы уменьшить прилив беженцев в ближайшие графства. В Чиппинг-Онгаре висело объявление, сообщавшее, что в северных городах имеются большие запасы муки и что в течение двадцати четырех часов хлеб будет распределен между голодающими жителями окрестностей. Однако это сообщение не заставило брата изменить свой план; они весь день продвигались к востоку и нигде не видели раздачи хлеба. Да и никто этого не видел. В эту ночь упал седьмой цилиндр — на Примроз-Хилл. Он упал во время дежурства мисс Элфинстон. Она дежурила ночью попеременно с братом.

В среду трое беженцев после ночевки в пшеничном поле достигли Челмсфорда, где кучка жителей, назвавшаяся Комитетом общественного продовольствия, отобрала у них пони и не выдала ничего взамен, хотя и пообещала выдать часть при разделе на следующий день. По слухам, марсиане были уже у Эппинга; говорили, что пороховые заводы Уолтхэм-Эбби разрушены при неудачной попытке взорвать одного из марсиан.

На церковных колокольнях были устроены сторожевые посты. Брат, к несчастью, предпочел идти пешком к берегу, не дожидаясь выдачи съестных припасов, хотя все трое были очень голодны. Около полудня они прошли через Тиллингхэм, который оказался безлюдным; только несколько мародеров искали пищу по домам. За Тиллингхэмом они увидели море и массу всевозможных судов.

Боясь подниматься вверх по Темзе, моряки направились к берегам Эссекса — к Хариджу, Уолтону и Блэктону, а потом и к Фаулнессу и Шоубери, где забрали на борт пассажиров. Суда стояли в большом серповидном заливе, который терялся в дымке у Нэйза. У самого берега стояли небольшие рыбачьи шхуны — английские, шотландские, французские, голландские и шведские; паровые катера с Темзы, яхты, моторные лодки; подальше — более крупные суда: угольщики, грузовые пароходы, пассажирские, нефтеналивные, океанские пароходы, даже один старый белый транспорт; красивые серые с белым пароходы, курсирующие между Саутгемптоном и Гамбургом. Вдоль голубоватого берега до Блэкуотера тянулся целый рой лодок — лодочники торговались с пассажирами, стоявшими на взморье, — и так почти до самого Мелдона.

Мили за две стояло броненосное судно, почти совсем погруженное в воду, как показалось брату. Это был миноносец «Гремящий». Других военных судов поблизости не было, но вдалеке, вправо, над спокойной поверхностью моря — в этот день стоял мертвый штиль — змеился черный дымок: это броненосцы эскадры Ла-Манша, вытянувшись в длинную линию против устья Темзы, стояли под парами, готовые к бою, и зорко наблюдали за победоносным шествием марсиан, бессильные, однако, помешать ему.

При виде моря миссис Элфинстон перепугалась, хотя золовка старалась ее приободрить. Прежде она никогда не выезжала из Англии. Она скорее согласится умереть, чем уехать на чужбину. Бедняжка! Она, кажется, думала, что французы похожи на марсиан. В течение двух последних дней она была очень нервной, растерянной. Она хотела возвратиться в Стэнмор. Наверное, в Стэнморе все спокойно и благополучно. Они встретят Джорджа в Стэнморе…

С большим трудом удалось уговорить ее спуститься к берегу, где брату посчастливилось привлечь внимание нескольких матросов колесного парохода с Темзы. Они выслали лодку и сторговались на тридцати шести фунтах за троих. Пароход шел, по их словам, в Остенде.

Было уже около двух часов, когда брат и его спутницы, заплатив за свои места на шкафуте, взошли наконец на борт. Здесь можно было достать еду, хотя по страшно дорогой цене, и они решили пообедать.

На борту уже набралось около сорока человек, многие из которых истратили свои последние деньги, чтобы заручиться местом, но капитан стоял у Блэкуотера до пяти часов, набирая новых пассажиров, пока вся палуба не наполнилась народом. Он, может быть, остался бы и дольше, если бы на юге около пяти часов не началась орудийная канонада. Как бы в ответ на нее «Гремящий» выстрелил из небольшой пушки и выкинул ряд флажков. Клубы дыма вырывались из его дымовых труб.

Некоторые из пассажиров уверяли, что пальба доносится из Шрусбери, пока не стало ясно, что канонада приближается. Далеко на юго-востоке в море показались мачты и верхняя часть трех броненосцев, окутанных черным дымом. Но внимание брата отвлекла отдаленная орудийная пальба на юге. Ему показалось, что он увидел столб дыма в тумане.

Пароходик заработал колесами и двинулся к востоку от длинной изогнутой линии судов. Низкий берег Эссекса уже оделся голубоватой дымкой, когда появился марсианин. Маленький, чуть заметный на таком расстоянии, приближающийся по илистому берегу со стороны Фаулнесса. Перепуганный капитан на своем мостике злобно выругался вслух, упрекая себя за задержку, и лопасти колес, казалось, заразились его страхом. Все пассажиры стояли у бульверка или на скамьях парохода и смотрели на марсианина, который, казалось, возвышался над деревьями и колокольнями на берегу и двигался, забавно пародируя человеческую походку.

Это был первый марсианин, виденный братом. Брат стоял скорее удивленный, чем испуганный, глядя на этого титана, осторожно приближавшегося к линии судов и шагавшего все дальше и дальше по воде от берега. Потом показался другой марсианин — далеко за Краучем, — шагавший по перелеску; за ним третий, еще дальше, точно идущий вброд через поблескивавшую илистую отмель, которая, казалось, висела между небом и землей. Все они шли прямо в море, как будто намереваясь помешать отплытию многочисленных судов, собравшихся между Фаулнессом и Нэйзом. Несмотря на усиленное пыхтение машины и на потоки пены за колесами, пароходик очень медленно уходил от приближавшейся опасности.

Взглянув на северо-запад, брат заметил, что линия судов смешалась. Суда обрезали друг другу нос, огибали по борту; пароходы давали свистки и выпускали клубы дыма, паруса распускались, катера беспорядочно сновали. Увлеченный зрелищем, брат совсем не смотрел в сторону моря. Неожиданный поворот — пароход должен был повернуть, чтобы избежать столкновения, — сбросил брата со скамейки, на которой он стоял. Кругом затопали, закричали «ура!», на которое ответило слабое эхо. Судно накренилось, и брат покатился.

Он вскочил и увидал за штирбортом, всего в каких-нибудь ста ярдах от их накренившегося и нырявшего пароходика, громадное стальное тело, разрезавшее воду, точно лемех плуга, на две огромные пенистые волны. Пароходик беспомощно махал лопастями колес по воздуху и накренялся почти до ватерлинии.

Целый душ пены ослепил на минуту брата. Протерев глаза, он увидел, что чудовище пронеслось мимо к берегу. Надводная часть стального длинного корпуса поднималась из воды, а из двух труб вырывались искры и клубы дыма. Это был миноносец «Гремящий», спешивший на выручку находившимся в опасности судам.

Ухватившись за перила на раскачивавшейся палубе, брат взглянул на марсиан вслед за промчавшимся левиафаном. Трое из них теперь сошлись и стояли так далеко в море, что их треножники были почти под водой. Погруженные в воду на таком далеком расстоянии, они не казались уже чудовищными по сравнению со стальным гигантом, в кильватере которого так беспомощно качался пароходик. Марсиане как будто с удивлением рассматривали нового противника. Быть может, этот гигант показался им похожим на них самих. «Гремящий» шел полным ходом без выстрелов. Вероятно, благодаря этому ему и удалось подойти так близко к врагу. Марсиане не знали, как поступить с ним. Один снаряд — и они тотчас же пустили бы его ко дну тепловым лучом.

«Гремящий» шел таким ходом, что через минуту находился уже на половине расстояния между пароходиком и марсианами — черное уменьшавшееся пятно на фоне низкого отдалявшегося берега Эссекса.

Вдруг передний марсианин опустил свою трубу и метнул в миноносец баллон черного газа. Точно струя чернил залила левый борт миноносца, и черное облако дыма заклубилось по морю. Миноносец проскочил сквозь эту дымовую завесу. С низко сидящего парохода, против солнца, казалось, что миноносец находится уже среди марсиан.

С парохода заметили, что скелетообразные формы разделились и стали отступать к берегу, все выше и выше поднимаясь над водой. Один из них поднял похожий на камеру генератор теплового луча, направляя под углом вниз. Целое облако поднялось с поверхности воды при прикосновении теплового луча. Он прошел бы сквозь стальную броню миноносца, как добела раскаленный железный гвоздь сквозь лист бумаги.

Вдруг среди дымящегося пара блеснула вспышка. Марсианин дрогнул и пошатнулся. Через секунду второй снаряд срезал его, и смерч из воды и пара взлетел высоко в воздух. Орудия «Гремящего» гремели залпами среди пара. Один снаряд, взметнув водяной столб, упал возле одного парохода, отлетел рикошетом к другим судам, уходившим к северу, и раздробил в щепки рыбачью шхуну.

Но никто не обратил на это внимания. Увидев, что марсианин упал, капитан на мостике громко крикнул, и все пассажиры на корме подхватили этот крик. Вдруг все снова закричали: за белым хаосом пара, вздымая волны, неслось что-то длинное и черное, с пламенем посередине, с вентиляторами и трубами, извергающими огонь. Миноносец все еще боролся. Руль, повидимому, был не поврежден, и машины работали. Он шел прямо на второго марсианина и находился в ста ярдах от него, когда тот выпустил тепловой луч. С грохотом среди ослепительного пламени палуба и трубы взлетели вверх. Марсианин пошатнулся от взрыва, и через секунду пылающая развалина, все еще несшаяся вперед по инерции, ударила и подмяла его, как кусок картона.

Брат невольно вскрикнул. Снова все скрылось в хаосе кипящей воды и пара.

— Два! — крикнул капитан.

Все кричали. Весь пароход от кормы до носа сотрясался от радостного крика, подхваченного сперва на одном, потом на всех судах и лодках, шедших в море.

Пар висел над водой несколько минут, скрывая и берег, и третьего марсианина. Пароходик продолжал работать колесами и уходить с места боя. Когда наконец пар рассеялся, его сменил черный газ, нависший такой тучей, что нельзя было разглядеть ни «Гремящего», ни третьего марсианина. Броненосцы с моря подошли совсем близко и находились между берегом и пароходиком.

Суденышко уходило в море; броненосцы же приближались к берегу, все еще скрытому причудливыми клубами пара и черного газа. Целый флот спасавшихся судов уходил к северо-востоку; несколько рыбачьих шхун сновало между броненосцами и пароходиком. Скоро, не дойдя до оседавшего облака пара и газа, эскадра повернула к северу и скрылась в сгущавшихся вечерних сумерках. Берег стирался и расплывался среди облаков, собравшихся вокруг солнца.

Вдруг из золотистой мглы заката донеслись вибрирующие раскаты орудий, и показались какие-то темные, двигавшиеся тени. Все бросились к борту и смотрели в ослепительное сияние запада, но ничего нельзя было разобрать. Туча дыма поднялась и скрыла солнце. Пароходик, пыхтя, уходил все дальше и дальше среди этой томительной неизвестности.

Солнце скрылось среди серых облаков; небо покраснело и потемнело; вверху блеснула вечерняя звезда. Было совсем темно, когда капитан что-то крикнул и показал вдаль. Брат напряженно всматривался. Что-то взлетело к небу из недр туманного мрака и косо поднялось кверху, двигаясь быстро в отблеске зари, на верхних краях туч на западном небосклоне; что-то плоское, широкое, огромное описало большую дугу и, медленно снижаясь, снова пропало в таинственном сумраке ночи. От этого полета на землю падала мрачная тень.

Книга вторая
ЗЕМЛЯ ПОД ВЛАСТЬЮ МАРСИАН

Глава 1. Под пятой

В первой книге я несколько отклонился в сторону от своих собственных приключений, рассказывая о похождениях брата, когда мы с викарием в течение всех событий, описанных в двух последних главах, сидели в пустом доме у Холлифорда, куда скрылись, спасаясь от черного газа. С этого момента я буду продолжать свой рассказ. Мы оставались там всю ночь с воскресенья и весь следующий день — день паники — в маленьком островке дневного света, отрезанные от остального мира черным газом. В течение этих двух тяжелых дней мы выжидали в тягостном бездействии.

Я очень беспокоился о своей жене. Я представлял ее себе в Летерхэде перепуганной, в опасности, уверенной, что меня уже нет в живых. Я ходил по комнатам и кричал при мысли о том, что может случиться с ней в мое отсутствие. Я не сомневался в мужестве моего двоюродного брата, но он был не из тех людей, которые быстро понимают опасность и немедленно действуют. Здесь нужна была не храбрость, а наблюдательность. Единственным утешением для меня было то, что марсиане двигались к Лондону и удалялись от Летерхэда. Такое беспокойство раздражает и нервирует. Я очень устал, и меня раздражали постоянные восклицания викария, его эгоистическое отчаяние. После нескольких безрезультатных замечаний я удалился от него в одну из комнат, где находились глобусы, модели, прописи и которая, очевидно, служила детской школьной комнатой. Когда он прошел за мной и туда, я забрался на чердак в каморку и затворился там: мне хотелось остаться наедине со своим горем.

В течение этого дня и следующего мы были отрезаны черным газом. В воскресенье вечером мы заметили людей в соседнем доме: чье-то лицо у окна, движущийся свет, хлопанье дверей. Не знаю, что это были за люди и что стало с ними. На следующий день мы их больше не видели. Черный газ в понедельник утром медленно сползал к реке, подбираясь все ближе и ближе к нам, и наконец заклубился по дороге перед тем домом, где мы скрывались.

Около полудня в поле показался марсианин, выпускающий из какого-то прибора струю горячего пара, который со свистом ударялся о стены, разбивал стекла и обжег руку викария, когда тот убегал из выходившей на дорогу комнаты. Когда наконец мы прокрались в ошпаренную часть дома и снова выглянули на улицу, вся земля к северу была запушена снегом. Взглянув на реку, мы были очень удивлены, заметив какой-то странный красноватый оттенок на черных сожженных лугах.

Мы не сразу сообразили, насколько это меняло наше положение, — мы видели только, что теперь нечего бояться черного газа. Наконец я понял, что мы свободны и можем уйти, что дорога к спасению открыта, и мной снова овладела жажда деятельности. Викарий по-прежнему находился в какой-то летаргии.

— Мы здесь в полной безопасности, — повторял он, — в полной безопасности.

Я решил покинуть его (о, если бы я это сделал!) и стал запасаться провиантом и питьем, помня о наставлениях артиллериста. Я нашел масло и тряпку, чтобы перевязать свои раны; захватил шляпу и фуфайку, найденную в одной из спален. Когда викарий понял, что я решил уйти один, он тоже начал собираться. Нам как будто ничто не угрожало, и мы отправились после полудня по почерневшей дороге в Санбэри. По моим расчетам, было около пяти часов.

В Санбэри и кое-где по дороге валялись скрюченные трупы людей и лошадей, опрокинутые повозки и разбросанная поклажа. Все было густо покрыто черной пылью. Этот угольно-черный покров напомнил мне о том, что я читал о разрушении Помпеи. Мы благополучно дошли до Хэмптон-Корта, удрученные странным и необычным видом страны. В Хэмптон-Корте мы с радостью увидели клочок зелени, уцелевшей от удушливой лавины. Мы прошли через Бэши-парк, где между каштановыми деревьями бродили лани, несколько мужчин и женщин спешили вдалеке к Хэмптону. Наконец мы добрались до Твикинхэма. Здесь в первый раз мы встретили людей.

Вдалеке за дорогой к Хэму и Питерсхэму горели леса. Твикинхэм уцелел от тепловых лучей и черного газа. Нам попадались люди, но никто не мог сообщить ничего нового. По большей части так же, как и мы, они бежали, пользуясь затишьем. Мне показалось, что кое-где в домах еще оставались жители, слишком напуганные, чтобы бежать. И здесь на дороге виднелись многочисленные следы поспешного бегства. Мне запомнились три изломанных велосипеда, лежавших в куче и вдавленных в грунт колесами проехавших по ним повозок Мы перешли Ричмонд-Бридж около половины девятого. Конечно, мы торопились поскорее пройти открытый мост, но я все же заметил плывшие вниз по течению какие-то красные туши в несколько футов шириной. Я не знал, что это за туши, — мне некогда было разглядывать их. И возможно, что они показались мне более ужасными, чем были на самом деле. На стороне Суррея тоже лежала черная пыль, бывшая недавно черным газом, и валялись трупы, целая куча около дороги к станции. Марсиан нигде не было видно, пока мы не прошли дальше к Барнету.

Мы увидели на черном фоне вдали трех человек, которые бежали по боковой улице к реке. Селение казалось покинутым. Наверху холма в Ричмонде виднелся пожар; за Ричмондом мы не заметили следов черного газа.

Когда мы приближались к Кью, мимо нас пробежали несколько человек, и над крышами домов — ярдов за сто от нас — показались верхние части боевого треножника марсианина. Если бы марсианин взглянул вниз, мы погибли бы. Мы оцепенели от ужаса, потом бросились в сторону и спрятались в сарае, стоявшем в каком-то саду. Викарий присел на землю, всхлипывая и отказываясь идти дальше.

Но я решил во что бы то ни стало добраться до Летерхэда и с наступлением темноты снова двинулся дальше. Я пробрался через кустарник, прошел по какому-то проходу мимо большого дома с пристройками и вышел на дорогу к Кью. Викария я оставил в сарае, но он поспешно догнал меня.

Трудно себе представить что-нибудь безрассуднее этой попытки. Было очевидно, что мы окружены марсианами. Едва викарий догнал меня, как мы увидели вдали за полями, тянувшимися к Кью-Лоджу, боевой треножник, возможно, тот же самый, а может быть, другой. Четыре или пять маленьких черных фигурок бежали перед ним на серо-зеленом фоне поля: очевидно, марсианин преследовал их. Сделав три шага, он догнал их; они бежали из-под его ног в разные стороны по радиусам. Марсианин не прибег к тепловому лучу, не уничтожил их. Он просто собрал их всех в большую металлическую, привешенную сзади корзину, похожую на корзину разносчика.

В первый раз мне пришло в голову, что марсиане совсем, может быть, не хотели уничтожать людей, а собирались воспользоваться побежденным человечеством для других целей. С минуту мы стояли, пораженные ужасом; потом повернули назад и через ворота пробрались в обнесенный стеной сад, свалились в какую-то яму и лежали там, пока на небе не блеснули звезды, едва осмеливаясь перешептываться друг с другом.

Вероятно, только около одиннадцати часов ночи мы осмелились повторить еще раз нашу попытку и пошли уже не по дороге, а вдоль заборов по полям, высматривая в темноте — я налево, викарий направо — марсиан, которые, казалось, окружали нас. В одном месте мы наткнулись на почерневшую и опаленную площадку, уже остывшую и покрытую пеплом, с целой кучей трупов, обгорелых и обезображенных, — уцелели только ноги и ботинки. Тут же валялись туши лошадей на расстоянии пятидесяти футов от четырех разорванных пушек и разбитых лафетов.

Шин, повидимому, избежал разрушения, но был пуст и безмолвен. Здесь нам не попадалось трупов; впрочем, ночь была слишком темна, и мы не могли разглядеть боковых улиц. В Шине мой спутник вдруг стал жаловаться на слабость и жажду, и мы решили зайти в один из домов.

В первом небольшом доме, с полуоторванной крышей, куда мы проникли, взломав окно, я не мог найти ничего съедобного, кроме куска заплесневелого сыра. Зато там была вода, и можно было напиться; я захватил найденный топор, который мог пригодиться нам при взломе другого дома.

Мы перешли улицу в том месте, где дорога поворачивает к Мортлеку. Здесь стоял какой-то белый дом среди обнесенного стеной сада; в кладовой мы нашли запасы пищи: две ковриги хлеба в большой чашке, кусок сырого мяса и половину окорока. Я перечисляю все это так подробно потому, что мы должны были в течение двух следующих недель довольствоваться лишь этими запасами. Под полкой лежали бутылки с пивом, два мешка фасоли и пучок салата. Кладовая выходила в судомойню, где лежали дрова и стоял шкаф. В шкафу мы нашли почти дюжину бутылок бургонского, консервы, лососину и две жестянки с бисквитами.

Мы уселись в соседней кухне и в темноте, так как боялись зажечь огонь, принялись за хлеб и окорок и пили пиво из одной бутылки. Викарий, по-прежнему пугливый и беспокойный, теперь почему-то стоял за то, чтобы скорее идти, и я едва уговорил его подкрепиться, но тут произошло то, что заставило нас остаться.

— Неужели уже полночь, — усомнился я.

И вдруг блеснул зеленый свет. Вся кухня осветилась на мгновение зеленым блеском. Затем последовал такой гул, какого я никогда не слыхал ни раньше, ни после. Послышался звон разбитого стекла, грохот падающей каменной кладки; посыпалась штукатурка с потолка, разбиваясь на мелкие куски о наши головы. Я слетел на пол, ударился о выступ печи и лежал оглушенный. Викарий говорил, что я долго лежал без сознания. Когда я пришел в себя, мы снова находились в темноте, и викарий брызгал на меня водой. Его лицо было мокро от крови, которая, как я после разглядел, текла из рассеченного лба.

Несколько минут я не мог припомнить, что случилось, Наконец память мало-помалу вернулась ко мне, я почувствовал боль в виске.

— Вам лучше? — шепотом спросил викарий.

Я не сразу ему ответил. Потом приподнялся и сел.

— Не двигайтесь, — сказал он, — пол усеян осколками посуды из шкафа. Вы не можете двигаться без шума, а мне кажется, что они близко.

Мы сидели так тихо, что слышали дыхание друг друга. Могильная тишина; только раз возле нас упал сверху кусок штукатурки или выпавший кирпич. Снаружи, где-то близко, слышалось металлическое побрякиванье.

— Слышите? — сказал викарий, когда звук повторился.

— Да, — ответил я. — Но что это такое?

Я снова прислушался.

— Это не похоже на тепловой луч, — сказал я и подумал, что один из боевых треножников задел дом. На моих глазах один из них налетел на церковь в Шеппертоне.

В таком неопределенном положении мы просидели неподвижно в течение трех или четырех часов до рассвета. Наконец свет проник к нам, но не через окно, которое оставалось темным, а сквозь треугольное отверстие в стене позади нас, между балкой и грудой осыпавшихся кирпичей. Мы в первый раз в сумерках разглядели внутренность кухни.

Окно было завалено разрыхленной землей, которая сыпалась на стол, где мы сидели, и на пол. Снаружи земля была изрыта и засыпала дом. В верхней части оконной рамы виднелась исковерканная дождевая труба. Пол был покрыт металлическими обломками. Конец кухни ближе к жилым комнатам осел, и когда рассвело, то нам стало ясно, что большая часть дома разрушена. Резким контрастом с этими развалинами были чистенький шкаф, окрашенный в бледно-зеленый цвет, с жестяной и медной посудой, обои в белых и голубых квадратах и две раскрашенные картины на стене.

Когда совсем рассвело, мы увидели через дыру туловище марсианина, стоявшего, вероятно, на часах над еще не остывшим цилиндром. Мы осторожно поползли из сумрака кухни в темную кладовую.

Вдруг я догадался, что случилось.

— Пятый цилиндр, — прошептал я, — пятый выстрел с Марса попал в этот дом и похоронил нас под развалинами.

Викарий долго молчал, потом прошептал:

— Господи, помилуй нас! — И стал что-то бормотать шепотом.

Все было тихо, и мы притаившись сидели в кладовой. Я даже боялся дышать и сидел, пристально глядя на слабый свет из дверей кухни. Я мог разглядеть лицо викария — неясный овал, его воротник и отвороты. Снаружи послышался звон металла, потом резкий свист и шипение, точно паровой машины. Все эти звуки, большей частью загадочные, раздавались с перерывами, увеличиваясь и делаясь все более разнообразными. Вдруг раздался какой-то размеренный, вибрирующий гул, от которого задрожало все окружающее, посуда в кладовой зазвенела. Свет померк, дверь кухни стала совсем темной. Так мы сидели долгие часы, молчаливые, дрожащие, пока наконец не заснули от утомления...

Я проснулся и почувствовал, что очень голоден. Вероятно, мы проспали большую часть дня. Голод заставил меня наконец решиться двинуться. Я сказал викарию, что отправляюсь искать пищу, и пополз по кладовой. Он ничего не ответил, но, как только я начал есть, он проснулся от легкого шума, и я услышал, что он пополз за мной.

Глава 2. Что мы видели из развалин дома

Кончив есть, мы поползли назад в судомойню, где я опять, очевидно, задремал, потому что, очнувшись, увидел, что я один. Непрерывно раздавался какой-то вибрирующий, неприятный звук. Я несколько раз шепотом позвал викария, потом пополз к двери кухни. При дневном свете я увидел викария в другом конце комнаты — он лежал у треугольного отверстия, выходившего наружу, к марсианам. Его плечи были приподняты и головы не было видно.

Шум был как в машинном отделении, и все здание, казалось, содрогалось от него. Сквозь отверстие в стене я видел вершину дерева, освещенного солнцем, и голубой клочок ясного вечернего неба. С минуту я смотрел на викария, потом подкрался ближе, осторожно переступая через осколки посуды.

Я тронул викария за ногу. Он так быстро обернулся, что от штукатурки снаружи с треском отвалился большой кусок. Я схватил его за руку, боясь, что он закричит, и мы оба замерли. Потом я повернулся посмотреть, что осталось от нашего убежища. В пробоине стены образовалось новое отверстие; осторожно поднявшись и заглянув за балку, я едва узнал пригородную дорогу — так сильно все кругом изменилось.

Пятый цилиндр упал, очевидно, в тот дом, куда мы заходили сначала. Строение исчезло совершенно, превратилось в щебень и разлетелось. Цилиндр лежал глубоко в земле, в воронке, более широкой, чем яма около Уокинга. Земля вокруг точно расплескалась от страшного удара («расплескалась» — трудно найти более подходящее слово) и засыпала корпуса соседних домов, словно ударили молотом по грязи. Наш дом осел назад; передняя часть была разрушена до самого основания. Кухня и судомойня уцелели каким-то чудом и были завалены землей и мусором, точно огромным валом, со всех сторон, кроме одной, обращенной к цилиндру. Мы висели на краю огромной воронки, где работали марсиане. Тяжелые удары раздавались, очевидно, позади нас; светлый зеленый пар поднимался из ямы и окутывал дымкой нашу щель.

В центре ямы цилиндр был уже отрыт, а в дальнем конце среди вырванных и засыпанных песком кустарников стоял пустой боевой треножник — огромный металлический скелет на фоне вечернего неба. Сначала я только бегло взглянул на яму и на цилиндр, хотя было бы естественнее описать сперва их; мое внимание было отвлечено какой-то блестящей машиной, роющей землю экскаватором, и теми странными существами, которые медленно копошились возле нее в рыхлой земле.

Я заинтересовался сначала механизмом. Это была одна из тех очень сложных машин, названных впоследствии многорукими машинами, изучение которых дало такой мощный толчок земным изобретениям. На первый взгляд она походила на металлического паука с пятью суставчатыми подвижными ножками и со множеством суставчатых рычагов и хватающих передаточных щупальцев вокруг корпуса. Большая часть «рук» этой машины была снаружи, при помощи трех длинных щупальцев она хватала металлические шесты, пруты и броневую обшивку цилиндра. Машина вытаскивала, поднимала и складывала все это на ровную площадку сзади.

Все движения были так быстры, слаженны и совершенны, что сначала я не принял ее за машину, несмотря на металлический блеск. Боевые треножники были тоже удивительно совершенные, точно одухотворенные, но они ничто в сравнении с этой машиной. Люди, знающие эти машины только по рисункам или по рассказам очевидцев вроде меня, вряд ли смогут представить себе эти почти живые механизмы.

Я вспоминаю иллюстрацию одной статьи, давшей подробный отчет о войне. Иллюстратор, очевидно, наскоро, очень поверхностно ознакомился с одним из боевых треножников. Он изобразил их в виде неповоротливых наклонных треножников, лишенных гибкости и легкости, очень однообразных. Статья с этими иллюстрациями наделала много шума, и я упоминаю о них только для того, чтобы предостеречь читателей от возможного неверного впечатления.

Иллюстрации были похожи на тех марсиан, которых я видел, так же, как голландская кукла — па человека. По-моему, эти иллюстрации только испортили статью.

Повторяю, сперва многорукую машину я не принял за машину; она показалась мне каким-то существом вроде краба, с блестящим покровом (марсианином с тонкими щупальцами, регулировавшим все ее движения, точно спинной мозг). Затем я заметил тот же серовато-коричневый лоснящийся кожаный покров па других копошившихся вокруг телах и догадался, что это за изумительно ловкий работник. После этого я все свое внимание обратил уже на живых, настоящих марсиан. Я видел их бегло раньше, но теперь отвращение уже не мешало моим наблюдениям; кроме того, я теперь находился в засаде, я наблюдал за ними из-за прикрытия, а не при поспешном бегстве.

Я разглядел, что эти существа совсем не походили на людей. У них были большие круглые тела, скорее головы, около четырех футов в диаметре, с подобием чего-то вроде лица. На этом лице не было ноздрей (марсиане, кажется, лишены чувства обоняния), только два больших темных глаза с каким-то мясистым наростом внизу. Сзади этой головы или тела — я, право, не знаю, как назвать это, — находилась прикрытая тугая перепонка, соответствующая нашему уху, хотя она, вероятно, оказалась бесполезной в нашей более сгущенной атмосфере. Около рта торчали шестнадцать тонких, похожих на бичи щупальцев, разделенных на два пучка — по восьми щупальцев в каждом. Эти пучки впоследствии знаменитый анатом профессор Гоуэс удачно назвал руками. Когда я в первый раз увидал марсиан, мне показалось, что они старались опираться на эти руки, но этому мешал увеличившийся в земных условиях вес их тел. Можно предположить, что на Марсе они передвигаются довольно легко при помощи этих рук.

Внутреннее анатомическое строение марсиан, как показали позднейшие вскрытия, оказалось очень несложным. Большую часть их тела занимал мозг с разветвлениями толстых нервов к глазам, уху и осязательным щупальцам. Кроме того, были найдены довольно сложные органы дыхания — легкие, рот и сердце с кровеносными сосудами. Усиленная работа легких вследствие более плотной земной атмосферы и увеличения силы тяготения была заметна по конвульсивным движениям внешней оболочки.

Вот и все органы марсианина. Человеку может показаться странным, что у марсиан совершенно не оказалось никаких признаков сложного пищеварительного аппарата, составляющего одну из главных частей нашего организма. Они состояли из одной только головы. У них не было внутренностей. Они не ели, не переваривали. Вместо этого они брали свежую живую кровь других организмов и впрыскивали ее в свои вены. Я сам видел, как они это делали, и расскажу об этом в свое время. Чувство отвращения мешает мне подробно описать то, на что я не мог даже смотреть долго. Дело в том, что кровь из живого организма, в большинстве случаев из тела человека, при помощи маленькой пипетки впрыскивалась марсианами прямо в воспринимающий канал.

Даже мысль об этом кажется нам ужасной, но в то же время я невольно думаю, что мы должны представить себе, какой отвратительной должна была бы казаться разумному кролику наша привычка питаться мясом.

Нельзя отрицать физиологических преимуществ способа инъекции, если вспомнить только, как много времени и энергии тратит человек на еду и пищеварение. Наше тело наполовину состоит из желез, каналов и органов, занятых перегонкой разнородной пищи в кровь. Пищеварительные процессы и их реакция на нервную систему подрывают наши силы, отражаются на нашей психике. Люди счастливы или несчастны в зависимости от работы печени или поджелудочной железы. Марсиане стоят выше всех этих влияний организма на состояние духа и эмоции.

То, что марсиане предпочли людей как источник питания, отчасти объясняется природой остатков их жертв, которых они привезли с собою с Марса в качестве провизии. Эти существа, судя по тем сморщенным останкам, которые попали в руки людей, тоже были двуногими, с кремнистыми легкими, вроде кремневых губок, со слаборазвитой мускулатурой. Ростом они были около шести футов; имели круглые прямые головы с большими глазами в кремневых впадинах. Два или три таких существа находились, кажется, в каждом цилиндре, но все были убиты еще до прибытия на Землю. Они все равно погибли бы на Земле, так как при первой попытке двигаться поломали бы себе все кости.

Раз я занялся этим описанием, то разрешите мне добавить здесь некоторые подробности, хотя и не вполне замеченные нами в то время, которые, однако, помогут читателю, не видевшему марсиан, составить себе более ясное представление об этих ужасных существах.

Их физиология в трех отношениях странно отличалась от нашей. Их организм не нуждался в сне и бодрствовал, как сердце у спящих людей. Им не приходилось возмещать сильное мускульное напряжение, и периодическое прекращение деятельности было им неизвестно. Также почти чуждо им было ощущение усталости. На Земле они передвигались с большими усилиями, но даже и здесь находились в беспрерывной деятельности. В течение суток они работали все двадцать четыре часа, подобно земным муравьям.

Во-вторых, марсиане были бесполыми и потому не знали ни одной из тех сильных эмоций, которые возникают у людей благодаря половому различию. Точно установлено, что на Земле во время войны родился один марсианин. Он был найден на теле своего родителя в виде почки, подобно чашечке молодой лилии или молодым организмам пресноводного полипа.

У человека и у всех высших видов земных животных подобный способ размножения считается самым примитивным. Среди низших животных до оболочников, первых родичей позвоночных животных, существуют оба способа размножения, но на более высших ступенях половой способ размножения совершенно вытесняет почкование. На Марсе, повидимому, развитие шло наоборот.

Интересно, что один из умозрительных писателей с квазинаучной репутацией еще задолго до нашествия марсиан предсказал, что у человека будет то же строение, какое оказалось у них. Его пророчество, я помню, появилось в ноябрьском или декабрьском номере «Пэлл-Мэлл баджит» в 1893 году в длинной, но не обратившей на себя внимания статье[1]; мне припоминается только карикатура, помещенная в «Панч» еще до появления марсиан. Он указывал, излагая свою идею в шутливом, веселом тоне, что развитие механической силы должно в конце концов победить развитие членов и химическая пища вытеснит пищеварение. Он утверждал, что волосы, нос, зубы, уши, подбородок не будут являться характерными чертами человеческого существа и что естественный отбор в течение грядущих веков сгладит их и уменьшит их значение. Будет развиваться только один мозг. Еще одна часть тела имеет шансы пережить другие — рука, «учитель и агент мозга». Остальное тело будет атрофироваться, рука же будет все более и более развиваться.

Правда часто говорится в шутку, и в марсианах мы имеем полное осуществление подобного подчинения животной стороны организма интеллекту. Мне кажется вполне вероятным, что марсиане произошли от существ, в общем похожих на нас, путем постепенного развития мозга и рук (последние в конце концов заменились двумя пучками щупальцев) за счет остального тела. Мозг без тела должен был сделаться, конечно, более эгоистичным интеллектом, без всяких человеческих эмоций.

Последнее отличие организма марсиан от нашего с первого взгляда может показаться несущественным. Микроорганизмы, возбудители стольких болезней и страданий на Земле, или никогда не появлялись на Марсе, или санитария марсиан уничтожила их столетия назад. Сотни болезней, лихорадки и заражения, поражающие жизнь человека, чахотка, рак, опухоли и другие болезненные явления совершенно неизвестны в их жизни.

Говоря о различии между жизнью на Земле и на Марсе, я должен упомянуть здесь о странном появлении красной травы.

Очевидно, растительное царство Марса вместо преобладающего зеленого цвета имеет яркую кроваво-красную окраску. Во всяком

---

[1] Речь идет о статье самого Уэллса «Об одной ненаписанной книге».

случае, те семена, которые марсиане намеренно или случайно привезли с собою, давали ростки красного цвета. Впрочем, в борьбе с земными формами только всем известная красная трава достигла некоторого развития; красный вьюн скоро засох, и только немногие его видели. Что же касается красной травы, то некоторое время она росла удивительно быстро. Она появилась на краях ямы на третий или четвертый день нашего заключения, и ее побеги, сходные с отростками кактуса, образовали карминовую бахрому вокруг нашего треугольного окна. После я видел ее в изобилии по всей стране, особенно около воды.

У марсиан был, повидимому, слуховой орган: круглая перепонка на задней стороне головы-тела, и глаза, по силе зрения не уступающие нашим: только голубой и фиолетовый цвета, по мнению Филипса, должны были казаться им черными. Предполагают, что они сообщались друг с другом при помощи звуков и движений своих щупальцев; так утверждает, например, дельная, но наспех написанная статья, автор которой, очевидно, не видел марсиан, — на эту статью я уже ссылался, и она до сих пор служила главным источником сведений о марсианах. Но ни один из оставшихся в живых людей не наблюдал так близко марсиан, как я. Это произошло, правда, не по моему желанию, но все же это несомненный факт. Я наблюдал за ними внимательно день за днем и утверждаю, что сам видел, как четыре, пять и один раз даже шесть марсиан, тяжело двигаясь, выполняли самые тонкие и сложные работы вместе, не обмениваясь ни звуком, ни жестом. Издаваемые ими звуки, похожие на крик филина, обычно перед едой, без всяких модуляций, по-моему, вовсе не были сигналом, а происходили просто вследствие выдыхания воздуха перед впрыскиванием крови. У меня есть элементарные сведения по психологии, и я убежден — так же твердо, как и в остальном, — что марсиане обменивались мыслями, не произнося никаких слов. Я убедился в этом, несмотря на мое предубеждение против телепатии. Перед нашествием марсиан, если только читатель помнит мои статьи, я высказывался довольно резко против телепатических теорий.

Марсиане не носили одежды. Их понятия о нарядах и приличии, естественно, расходились с нашими; они не только были, очевидно, менее чувствительны к переменам температуры, чем мы, но и перемена давления, повидимому, не отражалась вредно на их здоровье. Но если они и не носили одежды, то их громадное превосходство над людьми заключалось, конечно, в других искусственных приспособлениях к их телу. Мы с нашими велосипедами и средствами передвижения, с нашими летательными аппаратами Лилиенталя; с нашими пушками и штыками и всем прочим находимся только в начале той эволюции, через которую уже прошли марсиане. Они сделались как бы абсолютно чистым разумом и пользуются разными машинами, смотря по надобности, точно так же, как человек пользуется сменой платья, берет для скорости велосипед или зонт в дождь. Из всех изобретений марсиан всего удивительнее их полное незнакомство с тем, что является преобладающим элементом почти во всех человеческих изобретениях в области механики, — с колесом. Во всех машинах, доставленных ими на Землю, нет никакого подобия колес. Можно было бы, по крайней мере, ожидать применения колеса для передвижения. В связи с этим любопытно отметить, что даже и на Земле природа избегает колес и предпочитает другие средства передвижения. Марсиане даже не знают (это, впрочем, маловероятно) или избегают колес и очень редко пользуются в своих аппаратах неподвижными или относительно неподвижными осями; с круговым движением вокруг них, сосредоточенным в одной плоскости. Почти все соединения в их машинах представляют собою сложную систему скользящих частей, двигающихся на небольших изогнутых подшипниках с трением. Коснувшись этого вопроса, я должен упомянуть и о том, что длинные рычажные соединения в их машинах приводятся в движение подобием мускулатуры из дисков в эластичной оболочке; эти диски поляризуются при прохождении электрического тока и плотно прилегают друг к другу. Благодаря такому устройству получается странное сходство с движениями живого существа, столь поражающее и ошеломляющее наблюдателя. Подобные квазимускулы находились в изобилии и в той напоминавшей краба многорукой машине, которая на моих глазах разгружала цилиндр, когда я в первый раз посмотрел в щель. Она казалась более живой, чем марсианин в лучах заходящего солнца, тяжело дышавший, шевеливший своими щупальцами и еле передвигавшийся после своего перелета через межпланетное пространство.

Я долго наблюдал за их медленными движениями под лучами солнца и подмечал странные детали их формы, пока викарий не напомнил мне о своем присутствии, схватив меня за руку. Я обернулся и увидел его нахмуренное лицо и сжатые губы. Он хотел тоже посмотреть в щель — место было только для одного. Таким образом, я должен был отказаться от наблюдений за марсианами, пока он, к своему удовольствию, пользовался этой привилегией.

Когда я снова заглянул в щель, работавшая многорукая машина уже сложила вместе части вынутого из цилиндра аппарата; новая машина имела такую же форму, как и первая. Внизу налево работал какой-то небольшой механизм, выпуская клубы зеленого дыма, — он рыл землю и продвигался вокруг ямы, углубляя и выравнивая ее. Эта машина и производила тот самый ритмический шум, от которого содрогалось наше разрушенное убежище. Машина сильно дымила и свистела во время работы. Насколько я мог видеть, она работала без всякого управления.

Глава 3. Дни заключения

При виде второго боевого треножника мы отошли от щели и скрылись в судомойню, боясь, как бы со своей вышки марсианин не увидел нас за барьером. Позднее мы перестали бояться, что нас обнаружат, так как наше убежище против солнца должно было казаться темным, но сначала при приближении марсиан мы с бьющимся от страха сердцем спасались в судомойню. Однако, несмотря на всю опасность, любопытство тянуло нас к щели. Теперь я с удивлением вспоминаю, что, несмотря па всю безвыходность нашего положения, — нам грозила или смерть от голода, или смерть еще более ужасная, — мы даже затеяли драку из-за того, кому смотреть первому. Мы прыгали по судомойне в злобе и страхе, дрались, бесшумно лягались, находясь на волосок от гибели.

Мы были совершенно разными людьми по характеру, по способу думать и действовать. Опасность и заключение еще сильнее подчеркивали наше несходство. Еще в Холлифорде я возненавидел викария за его плаксивость, глупость и ограниченность. Его бесконечные невнятные монологи мешали мне сосредоточиться и выводили меня, и без того находившегося в нервном состоянии, из себя. У него было не больше выдержки, чем у глупой старухи. Он готов был плакать целыми часами, и я уверен, что он, как ребенок, воображал, что слезы помогут ему. Даже в темноте он ежеминутно напоминал о своем присутствии. Кроме того, он ел больше меня, и я напрасно напоминал ему о том, что нам придется оставаться в доме до тех пор, пока марсиане не кончат работу в яме, что нам надо экономить пищу, так как это наша единственная надежда на спасение. Он ел и пил помногу после большого перерыва. Спал мало.

Прошло несколько дней; беззаботность и нежелание викария вникнуть в мои слова еще более ухудшили наше отчаянное положение и увеличили опасность. Я вынужден был прибегнуть к угрозам, даже к ударам. Это образумило его, но ненадолго. Он принадлежал к числу тех слабых, лишенных гордости, трусливых, анемичных, достойных презрения людей, которые лгут и Богу, и людям, и даже себе самим.

Мне неприятно вспоминать и писать об этом, но иначе мой рассказ будет неполон. Те, кому удалось избежать темных и ужасных сторон жизни, не задумаются предать осуждению мою грубость, мои порывы бешенства в последнем акте нашей драмы; они, конечно, знают, что такое зло, но они не знают, что есть предел терпению для человека, измученного пыткой. Но люди, сами прошедшие через мрак, смотрящие в корень вещей, поймут и найдут для меня оправдание.

И вот, пока мы с викарием шепотом спорили, вырывали пищу и питье, хватали друг друга за руки и дрались, в яме снаружи под беспощадным солнцем этого ужасного июня марсиане налаживали свою непонятную для нас жизнь. Я расскажу о том, что я видел вначале. После долгого перерыва я опять наконец завоевал право смотреть в щель и увидел, что к новоприбывшим присоединились трое марсиан с тремя боевыми треножниками и какими-то новыми приспособлениями, расставленными в порядке вокруг цилиндра. Собранная вторая многорукая машина была занята сборкой частей какого-то механизма, вынутого из цилиндра. Корпус новой машины по форме походил на молочную кружку с грушевидным вращающимся пестиком наверху, из которого сыпалась струя белого порошка в подставленный снизу круглый котел.

Вращение происходило от одного из щупальцев многорукой машины. Две лопатообразные «руки» копали глину и бросали куски ее в грушевидный приемник, в то время как третья «рука» периодически открывала дверцу и удаляла из средней части прибора покрытый нагаром, обожженный кирпич. Четвертое стальное щупальце направляло порошок из котла по коленчатой трубке в какой-то новый приемник, скрытый от меня кучей голубоватой пыли. Из этого невидимого приемника поднималась прямо вверх струйка зеленоватого дыма. Пока я смотрел, многорукая машина с легким музыкальным звоном вдруг вытянула, как подзорную трубу, щупальце, скрытое раньше за кучей глины и казавшееся минуту назад тупым отростком. Через секунду щупальце подняло вверх полосу белого алюминия, неостывшего и ярко блестевшего, и отложило ее в клетку из таких же полос, сложенную у одной стороны ямы. От заката солнца до появления звезд эта ловкая машина изготовила не менее сотни таких полос прямо из сырой глины, и куча голубоватой пыли поднялась выше края ямы.

Контраст между быстрыми и сложными движениями всех этих машин и тяжелыми, инертными и неуклюжими движениями их руководителей был так велик; что живыми казались машины, а не марсиане.

У щели стоял викарий, когда к яме принесли первых пойманных людей. Я сидел внизу и вслушивался. Вдруг он отскочил назад, и я, думая, что нас заметили, притаился в ужасе. Он тихонько пробрался ко мне по мусору и присел возле в темноте, бормоча и показывая что-то жестами; испуг его передался и мне. Жестом он дал понять, что уступает мне щель. Любопытство придало мне храбрости, я встал, перешагнул через викария и припал к щели. Сначала я не понял причины его страха. Было уже темно, звезды казались крошечными, тусклыми, но яма была освещена зелеными вспышками от машины, изготовлявшей алюминий. Неровные вспышки зеленого огня и двигавшиеся черные смутные тени производили странное впечатление. В воздухе кружились летучие мыши.

Марсиан не было теперь видно за голубовато-зеленой кучей. В одном из углов ямы стоял боевой треножник с укороченными и поджатыми ногами. Вдруг среди гула машин послышались как будто человеческие голоса. Я подумал, что мне померещилось, и сначала не обратил на это внимания.

Я нагнулся, наблюдая за боевым треножником, и тут только окончательно убедился, что в колпаке его спрятан марсианин.

Когда зеленое пламя вспыхнуло ярче, я разглядел его лоснящийся покров и блеск его глаз. Вдруг послышался крик, и я увидел, как длинное щупальце перегнулось за плечо машины к маленькой клетке, висевшей в виде горба за его спиной. Потом подняло что-то барахтавшееся высоко в воздух, какой-то черный, неясный, загадочный предмет на фоне звездного неба. Когда этот предмет снова опустили, то при зеленом отблеске я увидел, что это человек. В течение одной минуты я успел его разглядеть. Это был хорошо одетый, сильный, румяный, средних лет мужчина. Три дня назад он, вероятно, пользовался хорошим положением в обществе. Я видел его широко раскрытые глаза и отблеск огня на его пуговицах и часовой цепочке. Он исчез по другую сторону кучи, и одно мгновение все было тихо, но потом послышался снова жалобный крик и заглушенный, но довольный вой марсиан…

Я присел на щебень, потом вскочил, зажал руками уши и бросился в судомойню. Викарий обхватил голову руками, молча пригнулся к полу, взглянул на меня, когда я проходил мимо, всхлипнул, очевидно думая, что я покидаю его, и кинулся за мной.

Эту ночь мы просидели в судомойне; несмотря на ужас, нам очень хотелось взглянуть в щель. Надо было действовать, но я тщетно пытался придумать какой-нибудь способ спасения. Только на следующий день смог я уяснить себе паше положение. Викарий был не способен ни к какому обсуждению. От страха он сделался порывистым, лишился способности логично рассуждать и предвидеть. В сущности, он почти уже стал животным. Мне приходилось рассчитывать исключительно на самого себя. Обдумав все хладнокровно, я решил, что, несмотря на весь ужас нашего положения, отчаиваться нечего. Наша главная надежда в том, что марсиане, может быть, расположились в яме только временно. Даже если они превратят ее в постоянный лагерь, то и тогда нам может представиться случай к бегству, если они не сочтут нужным охранять ее. Я обдумал также весьма тщательно план подкопа в противоположную от ямы сторону, но здесь нам угрожала опасность попасться на глаза какому-нибудь сторожевому треножнику. Кроме того, я должен рыть один. Викарий вряд ли пригоден для такой работы.

Это было на третий день, когда (если память мне не изменяет) я увидел, как убили человека, — это был единственный раз, когда я действительно видел, чем питаются марсиане. После этого случая я больше не подходил к щели днем. Я отправился в судомойню, отворил дверь и несколько часов тихо рыл топором землю. Но когда я вырыл отверстие фута два глубиной, рыхлая земля с шумом осела, и я не решился копать дальше. Я замер и долго лежал на полу, боясь пошевелиться. После этого я уже не помышлял о подкопе.

Марсиане произвели на меня столь тягостное впечатление, что я почти не надеялся на помощь со стороны людей. Вдруг на четвертые или пятые ночь я услыхал как будто выстрелы из тяжелых орудий.

Была уже глубокая ночь. Марсиане убрали экскаватор и куда-то скрылись. Только вдалеке стоял боевой треножник, да в одном из углов ямы многорукая машина в одиночку нарушала тишину своим лязгом. Она продолжала работать как раз под щелью, в которую я смотрел. В яме было совсем темно, за исключением тех мест, куда падал лунный свет.

Ночь стояла ясная, светлая; луна, единственная из всех планет, царила в небе. Мне послышался собачий вой, и этот знакомый звук заставил меня насторожиться. Потом очень отчетливо я услышал гул, точно от больших орудий. Я насчитал шесть выстрелов и после долгого перерыва — еще шесть. Потом все снова стихло.

Глава 4. Смерть викария

Это произошло на шестой день нашего заключения. Я смотрел в щель и вдруг ощутил, что остался один. Вместо того чтобы стоять подле меня и отталкивать от щели, викарий почему-то ушел в судомойню. Это показалось подозрительным. Я быстро, но бесшумно вернулся в судомойню. В темноте я услышал, что викарий пьет. Я протянул руку в темноту, и мои пальцы нащупали бутылку бургонского.

Несколько минут мы боролись. Бутылка упала и разбилась. Я выпустил его и поднялся. Мы стояли, тяжело дыша и угрожая друг другу. Наконец я встал между ним и запасами провизии и сказал, что решил ввести строгую дисциплину. Я разделил весь запас пищи на части так, чтобы ее хватило на десять дней. Днем он попытался снова подобраться к пище. Я дремал, но сразу же встрепенулся. Весь день и всю ночь мы сидели друг против друга; хотя я и устал, но не уступал, он же плакал и жаловался на голод. Я знаю, что прошли всего одна ночь и один день, но мне казалось и тогда и теперь, что время тянулось бесконечно.

Несходство наших характеров вело к все более открытым столкновениям. В течение двух долгих дней мы перебранивались вполголоса, спорили, пререкались. Иногда я терял самообладание и бил его; иногда я пытался ласково убеждать его; раз я попытался даже соблазнить его последней бутылкой бургонского: в кухне была труба для дождевой воды, откуда я мог напиться. Но ни уговоры, пи угрозы не подействовали: казалось, он сошел с ума. Он не прекращал попыток захватить провизию, разговаривал вслух сам с собою. Он держался очень неосторожно, и мы каждую минуту могли быть обнаружены. Скоро я заметил, что он окончательно потерял рассудок, — я оказался один на один в темноте с сумасшедшим. Мне кажется, что и я был уже не вполне нормален. Меня мучили страшные, безумные сны. Как ни странно, но мне кажется, что сумасшествие викария вовремя предостерегло меня; я взял себя в руки и потому сохранил рассудок.

На восьмой день викарий начал говорить громко, и я ничем не мог удержать потока его красноречия.

— Это справедливое наказание, о Боже! — повторял он поминутно. — Справедливое! Накажи меня и всех вокруг. Мы согрешили и впали в грехи... Повсюду несчастья, бедных топтали в пыли, а я молчал. То, что я проповедовал, было безумием... Мне нужно было встать и, не жалея жизни своей, призывать их к раскаянию, к раскаянию... Угнетатели бедных и нуждающихся! Виноградник Божий!..

Потом он снова вспомнил о еде, к которой я его не допускал, умолял меня, просил, плакал, угрожал. Он начал повышать голос; я попытался утихомирить его; он понял, что может держать меня в своей власти, и грозил, что будет кричать и привлечет внимание марсиан. Это испугало меня поначалу; но моя уступчивость уменьшила бы наши шансы на спасение. Хотя я не верил ему, но считал возможным, что он так поступит. В тот день, во всяком случае, он не привел в исполнение своей угрозы. Он говорил, постепенно повышая голос, в течение восьмого и девятого дней, — это были угрозы, мольбы, перемешанные с раскаянием в недостойном служении Богу. Мне было жаль его. Немного поспав, он снова принялся кричать так громко, что я вынужден был вмешаться.

— Тише, тише! — умолял я.

Он встал на колени в темноте, недалеко от медной кухонной посуды.

— Я слишком долго молчал, — сказал он так громко, что его должны были услышать в яме, — теперь я должен свидетельствовать.

Горе этому беззаконному граду. Горе! Горе! Горе! Горе обитателям Земли, ибо уже прозвучала труба...

— Замолчите! — просил я, вскакивая в ужасе, почти уверенный, что марсиане услышат нас. — Замолчите...

— Нет! — воскликнул вновь викарий, поднимаясь и простирая руки. — Меня осенил Господь! — В три прыжка он был у двери в кухню, — Я должен свидетельствовать. Я иду. Я и так уже слишком долго медлил.

Я схватил сечку со стены и бросился за ним. Я был в бешенстве от страха. Настиг я его посреди кухни. Поддаваясь последнему порыву человеколюбия, я обернул острие к себе и ударил его тупой стороной. Он упал ничком на пол. Я споткнулся о его тело и остановился, тяжело дыша. Он лежал неподвижно.

Вдруг я услышал шум снаружи, как будто осыпалась штукатурка, и треугольное отверстие в стене закрылось. Я взглянул вверх и увидел многорукую машину, вступающую в пролом стены. Одно из сокращавшихся щупальцев извивалось среди обломков. Показалось второе щупальце, скользившее по рухнувшим балкам. Я замер от ужаса. Потом увидел зеркальную пластинку около чудовищного лица и большие темные глаза марсианина. Металлический спрут извивался щупальцами в проломе.

Я повернулся, споткнулся о викария и остановился у двери судомойни. Щупальце просунулось на два ярда в кухню, извиваясь и поворачиваясь. Несколько секунд я стоял как зачарованный, глядя на это странное порывистое приближение. Потом, тихо вскрикнув от страха, спрятался в судомойню. Я дрожал и едва стоял на ногах. Я открыл дверь в угольный погреб и стоял в темноте, глядя через щель двери в кухню и прислушиваясь. Заметил ли меня марсианин? Что он делает?

В кухне что-то двигалось, задевало за стены с легким металлическим побрякиванием, точно связка ключей на кольце. Какое-то тяжелое тело — я догадался какое — поволокли по полу кухни в отверстие. Я не удержался, подошел к двери и заглянул в кухню. В треугольном освещенном солнцем отверстии я увидал марсианина у многорукой машины — он внимательно рассматривал голову викария. Я сразу же подумал, что он догадается о моем присутствии по рубцу от удара, который я нанес викарию.

Я пополз в угольный погреб, затворив дверь, и в темноте принялся зарываться в дрова и уголь. Каждую минуту я прислушивался, не протянул ли в отверстие марсианин свое щупальце.

Вдруг легкое металлическое побрякивание возобновилось. Щупальце медленно двигалось по кухне. Все ближе и ближе — уже в судомойне. Я надеялся, что щупальце не достанет до меня. Щупальце царапнуло по двери погреба. Наступила целая вечность почти невыносимого ожидания; я услышал, как стукнула щеколда. Он отыскал дверь. Марсиане понимают, что такое двери.

Щупальце провозилось с щеколдой не более одной минуты; потом дверь отворилась.

В темноте я сумел разглядеть это металлическое щупальце, напоминавшее хобот слона. Щупальце приближалось ко мне, трогало и ощупывало стену, куски угля, дрова и потолок. Это был какой-то темный червяк, поворачивавший свою слепую голову.

Щупальце коснулось каблука моего ботинка. Я чуть не закричал, но сдержался, укусив себя за руку. С минуту все было тихо. Я уже начинал думать, что оно исчезло. Вдруг, неожиданно щелкнув, оно схватило что-то, подумав, что это я, — и как будто стало удаляться из погреба (я не был вполне в этом уверен). Очевидно, оно захватило кусок угля.

Я воспользовался случаем, переменил положение и прислушался.

Вдруг я снова услыхал знакомое побрякивание. Оно приближалось ко мне — медленно, медленно, царапая стены и постукивая по мебели.

Я не знал, дотянется оно до меня или нет. Вдруг сильным и коротким ударом оно захлопнуло дверь угольного склада. Я слышал, как оно заходило по кладовой, слышал, как передвигались жестянки с бисквитами, как разбилась бутылка. Потом новый удар в дверь склада. Потом тишина, перешедшая в томительное ожидание.

Щупальце скрылось?

Да, как будто.

Оно не возвращалось больше в мой погреб; но я пролежал весь десятый день в темноте, зарывшись в угле и дровах, не смея даже выползти, чтобы напиться. Мне страшно хотелось пить. Только на одиннадцатый день я решился выползти из своего убежища.

Глава 5. Тишина

Прежде чем пойти в кладовую, я затворил дверь из кухни в судомойню. Но кладовая была пуста; вся провизия исчезла — до последнего куска. Очевидно, марсианин все забрал вчера. Сначала я пришел в отчаяние — я не ел и не пил в течение одиннадцатого и двенадцатого дней. Рот и горло у меня пересохли. Я сильно ослабел. Я сидел в судомойне в темноте, в полном отчаянии. Мне мерещилась разная еда. Мне казалось, что я оглох, так как звуки, которые я привык слышать со стороны ямы, совершенно прекратились. Я не чувствовал себя достаточно сильным, чтобы бесшумно подползти к щели в кухне, иначе бы я это сделал.

На двенадцатый день мое горло так пересохло от жажды, что я, рискуя привлечь внимание марсиан, стал качать скрипевший насос около раковины и добыл стакана два темной мутной жидкости. Питье подкрепило меня, и я несколько приободрился, видя, что вслед за шумом от насоса не появилось ни одного щупальца.

В течение этого времени я вспоминал о викарии и о его смерти как во сне.

На тринадцатый день я выпил еще немного воды и в полудремоте грезил о пище и строил фантастические, невыполнимые планы побега. Как только я начинал дремать, меня мучили кошмары: смерть викария, роскошные блюда. Но и во сне и наяву я чувствовал какую-то мучительную боль, которая заставляла меня пить без конца. Свет, проникавший в судомойню, был теперь не сероватый, а красноватый. Моему больному воображению этот свет казался кровавым.

На четырнадцатый день я отправился на кухню и очень удивился, увидев, что трещина в стене заросла красной травой, и от этого полусумрак стал красноватым.

Рано утром на пятнадцатый день я услышал в кухне какой-то странный, но знакомый звук. Прислушавшись, я решил, что это должно быть повизгивание и царапанье собаки. Войдя в кухню, я увидел собачью морду, просунувшуюся в щель между зарослью красной травы. Я очень удивился. Почуяв меня, собака отрывисто залаяла.

Я подумал, что в случае, если мне удастся заманить ее в кухню без шума, я смогу убить ее и съесть. Во всяком случае, лучше убить ее, так как она может привлечь внимание марсиан.

Я потянулся к ней, ласково поманил:

— Песик! Песик!

Но собака куда-то скрылась.

Я прислушался: нет, я не оглох — в яме в самом деле тихо. Я различил только какой-то звук, похожий на хлопанье крыльев птицы, да еще резкое карканье — и больше ничего.

Долго я стоял у щели, не решаясь раздвинуть красную поросль. Раз или два я расслышал царапанье — это бегала собака по песку. Слышался как будто шорох от крыльев птиц — и только. Наконец, осмелев, я выглянул наружу.

В яме никого. Только в одном углу стая ворон дралась над трупами мертвецов, высосанных марсианами.

Я оглянулся кругом, не веря своим глазам. Ни одной машины. Яма опустела. В одном углу — груда серовато-синей пыли, в другом — несколько алюминиевых полос, да черные птицы над человеческими скелетами.

Медленно пролез я сквозь красную поросль на куче щебня. Я мог смотреть во все стороны, — только сзади, на севере, торчал дом, — и нигде я не заметил никаких признаков присутствия марсиан. Яма начиналась как раз у моих ног, и по щебню я мог добраться до вершины развалин. Значит, я спасен… От радости я даже задрожал.

Несколько минут я стоял в нерешительности; потом вдруг в порыве отчаянной решимости, с бьющимся сердцем вскарабкался на вершину обломков, под которыми я был так долго заживо погребен.

Я осмотрелся еще раз. И к северу ни одного марсианина.

Когда в последний раз я видел эту часть Шина при дневном свете, то здесь тянулась извилистая улица из комфортабельных белых и красных домиков в окружении тенистых деревьев. Теперь я стоял на куче мусора, кирпичей, глины и песка, над которой росла какая-то густая красная растительность, похожая на кактусы, заглушавшая все земные растения. Деревья вблизи стояли без листьев, черные; поросль красных побегов взбиралась по еще не засохшим стволам.

Окрестные дома все были разрушены, но ни один не сгорел. Некоторые стены уцелели до второго этажа, но все окна были разбиты, двери выломаны. Красная трава росла даже в комнатах без крыш. Внизу в яме вороны дрались из-за падали. Несколько птиц прыгало кое-где по развалинам. Вдали по стене одного из домов осторожно спускалась худая кошка, но людей я не заметил нигде.

День казался мне по контрасту с моим недавним заключением ослепительным, небо — ярко-голубым. Легкий бриз слегка шевелил красную траву, растущую повсюду как бурьян. И каким чудесным показался мне воздух!

Глава 6. Что сделали марсиане за две недели

Несколько минут я стоял, шатаясь, на груде мусора, не думая об опасности. В той неуютной каморке, откуда только что вышел, я все время думал об опасности. Я не знал, что произошло за это время, я был поражен при виде такого зрелища. Я ожидал увидеть Шин в развалинах, но открывшийся передо мной ландшафт совсем не походил на земной.

В этот момент я испытал чувство, чуждое людям, но хорошо знакомое подвластным нам животным. Я почувствовал то, что чувствует кролик, возвратясь к своей норке и вдруг очутившись перед дюжиной землекопов, срывших до основания его жилище. Я почувствовал тогда впервые смутно то, что стало потом для меня вполне ясным, что угнетало меня в течение многих дней: чувство развенчанности, убеждение, что я уже не царь на земле, а животное среди других животных под пятой марсиан. С нами будет то же, что и с другими животными, — мы будем подстерегать, караулить, убегать и прятаться. Царство человека кончилось.

Эта мысль промелькнула и прошла, как только я ее до конца осознал, и преобладающим чувством стало ощущение голода после столь долгого и ужасного поста. Невдалеке от ямы, за заросшей красной травой стеной, я увидел клочок уцелевшего сада. Это внушило мне надежду, и я стал пробираться, увязая по колено и по шею в красной траве, но чувствуя себя в безопасности. В такой густой растительности легко можно спрятаться. Стена сада была около шести футов высотой, и когда я попробовал вскарабкаться на нее, оказалось, что я не могу достать до верха; я прошел дальше вдоль стены до угла и, цепляясь за все лепные украшения на угловом столбе, взобрался наверх и спрыгнул в сад. Тут я нашел несколько молодых луковиц, пучок шпажной травы и мелких морковок. Собрав все это, я перелез через разрушенную стену и направился в Кью среди деревьев, обвитых красной и карминовой порослью. Это походило на прогулку среди кровавых сталактитов. Я думал только о бегстве и о еде: уйти как можно скорее из этой проклятой, непохожей на земную местности.

Немного дальше в траве я нашел несколько грибов, которые съел, но эта жалкая пища только распалила мой голод. Затем наткнулся на темную полосу стоячей воды — там раньше, очевидно, были луга. Сначала я недоумевал, откуда эта влага среди жаркого сухого лета, но потом я обнаружил, что она вызвана тропически буйным произрастанием красной травы. Как только это необыкновенное растение встречало воду, оно очень быстро достигало прямо-таки гигантских размеров и разрасталось необычайно. Его семена попали в воды Уэя и Темзы, и быстро растущие водянистые побеги скоро покрыли обе реки.

В Путни, как я после увидел, мост был почти скрыт зарослями травы; у Ричмонда воды Темзы разлились широким, но неглубоким потоком по лугам Хэмптона и Твикинхэма. Вместе с разливом разносилась и красная трава, и скоро все разрушенные виллы в долине Темзы были затянуты этой красной топью, на краю которой я находился. Благодаря этому были скрыты следы опустошения, произведенного марсианами.

В конце концов красная трава погибла так же быстро, как и выросла, вследствие болезни, очевидно вызванной какими-то бактериями.

Благодаря естественному отбору все земные растения выработали в себе способность сопротивляться бактериальным заражениям, — они никогда не погибают без упорной борьбы; но красная трава засыхала на корню. Листья ее белели, морщились, делались хрупкими и отваливались при малейшем прикосновении; вода, помогавшая прежде развитию красной травы, теперь уносила последние ее остатки в море.

Как только я подошел к воде, то, прежде всего, я, конечно, утолил жажду. Я выпил очень много воды и, повинуясь какому-то импульсу, стал жевать листья красной травы. Они оказались очень водянистыми и имели неприятный металлический привкус. Я заметил, что вода неглубока, и я безопасно могу пройти вброд, хотя красная трава и заплеталась за ноги. Но глубина, очевидно, увеличивалась по мере приближения к реке, и я поэтому повернул обратно по направлению к Мортлеку. Я старался держаться дороги, ориентируясь по случайным развалинам придорожных вилл, заборов и фонарей, и наконец выбрался из топи к холму у Рохэмптона и вышел на луга Путни.

Здесь ландшафт изменился: повсюду лежали руины. Местами земля была так опустошена, как будто над ней пронесся циклон, а через несколько десятков ярдов дальше попадались совершенно нетронутые участки: дома с чистыми задернутыми шторами на окнах и запертыми дверями, казалось, были покинуты на день-два их обитателями, или в них еще спали. Красная трава росла уже не так густо, высокие деревья вдоль улицы были свободны от красных ползучих растений. Я искал пищи среди деревьев, но ничего не нашел. Зашел также в два безлюдных дома, но в них, очевидно, уже побывали другие, и они были разграблены. Остаток дня я пролежал в кустарнике. Я выбился из сил и не мог идти дальше.

За все время я не встретил ни одного человека и не заметил нигде марсиан. Мне попалась навстречу пара голодных собак, но обе убежали от меня и не подошли ближе, несмотря на то, что я их манил к себе. Близ Рохэмптона я наткнулся на два человеческих скелета — не трупа, а скелета, так чисто они были обглоданы; в лесу я нашел разбросанные и обглоданные кости кошек и кроликов и череп овцы. Но на них ничего не осталось, сколько я ни глодал их.

После заката солнца я пошел по дороге к Путни, где, как мне показалось, марсиане пустили тепловой луч. В одном саду за Рохэмптоном я нашел молодой картофель и немного утолил голод. Из сада открывался вид на Путни и реку — мрачный и пустынный: почерневшие деревья, черные покинутые развалины, у подножия холма красноватые болота разлившейся реки и гнетущая тишина. Я чувствовал ужас при мысли, как быстро произошла эта перемена.

Сначала я даже подумал, что все человечество уничтожено, сметено с лица земли, и я стою здесь один, последний оставшийся в живых человек. У самой вершины Путни-Хилла я нашел еще один скелет: руки его были оторваны и лежали в нескольких ярдах от тела. Продвигаясь дальше, я все более и более убеждался, что все люди в этой местности уничтожены, за исключением немногих беженцев вроде меня. Марсиане, очевидно, ушли дальше в поисках пищи, бросив опустошенную страну. Может быть, сейчас, в эту минуту, они разрушают Берлин или Париж. Или, может быть, они направились к северу...

Глава 7. Человек на вершине Путни-Хилла

Я провел эту ночь в гостинице на вершине Путни-Хилла и спал в постели первый раз со времени моего бегства в Летерхэд. Не стоит рассказывать, как я совершенно напрасно ломился в дом, а потом обнаружил, что входная дверь закрыта снаружи только на щеколду; как я обшарил все комнаты в поисках пищи и, наконец, уже отчаявшись, нашел в какой-то комнатке — кажется, в спальне прислуги — черствый хлеб, обгрызенный крысами, и две банки консервов из ананасов. Кто-то уже обыскивал дом и опустошил все. Позднее я нашел в буфете несколько сухарей и сандвичей, очевидно незамеченных. Сандвичи были совсем несъедобны, сухарями же я не только утолил голод, но и наполнил карманы. Я не зажигал лампы, боясь, что какой-нибудь марсианин разгуливает по этой части Лондона, отыскивая пищу. Прежде чем улечься, я долго в беспокойстве переходил от окна к окну и высматривал, нет ли где-нибудь этих чудовищ. Спал я плохо. Лежа в постели, я заметил, что думаю вполне логично, чего не было со дня моей стычки с викарием.

В течение всего этого времени я находился в возбужденном нервном состоянии или был тупо безразличен. В эту ночь мой мозг, подкрепленный пищей, снова прояснился, и я начал логически мыслить.

Меня интересовали три вещи: смерть викария, местопребывание марсиан и участь моей жены. О викарии я вспоминал без всякого чувства ужаса или угрызения совести; я смотрел на его смерть как на свершившийся факт, о котором неприятно вспоминать, но никаких угрызений совести я не чувствовал. Тогда, как и теперь, я считал, что шаг за шагом я был принужден к этому роковому удару, поскольку был слепым орудием неизбежных сложившихся обстоятельств. Я не осуждал себя, но воспоминание об этом преследовало меня. В тишине ночи я припоминал все подробности наших разговоров с момента нашей встречи. Он склонился надо мной и, не обращая внимания на мою жажду, указывал на огонь и дым среди развалин Уэйбриджа. Мы были слишком различны, но случай свел нас вместе. Если бы я мог предвидеть финал, то оставил бы его в Холлифорде. Но я не предвидел; преступлением было бы, если бы я предвидел и не сделал этого. Я передал все как было. Свидетелей нет — я мог бы утаить это, но я рассказал обо всем; пусть сам читатель думает что хочет.

Когда наконец я освободился от мерещившегося мне распростертого тела, передо мной встал вопрос о марсианах и моей жене. Что касается первого вопроса, у меня не было никаких данных. Я мог предполагать что угодно. Со вторым вопросом дело обстояло не лучше. И вдруг ночь показалась мне ужасной. Я сидел на постели, всматриваясь в темноту... Странная ночь. Она показалась мне еще более странной, когда на рассвете я, крадучись, выбрался из дома, точно крыса из своего укрытия. Эта война, по крайней мере, должна научить нас жалости к тем лишенным разума существам, которые должны сносить наше господство.

Утро было ясное. Восток розовел и клубился золотыми облачками. По дороге с вершины Путни-Хилла к Уимблдону виднелись следы того потока паники, который устремился отсюда к Лондону в ночь на понедельник, после начала сражения с марсианами: двухколесная ручная тележка с надписью «Томас Лоб, зеленщик, Нью-Молден», со сломанным колесом и брошенным жестяным ящиком, чья-то соломенная шляпа, затоптанная в затвердевшую теперь грязь, а на вершине Вест-Хилла — осколки разбитого стекла со следами крови. Я шел медленно, не зная, что предпринять. Я думал пойти в Летерхэд, хотя и знал, что меньше всего было шансов отыскать жену там. Конечно, если только смерть не настигла моих родственников внезапно, то они бежали оттуда вместе с ней; но мне казалось, что там я мог бы разузнать, куда бежали жители Суррея. Я хотел найти жену, но не знал, как мне найти ее; беспокоился о ней и о всем человечестве. Я понимал, что совершенно одинок. Повернул от угла и под прикрытием деревьев и кустов пошел к обширному уимблдонскому лугу.

На темной почве выделялись желтые пятна дрока и вереска — красной травы не было видно. Я осторожно пробирался по краю открытого пространства. Взошло солнце, залив все своим живительным светом. Я наткнулся в луже под деревьями на выводок из лягушек и остановился посмотреть на них, учась у них упорству к жизни. И вдруг неожиданно повернулся, почувствовав, что за мной наблюдают, и заметив что-то спрятавшееся за кусты. Постояв, я сделал шаг к кустам, из которых высунулся человек с тесаком. Я медленно продвигался к нему. Он стоял молча, не двигаясь, и наблюдал за мной.

Подойдя ближе, я разглядел, что одежда на нем такая же грязная, как и на мне, точно его протащили по канализационной трубе.

Подойдя еще ближе, я увидел, что весь он перемазан в тине, глине и саже. Черные волосы падали ему на глаза, лицо было смуглое, грязное и осунувшееся, так что к первую минусу я не узнал его. На нижней части лица у него краснел шрам.

— Стой! — закричал он, когда я подошел к нему на расстояние десяти ярдов.

Я остановился. Голос у него был хриплый.

— Откуда вы идете? — спросил он. Я молча наблюдал за ним.

— Я иду из Мортлека, — ответил я, — Меня засыпало около ямы, которую марсиане вырыли возле своего цилиндра. Я выбрался оттуда и спасся.

— Тут мало пищи, — сказал он. — Это моя земля, весь этот холм до реки, до Клепхэма и до края луга. Пищи тут найдется только на одного. Куда вы идете?

Я ответил не сразу.

— Не знаю, — сказал я, — я просидел в развалинах разрушенного дома тринадцать или четырнадцать дней. Я не знаю, что случилось за это время.

Он посмотрел на меня недоверчиво, выражение его лица немного смягчилось.

— Я не хочу оставаться тут, — сказал я, — я думаю идти в Летерхэд — там моя жена.

Он показал на меня пальцем.

— Это вы, — спросил он, — человек из Уокинга? Так вас не убили под Уэйбриджем?

Я тоже узнал его.

— Вы тот артиллерист, который заходил в мой сад?

— Здорово, — сказал он, — Нам повезло обоим, не правда ли?

Он протянул мне руку, которую я пожал.

— Я прополз по сточной трубе, — продолжал он. — Они не всех перебили. Когда они ушли, я по полям пробрался к Уолтону. Но… не прошло и шестнадцати дней, а ваши волосы поседели. — Вдруг он тревожно оглянулся через плечо. — Это только грач, — сказал он. — Теперь замечаешь даже тень от птиц. Это место открытое, заберемся в кусты и потолкуем.

— Видели вы марсиан? — спросил я. — С тех пор как я выбрался…

— Они ушли к Лондону, — перебил он. — Я думаю, они там разбили лагерь побольше. Ночью раз по дороге к Хэмпстеду по всему небу светило зарево. Точно от большого города. И в зареве двигались их тени. При дневном же свете их не было видно. Но ближе… я не видел их… — Он сосчитал по пальцам. — Пять дней… Потом я видел, как двое из них тащили что-то большое к Хеммерслиту. А позапрошлую ночь… — Он остановился и многозначительно добавил: — Опять появилось зарево, да в воздухе что-то носилось. Я думаю, они построили летательную машину и пробовали летать.

Я оперся руками и коленями, мы поползли к кустам.

— Летать?

— Да, — сказал он, — летать.

Я прополз дальше до небольшого возвышения и сел.

— Значит, с человечеством покончено… — сказал я. — Если они могут летать, они просто пролетят над всей Землей…

Он кивнул головой.

— Они полетят. Здесь тогда станет чуточку легче. Да, впрочем… — Он посмотрел на меня: — Разве не видите, что наши дела плохи. Я в этом убежден. Мы уничтожены… Разбиты…

Я взглянул на него. Как это ни странно, мне не приходила в голову эта мысль, такая очевидная.

Я все на что-то смутно надеялся по привычке. Он решительно повторил:

— Уничтожены! Все кончено. Они потеряли одного, только одного. Они хорошо укрепились и разбили величайшую державу в мире. Они растоптали нас. Смерть одного марсианина под Уэйбриджем была случайностью. Ведь эти марсиане — только пионеры. Они продолжают прибывать. Эти зеленые звезды… Я не видел их уже пять или шесть дней, но я уверен, что они каждую ночь падают где-нибудь. Мы бессильны. Мы уничтожены.

Я ничего не ответил ему, тщетно пытаясь найти какие-нибудь возражения.

— Это даже не война, — продолжал артиллерист, — разве может быть война между людьми и муравьями?

Мне вдруг вспомнилась ночь в обсерватории.

— После десятого выстрела они не стреляли больше, по крайней мере до прибытия первого цилиндра.

— Откуда вы знаете? — спросил артиллерист.

Я объяснил. Он задумался.

— Что-нибудь неладное случилось у них с пушкой, — сказал он. — Да только что из этого? Они снова приведут ее в порядок. Если и будет небольшая отсрочка, разве это изменит конец? Люди — и муравьи. Муравьи строят города, живут своей жизнью, ведут войны, пока они не мешают людям, а потом истребляются. Мы стали теперь такими же муравьями. Только…

— Что? — спросил я.

Мы молча переглянулись.

— Что же они сделают с нами? — спросил я.

— Вот об этом-то я и думал, — ответил он, — много думал. Из Уэйбриджа я пошел к югу и обдумывал. Я видел, в чем дело. Людям пришлось плохо, вот они и стали пищать и волноваться. Я не люблю жаловаться, я привык смотреть в лицо смерти. Я не игрушечный солдат, а умирать все равно придется. Человек, не потерявший голову от страха, пройдет везде. Я видел, что все направлялись к северу. Я и сказал себе: «Пищи там не хватит на всех», — и повернул в обратную сторону. Я питался около марсиан, как воробей около человека. А они там, — он указал рукой на горизонт, — околевают кучами, топчут друг друга...

Он взглянул на меня и неожиданно замолчал.

— Конечно, — сказал он, — многие, у кого были деньги, бежали во Францию, — Он посмотрел на меня и продолжал: — Пищи тут повсюду вдоволь. Консервы в магазинах, вино, спирт, минеральные воды; а бассейны с водой и водопроводные трубы пусты. Я вам говорю то, что думаю. Они разумные существа, решил я, и, кажется, они хотят употребить нас в пищу. Сначала они разнесут наши корабли, машины, пушки, города, весь порядок и организацию. Все это будет разрушено. Если бы мы по размерам походили на муравьев, ну, тогда мы могли бы как-нибудь проскользнуть мимо. Но мы не муравьи. Мы слишком велики, нас можно задержать. Вот мой первый вывод. А?

Я согласился.

— Вот о чем я подумал. Ладно, теперь дальше: нас можно ловить когда угодно. Марсианину стоит только пройти несколько миль, и у него целая куча людей. Раз я видел одного марсианина, он у Уондсворта разносил дома на куски и рылся в обломках. Но так поступать они будут не всегда. Как только они разделаются с нашими пушками и кораблями, разрушат железные дороги и сделают все, что собираются сделать, то начнут ловить нас систематически, отбирая только лучших, и станут копить нас, запирая в клетки. Вот что они начнут делать вскоре. Пока они еще не принялись за нас как следует. Разве вы не видите?

— Пока еще не принялись?! — воскликнул я.

— Не принялись... Все, что случилось, произошло но нашей вине: мы не поняли, что нужно сидеть спокойно, докучали им нашими орудиями и разными мелочами. Мы потеряли голову и толпами бросались от них туда, где опасность была нисколько не меньше, чем там, откуда мы бежали. Они пока не хотят сбивать нас с толку. Они заняты своим делом, изготовляют все то, что не могли захватить с собою, приготовляют все для тех, которые еще должны прибыть. Возможно, что и цилиндры на время перестали падать по той причине, что марсиане боятся попасть в своих же. И вместо того чтобы как стадо кидаться в разные стороны или устраивать динамитные заграждения в надежде взорвать их, нам следовало бы примириться с неизбежным. Вот что я думаю. Это противоречит тому, что желает человек для своего рода, но зато совпадает с фактами. И согласно с этим взглядом я действовал. Города, нации, цивилизации, прогресс — все погибло. Эта игра кончена. Мы покорены.

— Но если это так, то к чему же тогда жить?

Артиллерист посмотрел на меня с минуту.

— Да, конечно, концертов не будет, пожалуй, в течение миллиона лет или около того, не будет ресторанов с закусками. Если вы гонитесь за этими удовольствиями, я думаю, что ваша карта бита. Если вы обладаете салонными манерами, не любите есть груши без ножа или сморкаться без платка, то, думаю, вам придется от всего этого отвыкнуть.

— Вы полагаете…

— Я полагаю, что люди, подобные мне, борются за право жить ради продолжения человеческого рода. Я говорю вам: я твердо решил жить. И, если я не ошибаюсь, вы тоже проявите свою первобытную натуру. Нас не истребят. Но я не хочу, однако, чтобы меня поймали, приручили, откармливали и растили, как какого-нибудь быка. Брр… вспомните только этих спрутов.

— Вы не хотите сказать этим…

— Именно хочу. Я продолжаю. Мы у них под пятой. Я все рассчитал; я обо всем подумал. Мы, люди, разбиты. Мы мало знаем. Мы должны учиться, а потом уже надеяться на удачу. И мы должны жить и сохранить свою свободу, пока будем учиться. Видите? Вот что нам нужно делать.

Я посмотрел на него с удивлением, пораженный его решительностью.

— Да! — воскликнул я, — Вы настоящий человек. — И я стал жать его руку.

— Не правда ли? — сказал он, и его глаза заблестели. — Хорошо я все обдумал?

— Продолжайте, — сказал я.

— Но те, кто хочет избежать их, должны быть готовы. Я готов. Ведь не все люди, пожалуй, способны преобразиться в диких зверей? А нужно именно превратиться в диких зверей. Я потому и остерегался вас. Я сомневался в вас. Вы худой и тонкий; я ведь не знал, что это вы; не знал, что вы были заживо похоронены. Все люди, жившие в этих домах, все эти проклятые канцелярские крысы ни на что не годны. У них нет мужества, силы, гордости. А без этого человек труслив. Они вечно торопятся на работу, я видел тысячи их. С завтраком в руке они бегут как сумасшедшие, думая только о том, как бы попасть на поезд, на который у них есть сезонный билет, боясь, что их уволят, если они опоздают. Работают они, не вникая в дело; потом торопятся назад, боясь опоздать к обеду; сидят вечером дома, опасаясь проходить по глухим улицам; спят с женами, на которых женились не по любви, а потому, что у них есть деньги. Жизнь их застрахована и обеспечена от несчастных случаев. По воскресеньям они думают о Страшном суде. Как будто ад создан для кроликов! Для таких людей марсиане прямо благодетели: чистые, просторные клетки, отборная пища, порядок, полное спокойствие. Пробегав на пустой желудок с недельку по полям и лугам, они сами придут и станут ручными. Даже еще будут рады. Они будут удивляться, как это они раньше жили без марсиан. Представляю себе всех этих завсегдатаев баров, сутенеров и святош, — мрачно усмехнулся он. — Среди них появятся разные секты. Многое я видел раньше, но ясно понял только теперь. Найдется множество откормленных глупцов, которые примирятся с новым положением; другие же будут мучиться тем, что это несправедливо и что они должны сделать что-нибудь. При таком положении, когда нужно на что-нибудь решиться, слабые и те, которые сами делают себя слабыми бесполезными рассуждениями, подпадут под влияние религии, бездеятельной и проповедующей смирение перед волей Божией. Вам, наверное, приходилось это видеть — это тоже следствие трусости. В этих клетках будут громко распеваться псалмы, гимны и молитвы. А другие, не такие простаки, займутся — как это называется? — эротикой. — Он замолчал. — Может быть, эти марсиане сделают из некоторых своих любимчиков, обучат их разным фокусам; кто знает, может быть, вдруг им жалко станет какого-нибудь мальчика, который вырос и которого надо зарезать?.. Некоторых они, может быть, обучат охотиться за нами...

— Нет, — воскликнул я, — это невозможно! Ни один человек...

— Зачем обольщаться? — перебил артиллерист. — Найдутся люди, которые с радостью будут делать это. Глупо думать, что не найдется таких.

Я невольно согласился с ним.

— Попробовали бы они за мной охотиться, — продолжал он, — попробовали бы только, — повторил он и замолк в мрачном раздумье.

Я сидел, обдумывая его слова. Я не находил ни одного возражения против рассуждений этого человека. До вторжения марсиан никто не вздумал бы оспаривать моего интеллектуального превосходства над ним: я — известный писатель по философским вопросам, он — простой солдат; теперь же он раньше меня понял положение, неясное для меня.

— Что же вы намерены делать? — спросил я наконец. — Какие у вас планы?

Он не сразу ответил.

— Очень приблизительные, — сказал он. — Что нам остается делать? Нужно придумать такой род жизни, чтобы люди могли жить, размножаться и в относительной безопасности воспитывать детей. Да погодите немного, я скажу яснее, что, по-моему, нужно делать. Те, кого приручат, станут похожи на обыкновенных домашних животных; через несколько поколений это будут большие, красивые, откормленные, глупые животные. Мы же, решившие остаться дикими, рискуем совсем одичать, превратиться в больших диких крыс... Вы понимаете, я имею в виду жизнь под землей. Я много думал относительно канализации. Понятно, тем, кто незнаком с ней, она кажется ужасной. Под одним Лондоном канализационные трубы тянутся на сотни миль; несколько дождливых дней — и при отсутствии в домах жителей трубы станут удобными и чистыми. Главные трубы достаточно просторны, воздуха в них тоже достаточно. Потом есть еще погреба, склады, подвалы, откуда можно провести к трубам потайные ходы. А подземные железнодорожные тоннели и метрополитен? Ну что? Вы понимаете? Мы составим целую шайку из ловких, сообразительных людей. Мы не будем подбирать всякую дрянь, какая только попадется. Слабых будем выбрасывать.

— И меня тоже выбросите?

— Ну вот, разве я стал бы разговаривать с вами тогда?

— Не станем спорить об этом, продолжайте.

— Те, кто останется, должны повиноваться. Нам понадобятся также здоровые, мужественные женщины — матери и воспитательницы. Только не сентиментальные дамы, строящие глазки. Мы не можем принимать слабых и глупых. Жизнь снова становится первобытной, и те, кто только в тягость, кто бесполезен, должны вымирать. Они должны вымирать. Они должны сами желать смерти. Преступление жить и портить расу. Они не могут быть счастливы. Кроме того, смерть не так уж страшна; трусость делает ее страшной. Мы будем собираться вместе. Нашим округом будет Лондон. Мы даже можем выставлять сторожевые посты и выходить на открытый воздух, когда марсиане удалятся. Даже поиграть в крикет! Вот как мы сохраним нашу расу. Ну что? Возможно это или нет? Но обеспечить продолжение человеческой расы — этого еще мало. Для этого нужно стать просто крысами. Но мы должны спасти накопленные знания и еще увеличить их. Здесь выступают на сцену люди, подобные вам. Существуют книги, существуют модели. Мы должны устроить глубоко под землей безопасные места и собрать туда все книги, какие только достанем. Не романы и не стишки, конечно, а дельные, научные книги. Тут-то вот и понадобятся люди вроде вас. Нам нужно будет пробраться в Британский музей и захватить все необходимые книги. Мы не должны забывать нашей науки; мы должны учиться как можно больше. Мы должны наблюдать за марсианами; некоторые из нас должны сделаться шпионами. Когда все будет налажено, я сам, может быть, пойду в шпионы. Дам себя словить, я хочу сказать. И, самое главное, мы должны оставить марсиан в покое. Мы не должны ничего красть у них. Если мы попадемся им на дороге, мы должны уступить им место. Мы должны показать им, что не замышляем ничего дурного. Да, я знаю, ведь они разумные существа и не будут истреблять нас, если у них будет все, что им надо, и если они будут думать, что мы просто безвредные черви.

Артиллерист замолчал и положил свою загорелую руку мне на плечо.

— В конце концов нам, может быть, и не так много придется учиться, прежде чем... Вы только представьте себе: четыре или пять их боевых треножников приходят вдруг в движение... Тепловой луч направо и налево... И на них не марсиане, а люди — люди, научившиеся управлять ими. Может быть, я еще увижу этих людей. Представьте, что в вашей власти одна из этих машин, да еще тепловой луч, который вы свободно можете бросать куда угодно. Вообразите, что все это вы можете контролировать. Что же значит перед этим то, что вы превратились ненадолго в гнома? Вот марсиане выпучат от удивления свои глазищи! Разве вы не видите их, не видите, как они бегут, задыхаясь, пыхтя, воя, к другим своим машинам? Везде что-нибудь не в порядке. И вдруг как раз, когда они налаживают что-нибудь, мы пустим тепловой луч — и человек снова овладеет Землей!

Пылкое воображение артиллериста, его уверенный тон, храбрость, которую он выставлял напоказ, на некоторое время убедили меня. Я без колебания поверил в его предсказание о судьбе человечества и в то, что планы его вполне осуществимы. Читатель, который сочтет меня слишком восприимчивым, полусумасшедшим, должен сравнить свое положение с моим: он внимательно читает и рассуждает, я же должен был прятаться в кустах и всего бояться.

Мы беседовали об этом все утро, потом вылезли из кустов и, осмотревшись, нет ли где-нибудь марсиан, быстро направились к дому на Путни-Хилле, где артиллерист устроил себе берлогу. Это был склад угля при доме, и когда я посмотрел на ту работу, на которую он потратил целую неделю, — это была какая-то нора, ярдов десять длиной, которую он намеревался соединить с главной сточной трубой Путни-Хилла, — я в первый раз подумал, какая бездна между его мечтами и его силами. Такую дыру я мог бы вырыть в один день. Но я все еще верил в него и возился с ним над его норой до полудня. У нас была садовая тачка, и мы свозили ненужную землю за кухню. Мы подкрепились жестянкой консервированного черепахового супа и вином из соседней кладовой. Я даже отдыхал. Эта упорная тяжелая работа заставляла меня забывать об этом чуждом, странном мире. Пока мы работали, я обдумывал его проект, и у меня начали возникать возражения и сомнения; но я проработал все утро, радуясь, что могу заняться каким-нибудь делом. Проработав около часа, я стал высчитывать, как много нужно прорыть, чтобы достичь клоаки, — мы могли совсем не наткнуться на нее. Потом я стал недоумевать: зачем, собственно, нам нужно копать этот длинный туннель, когда можно просто проникнуть в сеть сточных труб через одно из отверстий с улицы и оттуда уже пробраться к дому. Мне казалось, что дом выбран неудачно и туннель слишком длинен. Как раз в то время, когда я начал сомневаться, артиллерист перестал копать и посмотрел на меня.

— Здорово поработали, — сказал он и бросил заступ. — Надо передохнуть немного... Я думаю, пора пойти понаблюдать с крыши дома.

Я настаивал на продолжении работы, и после некоторого колебания он снова взялся за лопату. Вдруг мне пришла в голову одна мысль. Я остановился. Он тоже перестал копать.

— Почему вы разгуливаете по лугу, вместо того чтобы работать здесь? — спросил я.

— Просто хотел освежиться, — ответил он, — Я уже шел назад. Ночью безопаснее.

— А как же работа?

— Нельзя же все время работать, — сказал он. И я понял, что это за человек.

Он колебался, держа заступ.

— Нам нужно пойти на разведку, — сказал он, — Если кто-нибудь подойдет близко, то может услышать, как мы копаем, и мы будем застигнуты врасплох.

Я не стал возражать. Мы вместе полезли на чердак и, стоя на ступеньке, смотрели в слуховое окно. Марсиан нигде не было видно; мы слезли на черепицы и соскользнули вниз под прикрытие парапета.

Большая часть Путни-Хилла была скрыта деревьями, но мы увидели реку внизу с зарослью красной травы и нижнюю часть Ламбета, красную, залитую водой. Красные вьюны карабкались по деревьям вокруг старого дворца; ветви, сухие и мертвые, с блеклыми листьями, торчали среди пучков красной травы. Удивительно, как быстро росла эта трава в воде! Около нас ее совсем не было. Здесь росли зеленый яркий лавр, альпийский ракитник, красный боярышник, калина. Поднимающийся за Кенсингтоном густой дым и голубоватая дымка скрывали холмы на севере.

Артиллерист принялся рассказывать мне, что за люди остались в Лондоне:

— На прошлой неделе какие-то сумасшедшие зажгли электричество. По освещенной Риджент-стрит и Серкусу разгуливали толпы размалеванных, беснующихся пьяниц, мужчины и женщины веселились и плясали до рассвета. Мне рассказывал об этом один человек, который там был. А когда рассвело, они заметили, что боевой треножник стоит недалеко от Лапгхэма, и марсианин наблюдает за ними. Бог знает, сколько времени он стоял там. Потом он двинулся к ним и нахватал больше сотни людей или пьяных, или растерявшихся от испуга.

Любопытный штрих того времени, о котором вряд ли даст полное представление история.

После этого рассказа, в ответ на мои вопросы, артиллерист снова перешел к своим грандиозным планам. Он страшно увлекался и говорил так красноречиво о возможности захватить хотя бы один боевой треножник, что я начал ему снова верить. Но все же я начал понимать, с кем я имею дело, и догадался, почему он считает таким важным ничего не делать поспешно. Я заметил также, что теперь он уже не говорил о том, что лично захватит треножник и будет сражаться.

Потом мы снова вернулись в угольный погреб. Ни один из нас и не подумал снова приняться за работу, и когда он предложил поесть, то я охотно согласился. Он вдруг стал чрезвычайно щедр: когда мы поели, он куда-то ушел и вернулся с несколькими превосходными сигарами. Мы закурили, и его оптимизм еще более увеличился. Он начинал считать встречу со мной важным событием.

— В погребе есть немного шампанского, — сказал он.

— Нам бы лучше налечь на красное бургонское из Темзы, — ответил я.

— Нет, — сказал он, — сегодня я хозяин. Шампанское! Нам предстоит трудиться. Перед нами нелегкая задача. Нам необходимо отдохнуть и собраться с силами, пока можно. Взгляните на эти мозолистые руки!

После еды, исходя из того же соображения, что сегодня праздник, он предложил сыграть в карты. Он научил меня игре в экарте и, поделив между собою Лондон — причем мне досталась северная часть, а ему южная, — мы стали играть на участки. Это покажется забавным и глупым, но я описываю то, что было, и, что еще удивительнее, я находил эту игру очень интересной.

Странно устроен человеческий ум. В то время как человечеству грозила гибель или вырождение, мы, под страхом возможной ужасной смерти, сидели и следили за случайными комбинациями разрисованного картона и с азартом играли в карты. Потом он выучил меня играть в покер, а я выиграл у него три партии в шахматы. Когда стемнело, мы, чтобы не прерывать игры, рискнули даже зажечь лампу.

После игры мы поужинали, и артиллерист допил шампанское. Мы продолжали курить сигары. Это был, однако, уже не тот полный энергии восстановитель рода человеческого, которого я встретил утром. Он был по-прежнему настроен оптимистически, но его энтузиазм был более флегматичен. Помню, он пил за мое здоровье, сказав какую-то путаную речь, в которой много раз повторял одно и то же. Я взял сигару и пошел наверх посмотреть на те зеленые, горевшие вдоль холмов Хайгета огни, о которых он мне рассказывал.

Я пристально всматривался в долину Лондона. Северные холмы были погружены во мрак; около Кенсингтона светилось зарево; иногда оранжево-красный язык пламени вырывался кверху и пропадал в темной синеве ночи. Остальной Лондон был окутан мраком. Вскоре я заметил вблизи какой-то странный свет, бледный, фиолетово-красный, фосфоресцирующий отблеск, дрожавший в ночном бризе. Сначала я не мог понять, что это такое, потом догадался, что это, должно быть, фосфоресцирует красная трава. Во мне снова проснулось чувство удивления перед чудесами мира. Я взглянул на Марс, красный и блестящий, сиявший высоко на западе; потом я долго и пристально всматривался в темноту в сторону Хэмпстеда и Хайгета.

Я долго сидел на крыше, думая об этом необычайном дне. Я припоминал все свои мысли, начиная с бессонницы в полночь и кончая этой глупой игрой в карты. Я чувствовал какое-то отвращение. Помню, как я отбросил сигару с возмущением, решительно поняв все свое безумие. Мне казалось, что я изменил своей жене и человечеству. Я глубоко раскаивался. Я решил покинуть этого странного, необузданного мечтателя, с его пьянством и обжорством, и идти в Лондон. Там, мне казалось, я скорее всего узнаю, что делают марсиане и мои собратья — люди. Я находился все еще на крыше дома, когда взошла поздняя луна.

Глава 8. Вымерший Лондон

Покинув артиллериста, я спустился с холма и прошел по Хайстрит через мост к Ламбету. Красная трава еще не засохла и оплетала весь мост; впрочем, ее листья уже покрылись беловатым налетом — губительная болезнь быстро распространялась.

На углу улицы, ведущей к станции Путни-Бридж, лежал какой-то человек, грязный как трубочист. Он был жив, но мертвецки пьян и даже не мог говорить. Я ничего не мог добиться от него, он только осыпал меня ругательствами. Мне кажется, я и остановился подле него только потому, что был поражен диким выражением его лица.

За мостом, по дороге, лежал слой черной пыли, становившийся все толще по мере приближения к Фулхэму. На улицах мертвая тишина. В булочной я нашел немного хлеба, твердого, кислого и покрытого плесенью, но все-таки съедобного. Дальше, к Уолхэм-Грин, на улицах уже не было черной пыли, и я прошел мимо горевших белых домов. Даже треск пожара показался мне приятным. Дальше, ближе к Бромптону, на улицах тоже была мертвая тишина.

Здесь я опять увидел черную пыль на улицах и мертвые тела. Всего на протяжении Фулхэм-род я насчитал около двенадцати трупов. Полузасыпанные черной пылью, они лежали, очевидно, много дней, и я торопливо обходил их. Некоторые из них были разорваны собаками.

Там, где не было черной пыли, город имел совершенно такой же вид, как в воскресенье: магазины были закрыты, дома заперты, шторы спущены. Повсюду тихо и пустынно. Кое-что было разграблено, больше винные и гастрономические магазины. В одной витрине магазина ювелира стекло было разбито, но, очевидно, вору помешали — золотые цепочки и часы валялись на мостовой. Я даже не нагнулся поднять их. Дальше на пороге двери лежала женщина в лохмотьях; рука, свесившаяся с колена, была рассечена и залила кровью дешевое черное платье. Шампанское пролилось на мостовую из большой разбитой бутылки. Женщина казалась спящей, но она была мертва.

Чем дальше проникал я в Лондон, тем более гнетущей становилась тишина. Это было, однако, не молчание смерти, а скорее тишина нерешительности, выжидания. Каждую минуту тепловые лучи, спалившие уже северо-западную часть столицы и уничтожившие Илинг и Килбурн, могли коснуться и этих домов и превратить их в дымящиеся развалины. Это был покинутый и обреченный город…

В Южном Кенсингтоне черной пыли и трупов на улицах не было. Здесь я в первый раз услыхал вой марсианина. Я не сразу понял, что это такое. Это было непрерывное жалобное чередование двух нот: «Улла... улла... улла... улла...» Когда я прошел улицы, ведущие к северу, вой стал громче. Строения, казалось, то заглушали его, то усиливали. Особенно гулко отдавался вой на Эксгибишн-род. Я остановился, посмотрел па Кенсингтонский парк, прислушиваясь к отдаленному странному вою. Казалось, вся эта пустыня обрела голос и жаловалась на ужас и одиночество.

«Улла... улла... улла... улла...» — раздавался этот нечеловеческий плач, и волны звуков расходились по широкой солнечной улице среди высоких зданий. В недоумении я повернул к северу, к железным воротам Гайд-парка. Мне почему-то хотелось зайти в Исторический музей, забраться на башню и посмотреть на парк. Потом я решил остаться внизу, где можно было легче спрятаться, и снова пошел по Эксгибишн-род. Обширные здания по обе стороны дороги были пусты; мои шаги отдавались в тишине гулким эхом.

Наверху, недалеко от ворот парка, я увидел опрокинутый омнибус и скелет лошади, начисто обглоданный. Постояв немного, я пошел дальше к мосту через Серпентайн. Голос становился все громче и громче, хотя к северу от парка над крышами домов ничего не было видно. Только на северо-западе поднималась пелена дыма.

«Улла... улла... улла... улла...» — плакал голос, раздаваясь, как мне казалось, откуда-то со стороны Риджент-парка. Этот одинокий жалобный крик действовал удручающе. Вся моя смелость пропала и сменилась тоской. Я почувствовал, что страшно устал, хромаю и что меня мучают голод и жажда.

Полдень уже прошел. Зачем я брожу по этому городу мертвых? Почему я один жив, когда весь Лондон лежит, как труп, в черном саване? Я почувствовал себя страшно одиноким. Вспомнил о прежних друзьях, давно забытых. Подумал о ядах в аптеках, о ликерах в погребах виноторговцев, но я помнил о трупах тех двух несчастных...

Через мраморную арку я вышел на Оксфорд-стрит. Здесь опять были черная пыль и трупы; пахло тлением из решетчатых подвальных люков некоторых домов. Меня томила жажда после долгого блуждания по жаре. Я залез в какой-то ресторан и раздобыл пищи и питья. Потом, усталый, пошел в гостиную за буфетом, улегся на черную софу, набитую конским волосом, и уснул.

Когда я проснулся, проклятый вой по-прежнему раздавался в ушах: «Улла… улла… улла… улла… улла…» Уже смеркалось. Я разыскал в буфете несколько сухарей и сыру — в буфете был целый обед, но от кушаний остались только кучи белых червей. По пустынным площадям я отправился на Бейкер-стрит — могу вспомнить название только одной из них: Портмел-сквер — и наконец вышел к Риджент-парку. Когда я спускался с Бейкер-стрит, то заметил вдали над деревьями, на светлом фоне заката, колпак гиганта-марсианина, который издавал этот вой. Но я нисколько не испугался и шел прямо на него. Несколько минут я наблюдал за ним, но он не двигался. Он не шевелился — стоял и выл. Что значил этот вой, я не мог догадаться.

Я хотел обдумать, что мне делать. Но непрерывный вой «улла… улла… улла… улла…» мешал мне сосредоточиться. Может быть, причиной моего бесстрашия была усталость. Мне хотелось узнать причину этого монотонного воя. Я повернул назад и вышел на Парк-род, намереваясь обогнуть парк; я пробирался под прикрытием террас, чтобы посмотреть на этого неподвижного воющего марсианина со стороны Сент-Джонс-Вуда. Отойдя от Бейкер-стрит ярдов на двести, я услыхал разноголосый собачий лай и увидел сначала одну собаку с куском гнилого красного мяса в зубах, стремглав летевшую на меня, а потом целую свору гнавшихся за ней голодных уличных псов. Собака сделала крутой поворот, чтобы избежать меня, как будто боялась, что я могу отбить ее добычу. Когда лай замер вдали, снова завыло: «Улла… улла… улла… улла…»

На полпути к станции Сент-Джонс-Вуд я наткнулся на испорченную многорукую машину. Сначала я подумал, что поперек улицы лежит обрушившийся дом. Только пробравшись среди обломков, я увидел с изумлением, что это был механический Самсон с изогнутыми, сломанными и скрученными щупальцами, лежавший посреди им же самим нагроможденных развалин. Передняя часть была разбита вдребезги. Машина наскочила прямо на дом и, разрушив его, застряла в развалинах. Очевидно, это произошло потому, что ею не управлял марсианин. Я не мог взобраться на обломки и рассмотреть забрызганное кровью сиденье и обгрызенный собаками хрящ марсианина.

Пораженный всем этим, я пошел к Примроз-Хиллу. Вдалеке, сквозь деревья, я увидел второго марсианина, такого же неподвижного, как и первый; он молча стоял в парке близ Зоологического сада. Дальше, за развалинами, окружавшими изломанную многорукую машину, я снова увидел красную траву. Весь канал Регента зарос губчатой массой темно-красной растительности.

Когда я переходил мост, вой «улла... улла... улла... улла...» вдруг оборвался, точно кто-то его остановил. Внезапно наступившая тишина походила на удар грома.

Меня обступали кругом мрачные пустые дома; деревья ближе к парку становились все темнее; среди развалин росла красная трава; заросли ее казались в сумерках выше меня. Ночь, мать страха и тайны, надвигалась. Пока звучал этот голос, я мог выносить уединение, одиночество было еще терпимо. Лондон казался мне еще живым, и я бодрился. И вдруг эта перемена, что-то произошло — я не знал что — и наступила мертвая тишина. Мертвый покой.

Лондон глядел на меня призрачным взором. Окна в пустых домах походили на глазные впадины черепа. Мне чудились тысячи бесшумно подкрадывавшихся врагов. Меня охватил ужас, я испугался своей смелости. Улица впереди стала черной, как деготь, как будто ее вымазали смолой, и я различил какую-то судорожно искривленную тень поперек дороги. Я не мог заставить себя идти дальше, свернул на Сент-Джонс-Вуд-род и побежал к Килбурну, спасаясь от этого невыносимого молчания. Я спрятался от ночи и тишины в будке для извозчиков на Хэрроу-род. Я просидел там почти всю ночь. Перед рассветом я немного приободрился и под мерцающими звездами пошел к Риджент-парку. Я заблудился и вдруг увидел в конце длинной улицы, в полусвете ранней зари, кривые очертания Примроз-Хилла. На вершине, поднимаясь высоко навстречу бледневшим звездам, стоял третий марсианин, такой же прямой и недвижный, как и остальные.

Я решился на безумный поступок. Лучше смерть и избавление от этого ужаса. Это лучше, чем самоубийство. И я решительно направился к этому титану. Подойдя ближе, при блеске рассвета я увидел целые стаи черных птиц, кружившихся и собиравшихся в кучу вокруг колпака марсианина. Сердце у меня заколотилось, и я побежал по дороге.

Я попал в заросли красной травы, растущей на Сент-Эдмунд-террас, перешел вброд по грудь целый поток воды, стекающей из водопровода к Альберт-род, и выбрался оттуда до восхода солнца. Громадные кучи земли были насыпаны на гребне холма для большого редута — это была последняя и самая большая площадка, устроенная марсианами, и оттуда поднимался к небу легкий дымок. По линии горизонта пробежала какая-то голодная собака и скрылась. Моя догадка сейчас должна была разъясниться. Я уже без страха, с радостью взбегал вверх по холму к неподвижному чудовищу. Из-под колпака свисали дряблые бурые лоскутья. Их клевали и рвали голодные птицы.

Еще через минуту я уже взобрался по насыпи и стоял на гребне вала — внутренняя площадка редута была внизу, подо мной. Она была очень обширна, с гигантскими машинами, грудой материалов и странными навесами. И посреди всего этого на опрокинутых треножниках, на собранных многоруких машинах, около дюжины прямо на земле, лежали марсиане — мертвые, уничтоженные какой-то заразной бактерией, к борьбе с которой их организмы не были приготовлены, уничтоженные так же, как была уничтожена красная трава, уничтоженные ничтожнейшими тварями уже после того, как все средства обороны человечества были исчерпаны.

Все произошло так, как я и многие люди могли бы предвидеть, если бы ужас и паника не затемнили нашего разума. Эти зародыши болезней уже взяли свою дань с человечества еще в доисторические времена, взяли дань с наших нечеловеческих предков еще тогда, когда жизнь только начиналась. Благодаря естественному отбору мы развили в себе способность к сопротивлению: мы не уступаем ни одной бактерии без упорной борьбы, а многим из них, как, например, бактериям, порождающим гниение в мертвой материи, наши организмы совершенно недоступны. На Марсе, очевидно, не существует бактерий, и как только эти новые пришельцы явились на Землю, начали пить и есть, наши микроскопические союзники принялись за работу, готовя им гибель. Когда я увидел их, они уже были осуждены на смерть, медленно умирали и разлагались на ходу. Это было неизбежно. Заплатив биллионами жизней, человек купил право жизни на Земле, и это право принадлежит ему вопреки всем пришельцам. Оно осталось бы за ним, будь марсиане даже в десять раз более могущественны. Люди не живут и не умирают напрасно.

Марсиан было всего около пятидесяти. Они валялись в своей огромной яме, застигнутые смертью, которая должна была им казаться такой же загадочной, как и нам. Для меня также в то время смерть их была непонятна. Я понял только, что эти чудовища, наводившие ужас на, людей, мертвы. На минуту мне показалось, что снова повторилось поражение Сеннахэриба, что какой-то ангел смерти поразил их в одну ночь.

Я стоял, глядя в яму, и сердце у меня билось от радости, когда восходящее солнце зажгло окружавший меня мир своими лучами. Яма оставалась в тени; мощные машины, такие громадные, сложные и удивительные, неземные даже по своей форме, поднимались, точно заколдованные, из сумрака навстречу свету. Целая стая собак дралась над трупами, лежавшими в глубине ямы. В дальнем конце ее лежала большая странная плоская летательная машина, с которой они производили, очевидно, опыты в нашей более плотной атмосфере, когда зараза и смерть помешали им. Смерть явилась как раз вовремя. Слыша карканье птиц, я взглянул на вершину Примроз-Хилла, на громадный боевой треножник, который никогда больше не будет в сражении, на разорванные красные куски мяса, с которых капала кровь на опрокинутые платформы.

Я повернулся и взглянул вниз на склон холма — туда, где под стаей кружащихся птиц стояли другие два марсианина, которых я видел вчера вечером. Один из них умер как раз в ту минуту, когда передавал что-то своим товарищам; может быть, он умер последним, и голос его раздавался, пока не истощилась машина. В лучах восходящего солнца блестели уже безвредные металлические гигантские треножники...

Кругом, спасенный чудом от уничтожения, расстилался великий город. Те, кто видел Лондон только под покровом тумана, едва ли смогут представить обнаженную красоту его пустынных тихих зданий. К востоку, над почерневшими развалинами Альберт-Террас и обломленным церковным шпилем, сияло солнце на чистом небе. Кое-где среди пустыни крыш какая-нибудь грань преломляла луч и блестела белым светом. Красивы были даже винные склады у станции Чоб-Фарм и обширные железнодорожные склады; где раньше блестели черные рельсы, а теперь краснели металлические линии, заржавевшие за двухнедельный промежуток бездействия. К северу простирались Килбурн и Хэмпстед — целая масса домов в синеватой дымке; на западе гигантский город тоже был подернут дымкой; на юге, за марсианами, в лучах солнца, уменьшенные расстоянием, но ясно видимые, зеленели Риджент-парк, Лэнгхем-Отель, купол Альберт-Холла, Королевский институт и громадные здания Бромптон-род, а вдалеке уже неясно обрисовались зубчатые развалины Вестминстера. Еще дальше в голубой дали виднелись холмы Суррея и блестели, как два серебряных шеста, башни Кристал-Паласа. Купол собора Святого Павла выделялся темным пятном на фоне восточного неба — я заметил, что на западной стороне его зияла большая пробоина.

Я стоял и смотрел на это море домов, фабрик, церквей, тихих и покинутых; я думал о тех надеждах и усилиях, о тех бесчисленных жизнях, которые ушли на постройку этой человеческой твердыни, и о ее быстром, неотвратимом разрушении. Когда я понял, что мрак отхлынул прочь, что люди снова могут жить в этих улицах, что мой любимый, громадный, мертвый город снова оживет и сделается могучим, я чуть не заплакал от волнения.

Пытка кончилась. С этого же дня начнется исцеление. Оставшиеся в живых люди, рассеянные по стране без вождей, без законов, без пищи, как стадо без пастуха, тысячи тех, которые отплыли в море, снова начнут возвращаться. Пульс жизни, становясь все сильнее и сильнее, снова забьется на пустых улицах и скверах. Как бы ни оказался страшен разгром, разящая рука остановлена. Все эти печальные руины, почерневшие скелеты домов, торчащие мрачно на солнечном холме, скоро огласятся стуком молотков, звоном инструментов. В течение одного года, думал я, в течение одного года...

Потом я вспомнил о себе, о жене, о нашей прежней счастливой жизни, которая никогда уже не повторится.

Глава 9. На обломках прошлого

Теперь я должен сообщить вам один загадочный факт. Впрочем, это, может быть, и не так загадочно. Я помню ясно, живо, отчетливо все, что я делал в тот день до того момента, когда я со слезами на глазах стоял на вершине Примроз-Хилла. И затем в памяти моей пробел... Я не помню, что произошло в течение последующих трех дней.

Мне говорили после, что я не первый открыл гибель марсиан, что несколько таких же, как я, скитальцев узнали о ней уже раньше, еще ночью. Первый очевидец отправился к Сент-Мартинс-ле-Гран и, пока я сидел в будке для извозчиков, телеграфировал в Париж. Оттуда радостная весть облетела весь мир; тысячи городов, охваченных страхом, осветились яркими огнями иллюминации. Когда я стоял на краю ямы, о гибели марсиан было уже известно в Дублине, Эдинбурге, Манчестере, Бирмингеме. Люди плакали и кричали от радости, обнимались и жали друг другу руки. Поезда, идущие в Лондон, были переполнены уже у Кью. Церковные колокола, молчавшие целых две недели, трезвонили по всей Англии. Люди на велосипедах, исхудалые, измученные жарой, носились по дорогам, сообщая о нежданном спасении. А продовольствие? Через Канал, по Ирландскому морю, через Атлантику спешили к нам на помощь груженные зерном, хлебом и мясом корабли. Казалось, все суда мира стремились к Лондону. Обо всем этом я ничего не помню. Я не выдержал, и мой разум помутился. Очнулся я в доме каких-то добрых людей, которые подобрали меня на третий день. Я бродил, плакал и кричал в исступлении по улицам Сент-Джонс-Вуда. Они рассказывали мне, что я нараспев выкрикивал бессмысленные слова: «Последний человек, оставшийся в живых, ура... Последний человек, оставшийся в живых, ура...»

Занятые своими личными делами, эти добрые люди (я даже не помню их имени и не могу выразить им свою благодарность) все-таки не бросили меня на произвол судьбы и приютили у себя.

Вероятно, они узнали кое-что о моих похождениях в течение тех дней, когда я лежал без памяти. Когда я пришел в сознание, они осторожно сообщили мне о том, что узнали о судьбе Летерхэда. Два дня спустя после того, как я попал в ловушку, он был уничтожен вместе со всеми жителями одним из марсиан. Он смел город с лица земли без всякого повода, как озорной мальчишка разоряет муравейник.

Я был одинок, и они относились ко мне внимательно. Я был одинок и убит горем, и они горевали вместе со мной. Я оставался у них еще четыре дня после своего выздоровления. Все это время я чувствовал смутное желание — оно все росло — взглянуть еще раз на то, что оставалось от тихой жизни, которая казалась мне такой счастливой и светлой. Это было просто безнадежное желание справить тризну по своему прошлому. Они отговаривали меня. Они делали все, что от них зависело, чтобы разубедить меня. Но я не мог больше противиться непреодолимому влечению. Обещав непременно вернуться к ним, я со слезами на глазах распрощался с моими друзьями и побрел по улицам, которые недавно я видел такими темными и пустынными.

Теперь улицы стали людными, местами даже были открыты магазины, из фонтана била вода для питья.

Я помню, каким обидно-праздничным казался мне день, когда я возвращался печальным паломником к маленькому домику в Уокинге. Кипела вокруг возрождающаяся жизнь. Повсюду было так много народу, подвижного, деятельного, что не верилось, что погибло столько населения. Потом я заметил, что лица встречных желты, волосы растрепаны, широко открытые глаза лихорадочно блестят, и все они одеты в лохмотья. Выражение на всех лицах было одинаковое: или радостно-экзальтированное, или мрачно-сосредоточенное. Если бы не это выражение, то Лондон можно было принять за город бродяг. В приходах всем раздавали хлеб, присланный нам французским правительством. Ребра у немногих уцелевших лошадей выдавались из-под кожи. Решительные, специально назначенные констебли с белыми значками стояли на углу каждой улицы. Следов разрушения, причиненных марсианами, я почти не заметил, пока не дошел до Веллингтон-стрит, где красная трава опутала по сваям Ватерлоо-Бридж.

На углу моста я заметил лист бумаги, приколотый сучком на пучке красной травы. Это был любопытный гротеск того необычного времени. Это было объявление первого вышедшего номера «Дейли мэйл». Я купил газету за почерневший шиллинг, найденный в кармане. Она была с большими белыми пробелами, какой-то чудак-наборщик вместо объявлений набрал прочувствованное обращение к читателю. Я не узнал ничего нового, кроме того, что осмотр механизмов марсиан в течение недели уже дал удивительные результаты. Между прочим, сообщалось — в то время я еще не верил этому, — что «тайна воздухоплавания» раскрыта. У станции Ватерлоо стояли три готовых к отходу поезда. Наплыв публики, впрочем, уже ослабел. Пассажиров в поезде было немного, да и я был не в таком настроении, чтобы заводить случайный разговор. Я сел на свое место, скрестил руки и мрачно глядел на залитые солнечным светом картины опустошения, мелькавшие за окнами. Как раз за главной конечной станцией поезд перешел на временные рельсы, и по обеим сторонам полотна чернели развалины домов. До Клэпхемской узловой станции Лондон был засыпан черной пылью, которая все еще лежала, несмотря на два дождливых дня. У Клэпхема на поврежденном полотне работали сотни оставшихся без дела клерков и торговцев вместе с землекопами, и поезд перевели на поспешно проложенный временный путь.

Вид окрестностей был очень безрадостный, странный. Особенно сильно пострадал Уимблдон. Уолтон благодаря своим уцелевшим сосновым лесам, казалось, меньше других мест по этой железнодорожной линии подвергся разрушению. Уэндл, Мол, даже мелкие речонки, поросшие красной травой, казались не то наполненными сырым мясом, не то красной нашинкованной капустой. Сосновые леса Суррея оказались слишком сухими для гирлянд красного ползуна. За Уимблдоном на огородах виднелись кучи земли вокруг шестого цилиндра. В середине что-то рыли саперы, вокруг стояли любопытные. На шесте развевался британский флаг. Огороды казались красными от травы. Больно было смотреть на это красное пространство с пурпурными полосами. Приятно было перевести взгляд от выжженного серого и красного цвета переднего плана к голубовато-зеленым тонам восточных холмов.

У станции Уокинг железнодорожное сообщение еще не было восстановлено, поэтому я вышел на станции Байфлит и направился в Мэйбюри мимо того места, где мы с артиллеристом разговаривали с гусарами, и того места, где я увидел марсианина во время грозы. Из любопытства я свернул в сторону и увидел в красных зарослях свою опрокинутую и разбитую тележку рядом с побелевшим, обглоданным и раскиданным лошадиным скелетом. Я остановился и осмотрел эти остатки крушения...

Потом я прошел через сосновый лес; заросли красной травы кое-где доходили мне до шеи; труп хозяина «Пятнистой собаки», вероятно, уже похоронили — я нигде не нашел его. К своему дому я шел мимо Коллегии Бедных. Какой-то человек, стоявший у открытой двери коттеджа, окликнул меня по имени, когда я проходил.

Я взглянул на свой дом со смутной, тотчас же угасшей надеждой. Открытая дверь сама отворялась и захлопывалась от ветра.

Занавески в моем кабинете развевались над открытым окном, откуда смотрели мы с артиллеристом. Никто не закрывал окна с тех пор. Смятые кусты остались такими же, как тогда, когда я уходил, почти четыре недели назад. Я вошел внутрь. По всему было видно, что дом нежилой. Коврик па лестнице был сбит и полинял в том месте, где я сидел, промокнув до костей под грозой, в ночь катастрофы. Следы от наших грязных ног остались на лестнице.

Я пошел по этим следам в свой кабинет; на моем письменном столе все еще лежал под селенитовым пресс-папье исписанный лист бумаги, который я оставил в тот день, когда открылся первый цилиндр. Я постоял, перечитывая свою незаконченную статью о развитии нравственности вместе с прогрессом цивилизации. «Возможно, через двести лет, — писал я, — наступит...» Пророческая фраза осталась недописанной. Я вспомнил, что никак не мог сосредоточиться в то утро (с тех пор прошло около месяца), и, бросив писать, купил номер «Дейли кроникл» у мальчишки-газетчика. Помню, как я подошел к садовой калитке и с удивлением слушал его странный рассказ о «людях с Марса».

Я сошел вниз в столовую. Там стояли баранина и хлеб, уже сгнившие, и лежала опрокинутая пивная бутылка. Все было так, как мы оставили с артиллеристом. Мой дом был пуст. Я понял все безумие слабой надежды, которую лелеял так долго. И вдруг раздался чей-то голос:

— Это бесполезно... Дом необитаем... Тут дней десять никого не было. Не мучь себя напрасно. Ты спаслась одна...

Я был поражен. Уж не я ли сам высказал вслух свои мысли?

Я обернулся и подошел к открытому французскому окну. Внизу, изумленные и испуганные не меньше, чем я, стояли мой двоюродный брат и моя жена, бледная, без слез. Она слабо вскрикнула.

— Я пришла, — пробормотала она, — я знала... я знала... — Она поднесла руки к горлу и покачнулась.

Еще один шаг — и она упала в мои объятия.

Эпилог

Теперь, в конце моего рассказа, мне остается только пожалеть о том, как мало могу я способствовать разрешению многих спорных, неясных вопросов. В этом отношении я, несомненно, подвергнусь строгой критике. Моя специальность — умозрительная философия. Мое знакомство со сравнительной физиологией ограничивается одной или двумя книгами, но мне кажется, что мнение Карвера относительно причины быстрой смерти марсиан настолько правдоподобно, что его можно принять как доказанное. Я придерживался его в своем повествовании.

Во всяком случае, в трупах марсиан, исследованных после войны, найдены были только уже известные нам бактерии. То обстоятельство, что марсиане не хоронили трупов, и их безрассудное уничтожение людей указывают тоже на их незнание процессов разложения. Однако все это пока только предположение, правда, весьма вероятное.

Состав черного газа, которым пользовались марсиане с такими губительными последствиями, остается неизвестным; генератор теплового луча тоже остается пока загадкой. Ужасные катастрофы в лабораториях Илинга и Южного Кенсингтона заставили ученых прекратить свои опыты. Спектральный анализ черной пыли указывает на присутствие неизвестного нам элемента — группой из четырех ярких линий в зеленой части спектра; возможно, что, соединяясь с аргоном, этот элемент дает смесь, которая действует разрушительно на составные части крови. Но эти недоказанные предположения едва ли заинтересуют того обыкновенного читателя, для которого написана моя повесть. Ни один из кусков коричневой накипи, плывшей вниз по Темзе после разрушения Шеппертона, не был подвергнут исследованию в то время, теперь же это уже невозможно.

О результатах анатомического исследования трупов марсиан (насколько только такое исследование оказалось возможным после прожорливых собак) я уже сообщал. Почти каждый видел великолепный и практически нетронутый экземпляр, сохранившийся заспиртованным в Историческом музее, точно так же как и бесчисленные снимки с него. Физиологические и анатомические детали представляют интерес только для специалистов.

Вопрос, более важный и более интересный, — это возможность нового вторжения марсиан. Мне кажется, что на эту сторону дела едва ли обращено достаточно внимания. В настоящее время планета Марс удалена от нас, но в периоде противостояния я, по крайней мере, считаю возможным повторение их попытки. Мне кажется, что можно было бы определить положение пушки, выбрасывающей цилиндры; надо зорко наблюдать за этой частью планеты и предупредить попытку нового вторжения.

Цилиндр можно уничтожить динамитом или артиллерийским огнем, прежде чем он достаточно охладится и марсиане будут в состоянии вылезти из него; можно также перестрелять их всех, как только отвинтится винт. Мне кажется, они лишились большого преимущества после неудачной первой попытки. Возможно, что они сами это поняли.

Лиссинг привел почти неопровержимые доказательства в защиту предположения, что марсианам удалось уже произвести высадку на планету Венера. Семь месяцев тому назад Венера и Марс находились на одной прямой с Солнцем; другими словами, Марс находился в противостоянии с точки зрения наблюдателя с Венеры. Вслед за тем на неосвещенной половине планеты появился странный светящийся след, и почти одновременно на фотографии диска Марса было обнаружено чуть заметное темное извилистое пятно. Нужно видеть фотографии обоих этих явлений, чтобы установить их полное сходство.

Во всяком случае, должны ли мы ожидать вторичного вторжения или нет, наш взгляд на будущность человечества, несомненно, сильно изменится благодаря всем этим событиям. Мы знаем теперь, что не можем считать нашу планету вполне безопасным убежищем для человека. Мы не можем предвидеть тех незримых врагов или друзей, которые могут прилететь к нам из бездны пространства. Может быть, вторжение марсиан не осталось без пользы для людей; оно отняло у нас ту ясную веру в будущее, которая могла бы повести к упадку, оно подарило нашей науке громадные знания, оно способствовало пропаганде идей о единстве человечества. Может быть, там, за бездной пространства, марсиане следили за участью своих пионеров, приняли к сведению урок и при переселении на Венеру поступили более осторожно. Как бы то ни было, еще в течение многих лет, наверное, будут продолжаться внимательные наблюдения за диском Марса, а огненные небесные стрелы — падающие метеориты — долго еще будут пугать людей.

Кругозор человечества вследствие вторжения марсиан сильно расширился. До падения цилиндров все были убеждены, что за крошечной поверхностью нашей сферы в глубине пространства нет жизни. Теперь мы стали более дальнозоркими. Если марсиане смогли переселиться на Венеру, то почему бы не попытаться сделать это и людям? Когда постепенное охлаждение сделает нашу Землю необитаемой (а это неизбежно), может быть, нить жизни, начавшейся здесь, перелетит и охватит своей сетью нашу сестру-планету. Сумеем ли мы это сделать?

Смутно и странно то видение, которое рисуется моему воображению: жизнь с этого зерна Солнечной системы разносится медленно по всей безжизненной неизмеримости звездного пространства. Но это пока еще только мечта. Может быть, победа над марсианами только временная. Может быть, им, а не нам, принадлежит будущее.

Я должен сознаться, что после всех пережитых ужасов и опасностей у меня осталось чувство сомнения и неуверенности. Иногда я сижу в своем кабинете и пишу при свете лампы, и вдруг мне кажется, что цветущая долина внизу вся в пламени, а дом кругом пуст и покинут. Я иду по Байфлит-род, экипажи проносятся мимо, мальчишка-мясник с тележкой, кэб с гостями, рабочий на велосипеде, дети, идущие в школу, — и вдруг все становится смутным, призрачным, и я снова крадусь с артиллеристом среди ужасной мертвой тишины. Ночью мне снится черная пыль, покрывающая траурной пеленой тихие улицы, и исковерканные трупы в ее черном саване. Они поднимаются, страшные, обглоданные собаками. Шепчут что-то, беснуются, бледнеют, расплываются искаженные подобия людей, и я просыпаюсь в холодном поту во мраке ночи.

Если я еду в Лондон и вижу оживленную толпу на Флит-стрит и Стрэнде, мне приходит в голову, что это только призраки минувшего, двигающиеся по улицам, которые я видел такими безлюдными и тихими; это лишь тени мертвого города; это последняя насмешка гальванизированного трупа над жизнью.

Так странно стоять на Примроз-Хиллс — я был там за день перед тем, как написать эту последнюю главу, — и видеть широкое нагромождение домов, неясных и голубоватых в пелене дыма и тумана, сливающееся с горизонтом; видеть публику, разгуливающую среди цветочных клумб; видеть толпу зевак вокруг неподвижной машины марсиан; слышать возню играющих детей и вспоминать то время, когда я видел это место разрушенным, пустынным в лучах рассвета последнего дня...

Но самое странное — это держать снова в своей руке руку жены и вспоминать о том, как мы считали друг друга погибшими.

1897

Переводчик И. Магур (1930).

ЧЕЛОВЕК-НЕВИДИМКА

1. ПОЯВЛЕНИЕ НЕЗНАКОМЦА

Незнакомец появился в начале февраля; в тот морозный день бушевали ветер и вьюга – последняя вьюга в этом году; однако он пришел с железнодорожной станции Брэмблхерст пешком; в руке, обтянутой толстой перчаткой, он держал небольшой черный саквояж. Он был закутан с головы до пят, широкие поля фетровой шляпы скрывали все лицо, виднелся только блестящий кончик носа; плечи и грудь были в снегу, так же как и саквояж. Он вошел в трактир «Кучер и кони», еле передвигая ноги от холода и усталости, и бросил саквояж на пол.

– Огня! – крикнул он. – Во имя человеколюбия! Комнату и огня!

Стряхнув с себя снег, он последовал за миссис Холл в приемную, чтобы договориться об условиях. Разговор был короткий. Бросив ей два соверена, незнакомец поселился в трактире.

Миссис Холл затопила камин и покинула гостя, чтобы собственноручно приготовить ему поесть. Заполучить в Айпинге зимой постояльца, да еще такого, который не торгуется, – это была неслыханная удача, и миссис Холл решила показать себя достойной счастливого случая, выпавшего ей на долю.

Когда ветчина поджарилась, а Милли, вечно сонная служанка, выслушала несколько уничтожающих замечаний, что, видимо, должно было подстегнуть ее энергию, миссис Холл отнесла в комнату приезжего скатерть, посуду и стаканы, после чего стала с особым шиком сервировать стол. Огонь весело трещал в камине, но приезжий, к величайшему ее удивлению, до сих пор не снял шляпы и пальто; он стоял спиной к ней, глядя в окно на падающий снег. Руки его, все еще в перчатках, были заложены за спину, и он, казалось, о чем-то глубоко задумался. Хозяйка заметила, что снег у него на плечах растаял и вода капает на ковер.

– Позвольте, мистер, ваше пальто и шляпу, – обратилась она к нему, – я отнесу их на кухню и повешу сушить.

– Не надо, – ответил он, не оборачиваясь.

Она решила, что ослышалась, и уже готова была повторить свою просьбу.

Но тут незнакомец повернул голову и посмотрел на нес через плечо.

– Я предпочитаю не снимать их, – заявил он.

При этом хозяйка заметила, что на нем большие синие очки-консервы и что у него густые бакенбарды, скрывающие лицо.

– Хорошо, мистер, – сказала она, – как вам будет угодно. Комната сейчас нагреется.

Незнакомец ничего не ответил и снова повернулся к ней спиной. Видя, что разговор не клеится, миссис Холл торопливо накрыла на стол и вышла из комнаты. Когда она вернулась, он все так же стоял у окна, подобно каменному изваянию, сгорбленный, с поднятым воротником и низко опущенными полями шляпы, скрывавшими лицо и уши. Поставив на стол яичницу с ветчиной, она почти крикнула:

– Завтрак подан, мистер!

– Благодарю вас, – ответил он тотчас же, но не двинулся с места, пока она не закрыла за собой дверь. Тогда он круто повернулся и подошел к столу.

– Ох, уж эта девчонка! – сказала миссис Холл. – А я и забыла про нее! Вот канительщица! – Взявшись сама растирать горчицу, она отпустила несколько колкостей по адресу Милли за ее необычайную медлительность. Сама она успела поджарить яичницу с ветчиной, накрыть на стол, сделать все, что нужно, а Милли – хороша помощница! – оставила гостя без горчицы. А ведь он только приехал и хочет, видно, здесь пожить. Поворчав, миссис Холл наполнила горчичницу и, поставив ее не без торжественности на черный с золотом чайный поднос, понесла к постояльцу.

Она постучала и тут же вошла. Незнакомец сделал быстрое движение, и она едва успела увидеть что-то белое, мелькнувшее под столом. Он, очевидно, что-то подбирал с полу. Она поставила горчицу на стол и при этом заметила, что пальто и шляпа гостя лежат на стуле у камина, а на стальной решетке стоит пара мокрых башмаков. Решетка, конечно, заржавеет. Миссис Холл решительно приблизилась к камину и заявила тоном, но допускающим возражений:

– Теперь, я думаю, можно взять ваши вещи и просушить.

– Оставьте шляпу, – сказал приезжий сдавленным голосом. Обернувшись, она увидела, что он сидит выпрямившись и смотрит на нее.

С минуту она стояла, вытаращив глаза, потеряв от удивления дар речи.

Нижнюю часть лица он прикрывал чем-то белым, по-видимому, салфеткой, которую привез с собой, так что ни его рта, ни подбородка не было видно. Потому-то голос и прозвучал так глухо. Но не это поразило миссис Холл. Лоб незнакомца от самого края синих очков был обмотан белым бинтом, а другой бинт закрывал уши, так что неприкрытым оставался только розовый острый нос. Нос был такой же розовый и блестящий, как в ту минуту, когда незнакомец появился впервые. Одет он был в коричневую бархатную куртку; высокий темный воротник, подшитый белым полотном, был поднят. Густые черные волосы, выбиваясь в беспорядке из-под перекрещенных бинтов, торчали пучками и придавали незнакомцу чрезвычайно странный вид. Его закутанная и забинтованная голова так поразила миссис Холл, что от неожиданности она остолбенела.

Он не отнял салфетки от лица и, по-прежнему придерживая ее рукой в коричневой перчатке, смотрел на хозяйку сквозь непроницаемые синие стекла.

– Оставьте шляпу, – снова невнятно сказал он сквозь салфетку.

Миссис Холл, оправившись от испуга, положила шляпу обратно на стул.

– Я не знала, сударь… – начала она, – что вы… – И смущенно замолчала.

– Благодарю вас, – сухо сказал он, многозначительно поглядывая на дверь.

– Я сейчас все высушу, – сказала она и вышла, унося с собой платье. В дверях она снова посмотрела на его забинтованную голову и синие очки; он все еще прикрывал рот салфеткой. Закрывая за собой дверь, она вся дрожала, и на лице ее было написано смятение. – В жизни своей... – прошептала она.

– Ну и ну! – Она тихо вернулась на кухню и даже не спросила Милли, чего она там возится.

Незнакомец между тем внимательно, прислушивался к удаляющимся шагам хозяйки. Прежде чем отложить салфетку и снова приняться за еду, он испытующе посмотрел на окно. Проглотив кусок, он опять, уже с подозрением, посмотрел на окно, потом встал и, держа салфетку в руке, спустил штору до белой занавески, прикрывавшей нижнюю часть окна. Комната погрузилась в полумрак. Несколько успокоенный, он вернулся к столу и продолжал завтрак.

– Бедняга, он расшибся, или ему сделали операцию, иди еще что-нибудь, – сказала миссис Холл. – Весь перевязанный, даже смотреть страшно.

Она подбросила угля в печку, придвинула подставку для сушки платья и разложила на ней пальто приезжего.

– А очки! Да что говорить, водолаз какой-то, а не человек. – Она повесила на подставку шарф. – А лицо прикрывает тряпкой! И говорит сквозь нее!.. Может быть, у него рот тоже болит? – Тут она обернулась, видимо внезапно вспомнив о чем-то. – Боже милостивый! – воскликнула она. – Милли! Неужели блинчики еще не готовы?

Когда миссис Холл вошла в гостиную, чтобы убрать со стола, она нашла новое подтверждение своей догадке, что рот незнакомца изуродован или искалечен несчастным случаем: незнакомец курил трубку и все время, пока она была в комнате, ни разу не приподнял шелковый платок, которым была обвязана нижняя часть его лица, и не взял мундштук в рот. А ведь он вовсе не забыл про свою трубку: миссис Холл заметила, что он поглядывает на тлеющий понапрасну табак. Он сидел в углу, спиной к опущенной шторе. Подкрепившись и согревшись, он, очевидно, почувствовал себя лучше и говорил уже не так отрывисто и раздраженно. В красноватом отблеске огня его огромные очки как будто ожили.

– На станции Брэмблхерст, – сказал он, – у меня остался кой-какой багаж. Нельзя ли послать за ним? – Выслушав ответ, он вежливо наклонил забинтованную голову. – Значит, только завтра? – сказал он. – Неужели нельзя раньше? – И очень огорчился, когда она ответила, что нельзя. – Никак нельзя? – переспросил он. – Быть может, все-таки найдется кто-нибудь, кто съездил бы с повозкой на станцию?

Миссис Холл охотно отвечала на все вопросы, надеясь таким образом вовлечь его в беседу.

– Дорога к станции очень крутая, – сказала она и, пользуясь случаем, добавила: – В прошлом году на этой дороге опрокинулся экипаж. Седок и кучер оба убились насмерть. Долго ли до беды? Одна минута – и готово, не правда ли, мистер?

Но гостя не так-то легко было втянуть в разговор.

– Правда, – сказал он, спокойно глядя на нее сквозь непроницаемые очки.

– А потом когда еще поправишься, правда? Вот, к примеру сказать, мой племянник Том порезал себе руку косой, – косил, знаете, споткнулся и порезал, – так, поверите ли, три месяца ходил с перевязанной рукой. С тех пор я ужас как боюсь этих кос.

– Это не удивительно, – сказал приезжий.

– Одно время мы даже думали, ему придется сделать операцию, так ему было худо.

Приезжий отрывисто засмеялся, словно залаял.

– Так ему было худо? – повторил он.

– Да, мистер. И это было вовсе не смешно для тех, кому приходилось с ним возиться. Вот хоть бы и мне, мистер, потому что сестра все нянчилась со своими малышами. Только и знай завязывай да развязывай ему руку, так что, ежели позволите…

– Дайте мне, пожалуйста, спички, – вдруг прервал он ее. – Моя трубка погасла.

Миссис Холл замолчала. Несомненно, с его стороны несколько грубо прерывать ее таким образом. С минуту она сердито смотрела на него, но, вспомнив про два соверена, пошла за спичками.

– Благодарю, – коротко сказал он, когда она положила спички на стол, и, повернувшись к ней спиной, стал снова глядеть в окно. Очевидно, разговор о бинтах и операциях был ему неприятен. Она решила не возвращаться к этой теме. Нелюбезность незнакомца рассердила ее, и Милли пришлось это почувствовать на себе.

Приезжий оставался в гостиной до четырех часов, но давая решительно никакого повода зайти к нему. Почти все это время там было очень тихо, вероятно, он сидел у догорающего камина и курил трубку, а может быть, просто дремал.

Однако если бы кто-нибудь внимательно прислушался, то мог бы услышать, как он поворошил угли, а потом минут пять расхаживал по комнате и разговаривал сам с собой. Потом он снова сел, и под ним скрипнуло кресло.

2. ПЕРВЫЕ ВПЕЧАТЛЕНИЯ МИСТЕРА ТЕДДИ ХЕНФРИ

В четыре часа, когда уже почти стемнело и миссис Холл собралась с духом заглянуть к постояльцу и спросить, не хочет ли он чаю, в трактир вошел Тедди Хенфри, часовщик.

– Что за скверная погода, миссис Холл! – сказал он. – А я еще в легких башмаках.

Снег за окном валил все гуще.

Миссис Холл согласилась, что погода ужасная, и вдруг, увидев чемоданчик с инструментами, просияла.

– Знаете что, мистер Хенфри, раз вы уже здесь, взгляните, пожалуйста, на часы в гостиной. Идут они хорошо и бьют как следует, но часовая стрелка как остановилась на шести часах, так ни за что не хочет сдвинуться с места.

Она провела часовщика до двери гостиной, постучала и вошла.

Приезжий, – как она успела заметить, открывая дверь, – сидел в кресле у камина и, казалось, дремал: его забинтованная голова склонилась к плечу. Комнату освещал красный отблеск пламени; стекла очков сверкали, как сигнальные огни на железной дороге, а лицо оставалось в тени; последние блики зимнего дня пробивались в комнату сквозь приоткрытую дверь. Миссис Холл все показалось красноватым, причудливым и неясным, тем более что она еще была ослеплена светом лампы, которую только что зажгла над стойкой в распивочной. На секунду ей показалось, что у постояльца чудовищный, широко раскрытый рот, пересекающий все лицо. Видение было мгновенное – белая забинтованная голова, огромные очки вместо глаз и под ними широкий, разинутый, как бы зевающий рот. Но вот спящий пошевельнулся, выпрямился в кресле и поднял руку. Миссис Холл распахнул» дверь настежь, в комнате стало светлее; теперь она получше рассмотрела его и увидела, что лицо у него прикрыто шарфом, так же, как раньше салфеткой. И она решила, что все это ей только померещилось, было игрой теней.

– Не разрешите ли, мистер, часовщику осмотреть часы? – сказала она, приходя в себя.

– Осмотреть часы? – спросил он, сонно озираясь. Потом, как бы очнувшись, добавил: – Пожалуйста!

Миссис Холл пошла за лампой, а он встал с кресла и потянулся. Появилась лампа, и мистер Тедди Хенфри, войдя в комнату, очутился лицом к лицу с забинтованным человеком. Он был, по его собственному выражению, «огорошен».

– Добрый вечер, – сказал незнакомец, глядя на него, «как морской рак», по выражению Тедди, на такое сравнение его навели, очевидно, темные очки.

– Надеюсь, я вас не обеспокою? – сказал мистер Хенфри.

– Нисколько, – ответил приезжий. – Хотя я думал, – прибавил он, обращаясь к миссис Холл, – что эта комната отведена мне для личного пользования.

– Я полагала, сударь, – сказала хозяйка, – что вы не будете возражать, если часы…

Она хотела добавить: «починят», – но осеклась.

– Конечно, – прервал он ее. – Правда, вообще я предпочитаю оставаться один и не люблю, когда меня беспокоят. Но я рад, что часы будут починены,

– продолжал он, видя, что мистер Хенфри остановился в нерешительности. Он уже хотел извиниться и уйти, но слова приезжего успокоили его.

Незнакомец повернулся спиной к камину и заложил руки за спину.

– Когда часы починят, я выпью чаю, – заявил он. – Но не раньше.

Миссис Холл уже собиралась выйти из комнаты – на этот раз она не делала никаких попыток завязать разговор, не желая, чтобы ее грубо оборвали в присутствии мистера Хенфри, – как вдруг незнакомец спросил, позаботилась ли она о доставке его багажа. Она сказала, что говорила об этом с почтальоном и что багаж будет доставлен завтра утром.

– Вы уверены, что раньше его невозможно доставить? – спросил он.

– Уверена, – ответила она довольно холодно.

– Мне следовало сразу сказать вам, кто я такой, но я до того промерз и устал, что еле ворочал языком. Я, видите ли, исследователь…

– Ах, вот как, – проговорила миссис Холл, на которую эти слова произвели сильнейшее впечатление.

– Багаж мой состоит из всевозможных приборов и аппаратов.

– Очень даже полезные вещи, – вставила миссис Холл.

– И я с нетерпением жду возможности продолжать свои исследования.

– Это понятно, мистер.

– Приехать в Айпинг, – продолжал он медленно, как видно, тщательно подбирая слова, – меня побудило… м-м… стремление к тишине и покою. Я не хочу, чтобы меня тревожили во время моих занятий. Кроме того, несчастный случай…

«Так я и думала», – заметила про себя миссис Холл.

– …вынуждает меня к уединению. Дело в том, что мои глаза иногда до того слабеют и начинают так мучительно болеть, что приходится запираться в темной комнате на целые часы. Это случается время от времени. Сейчас этого, конечно, нет. Но когда у меня приступ, малейшее беспокойство, появление чужого человека заставляют меня мучительно страдать… Я думаю, лучше предупредить вас об этом заранее.

– Конечно, мистер, – сказала миссис Холл. – Осмелюсь спросить вас…

– Это все, что я хотел сказать вам, – прервал ее приезжий тоном, не допускавшим возражения.

Миссис Холл замолчала и решила отложить расспросы и изъявления сочувствия до более удобного случая.

Хозяйка удалилась, а приезжий остался стоять перед камином, свирепо глядя на мистера Хенфри, чинившего часы (так, по крайней мере, говорил потом сам мистер Хенфри). Часовщик поставил лампу возле себя, и зеленый абажур отбрасывал яркий сеет на его руки и на части механизма, оставляя почти всю комнату в тени. Когда он поднимал голову, перед глазами у него плавали разноцветные пятна. Будучи от природы человеком любопытным, мистер Хенфри вынул механизм, в чем не было решительно никакой надобности, надеясь затянуть работу и, кто знает, быть может, даже вовлечь незнакомца в разговор. Но тот стоял молча, не двигаясь с места. Он стоял так тихо, что это начало действовать мистеру Хенфри на нервы. Ему показалось даже, что он один в комнате, но, подняв глаза, перед которыми сразу поплыли зеленые пятна, он увидел в сером полумраке неподвижную фигуру с забинтованной головой и выпуклыми синими очками. Это было До того жутки, что мистер Хенфри с минуту стоял неподвижно, глядя на незнакомца. Потом опустил глаза. Какая неловкость! Надо бы заговорить о чем-нибудь. Не сказать ли, что погода не по сезону холодная?

Он снова поднял глаза, как бы прицеливаясь.

– Погода... – начал он.

– Скоро вы кончите и уйдете? – сказал неподвижный человек, видимо, еле сдерживая ярость. – Вам только и надо было сделать, что прикрепить часовую стрелку к оси, а вы тут возитесь без толку.

– Сейчас, мистер... одну минутку... Я упустил из виду... – И мистер Хенфри, быстро закончив работу, удалился, сильно, однако, раздосадованный.

– Черт подери! – ворчал Хенфри про себя, шагая сквозь мокрый снегопад.

– Надо же когда-нибудь проверить часы... Скажите пожалуйста, и посмотреть-то на него нельзя. Черт знает что!.. Видно, нельзя. Он так забинтован и закутан, как будто полиция его разыскивает.

Дойдя до угла, он увидел Холла, недавно женившегося на хозяйке трактира «Кучер и кони», где остановился незнакомец. Холл возвращался со станции Сиддербридж, куда возил в айпингском омнибусе случайных пассажиров. По тому, как он правил, было ясно, что Холл малость «хватил» в Сиддербридже.

– Как поживаешь, Тедди? – окликнул он Хенфри, поравнявшись с ним.

– У вас остановился какой-то подозрительный малый, – сказал Тедди.

Холл, радуясь случаю поговорить, натянул вожжи.

– Что такое? – спросил он.

– У вас в трактире остановился какой-то подозрительный малый, – повторил Тедди. – Ей-богу… – И он стал с живостью описывать Холлу странного гостя. – С виду ни дать ни взять ряженый. Будь это мой дом, я бы, конечно, предпочел знать в лицо своего постояльца, – сказал он. – Но женщины всегда доверчивы, когда дело касается незнакомых мужчин. Он поселился у вас, Холл, и даже не сказал своей фамилии.

– Неужели? – спросил Холл, но отличавшийся быстротой соображения.

– Да, – подтвердил Тедди. – Он заплатил за неделю вперед. Значит, кто бы он там ни был, вам нельзя будет отделаться от него раньше чем через неделю. И он говорит, у него куча багажа, который доставят завтра. Будем надеяться, что это не ящики с камнями.

Тут он рассказал, как какой-то приезжий с пустыми чемоданами надул его тетку в Гастингсе. В общем, разговор с Тедди возбудил в Холле какое-то смутное подозрение.

– Ну, трогай, старуха! – прикрикнул Холл на свою лошадь. – Надо будет навести порядок.

А Тедди, облегчив душу, пошел своей дорогой уже в лучшем настроении.

Однако вместо того, чтобы наводить порядок, Холлу по возвращении домой пришлось выслушать множество упреков за то, что он так долго пробыл в Сиддербридже, а на свои робкие вопросы о новом постояльце он получил резкие, но уклончивые ответы. Но все же семена подозрения, зароненные часовщиком в душу Холла, дали ростки.

– Вы, бабы, ничего не смыслите, – сказах мистер Холл, решив при первом же удобном случае разузнать подробней, кто такой приезжий.

И после того как постоялец ушел в свою спальню – это было около половины десятого, – мистер Холл с весьма вызывающим видом вошел в гостиную и стал внимательно оглядывать мебель, как бы желая показать этим, что тут хозяин он, а не приезжий; он презрительно взглянул на лист бумаги с математическими выкладками, который оставил незнакомец. Ложась спать, мистер Холл посоветовал жене внимательно присмотреться, что за багаж завтра доставят постояльцу.

– Не суйся не в свое дело, – оборвала его миссис Холл. – Смотри лучше за собой, а я без тебя управлюсь.

Она тем более сердилась на мужа, что приезжий действительно был какой-то странный, и в душе она сама беспокоилась. Ночью она вдруг проснулась, увидев во сне огромные глазастые головы, похожие на брюквы, которые тянулись к ней на длинных шеях. Но, будучи женщиной рассудительной, она подавила свой страх, повернулась на другой, бок и снова уснула.

3. ТЫСЯЧА И ОДНА БУТЫЛКА

Итак, девятого февраля, когда только начиналась оттепель, неведомо откуда появился в Айпинге странный незнакомец. На следующий день в слякоть и распутицу его багаж доставили в трактир. И багаж этот оказался не совсем обычным. Оба чемодана, правда, ничем не отличались от тех, какие обычно бывают у путешественников; но, кроме них, прибыл ящик с книгами – большими, толстыми книгами, причем некоторые были не напечатаны, а написаны чрезвычайно неразборчивым почерком, – и с дюжину, если не больше, корзин, ящиков и коробок, в которых лежали какие-то предметы, завернутые в солому; Холл, не преминувший поворошить солому, решил, что это бутылки. В то время как Холл оживленно болтал с Фиренсайдом, возницей, собираясь помочь ему перенести багаж в дом, в дверях показался незнакомец в низко надвинутой шляпе, в пальто, перчатках и шарфе. Он вышел из дому и даже не взглянул на собаку Фиренсайда, лениво обнюхивавшую ноги Холла.

– Несите ящики в комнату, – сказал он. – Я и так уж заждался.

С этими словами он спустился с крыльца и подошел к задку подводы, собираясь собственноручно унести небольшую корзину.

Завидев его, собака Фиренсайда злобно зарычала и ощетинилась; когда же он спустился с крыльца, она подскочила и вцепилась ему в руку.

– Куш! – крикнул Холл, вздрагивая, так как всегда побаивался собак, а Фиренсайд заорал:

– Ложись! – и схватился за кнут.

Они видели, как зубы собаки скользнули по руке незнакомца, услышали звук пинка; собака подпрыгнула и вцепилась в ногу незнакомца, после чего раздался треск разрываемых брюк. В это время кончик кнута Фиренсайда настиг собаку, и она, заскулив от обиды и боли, спряталась под повозку. Все это произошло за какие-нибудь полминуты. Никто не говорил, все кричали. Незнакомец быстро взглянул на разорванную перчатку и штанину, сделал движение, будто хотел нагнуться, затем повернулся и бегом взбежал на крыльцо. Они услышали, как он торопливо прошел по коридору и застучал каблуками по деревянной лестнице, которая вела в его комнату.

– Ах ты, тварь эдакая! – выругался Фиренсайд, слезая на землю с кнутом в руке, в то время как собака зорко следила за ним из-за колес. – Иди сюда! – крикнул Фиренсайд. – Не то хуже будет!

Холл стоял в смятении, разинув рот.

– Она укусила его, – заговорил он. – Пойду посмотрю, что с ним. – И он зашагал вслед за незнакомцем. В коридоре он встретил жену и сказал ей: – Постояльца искусала собака Фиренсайда.

Он поднялся по лестнице. Дверь незнакомца была приоткрыта, он распахнул ее и вошел в комнату без особых церемоний, спеша выразить свое сочувствие.

Штора была спущена, и в комнате царил полумрак. Холл успел заметить что-то в высшей степени странное, похожее на руку без кисти, занесенную над ним, и лицо, состоявшее из трех больших расплывчатых пятен на белом фоне, очень похожее на бледный цветок анютиных глазок. Потом сильный толчок в грудь отбросил его в коридор, дверь захлопнулась перед самым его носом, и он услышал, как щелкнул ключ в замке. Все это произошло так быстро, что Холл ничего не успел сообразить. Мелькание каких-то смутных теней, толчок, боль о груди. И вот он стоит на темной площадке перед дверью, спрашивая себя, что же это он такое видел.

Немного погодя он присоединился к кучке людей, собравшейся на улице перед трактиром. Здесь был и Фиренсайд, который уже второй раз рассказывал всю историю с самого начала, и миссис Холл, твердившая, что его собака не имеет никакого права кусать ее постояльцев; тут же стоял и Хакстерс, владелец лавки напротив, сильно заинтересованный происшествием, и Сэнди Уоджерс, кузнец, слушавший Фиренсайда с глубокомысленным Видом. Сбежались и женщины и дети, каждый изрекал какую-нибудь глупость вроде:

«Попробовала бы она меня укусить», «Нельзя держать таких собак» и так далее.

Мистер Холл глядел на них с крыльца, прислушивался к их разговорам, и ему уже начало казаться, что ничего необычайного он там, наверху, увидеть не мог, Да ему и слов не хватило бы, чтобы описать свои впечатления.

– Он сказал, что ему ничего не нужно, – только и ответил он на вопрос жены. – Пожалуй, надо внести багаж.

– Лучше бы сразу прижечь, – сказал мистер Хакстерс, – в особенности если получилось воспаление.

– Я пристрелила бы ее, – сказала одна из женщин.

Вдруг собака снова зарычала.

– Давайте вещи, – послышался сердитый голос, и на пороге появился незнакомец, закутанный, с поднятым воротником и в низко надвинутой шляпе.

– Чем скорее вы внесете их, тем лучше, – продолжал он, По свидетельству одного из очевидцев, он успел переменить перчатки и брюки.

– Сильно она вас искусала, сударь? – спросил Фиренсайд. – Очень это мне неприятно, что моя собака...

– Пустяки, – ответил незнакомец. – Даже следа никакого нет. Поторопитесь-ка лучше с вещами!

Тут он, по утверждению мистера Холла, выругался вполголоса.

Как только первую корзину внесли по его указанию в гостиную, незнакомец нетерпеливо принялся ее распаковывать, оса зазрения совести разбрасывая солому по ковру миссис Холл. Он начал вытаскивать из корзины бутылки – маленькие пузатые пузырьки с порошками, небольшие узкие бутылки с окрашенной в разные цвета или прозрачной жидкостью, изогнутые склянки с надписью «яд», круглые бутылки с тонкими горлышками, большие бутылки из зеленого и белого стекла, бутылки со стеклянными пробками и с вытравленными на них надписями, бутылки с притертыми пробками, бутылки с деревянными затычками, бутылки из-под вина и прованского масла. Все эти бутылки он расставил рядами на комоде, на каминной доске, на столе, на подоконнике, на полу, на этажерке – всюду. В брэмблхерстской аптеке не набралось бы и половины такой уймы бутылок. Получилось внушительное зрелище. Он распаковывал корзину за корзиной, и во всех были бутылки. Наконец все ящики и корзины опустели, а на столе выросла гора соломы; кроме бутылок, в корзинах оказалось еще немало пробирок и тщательно упакованные весы.

Распаковав корзины, незнакомец отошел к окну и немедля принялся за работу, не обращая ни малейшего внимания на кучу соломы, на потухший камин, на ящик с книгами, оставшийся на улице, на чемоданы и остальной багаж, который был уже внесен наверх.

Когда миссис Холл подала ему обед, он был совсем поглощен своей работой, которая заключалась в том, что он вливал по каплям жидкости из бутылок в пробирки, и даже не заметил ее присутствия. И только когда она убрала солому и поставила поднос на стол, быть может, несколько более шумно, чем обычно, так как ее взволновало плачевное состояние ковра, он быстро взглянул в ее сторону и тотчас отвернулся. Она успела заметить, что он был без очков: они лежали возле него на столе, и ей показалось, что его глазные впадины необычайно глубоки. Он надел очки, повернулся и посмотрел ей в лицо. Она собиралась уже высказать свое недовольство по поводу соломы на полу, но он предупредил ее:

– Я просил бы вас не входить в комнату без стука, – сказал он с необычайным раздражением, которое, видимо, легко вспыхивало в нем по малейшему поводу.

– Я постучалась, но, должно быть...

– Быть может, вы и стучали. Но во время моих исследований – исследований чрезвычайно важных и необходимых – малейшее беспокойство, скрип двери... Я попросил бы вас...

– Конечно, мистер. Если вам угодно, вы можете запирать дверь на ключ. В любое время.

– Очень удачная мысль! – сказал незнакомец.

– Но эта солома, сударь… Осмелюсь заметить…

– Не надо! Если солома вас беспокоит, поставьте ее в счет. – И он пробормотал про себя что-то очень похожее на ругательство.

Он стоял перед хозяйкой с воинственным и раздраженным видом, держа в одной руке бутылку, а в другой пробирку, и весь его облик был так странен, что миссис Холл смутилась. Но она была особа решительная.

– В таком случае, – заявила она, – я бы хотела знать, сколько вы полагаете…

– Шиллинг. Поставьте шиллинг. Я думаю, этого достаточно?

– Хорошо, пусть будет так, – сказала миссис Холл, принимаясь накрывать на стол. – Конечно, вела вы согласны…

Незнакомец отвернулся и сел спиной к ней.

До самого вечера он работал, запершись на ключ и, как уверяла миссис Холл, почти в полной тишине. Только один раз послышался стук и звон стекла, как будто кто-то толкнул стол и с размаху швырнул на пол бутылку, а затем раздались торопливые шаги по ковру. Опасаясь, уж не случилось ли чего-нибудь, хозяйка подошла к двери и, не стуча, стала прислушиваться.

– Ничего не выйдет! – кричал он в ярости. – Не выйдет! Триста тысяч, четыреста тысяч! Это необъятно! Обманут! Вся жизнь уйдет на это! Терпение! Легко сказать! Дурак, дурак!

Тут кто-то вошел в трактир, послышались тяжелые шаги, и миссис Холл должна была волей-неволей отойти от двери, не дослушав.

Когда она вернулась, в комнате снова было совсем тихо, если не считать слабого скрипа кресла и случайного позвякивания бутылок. Очевидно, незнакомец снова принялся за работу.

Когда она принесла чай, то увидела в углу комнаты, под зеркалом, разбитые бутылки и золотистое небрежно вытертое пятно. Она обратила на это его внимание.

– Поставьте все это в счет, – огрызнулся он. – И, ради бога, не мешайте мне. Если я причиняю вам какой-нибудь убыток, ставьте в счет. – И он снова принялся делать пометки в лежавшей перед ним тетради...

– Знаете, что я вам скажу? – таинственно начал Фиренсайд. Разговор происходил вечером того же дня в пивной.

– Ну? – спросил Тедди Хенфри.

– Этот человек, которого укусила моя собака... Ну, так вот: он чернокожий. По крайней мере, ноги у него черные. Я это заметил, когда собака порвала ему штаны и перчатку. Можно было ожидать, что сквозь дыры будет видно розовое тело, правда? Ну, а на самом деле ничего подобного. Одна только чернота. Верно вам говорю: он так же черен, как моя шляпа.

– Господи помилуй! – воскликнул Хенфри. – Вот тебе на! А ведь нос-то у него самый что ни на есть розовый.

– Так-то оно так, – сказал Фиренсайд. – Это верно. Только вот что я тебе скажу, Тедди. Малый этот пегий: где черный, а где белый, пятнами. И он этого стыдится. Он вроде какой-нибудь помеси, а масти, вместо того чтобы перемешаться, пошли пятнами. Я и раньше слышал о таких случаях. А у лошадей это бывает сплошь и рядом – спроси кого хочешь.

4. МИСТЕР КАСС ИНТЕРВЬЮИРУЕТ НЕЗНАКОМЦА

Я так подробно изложил обстоятельства, сопровождавшие приезд незнакомца в Айпинг, для того, чтобы читателю стало понятно всеобщее любопытство, вызванное его появлением. Что же касается его пребывания там до знаменательного дня клубного праздника, то на этом, за исключением двух странных происшествий, можно, почти не останавливаться. Иногда у него бывали столкновения с миссис Холл на хозяйственной почве, из которых постоялец всегда выходил победителем, тотчас же предлагая дополнительную плату, и так продолжалось до конца апреля, когда у него стали обнаруживаться первые признаки безденежья.

Холл недолюбливал его и при всяком удобном случае повторял, что надо от него избавиться, но неприязнь эта выражалась главным образом в том, что Холл старался по возможности избегать встреч с постояльцем.

– Потерпи до лета, – урезонивала его миссис Холл. – Начнут съезжаться художники, тогда посмотрим. Он, конечно, нахал, не спорю, но зато аккуратно платит по счетам, этого у него отнять нельзя, что ни толкуй.

Постоялец в церковь не ходил и не делал никакого различия между воскресеньем и буднями, даже одевался и то всегда одинаково. Работал он, по мнению миссис Холл, весьма нерегулярно. В иные дни он спускался в гостиную с раннего утра и работал подолгу. В другие же вставал поздно, расхаживал по комнате, целыми часами громко ворчал, курил или дремал в кресле у камина. Сношений с внешним миром у него не было никаких. Настроение его по-прежнему оставалось чрезвычайно неровным: по большей части он вел себя как человек до крайности раздражительный, а несколько раз у него были припадки бешеной ярости, и он швырял, рвал и ломал все, что попадалось под руку. Казалось, он постоянно находился в чрезвычайном возбуждении. Он все чаще разговаривал вполголоса с самим собой, но миссис Холл ничего не могла понять, хотя усердно подслушивала.

Днем он редко выходил из дому, но в сумерки гулял, закутанный так, что его нельзя было увидеть – все равно, было ли на дворе холодно или тепло, и выбирал для прогулок самые уединенные тропинки, затененные деревьями или огражденные насыпью. Его темные очки и страшное забинтованное лицо под широкополой шляпой иногда пугали в темноте возвращавшихся домой рабочих; а Тедди Хенфри однажды, выйдя, пошатываясь, из трактира «Красный камзол» в половине десятого вечера, чуть не умер со страху, увидев похожую на череп голову незнакомца (тот гулял со шляпой в руке). Детям, увидевшим его в сумерках, ночью снились страшные сны. Мальчишки терпеть его не могли, и он их тоже; трудно сказать, кто кого больше не любил, но, во всяком случае, неприязнь была взаимная и очень острая.

Нет ничего удивительного, что человек такой поразительной наружности и такого странного поведения доставлял жителям Айпинга обильную пищу для разговоров. Относительно его занятий мнения расходились. Миссис Холл в этом деле была весьма щепетильна. На вопрос, что он делает, она обыкновенно отвечала с большой торжественностью, что он занимается «экспериментальными исследованиями», – эти слова она произносила очень медленно и осторожно, точно боясь оступиться. Когда же ее спрашивали, что это означает, она говорила с оттенком некоторого превосходства, что это известно всякому образованному человеку, и поясняла: «Он делает разные открытия». С ее постояльцем произошел несчастный случай, рассказывала она, руки и лицо его потеряли свой естественный цвет, а так как он человек весьма чувствительный, то старается не показываться в таком виде на людях.

Но за спиной миссис Холл распространялся упорный слух, что ее постоялец

– преступник, который скрывается от правосудия я старается с помощью своего удивительного наряда сбить с толку полицию.

Впервые эта догадка зародилась в голове мистера Тедди Хенфри. Впрочем, ни о каком сколько-нибудь громком преступлении, которое имело бы место за последние недели, не было известно. Поэтому мистер Гоулд, школьный учитель, несколько видоизменил эту догадку: по его мнению, постоялец миссис Холл был анархист, занимающийся изготовлением взрывчатых веществ, и он решил посвятить свое свободное время слежке за незнакомцем. Слежка заключалась главным образом в том, что при встречах с незнакомцем мистер Гоулд упорно глядел на него и расспрашивал о нем людей, которые никогда его не видели. Тем не менее мистеру Гоулду не удалось ничего узнать.

Было много Сторонников версии, выдвинутой Фиренсайдом, что незнакомец пегий или что-нибудь в этом роде. Так, например, Сайлас Дэрган не раз говорил, что если бы незнакомец решился показывать себя на ярмарках, то нажил бы состояние, и даже ссылался на известный из Библии случай с человеком, зарывшим свой талант в землю. Другие считали, что незнакомец страдает тихим помешательством. Этот взгляд имел то преимущество, что разом объяснял все.

Кроме стойких приверженцев этих основных течений в общественном мнении Айпинга, были люди колеблющиеся и готовые на уступки.

Жители графства Сассекс мало подвержены суеверию, и первые догадки о сверхъестественной природе незнакомца появились лишь после апрельских событий, да и то этому верили одни женщины.

Но каковы бы ни были мнения о незнакомце отдельных жителей Айпинга, неприязнь к нему была всеобщий и единодушной. Его раздражительность, которую мог бы понять горожанин, занимающийся умственным трудом, неприятно поражала уравновешенных сассекских жителей. Яростная жестикуляция, стремительная походка, ночные прогулки, когда он неожиданно в темноте выскакивал из-за угла в самых безлюдных местах, бесцеремонное пресечение всех попыток вовлечь его в беседу, страсть к потемкам, побуждавшая его запирать двери, спускать шторы, тушить свечи и лампы, – кто мог бы примириться с этим? Когда незнакомец проходил по улице, встречные сторонились его, а за его спиной местные шутники, подняв воротники пальто и низко надвинув шляпы, подражали его нервной походке и загадочному поведению. В то время пользовалась популярностью песенка «Человек-призрак». Мисс Стэтчел спела ее на концерте в школе, – сбор вошел на покупку ламп для церкви; и после этого, как только на улице появлялся незнакомец, тотчас же кто-нибудь начинал насвистывать – громко или тихо – мотив этой песенки. Даже запоздавшие ребятишки, спеша вечером домой, кричали ему вслед: «Человек-призрак!» – и мчались дальше, замирая от страха и восторга.

Касс, местный врач, сгорал от любопытства. Забинтованная голова вызывала в нем чисто профессиональный интерес; слухи же о тысяче и одной бутылке возбуждали его завистливое почтение. Весь апрель и май он искал случая заговорить с незнакомцем. Наконец не выдержал и накануне Троицы решил пойти к нему, воспользовавшись как предлогом подписным листом в пользу сиделки местной больницы. Он был поражен, узнав, что миссис Холл не знает имени своего постояльца.

– Он назвал себя, – сказала миссис Холл (это утверждение было лишено всякого основания), – но я не расслышала.

Ей неловко было сознаться, что постоялец и не думал называть себя.

Касс постучал в дверь гостиной и вошел. Оттуда послышалась невнятная брань.

– Прошу извинения за то, что вторгаюсь к вам, – проговорил Касс, после чего дверь закрылась, и дальнейшего разговора миссис Холя уже не слышала.

В течение десяти минут до нее долетал только неясный гул голосов; затем раздался возглас удивления, шарканье ног, грохот отброшенного стула, отрывистый смех, быстрые шаги, и на пороге появился Касс, бледный, с вытаращенными глазами. Оставив дверь открытой и не взглянув на хозяйку, он прошел по коридору, спустился с крыльца и быстро зашагал по улице. Шляпу он держал в руке. Миссис Холл зашла за стойку, стараясь заглянуть через открытую дверь в комнату постояльца. Она услышала негромкий смех, потом шаги. Со своего места она не могла видеть его лица. Потом дверь гостиной захлопнулась, и все стихло.

Касс направился прямо к викарию Бантингу.

– Скажите, я сошел с ума? – произнес он отрывисто, едва войдя в скромный кабинет викария. – Похож я на помешанного?

– Что случилось? – спросил викарий, кладя раковину, заменявшую ему пресс-папье, на листы своей очередной проповеди.

– Этот субъект, постоялец Холлов...

– Ну?

– Дайте мне выпить чего-нибудь, – сказал Касс и опустился на стул.

Когда Касс несколько успокоился с помощью стакана дешевого хереса – других напитков у добрейшего викария не бывало, – он стал рассказывать о своей встрече с незнакомцем.

– Вхожу, – начал он задыхающимся голосом, – и прошу подписаться в пользу сиделки. Как только я вошел, он сунул руки в карманы и плюхнулся в кресло. «Вы интересуетесь наукой, как я слышал?» – начал я. «Да», – ответил он и фыркнул. Все время фыркал. Простудился, должно быть. Да и не мудрено, раз человек так кутается. Я стал распространяться насчет сиделки, а сам озираюсь по сторонам. Повсюду бутылки, химические препараты. Тут же весы, пробирки, и пахнет ночными фиалками. Не угодно ли ему подписаться? «Подумаю», – говорит. Тут я прямо спросил его, занимается ли он научными изысканиями. «Да», – говорит; «Длительные изыскания?» Его, видно, злость взяла. «Чертовски длительные!» – выпалил он. «Вот как?» – говорю я. Ну, тут и пошло. Он уже раньше весь так и кипел, и мой вопрос был последней каплей. Он получил от кого-то рецепт – чрезвычайно ценный рецепт; для какой цели, этого он не может сказать. «Медицинский?» – «Черт побери! А вам какое дело?» Я извинился. Он снисходительно фыркнул, откашлялся и продолжал. Рецепт он прочел. Пять ингредиентов. Положил на стол, отвернулся. Вдруг шорох: бумажку подхватило сквозняком. Каминная труба была открыта. Пламя вспыхнуло, и не успел он оглянуться, как рецепт сгорел и пепел вылетел в трубу. Бросился к камину – поздно. Вот! Тут он безнадежно махнул рукой.

– Ну?

– А руки-то и нет – пустой рукав. «Господи, – подумал я, – вот калека-то. Вероятно, у него деревянная рука, и он ее снял. И все-таки, – подумал я, – тут что-то неладно. Как же это рукав не повиснет, если в нем ничего нет?» А в нем ничего не было, уверяю вас. Совершенно пустой рукав, до самого локтя. Я видел, что рукав пуст, и, кроме того, прореха светилась насквозь. «Боже милосердный!» – воскликнул я. Тогда он замолчал. Уставился своими синими очками сначала на меня, потом на свой рукав.

– Ну?

– И все. Не сказал ни слова, только глянул на меня и быстро засунул рукав в карман. «Я, кажется, остановился на том, как рецепт сгорел?» Он вопросительно кашлянул. «Как это вы, черт возьми, умудряетесь двигать пустым рукавом?» – спросил я. «Пустым рукавом?» – «Ну да, – сказал я, – пустым рукавом». – «Так это, по-вашему, пустой рукав? Вы видели, что он пустой?» Он поднялся с кресла. Я тоже встал. Тогда он медленно сделал три шага. Подошел ко мне и стал совсем вплотную. Язвительно фыркнул. Я стоял спокойно, хотя, честное слово, это забинтованное страшилище с круглыми очками хоть кого испугало бы.

«Так вы говорите, рукав пустой?» – сказал он.

«Конечно», – ответил я. Тогда этот нахал снова уставился на меня своими стеклами. А потом преспокойно вытянул рукав из кармана и протянул его мне, как будто хотел снова показать. Все это он проделал очень медленно. Я посмотрел на рукав. Казалось, прошла целая вечность. «Ну вот, – сказал он, откашлявшись, – в нем ничего нет». Что-то надо было сказать. Мне стало страшно. Я видел весь рукав насквозь. Он вытягивал его медленно-медленно – вот так, пока обшлаг не очутился дюймах в шести от моего лица. Странное это ощущение – видеть, как приближается пустой рукав… А потом…

– Ну?

– Чем-то – мне показалось, большим и указательным пальцами, – он потянул меня за нос.

Бантинг засмеялся.

– Но там не было ничего! – сказал Касс, чуть не взвизгнув, когда произносил «ничего». – Хорошо вам смеяться, а я был так ошеломлен, что ударил по обшлагу рукава, повернулся и выбежал из комнаты…

Касс замолчал. В непритворности его испуга нельзя было сомневаться. Он беспомощно повернулся и выпил еще стакан скверного хереса, которым угощал его добрейший викарий.

– Когда я хватил его по рукаву, – сказал он, – то, уверяю вас, я почувствовал, что бью по руке. А руки там не было. И намека на руку не было.

Мистер Бантинг задумался. Потом подозрительно посмотрел на Касса.

– Это в высшей степени любопытная история, – сказал он с весьма глубокомысленным и серьезным видом. – Безусловно, история в высшей степени любопытная, – повторил он еще более внушительно.

5. КРАЖА СО ВЗЛОМОМ В ДОМЕ ВИКАРИЯ

О краже со взломом в доме викария мы узнали главным образом из рассказов самого викария и его жены. Это случилось перед рассветом в Духов день; в этот день айпингский клуб устраивает ежегодные празднества. Миссис Бантинг внезапно проснулась в предрассветной тишине с отчетливым ощущением, что дверь спальни хлопнула. Сначала она решила не будить мужа, а села на кровати и стала прислушиваться. Она явственно различила шлепанье босых ног; словно кто-то вышел из туалетной комнаты и направился по коридору к лестнице. Тогда она как можно осторожнее разбудила мистера Бантинга. Проснувшись и узнав, в чем дело, он решил не зажигать огня, но, надев очки, капот жены и сунув ноги в купальные туфли, вышел на площадку. Он совершенно ясно услышал возню в своем кабинете внизу, потом там кто-то громко чихнул.

Тогда он вернулся в спальню, вооружился самым надежным оружием, какое нашлось, – кочергой и сошел с лестницы, стараясь не шуметь. Миссис Бантинг вышла на площадку.

Было около четырех часов; ночной мрак редел. В прихожей уже брезжил свет, но дверь кабинета зияла черной дырой. В тишине слышен был только слабый скрип ступенек под ногами мистера Бантинга и легкое движение в кабинете. Потом что-то щелкнуло, слышно было, как открылся ящик, зашуршали бумаги. Послышалось ругательство, вспыхнула спичка, и кабинет осветился желтым светом. В это время мистер Бантинг был уже в прихожей и через приотворенную дверь увидел письменный стол, выдвинутый ящик и свечу, горевшую на столе. Но вора ему не было видно. Он стоял в прихожей, не зная, что предпринять, а позади него медленно спускалась с лестницы бледная, перепуганная миссис Бантинг. Одно обстоятельство поддерживало мужество мистера Бантинга: убеждение, что вор принадлежит к числу местных жителей.

Затем они услышали звон монет и поняли, что вор нашел деньги, отложенные на хозяйство, – два фунта полусоверенами и десять шиллингов. Звон монет мгновенно вывел мистера Бантинга из состояния нерешительности. Крепко сжав в руке кочергу, он ворвался в кабинет; миссис Бантинг следовала за ним по пятам.

– Сдавайся! – яростно крикнул мистер Бантинг и остановился, пораженный: в комнате никого не было.

И все же, вне всякого сомнения, минуту назад здесь кто-то двигался. С полминуты супруги стояли, разинув рты, потом миссис Бантинг заглянула за ширмы, а мистер Бантинг, побуждаемый тем же чувством, посмотрел под стол. Затем миссис Бантинг отдернула оконные занавеси, а мистер Бантинг осмотрел камин и пошарил в трубе кочергой. Миссис Бантинг перерыла корзину для бумаг, а мистер Бантинг открыл ящик с углем. Проделав все это, они в недоумении уставились друг на друга.

– Я готов поклясться… – сказал мистер Бантинг. – А свеча! – воскликнул он. – Кто зажег свечу?

– А ящик! – сказала миссис Бантинг. – И куда девались деньги?

Она поспешно пошла к дверям.

– В жизни своей ничего подобного…

В коридоре кто-то громко чихнул. Они выбежали из комнаты и тут же услышали, как хлопнула дверь кухни.

– Принеси свечу, – сказал мистер Бантинг и пошел вперед. Оба ясно слышали стук торопливо отодвигаемых засовов.

Открывая дверь на кухню, мистер Бантинг увидел, что парадная дверь отворяется и в слабом утреннем свете мелькнула темная зелень сада. Но он уверял, что в дверь никто не вышел. Она открылась, а потом со стуком захлопнулась. Пламя свечи, которую несла миссис Бантинг, замигало и вспыхнуло ярче. Прошло несколько минут, прежде чем они вошли в кухню.

Там никого не оказалось. Они снова заперли на засов входную дверь, тщательно обыскали кухню, чулан, буфетную и, наконец, спустились в погреб. Но, несмотря на самые тщательные поиски, они никого не обнаружили.

Утро застало викария и его жену в весьма странном наряде; они все еще сидели в нижнем этаже своего домика при ненужном уже свете догоравшей свечи и терялись в догадках.

– В жизни своей ничего подобного... – в двадцатый раз начал викарий.

– Дорогой мой, – прервала его миссис Бантинг, – вот идет Сюзи. Пусть она придет в кухню, и пойдем оденемся.

6. ВЗБЕСИВШАЯСЯ МЕБЕЛЬ

В это же утро, на рассвете Духова дня, когда даже служанка Милли еще спала, мистер и миссис Холл встали с постели и бесшумно спустились в погреб. Там у них было дело совершенно особого характера, имевшее некоторое отношение к специфической крепости их пива.

Не успели дни войти в погреб, как миссис Холл вспомнила, что забыла захватить бутылочку с сарсапарелью, которая стояла у них в спальне. Так как главным знатоком и мастером предстоявшего дела была она, то наверх за бутылкой отправился Холл.

На площадке лестницы он с удивлением заметил, что дверь в комнату постояльца приоткрыта. Пройдя в спальню, он нашел бутылку на указанном женой месте.

Но, возвращаясь обратно в погреб, он заметил, что засовы выходной двери отодвинуты и дверь закрыта просто на щеколду. Осененный внезапной мыслью, он сопоставил это обстоятельство с открытой дверью в комнату постояльца и предположениями мистера Тедди Хенфри. Он ясно помнил, что сам держал свечку, когда миссис Холл задвигала засовы на ночь. Он остановился, пораженный; затем, все еще держа бутылку в руке, снова поднялся наверх и постучал в дверь постояльца. Ответа не последовало. Он постучал еще раз, затем распахнул дверь настежь и вошел в комнату.

Все оказалось так, как он и ожидал. Комната была пуста, постель не тронута. На кресле и на спинке кровати была разбросана одежда незнакомца и его бинты, широкополая шляпа и та торчала на столбике кровати. Это обстоятельство показалось чрезвычайно странным даже не слишком сообразительному Холлу, тем более что другого платья, насколько он знал, у постояльца не было.

Стоя в недоумении посреди комнаты, он услышал снизу, из погреба, голос своей жены; захлебывающаяся скороговорка и высокие, визгливые ноты, характерные для жителей. Западного Сассекса, изобличали крайнее нетерпение.

– Джордж! – кричала она. – Ты нашел, что нужно?

Он повернулся и поспешил к жене.

– Дженни! – крикнул он, нагибаясь над лестницей, ведущей в погреб. – А ведь Хенфри-то прав. Жильца в комнате нет. И засов на парадной двери снят.

Сначала миссис Холл не поняла, о чем речь, но, сообразив, в чем дело, решила сама осмотреть пустую комнату. Холл все еще с бутылкой в руках пошел вперед.

– Его самого нет, а одежда тут, – сказал он. – Где же он шляется голый? Странное дело.

Когда они поднимались по лестнице из погреба, им обоим, как выяснилось впоследствии, почудилось, что кто-то открыл и снова закрыл парадную дверь; но так как они нашли ее закрытой, то в ту минуту они об этом ничего друг другу не сказали. В коридоре миссис Холл опередила своего мужа и взбежала по лестнице первая. В это время на лестнице кто-то чихнул. Холл, отставший от жены на шесть ступенек, подумал, что это она чихает; она же была убеждена, что чихнул он. Поднявшись наверх, она распахнула дверь и стала осматривать комнату незнакомца.

– В жизни своей ничего подобного не видела! – сказала она.

В это время сзади над самым ее ухом кто-то фыркнул, она обернулась и, к величайшему своему удивлению, увидела, что Холл стоит шагах в двенадцати от нее, на верхней ступеньке лестницы. Он сразу же подошел к ней. Она наклонилась и стала ощупывать подушку и белье.

– Холодные, – сказала она. – Его нет уже с час, а то и больше.

Не успела она произнести эти слова, как произошло нечто в высшей степени странное: постельное белье свернулось в узел, который тут же перепрыгнул через спинку кровати. Казалось, чья-то рука скомкала одеяло и простыни и бросила на пол. Вслед за этим шляпа незнакомца соскочила со своего места, описала в воздухе дугу и шлепнулась прямо в лицо миссис Холл. За ней с такой же быстротой полетела с умывальника губка; затем кресло, небрежно сбросив с себя пиджак и брюки постояльца и рассмеявшись сухим смехом, чрезвычайно похожим на смех постояльца, повернулось всеми четырьмя ножками к миссис Холл и, нацелившись, бросилось на нее. Она вскрикнула и повернулась к двери, а ножки кресла осторожно, но решительно уперлись в ее спину и вытолкали ее вместе с Холлом из комнаты. Дверь захлопнулась, замок щелкнул. Кресло и кровать, по-видимому, еще поплясали немного, как бы торжествуя победу, а затем все стихло.

Миссис Холл почти без чувств повисла на руках у мужа. Мистеру Холлу с величайшим трудом удалось при помощи Милли, которая успела проснуться от крика и шума, снести ее вниз и дать ей укрепляющих-капель.

– Это духи, – сказала миссис Холл, придя наконец в себя. – Я знаю, это духи. Я читала про них в газетах. Столы и стулья начинают прыгать и танцевать...

– Выпей еще немножко, Дженни, – прервал ее Холл. – Это подкрепит тебя.

– Запри дверь, – сказала миссис Холл. – Смотри не впускай его больше. Я все время подозревала... Как это я не догадалась! Глаз не видно, голова забинтована, и в церковь по воскресеньям не ходит. А сколько бутылок!.. На что порядочному человеку столько бутылок? Он напустил духов в мебель... Моя милая старая мебель! В этом самом кресле любила сидеть моя дорогая матушка, когда я была еще маленькой девочкой. И подумать только, оно поднялось теперь против меня...

– Выпей еще капель, Дженни, – сказал Холл, – у тебя нервы совсем расстроены.

Было уже пять часов, лучи утреннего солнца заливали улицу. Супруги послали Милли разбудить мистера Сэнди Уоджерса, кузнеца, который жил напротив.

– Хозяин вам кланяется, – сказала ему Милли. – И у нас что-то стряслось с мебелью. Может, вы зайдете и поглядите?

Мистер Уоджерс был человек весьма сведущий и смышленый. Он отнесся к рассказу Милли серьезно.

– Это колдовство, головой ручаюсь, – сказал он. – Такому постояльцу только копыт не хватает.

Он пришел, сильно озабоченный. Мистер и миссис Холл хотели было подняться с ним наверх, но он, по-видимому, с этим не спешил. Он предпочитал продолжать разговор в коридоре. Из табачной лавки Хакстерса вышел приказчик и стал открывать ставни. Его пригласили принять участие в обсуждении случившегося. За ним через несколько минут подошел, конечно, сам мистер Хакстерс. Англосаксонский парламентский дух проявился здесь полностью: говорили много, но за дело не принимались.

– Установим сначала факты, – настаивал мистер Сэнди Уоджерс. – Обсудим, вполне ли будет правильно с нашей стороны взломать дверь в его комнату? Запертую дверь всегда можно взломать, но раз дверь взломана, ее не сделаешь невзломанной.

Но вдруг, ко всеобщему удивлению, дверь комнаты постояльца открылась сама, и, взглянув наверх, они увидели закутанную фигуру незнакомца, спускавшегося по лестнице и пристально смотревшего на них зловещим взором сквозь свои темно-синие очки. Медленно, деревянной походкой, он спустился с лестницы, прошел по коридору и остановился.

– Смотрите, – сказал он, вытянув палец в перчатке.

Взглянув в указанном направлении, они увидели у самой двери погреба бутылку с сарсапарелью. А незнакомец вошел в гостиную и неожиданно быстро, со злостью захлопнул дверь перед самым их носом.

Никто не произнес ни слова, пока не замер стук захлопнутой двери. Все молча переглядывались.

– Признаюсь, это уже верх... – начал мистер Уоджерс и не докончил фразы.

– Я бы на вашем месте пошел и спросил его, что все это значит, – сказал Уоджерс Холлу. – Я потребовал бы объяснения.

Понадобилось некоторое время, чтобы убедить хозяина решиться на это. Наконец он постучался в дверь, открыл ее и начал:

– Простите…

– Убирайтесь к черту! – крикнул в бешенстве незнакомец. – Затворите дверь!

На этом объяснение и закончилось.

7. РАЗОБЛАЧЕНИЕ НЕЗНАКОМЦА

Незнакомец вошел в гостиную около половины шестого утра и оставался там приблизительно до полудня; шторы в комнате были спущены, дверь заперта, и после неудачи, постигшей Холла, никто не решался войти туда.

Все это время незнакомец, очевидно, ничего не ел. Три раза он звонил, причем в третий раз долго и сердито, но никто не отозвался.

– Ладно, я ему покажу «убирайтесь к черту», – ворчала про себя миссис Холл.

Слух о ночном происшествии в доме викария уже успел распространиться, и между обоими событиями усматривали некую связь. Холл в сопровождении Уоджерса отправился к судье мистеру Шэклфорсу, чтобы с ним посоветоваться. Наверх подняться никто не решался. Чем занимался все это время незнакомец, неизвестно. Иногда он нетерпеливо шагал из угла в угол, два раза из его комнаты доносились ругательства, шуршание разрываемой бумаги и звон разбиваемых бутылок.

Кучка испуганных, но сгоравших от любопытства людей все росла. Пришла миссис Хакстерс. Подошли несколько бойких молодых парней, вырядившихся по случаю праздника в черные пиджаки и галстуки из белого пике; они стали задавать нелепые вопросы. Арчи Харкер оказался смелее всех: он пошел во двор и постарался заглянуть под опущенную штору. Разглядеть он не мог ничего, но дал понять, что видит, и еще кое-кто из айпингского молодого поколения присоединился к нему.

День для праздника выдался на славу – теплый и ясный. На деревенской улице появилось с десяток ларьков и тир для стрельбы, а на лужайке перед кузницей стояли три полосатых желто-коричневых фургона, и какие-то люди в живописных костюмах устраивали приспособление для метания кокосовых орехов. Мужчины были в синих свитерах, дамы – в белых передниках и модных шляпах с большими перьями. Уоджерс из «Красной лани» и мистер Джэггерс, сапожник, торговавший также подержанными велосипедами, протягивали поперек улицы гирлянду из национальных флагов и королевских штандартов (оставшихся от празднования юбилея королевы Виктории).

А в полутемной гостиной с занавешенными окнами, куда проникал лишь слабый свет, незнакомец, вероятно, голодный и злой, задыхаясь от жары в своих повязках, глядел сквозь темные очки на листок бумаги, позвякивал грязными бутылками и неистово ругал собравшихся под окном невидимых мальчишек. В углу у камина валялись осколки полдюжины разбитых бутылок, а в воздухе стоял едкий запах хлора. Вот все, что нам известно но рассказам очевидцев, и такой вид имела комната, когда в нее вошли.

Около полудня незнакомец внезапно открыл дверь гостиной и остановился на пороге, пристально глядя на трех-четырех человек, сгрудившихся у стойки.

– Миссис Холл! – крикнул он.

Кто-то нехотя вышел из комнаты позвать хозяйку.

Появилась миссис Холл, несколько запыхавшаяся, но весьма решительная. Мистер Холл еще не вернулся. Она все уже обдумала и явилась с небольшим подносиком в руках, на котором лежал неоплаченный счет.

– Вы хотите уплатить по счету? – спросила она.

– Почему мне не подали завтрака? Почему вы не приготовили мне поесть и не отзывались на звонки? Вы думаете, я могу обходиться без еды?

– А почему вы не уплатили по счету? – возразила миссис Холл. – Вот что я желала бы знать.

– Еще третьего дня я сказал вам, что жду денежного перевода…

– А я еще вчера сказала вам, что не намерена ждать никаких переводов. Нечего ворчать, что завтрак запаздывает, если по счету уже пять дней не плачено.

Постоялец кратко, но энергично выругался.

– Легче, легче! – раздалось из распивочной.

– Я прошу вас, мистер, держать свои ругательства при себе, – сказала миссис Холл.

Постоялец замолчал и стоял на пороге, похожий и своих очках на рассерженного водолаза. Все посетители трактира чувствовали, что перевес на стороне миссис Холл. Дальнейшие слова незнакомца подтвердили это.

– Послушайте, голубушка… – начал он.

– Я вам не голубушка, – сказала миссис Холл.

– Говорю вам, я еще не получил перевода…

– Уж какой там перевод! – сказала миссис Холл.

– Но в кармане у меня…

– Третьего дня вы сказали, что у вас и соверена не наберется.

– Ну, а теперь я нашел побольше.

– Ого! – раздалось из распивочной.

– Хотела бы я знать, где это вы нашли деньги, – сказала миссис Холл.

Это замечание, по-видимому, не понравилось незнакомцу. Он топнул ногой.

– Что вы имеете в виду? – спросил он.

– Только то, что я хотела бы знать, откуда у вас деньги, – сказала миссис Холл. – И прежде чем подавать вам счета, готовить завтрак или вообще что-либо делать для вас, я попрошу вас объяснить некоторые вещи, которых я не понимаю и никто не понимает, но которые мы все хотим понять. Я хочу знать, что вы делали наверху с моим креслом; хочу знать, как это ваша комната оказалась пустой и как вы опять туда попали. Мои постояльцы входят и выходят через двери. Так у меня заведено; вы же делаете по-другому, и я хочу знать, как вы это делаете. И еще…

Незнакомец вдруг поднял руки, обтянутые перчатками, сжал кулаки, топнул ногой и крикнул! «Стойте!» – так исступленно, что миссис Холл немедленно умолкла.

– Вы не понимаете, – сказал он, – кто я и чем занимаюсь. Я покажу вам. Как бог свят, покажу! – При этих словах он приложил руку к лицу и сейчас же отнял ее. Посреди лица зияла пустая впадина. – Держите, – сказал он и, шагнув к миссис Холл, подал ей что-то. Не сводя глаз с его преобразившегося лица, миссис Холл машинально взяла протянутую ей вещь. Затем, рассмотрев, что это, она громко вскрикнула, уронила ее на пол и попятилась. По полу покатился нос – нос незнакомца, розовый, лоснящийся.

Затем он снял очки, и все вытаращили глаза от удивления. Он снял шляпу и стал яростно срывать бакенбарды и бинты. Они не сразу поддались его усилиям. Все замерли в ужасе.

– О господи! – вымолвил кто-то.

Наконец бинты были сорваны.

То, что предстало взорам присутствующих, превзошло асе ожидания. Миссис Холл, стоявшая с разинутым ртом, дико вскрикнула и побежала к дверям. Все вскочили с мест. Ждали ран, уродства, видимого глазом ужаса, а тут – ничего. Бинты и парик полетели в распивочную, едва не задев стоявших там. Все кинулись прочь с крыльца, натыкаясь друг на друга, ибо на пороге гостиной, выкрикивая бессвязные объяснения, стояла фигура, похожая на человека вплоть до воротника пальто, а выше не было ничего. Решительно ничего!

Жители Айпинга услышали крики и шум, доносившиеся из трактира «Кучер и кони», и увидели, как оттуда стремительно выбегают посетители. Они увидели, как миссис Холл упала и как мистер Тедди Хенфри подпрыгнул, чтобы не споткнуться о нее. Потом они услышали истошный крик Милли, которая, выскочив из кухни на шум, неожиданно наткнулась на безголового незнакомца. Крик сразу оборвался.

После этого все, кто был на улице – продавец сладостей, владелец балагана для метания в цель и его помощник, хозяин качелей, мальчишки и девчонки, деревенские франты, местные красотки, старики в блузах и цыгане в фартуках, – ринулись к трактиру. Не прошло и минуты, как перед заведением миссис Холл собралось человек сорок, толпа быстро росла, все шумели, толкались, орали, вскрикивали, задавали вопросы, строили догадки. Никто никого не слушал, и все говорили сразу – настоящее столпотворение! Несколько человек поддерживали миссис Холл, которую подняли с земли почти без памяти. Среди общего смятения один из очевидцев, стараясь перекричать всех, давал ошеломляющие показания.

– Оборотень!

– Что же он натворил?

– Ранил служанку.

– Кажется, кинулся на них с ножом.

– Не так, как говорится, а в самом деле без головы!

– Говорят вам, нет головы на плечах!

– Пустяки, наверное, какой-нибудь фокус.

– Как снял он бинты...

Стараясь заглянуть в открытую дверь, толпа образовала живой клин, острие которого, направленное в дверь трактира, составляли самые отчаянные смельчаки.

– Он стоит на пороге. Вдруг девушка как вскрикнет, он обернулся, а девушка бежать. Он за ней. Минутное дело – уж он идет обратно, в одной руке – нож, в другой – краюха хлеба. Остановился и будто глядит. Вот только сейчас. Он вошел в эту самую дверь. Говорят вам: головы у него совсем нет. Приди вы на минуточку раньше, вы бы сами...

В задних рядах произошло движение. Рассказчик замолчал и посторонился, чтобы дать дорогу небольшой процессии, которая с весьма воинственным видом направлялась к дому; во главе ее шел мистер Холл, очень красный, с решительным видом, далее мистер Бобби Джефферс, констебль, и, наконец, мистер Уоджерс, из осторожности державшийся позади. У них был приказ об аресте незнакомца.

Им наперебой сообщали последние новости – один кричал одно, другой – совсем другое.

– С головой он там или без головы, – сказал мистер Джефферс, – а я получил приказ арестовать его, и приказ этот я выполню.

Мистер Холл поднялся на крыльцо, направился прямо к двери гостиной и распахнул ее.

– Констебль, – сказал он, – исполняйте свой долг.

Джефферс вошел первый, за ним – Холл и последним – Уоджерс. В полумраке они разглядели безголовую фигуру с недоеденной коркой хлеба в одной руке и с куском сыра в другой; обе руки были в перчатках.

– Вот он, – сказал Холл.

– Это еще что? – раздался сердитый возглас из пустого пространства над воротником.

– Таких, как вы, я еще не видывал, сударь, – сказал Джефферс. – Но есть ли у вас голова или нет, в приказе сказано: «Препроводить», – а долг службы прежде всего…

– Не подходите! – крикнул незнакомец, отступая на шаг.

В одно мгновение он бросил хлеб и сыр на пол, и мистер Холл едва успел вовремя убрать нож со столиц Незнакомец снял левую перчатку и ударил ею Джефферса по лицу. Джефферс сразу, оборвав свои разъяснения относительно смысла приказа, схватил одной рукой кисть невидимой руки, а другой сдавил невидимое горло. Тут он получил здоровый пинок по ноге, заставивший его вскрикнуть, но добычи своей он не выпустил. Холл через стол передал нож Уоджерсу, который, желая помочь Джефферсу, действовал, так сказать, в качестве голкипера. В яростной схватке противники наткнулись на стул, он с грохотом отлетел в сторону, и оба упали на пол.

– Хватайте его за ноги, – прошипел сквозь зубы Джефферс.

Мистер Холл, попытавшийся выполнить его распоряжение, получил сильный удар в грудь и на минуту выбыл из строя, а мистер Уоджерс, видя, что безголовый незнакомец извернулся и начал одолевать Джефферса, попятился с ножом в руках к двери, где столкнулся с мистером Хакстерсом и сиддербриджским извозчиком, спешившими на выручку блюстителю закона и порядка. В это самое время с полки посыпались бутылки, и комната наполнилась едкой вонью.

– Сдаюсь! – крикнул незнакомец, несмотря на то, что подмял под себя Джефферса. Он встал, тяжело дыша, без головы и без рук, ибо во время борьбы стянул обе перчатки.

– Все равно ничего не выйдет, – сказал он, еле переводя дух.

В высшей степени странно было слышать голос, исходивший как бы из пустого пространства, но жители Сассекса, вероятно, самые трезвые люди на свете. Джефферс также встал и вынул из кармана пару наручников. Но тут он остановился в полном недоумении.

– Вот так штука! – сказал он, смутно начиная сознавать несообразность всего происходящего. – Черт возьми! Похоже, что они без надобности.

Незнакомец провел пустым рукавом по пиджаку, и пуговицы, словно по волшебству, расстегнулись. Затем он сказал что-то о своих ногах и нагнулся. По-видимому, он трогал свои башмаки и носки.

– Постойте, – воскликнул вдруг Хакстерс. – Ведь это совсем не человек! Тут только пустая одежда. Посмотрите-ка, можно заглянуть в воротник, и подкладку пиджака видно. Я могу просунуть руку…

С этими словами он протянул руку. Казалось, он наткнулся на что-то в воздухе, ибо тотчас же с криком отдернул ее.

– Я бы вас попросил держать свои пальцы подальше от моих глаз! – раздались из пустоты слова, произнесенные яростным тоном. – Суть в том, что я весь тут – с головой, руками, ногами и всем прочим, но только я невидимка. Это чрезвычайно неудобно, но ничего не поделаешь. Однако это обстоятельство еще не дает права каждому дураку в Айпинге тыкать в меня руками.

Перед ним стоял, подбоченясь, костюм, весь расстегнутый и свободно висящий на невидимой опоре.

Тем временем с улицы вошли еще несколько мужчин, и в комнате стало людно…

– Что? Невидимка? – сказал Хакстерс, не обращая внимание на оскорбительный тон незнакомца. – Такого же не бывает.

– Вам это может показаться странным, но ведь преступного тут ничего нет. На каком основании на меня набрасывается констебль?

– А, это совсем другое дело, – сказал Джефферс. – Правда, здесь темновато, и видеть вас трудно, но у меня есть приказ о вашем аресте, и приказ по всей форме. Вы подлежите аресту не за то, что вы невидимка, а по подозрению в краже со взломом. Неподалеку отсюда был ограблен дом и украдены деньги.

– Ну?

– Некоторые обстоятельства указывают…

– Вздор! – воскликнул Невидимка.

– Надеюсь, что так, сударь. Но я получил приказ.

– Хорошо, – сказал незнакомец, – я пойду с вами. Пойду. Но без наручников.

– Так полагается, – сказал Джефферс.

– Без наручников, – упорствовал незнакомец.

– Нет уж, извините, – сказал Джефферс.

Вдруг фигура Невидимки осела на пол, и, прежде чем кто-либо успел сообразить, что происходит, башмаки, брюки и носки полетели под стол. Затем Невидимка вскочил и сбросил с себя пиджак.

– Стой, стой! – закричал Джефферс, вдруг сообразив, в чем дело. Он схватился за жилетку, та стала сопротивляться; затем оттуда выскочила рубашка, и в руках у Джефферса остался пустой жилет. – Держите его! – крикнул Джефферс. – Стоит ему только раздеться!..

– Держи его! – закричали все и бросились на мелькавшую в воздухе белую рубашку – все, что осталось видимого от незнакомца.

Рукав рубашки нанес Холлу сильнейший удар по лицу, что пресекло его решительную атаку и толкнуло его назад, прямо на Тутсома, причетника; в тот же миг рубашка приподнялась в воздухе, где она стала извиваться, как всякая рубашка, которую снимают через голову, Джефферс крепко ухватился за рукав, но этим только помог снять ее. Что-то из воздуха ударило его в нижнюю челюсть; он тотчас выхватил свою дубинку и, размахнувшись изо всей мочи, ударил Тедди Хенфри прямо по макушке.

– Берегись! – кричали все, наугад рассыпая удары по воздуху. – Держи его! Заприте дверь! Не выпускайте! Я что-то поймал! Вот он!

Началось настоящее вавилонское столпотворение. Тумаки, казалось, сыпались на всех сразу, и мудрый Сэнди Уоджерс, чья сообразительность обострилась благодаря сокрушительному удару, который расквасил ему нос, отворил дверь и первый выбежал из комнаты. Все тотчас же последовали за ним. В дверях началась страшная давка. Удары продолжали сыпаться. Сектанту Фипсу выбили передний зуб, а Генри поранили ушную раковину. Джефферс получил удар в подбородок и, обернувшись, ухватился за что-то невидимое, втиснувшееся в суматохе между ним и Хакстерсом. Он нащупал мускулистую грудь, и в ту же минуту весь клубок борющихся, разгоряченных людей выкатился в коридор.

– Поймал! – крикнул Джефферс, задыхаясь. Но выпуская из рук невидимого врага, весь багровый, со вздувшимися венами, он кружил в толпе, расступавшейся перед этим странным поединком. Наконец все скатились с крыльца на землю. Джефферс закричал придушенным голосом, все еще сжимая в объятиях что-то невидимое и энергично работая коленом, потом зашатался и упал навзничь, грохнувшись затылком о камни. Только тогда он разжал пальцы.

Раздались крики: «Держи его!», «Невидимка!». Какой-то молодой человек не из Айпинга, чьего имени так и не удалось установить, подбежал, схватил что-то, но тут же выпустил из рук и упал на распростертое тело констебля. Посреди улицы вскрикнула едва не сбитая с ног женщина; собака, видимо, получившая пинок, завизжала и с воем кинулась во двор к Хакстерсу. Этим и закончился побег Невидимки. С минуту толпа стояла изумленная и взволнованная, затем бросилась врассыпную, словно палая листва, развеянная порывом ветра.

Только Джефферс лежал неподвижно, обратив лицо к небу и согнув колени.

8. МИМОХОДОМ

Восьмая глава необычайно коротка. В ней рассказывается о том, как Джиббинс, местный натуралист-любитель, дремал на холмике в полной уверенности, что, по крайней мере, на две мили окрест нет ни души, и вдруг услышал совсем близко от себя шаги какого-то человека, который кашлял, чихал и отчаянно ругался; обернувшись, он не увидел никого. И тем не менее голос раздавался вполне явственно. Невидимый прохожий продолжал ругаться той отборной витиеватой бранью, по которой сразу можно узнать образованного человека. Голос поднялся до самых высоких нот, потом стал тише и, наконец, совсем замер, удалившись, как показалось Джиббинсу, по направлению к Эддердину. Последнее громкое чиханье – и все стихло. Джиббинсу ничего не было известно об утренних событиях, но явление это до того поразило и смутило его, что все его философское спокойствие исчезло. Вскочив, он со всей быстротой, на какую был способен, спустился с холма и направился в селение.

9. МИСТЕР ТОМАС МАРВЕЛ

Чтобы получить представление о мистере Томасе Марвеле, вы должны вообразить себе человека с толстым дряблым лицом, с широким длинным носом, слюнявым подвижным ртом и растущей вкривь и вкось щетинистой бородой. Он был явно предрасположен к полноте, что было особенно заметно благодаря очень коротким конечностям. Он носил потрепанный шелковый цилиндр, а то, что на самых ответственных частях туалета вместо пуговиц красовались бечевки и ботиночные шнурки, свидетельствовало, что он закоренелый холостяк.

Мистер Томас Марвел сидел, спустив ноги в канаву, у дороги, ведущей к Эддердину, примерно в полутора милях от Айпинга. На ногах у него не было ничего, кроме рваных носков; вылезшие из дыр большие пальцы ног, широкие и приподнятые, напоминали уши насторожившейся собаки. Неторопливо – он все делал не торопясь – Томас Марвел рассматривал башмаки, которые собирался примерить. Это были очень крепкие башмаки, какие ему давно уже не попадались, но они оказались ему слишком велики; между тем старые башмаки его, вполне подходящие для сухой погоды, не годились для сырой, так как у них была слишком тонкая подошва. Мистер Марвел терпеть не мог свободной обуви, но он не выносил и сырости. Собственно говоря, он еще не установил, что ему неприятнее – просторная обувь или сырость, – но день был погожий, других дел не предвиделось, и он решил поразмыслить. Поэтому он поставил на землю все четыре башмака, расположив их в виде живописной группы, и стал смотреть на них. Глядя, как они стоят среди буйно разросшегося репейника, он вдруг решил, что обе пары очень безобразны. Он нисколько не удивился, услыхав позади себя чей-то голос.

– Как-никак обувь, – сказал Голос.

– Это пожертвованная обувь, – сказал мистер Томас Марвел, склонив голову набок и с неудовольствием глядя на башмаки. – И я, черт возьми, не могу даже решить, какая из этих пар хуже.

– Гм... – сказал Голос.

– Я носил обувь и похуже. По правде говоря, мне случалось обходиться и совсем без нее. Но таких наглых уродов, если можно так выразиться, я не носил никогда. Давно уже подыскиваю себе башмаки, потому что мои мне осточертели. Они крепкие, что и говорить. Но человек, который постоянно на ногах, все время видит свои башмаки. И, поверите ли, сколько я ни старался, во всей округе не мог достать других башмаков, кроме этих. Вы только взгляните! А ведь, вообще-то говоря, в здешней округе обувь хорошая. Только мое уж счастье такое. Я лет десять ношу здешнюю обувку. И вот какую дрянь мае подсунули.

– Это отвратительная округа, – сказал Голос, – и народ здесь прескверный.

– Верно ведь? – сказал Томас Марвел. – Ну и обувка! Чтоб она пропала!

С этими словами он через плечо покосился вправо, чтобы посмотреть на обувь собеседника и сравнить ее со своей, но, к величайшему его изумлению, там, где он ожидал увидеть пару башмаков, не оказалось ни башмаков, ни ног. Он посмотрел через левое плечо, но и там не обнаружил ни башмаков, ни ног. Это ошеломило его.

– Где же вы? – спросил Томас Марвел, поворачиваясь на четвереньках. Перед ним расстилалась пустая холмистая равнина, только далекие кусты вереска качались на ветру.

– Пьян я, что ли? – сказал Томас Марвел. – Померещилось мне? Или я сам с собой разговаривал? Что за черт...

– Не пугайтесь, – сказал Голос.

– Оставьте, пожалуйста, ваши шутки! – воскликнул Томас Марвел. – Где вы? «Не пугайтесь», – скажите на милость!

– Не пугайтесь, – повторил Голос.

– Ты сам сейчас испугаешься, болван ты этакий! – сказал Томас Марвел. – Где ты? Вот я до тебя доберусь.

Молчание.

– Под землей ты, что ли? – спросил Томас Марвел.

Ответа не было. Томас Марвел продолжал стоять в одних носках, в распахнутом пиджаке, и лицо его выражало полное недоумение.

«Фю-ить», – раздался вдали свист.

– Вот тебе и «фю-ить». Что вы, в самом деле, дурачитесь? – сказал Томас Марвел.

Местность была безлюдная. В какую бы сторону он ни поглядел, никого не было видно. Дорога с глубокими канавами, окаймленная рядами белых придорожных столбов, гладкая и пустынная, тянулась на север и на юг, в безоблачном небе тоже ничего не было заметно, кроме пеночки.

– С нами крестная сила! – воскликнул Томас Марвел, застегивая пиджак. – Все водка проклятая. Так я и знал.

– Это не водка, – сказал Голос. – Не волнуйтесь.

– Ох! – простонал Марвел, побледнев. – Все водка, – беззвучно повторили его губы. Он постоял немного, мрачно глядя прямо перед собой, потом стал медленно поворачиваться. – Готов поклясться, что слышал голос, – прошептал он.

– Конечно, слышали.

– Вот опять, – сказал Марвел, закрывая глаза и трагическим жестом хватаясь за голову. Но тут его вдруг взяли за шиворот и так встряхнули, что у него совсем помутилось в голове.

– Брось дурить, – сказал Голос.

– Я рехнулся… – сказал Марвел. – Ничего не поможет. И все из-за проклятых башмаков. Прямо-таки рехнулся! Или это привидение?..

– Ни то, ни другое, – сказал Голос. – Послушай…

– Рехнулся! – повторил Марвел.

– Да погоди же! – сказал Голос, еле сдерживая раздражение.

– Ну? – сказал Марвел, испытывая странное ощущение, как будто кто-то коснулся пальцем его груди.

– Ты думаешь, я тебе только почудился, да?

– А как же иначе? – ответил Томас Марвел, почесывая затылок.

– Отлично, – сказал Голос. – В таком случае я буду швырять в тебя камнями, пока ты не убедишься в противном.

– Да где же ты?

Голос не ответил. Свист – и камень, по-видимому пущенный из воздуха, пролетел у самого плеча мистера Марвела. Обернувшись, мистер Марвел увидел, как другой камень, описав дугу, взлетел вверх, повис на секунду в воздухе и затем полетел к его ногам с почти неуловимой быстротой. Он был до того поражен, что даже не попробовал увернуться. Камень, ударившись о голый палец ноги, отлетел в канаву. Томас Марвел подскочил и взвыл от боли. Потом кинулся бежать, но споткнулся обо что-то и, перекувырнувшись, очутился в сидячем положении.

– Ну-с, что скажешь теперь? – спросил Голос, я третий камень, описав дугу, взлетел вверх и повис в воздухе над бродягой. – Что я такое? Воображение?

Марвел вместо ответа встал на ноги, но немедленно был снова брошен на землю. С минуту он лежал, не двигаясь.

– Сиди смирно, – сказал Голос, – не то я разобью тебе камнем голову.

– Ну и дела! – сказал мистер Марвел, садясь и потирая ушибленную ногу, но не сводя глаз с камня. – Ничего не понимаю. Камни сами летают. Камни разговаривают. Не кидайся. Сгинь. Мне крышка.

Камень упал на землю.

– Все очень просто, – сказал Голос. – Я невидимка.

– Расскажите что-нибудь поновее, – сказал мистер Марвел, охая и корчась от боли. – Где вы прячетесь, как вы это делаете? Не могу догадаться. Сдаюсь.

– Я невидимка, только и всего. Понимаешь ты или нет? – сказал Голос.

– Да это ясней ясного. И нечего, мистер, злиться. А теперь скажите-ка лучше, как вы прячетесь.

– Я невидимка, в этом вся суть. Пойми ты...

– Но где же вы? – прервал его Марвел.

– Да тут, перед тобой, в пяти шагах.

– Рассказывай! Я не слепой. Еще скажешь, что ты воздух. Я ведь не какой-нибудь неуч…

– Да, я воздух. Ты смотришь сквозь меня.

– Что? И в тебе так-таки ничего нет? Один только болтливый голос и все?

– Я такой же человек, как все, из плоти и крови, мне нужно есть, пить и прикрыть свою наготу. Но я невидимка. Понятно? Невидимка. Это очень просто. Невидимый человек.

– Настоящий человек?

– Да.

– Ну, если так, – сказал Марвел, – дайте-ка мне руку. Это будет все-таки на что-то похоже… Ох! – воскликнул он вдруг. – Как вы меня напугали! Надо же так вцепиться!

Он ощупал руку, которая стиснула его кисть, затем нерешительно ощупал плечо, мускулистую грудь, бороду. Лицо его выражало крайнее изумление.

– Здорово! – сказал он. – Это почище петушиного боя. Просто поразительно. Я могу увидеть сквозь вас зайца в полумиле отсюда. А вас самого нисколечко не видать… Впрочем…

Тут Марвел стал внимательно всматриваться в пространство, казавшееся пустым.

– Скажите, вы не ели хлеб с сыром? – спросил он, не выпуская невидимой руки.

– Правильно. Эта пища еще не усвоена организмом.

– А-а, – сказал мистер Марвел. – Все-таки это странно.

– Право же, это далеко не так странно, как вам кажется.

– Для моего скромного разума это достаточно странно, – сказал Томас Марвел. – Но как вы это устраиваете? Как вам, черт возьми, удается?

– Это слишком длинная история. И кроме того…

– Я просто в себя не могу прийти, – сказал Марвел.

– Я хочу тебе вот что сказать: я нуждаюсь в помощи, – меня довели до этого. Я наткнулся на тебя неожиданно. Шел взбешенный, голый, обессиленный. Готов был убить… И я увидел тебя…

– Господи! – вырвалось у Марвела.

– Я подошел к тебе сзади… подумал и пошел дальше…

Лицо мистера Марвела весьма красноречиво выражало его чувства.

– Потом остановился. «Вот, подумал я, – такой же отверженный, как я. Вот человек, который мне нужен». Я вернулся и направился к тебе. И…

– Господи! – сказал мистер Марвел. – У меня голова идет кругом. Позвольте спросить: как же это так? Невидимка! И какая вам нужна помощь?

– Я хочу, чтобы ты помог мне достать одежду, кров и еще кое-что… Всего этого у меня нет уже давно. Если же ты не хочешь… Но ты поможешь мне, должен помочь!

– Постойте, – сказал Марвел. – Дайте мне собраться с мыслями. Нельзя же так – обухом по голове. И не трогайте меня! Дайте прийти в себя. Ведь вы чуть не перебили мне палец. Все это так нелепо: пустые холмы, пустое небо. На много миль кругом ничего не видать, кроме красот природы. И вдруг голос. Голос с неба. И камни. И кулак. Ах ты, господи!

– Ну, нечего нюни распускать, – сказал Голос. – Делай лучше то, что я приказываю.

Марвел надул щеки, и глаза его стали совсем круглыми.

– Я остановил свой выбор на тебе, – сказал Голос, – ты единственный человек, если не считать нескольких деревенских дураков, который знает, что на свете есть невидимка. Ты должен мне помочь. Помоги мне, и я многое для тебя сделаю. В руках человека-невидимки большая сила. – Он остановился и громко чихнул. – Но если ты меня выдашь, – продолжал он, – если ты не сделаешь то, что я прикажу…

Он замолчал и крепко стиснул плечо Марвела. Тот взвыл от ужаса.

– Я не собираюсь выдавать вас, – сказал он, стараясь отодвинуться от Невидимки. – Об этом и речи быть не может. С радостью вам помогу. Скажите только, что я должен делать. (Господи!) Все, что пожелаете, я сделаю с величайшим удовольствием.

10. МИСТЕР МАРВЕЛ В АЙПИНГЕ

После того как паника немного улеглась, жители Айпинга стали прислушиваться к голосу рассудка. Скептицизм внезапно поднял голову – правда, несколько шаткий, неуверенный, но все же скептицизм. Ведь не верить в существование Невидимки было куда проще, а тех, кто видел, как он рассеялся в воздухе, или почувствовал на себе силу его кулаков, можно было пересчитать по пальцам. К тому же один из очевидцев, мистер Уоджерс, отсутствовал, он заперся у себя в доме и никого не пускал, а Джефферс лежал без чувств в трактире «Кучер и кони». Великие, необычайные идеи, выходящие за пределы опыта, часто имеют меньше власти над людьми, чем малозначительные, но зато вполне конкретные соображения. Айпинг разукрасился флагами, жители разрядились. Ведь к празднику готовились целый месяц, его предвкушали. Вот почему несколько часов спустя даже те, кто верил в существование Невидимки, уже предавались развлечениям, утешая себя мыслью, что он исчез навсегда; что же касается скептиков, то для них Невидимка превратился в забавную шутку. Как бы то ни было, среди тех и других царило необычайное веселье.

На Хайсменском лугу разбили палатку, где миссис Бантинг и другие дамы приготовляли чай, а вокруг ученики воскресной школы бегали взапуски по траве и играли в разные игры под шумным руководством викария, мисс Касс и мисс Сэкбат. Правда, чувствовалось какое-то легкое беспокойство, но все были настолько благоразумны, что скрывали свой страх. Большим успехом у молодежи пользовался наклонно натянутый канат, по которому, держась за блок, можно было стремглав слететь вниз, на мешок с сеном, лежавший у другого конца веревки. Не меньшим успехом пользовались качели, метание кокосовых орехов и карусель с паровым органом, непрерывно наполнявшим воздух пронзительным запахом масла и не менее пронзительной музыкой. Члены клуба, побывавшие утром в церкви, щеголяли разноцветными значками, а большинство молодых людей разукрасили свои котелки яркими лентами. Старик Флетчер, у которого были несколько суровые представления о праздничном отдыхе, стоял на доске, положенной на два стула, как это можно было видеть сквозь цветы жасмина на подоконнике или через открытую дверь (как кому угодно было смотреть), и белил потолок своей столовой.

Около четырех часов в Айпинге появился незнакомец; он пришел со стороны холмов. Это было невысокий толстый человек в чрезвычайно потрепанном цилиндре, сильно запыхавшийся. Он то втягивал щеки, то надувал их до отказа. Лицо у него было в красных пятнах, выражало страх, и двигался он хотя и быстро, но явно неохотно. Он завернул за угол церкви и направился к трактиру «Кучер и кони». Среди прочих обратил на него внимание и старик Флетчер, который был поражен необычайно взволнованным видом незнакомца и до тех пор смотрел ему вслед, пока известка, набранная на кисть, не затекла ему в рукав.

Незнакомец, по свидетельству хозяина тира, вслух разговаривал сам с собой. То же заметил и мистер Хакстерс. Он остановился у крыльца гостиницы и, по словам мистера Хакстерса, по-видимому, долго колебался, прежде чем решился войти в дом. Наконец он поднялся по ступенькам, повернул, как это успел заметить мистер Хакстерс, налево и открыл дверь в гостиную. Мистер Хакстерс услыхал голоса изнутри, а также оклики из распивочной, указывавшие незнакомцу на его ошибку.

– Не туда! – сказал Холл.

Тогда незнакомец закрыл дверь и вошел в распивочную.

Через несколько минут он снова появился на улице, вытирая губы рукой, с видом спокойного удовлетворения, показавшимся Хакстерсу напускным. Он немного постоял, огляделся, а затем мистер Хакстерс увидел, как он, крадучись, направился к воротам, которые вели во двор, куда выходило окно гостиной. После некоторого колебания незнакомец прислонился к створке ворот, вынул короткую глиняную трубку и стал набивать ее табаком. Руки его дрожали. Наконец он кое-как раскурил трубку и, скрестив руки, начал дымить, приняв позу скучающего человека, чему отнюдь не соответствовали быстрые взгляды, которые он то и дело бросал во двор.

Все это мистер Хакстерс видел из-за жестянок, стоявших в окне табачной лавочки, и странное поведение незнакомца побудило его продолжать наблюдение.

Вдруг незнакомец порывисто выпрямился, сунул трубку в карман и исчез во дворе. Тут мистер Хакстерс, решив, что на его глазах совершается кража, выскочил из-за прилавка и выбежал на улицу, чтобы перехватить вора. В это время незнакомец снова показался в сбитом набекрень цилиндре, держа в одной руке большой узел, завернутый в синюю скатерть, а в другой – три книги, связанные, как выяснилось впоследствии, подтяжками викария. Увидев Хакстерса, он охнул и, круто повернув влево, бросился бежать.

– Держи вора! – крикнул Хакстерс и пустился вдогонку.

Последующие ощущения мистера Хакстерса были сильны, но мимолетны. Он видел, как вор бежал прямо перед ним по направлению к церкви. Он запомнил мелькнувшие впереди флаги и толпу гуляющих, причем только двое или трое оглянулись на его крик.

– Держи вора! – завопил он еще громче.

Но не пробежал он и десяти шагов, как что-то ухватило его за ноги, и вот уже он не бежит, а пулей летит по воздуху! Не успел он опомниться, как уже лежал на земле. Мир рассыпался на миллионы кружащихся искр, и дальнейшие события перестали его интересовать.

11. В ТРАКТИРЕ «КУЧЕР И КОНИ"

Чтобы ясно понять все, что произошло в трактире, необходимо вернуться назад, к тому моменту, когда мистер Марвел впервые появился перед окном мистера Хакстерса.

В это самое время в гостиной находились мистер Касс и мистер Бантинг. Они самым серьезным образом обсуждали утренние события и с разрешения мистера Холла тщательно исследовали вещи, принадлежавшие Невидимке. Джефферс несколько оправился от своего падения и ушел домой, сопровождаемый заботливыми друзьями. Разбросанная по полу одежда Невидимки была убрана миссис Холл, и комната приведена в порядок. У окна, на столе, за которым приезжий обыкновенно работал, Касс сразу же наткнулся на три рукописные книги, озаглавленные «Дневник».

– Дневник! – воскликнул Касс, кладя все три книги на стол. – Теперь уж мы, во всяком случае, кое-что узнаем.

Викарий подошел и оперся руками на стол.

– Дневник, – повторил Касс, усаживаясь на стул. Он подложил две книги под третью и открыл верхнюю. – Гм… На заглавном листе никакого названия. Фу-ты!.. Цифры. И чертежи.

Викарий обошел стол и заглянул через плечо Касса.

Касс переворачивал страницу одну за другой, и лицо его выражало горькое разочарование.

– Эхма! Тут одни цифры, Бантинг!

– Нет ли тут диаграмм? – спросил Бантинг. – Или рисунков, проливающих свет…

– Посмотрите сами, – ответил Касс. – Тут и математика, и по-русски или еще на каком-то языке (если судить по буквам), а кое-что написано и по-гречески. Ну, а греческий-то, я думаю, вы уж разберете…

– Конечно, – сказал мистер Бантинг, вынимая очки и протирая их. Он сразу почувствовал себя крайне неловко, ибо от греческого языка в голове у него осталась самая малость. – Да, греческий, конечно, может дать ключ…

– Я сейчас покажу вам место…

– Нет, лучше уж я просмотрю сначала все книги, – сказал мистер Бантинг, все еще протирая очки. – Сначала, Касс, необходимо получить общее представление, а потом уж, знаете, можно будет поискать ключ.

Он кашлянул, медленно надел очки и мысленно пожелал, чтобы что-нибудь случилось и предотвратило его позор. Затем он взял книгу, которую ему передал Касс.

А затем действительно случилось нечто.

Дверь вдруг отворилась.

Касс и викарий вздрогнули от неожиданности, но, подняв глаза, с облегчением увидели красную физиономию под потрепанным цилиндром.

– Распивочная? – прохрипела физиономия, тараща глаза.

– Нет, – ответили в один голос оба джентльмена.

– Это напротив, милейший, – сказал мистер Бантинг.

– И, пожалуйста, закройте дверь, – добавил с раздражением мистер Касс.

– Ладно, – сказал вошедший вполголоса. – Есть! – прохрипел он. – Полный назад! – скомандовал он сам себе, исчезая и закрывая дверь.

– Матрос, наверное, – сказал мистер Бантинг. – Забавный народ. «Полный назад» – слыхали? Это, должно быть, морской термин, означающий выход из комнаты.

– Вероятно так, – сказал Касс. – Вот только нервы у меня ни к черту. Я даже подскочил, когда дверь вдруг открылась.

Мистер Бантинг снисходительно улыбнулся, словно он сам не подскочил точно так же.

– А теперь, – сказал он со вздохом, – займемся книгами.

– Одну секунду, – сказал Касс, вставая и запирая дверь. – Теперь, я думаю, нам никто не помешает.

В этот миг кто-то фыркнул.

– Одно не подлежит сомнению, – заявил мистер Бантинг, придвигая свое кресло к креслу Касса. – В Айпинге за последние дни имели место какие-то странные события, весьма странные. Я, конечно, не верю в эту нелепую басню о Невидимке…

– Это невероятно, – сказал Касс, – невероятно. Но факт тот, что я видел… да, да, я заглянул в рукав…

– Но вы уверены… верно ли, что вы видели? Быть может, там было зеркало… Ведь вызвать оптический обман очень легко. Я не знаю, видели вы когда-нибудь настоящего фокусника…

– Не будем спорить, – сказал Касс. – Ведь мы уже обо всем этом толковали. Обратимся к книгам… Ага, вот это, по-моему, написано по-гречески. Ну, конечно, это греческие буквы.

Он указал на середину страницы. Мистер Бантинг слегка покраснел и склонился над книгой: с его очками, очевидно, опять что-то случилось. Его познания в греческом языке были весьма слабы, но он полагал, что все прихожане считают его знатоком и греческого и древнееврейского. И вот… Неужели сознаться в своем невежестве? Или сочинить что-нибудь? Вдруг он почувствовал какое-то странное прикосновение к своему затылку. Он попробовал поднять голову, но встретил непреодолимое препятствие.

Он испытывал непонятное ощущение тяжести, как будто чья-то крепкая рука пригибала его книзу, так что подбородок коснулся стола.

– Не шевелитесь, милейшие, – раздался шепот, – или я размозжу вам головы.

Он взглянул в лицо Касса, близко придвинувшееся к нему, и увидел на нем отражение собственного испуга и безмерного изумления.

– Я очень сожалею, что приходится принимать крутые меры, – сказал Голос, – но это неизбежно.

– С каких это пор вы научились залезать в частные записи исследователей? – сказал Голос, и два подбородка одновременно ударились о стол, а две пары челюстей одновременно щелкнули.

– С каких это пор вы научились вторгаться в комнату человека, попавшего в беду? – И снова удар по столу и щелканье зубов.

– Куда вы дели мое платье?

– А теперь слушайте, – сказал Голос. – Окна закрыты, а из дверного замка я вынул ключ. Человек я очень сильный, и под рукой у меня кочерга, не говоря уж о том, что я невидим. Не подлежит ни малейшему сомнению, что, если б я только захотел, мне не стоило бы никакого труда убить вас обоих и преспокойно удалиться. Понятно? Так вот. Обещаете ли вы не делать глупостей и исполнить все, что я вам прикажу, если я вас но тропу?

Викарий и доктор посмотрели друг на друга, и доктор скорчил гримасу.

– Обещаем, – сказал викарий.

– Обещаем, – сказал доктор.

Тогда Невидимка выпустил их, и они выпрямились. Лица у обоих были очень красные, и они усиленно вертели головами.

– Попрошу вас оставаться на местах, – сказал Невидимка. – Видите, вот кочерга. Когда я вошел в эту комнату, – продолжал он, по очереди поднося кочергу к носу своих собеседников, – я не ожидал встретить здесь людей. И, кроме того, я надеялся найти, кроме своих книг, еще платье. Где оно?.. Нет, нет, не вставайте. Я вижу: его унесли отсюда. Хотя дни теперь стоят достаточно теплые для того, чтобы невидимка мог ходить нагишом, по вечерам все же довольно прохладно. Поэтому я нуждаюсь в одежде и в некоторых других вещах. Кроме того, мне нужны эти три книги.

12. НЕВИДИМКА ПРИХОДИТ В ЯРОСТЬ

Здесь необходимо снова прервать наш рассказ ввиду весьма тягостного обстоятельства, о котором сейчас пойдет речь. Пока в гостиной происходило все описанное выше и пока мистер Хакстерс наблюдал за Марвелом, курившим трубку у ворот, ярдах в двенадцати от него, в распивочной, стояли мистер Холл и мистер Хенфри; озадаченные, они обсуждали единственную айпингскую злобу дня.

Вдруг раздался сильный удар в дверь гостиной, оттуда донесся пронзительный крик, потом все смолкло.

– Эй! – воскликнул Тедди Хенфри.

– Эй! – раздалось в распивочной.

Мистер Холл усваивал происходящее медленно, но верно.

– Там что-то неладно, – сказал он, выходя из-за стойки и направляясь к двери гостиной.

Он и Тедди вместе подошли к двери с напряженным вниманием на лицах. Взгляд у них был задумчивый.

– Что-то неладно, – сказал Холл, и Хенфри кивнул головой в знак согласия.

На них пахнуло тяжелым запахом химикалиев, а из комнаты послышался приглушенный разговор, очень быстрый и тихий.

– Что у вас там? – быстро спросил Холл, постучав в дверь.

Приглушенный разговор круто оборвался, на минуту наступило полное молчание, потом снова послышался громкий шепот, после чего раздался крик: «Нет, нет, не надо!» Затем поднялась возня, послышался стук падающего стула и шум короткой борьбы. И снова тишина.

– Что за черт! – воскликнул Хенфри вполголоса.

– Что у вас там? – снова поспешно спросил мистер Холл.

Викарий ответил каким-то странным, прерывающимся голосом:

– Все в порядке. Пожалуйста, не мешайте.

– Странно! – сказал Хенфри.

– Странно! – сказал Холл.

– Просят не мешать, – сказал Хенфри.

– Слышал, – сказал Холл.

– И кто-то фыркнул, – добавил Хенфри.

Они продолжали стоять у дверей, прислушиваясь. Разговор в гостиной возобновился, такой же приглушенный и быстрый.

– Я не могу, – раздался голос мистера Бантинга. – Говорю вам, я не хочу.

– Что такое? – спросил Хенфри.

– Говорит, что не хочет, – сказал Холл. – Кому это он – нам, что ли?

– Возмутительно! – послышался голос мистера Бантинга.

– Возмутительно, – повторил мистер Хенфри. – Я ясно это слышал.

– А кто сейчас говорит?

– Вероятно, мистер Касс, – сказал Холл. – Вы что-нибудь разбираете?

Они помолчали. Разговор за дверью становился все невнятней и загадочней.

– Кажется, скатерть сдирают со стола, – сказал Холл.

За стойкой появилась хозяйка. Холл стал знаками внушать ей, чтобы она не шумела и подошла к ним. Это сейчас же пробудило в его супруге дух противоречия.

– Чего это ты там стоишь и слушаешь? – спросила она. – Другого дела у тебя нет, да еще в праздничный день?

Холл пытался объясниться жестами и мимикой, но миссис Холл не желала понимать. Она упорно повышала голос. Тогда Холл и Хенфри, сильно смущенные, на цыпочках подошли к стойке и объяснили ей, в чем дело.

Сначала она вообще отказалась признать что-либо необыкновенное в том, что услышала. Потом потребовала, чтобы Холл замолчал и говорил один Хенфри. Она была склонна считать все это пустяками, – может, они просто передвигали мебель.

– Я слышал, как он сказал «возмутительно», ясно слышал, – твердил Холл.

– И я слышал, миссис Холл, – сказал Хенфри.

– Так это или нет... – начала миссис Холл.

– Тсс! – прервал ее Хенфри. – Слышите – окно?

– Какое окно? – спросила миссис Холл.

– В гостиной, – ответил Хенфри.

Все замолчали, напряженно прислушиваясь. Невидящий взор миссис Холл был устремлен на светлый прямоугольник трактирной двери, на белую дорогу и фасад лавки Хакстерса, залитый июньским солнцем. Вдруг дверь лавки распахнулась и появился сам Хакстерс, размахивая руками, с вытаращенными от волнения глазами.

– Держи вора! – крикнул он и бросился бежать наискось к воротам трактира, где и исчез.

В ту же секунду из гостиной донесся громкий шум и хлопанье затворяемого окна.

Холл, Хенфри и все бывшие в распивочной гурьбой выбежали на улицу. Они увидели, как кто-то быстро кинулся за угол по направлению к проселочной дороге и как мистер Хакстерс совершил в воздухе сложный прыжок, закончившийся падением. Толпа гуляющих застыла в изумлении, несколько человек подбежали к нему.

Мистер Хакстерс был без сознания, как определил склонившийся над ним Хенфри. А Холл с двумя работниками из трактира добежал до угла, выкрикивая что-то нечленораздельное, и они увидели, как Марвел исчез за углом церковной ограды. Они, должно быть, решили, что это и есть Невидимка, внезапно сделавшийся видимым, и пустились вдогонку. Но не успел Холл пробежать и десяти шагов, как, громко вскрикнув от изумления, отлетел в сторону и, ухватившись за одного из работников, грохнулся вместе с ним наземь. Он был сбит с ног, совсем как на футбольном поле сбивают игрока. Второй работник обернулся и, решив, что Холл просто оступился, продолжал преследование один; но тут и он свалился так же, как Хакстерс. В это время первый работник, успевший встать на ноги, получил сбоку такой удар, которым можно было бы свалить быка.

Он упал, и в эту минуту из-за угла показались люди, прибежавшие с лужайки, где происходило гулянье. Впереди всех бежал владелец тира, рослый мужчина в синей фуфайке. Он очень удивился, увидев, что на дороге нет никого, кроме трех человек, нелепо барахтающихся на земле. В ту же секунду с его ногой что-то случилось, он растянулся во всю длину и откатился в сторону, прямо под ноги следовавшего за ним брата и компаньона, отчего и тот распластался на земле. Все бежавшие следом спотыкались о них, падали кучей, валясь друг на друга, и осыпали их отборной руганью.

Когда Холл, Хенфри и работники выбежали из трактира, миссис Холл, наученная долголетним опытом, осталась сидеть за кассой. Вдруг дверь гостиной распахнулась, оттуда выскочил мистер Касс и, даже не взглянув на нее, сбежал с крыльца и понесся за угол дома.

– Держите его! – кричал он. – Не давайте ему выпустить из рук узел! Пока он держит этот узел, его можно видеть!

О существовании Марвела никто не подозревал, так как Невидимка передал тому книги и узел во дворе. Вид у мистера Касса был сердитый и решительный, но в костюме его кое-чего не хватало; по правде говоря, все одеяние его состояло из чего-то вроде легкой белой юбочки, которая могла бы сойти за одежду разве только в Греции.

– Держите его! – вопил он. – Он унес мои брюки! И всю одежду викария!

– Я сейчас доберусь до него! – крикнул он Хенфри, пробегая мимо распростертого на земле Хакстерса и огибая угол, чтобы присоединиться к толпе, гнавшейся за Невидимкой, но тут же был сшиблен с ног и шлепнулся на дорогу в самом неприглядном виде. Кто-то тяжело наступил ему на руку. Он взвыл от боли, попытался встать на ноги, снова был сшиблен, упал на четвереньки и наконец убедился, что участвует не в погоне, а в бегстве. Все бежали обратно. Он снова поднялся, но получил здоровый удар по уху. Шатаясь, он повернул к трактиру, перескочив через забытого всеми Хакстерса, который к тому времени уже очнулся и сидел посреди дороги.

Поднимаясь на крыльцо трактира, мистер Касс вдруг услышал позади себя звук громкой оплеухи и яростный крик боли, покрывший разноголосый гам. Он узнал голос Невидимки. Тот кричал так, словно его привела в бешенство неожиданная острая боль.

Мистер Касс кинулся в гостиную.

– Бантинг, он возвращается! – крикнул он, врываясь в комнату. – Спасайтесь! Он сошел с ума!

Мистер Бантинг стоял у окна и мастерил себе костюм из каминного коврика и листа «Западно-сэрейской газеты».

– Кто возвращается? – спросил он и так вздрогнул, что чуть не растерял весь свой костюм.

– Невидимка! – ответил Касс и подбежал к окну. – Надо убираться отсюда. Он дерется как безумный! Прямо как безумный!

Через секунду он был уже на дворе.

– Господи помилуй! – в ужасе воскликнул Бантинг, не зная, на что решиться.

Но тут из коридора трактира донесся шум борьбы, и это положило конец его колебаниям. Он вылез в окно, наскоро приладил свой костюм и пустился бежать по улице со всей скоростью, на которую только были способны его толстые, короткие ножки.

Начиная с той минуты, как послышался разъяренный крик Невидимки и мистер Бантинг пустился бежать, уже невозможно установить последовательность в ходе айпингских событий. Быть может, первоначально Невидимка хотел только прикрыть отступление Марвела с платьем и книгами. Но так как он вообще не отличался кротким нравом, да еще случайно угодивший в него удар окончательно вывел его из себя, он стал сыпать ударами направо и налево, колотить всех, кто попадался под руку.

Представьте себе улицу, заполненную бегущими людьми, хлопанье дверей и драку из-за укромных местечек, куда можно было бы спрятаться. Представьте себе, как подействовала эта буря на неустойчивое равновесие доски, положенной на два стула в столовой старика Флетчера, и какая за этим последовала катастрофа. Представьте себе перепуганную парочку, застигнутую бедствием на качелях. А потом буря пронеслась, и айпингская улица, разукрашенная флагами и гирляндами, опустела: один только Невидимка продолжал бушевать среди раскиданных по земле кокосовых орехов, опрокинутых парусиновых щитов и разбросанных сластей с лотка торговца. Отовсюду доносился стук закрываемых ставней и задвигаемых засовов, и только кое-где, выдавая присутствие людей, мелькал сквозь щелку вытаращенный глаз под испуганно приподнятой бровью.

Невидимка некоторое время забавлялся тем, что бил окна в трактире «Кучер и кони», затем просунул уличный фонарь в окно гостиной миссис Грогрем. Он же, вероятно, перерезал телеграфный провод за домиком Хиггинса на Эддердинской дороге. А затем, пользуясь своим необыкновенным свойством, бесследно исчез, и в Айпинге о нем больше не было ни слуху ни духу. Он скрылся навсегда.

Но прошло добрых два часа, прежде чем первые смельчаки решились вновь выйти на пустынную айпингскую улицу.

13. МИСТЕР МАРВЕЛ ХОДАТАЙСТВУЕТ ОБ ОТСТАВКЕ

Когда начало смеркаться и жители Айпинга стали боязливо выползать из домов, поглядывая на печальные следы побоища, разыгравшегося в праздничный день, по дороге в Брэмблхерст за буковой рощей тяжело шагал коренастый человек в потрепанном цилиндре. Он нес три книги, перетянутые чем-то вроде эластичной ленты, и какие-то вещи, завязанные в синюю скатерть. Его багровое лицо выражало уныние и усталость, а в походке была какая-то судорожная торопливость. Его подгонял чей-то голос, и он то и дело корчился от прикосновения невидимых рук.

– Если ты опять удерешь, – сказал Голос, – если ты опять вздумаешь удирать…

– Господи! – простонал Марвел. – И так уж живого места на плече не осталось.

– Я тебя убью, честное слово, – продолжал Голос.

– Я и не думал удирать, – сказал Марвел, чуть не плача. – Клянусь вам. Я просто не знал, где нужно сворачивать, только и всего. И откуда я мог это знать? Мне и так досталось по первое число.

– И достанется еще больше, если ты не будешь слушаться, – сказал Голос, и Марвел сразу замолчал. Он надул щеки, и глаза его красноречиво выражали глубокое отчаяние.

– Хватит с меня, что эти ослы узнали мою тайну, а тут ты еще вздумал улизнуть с моими книгами. Счастье их, что они вовремя попрятались… Иначе… Никто не знал, что я невидим. А теперь что мне делать?

– А мне-то что делать? – пробормотал Марвел.

– Все теперь известно. В газеты еще попадет! Все будут теперь искать меня, будут настороже… – Голос крепко выругался и замолк.

Отчаяние на лице Марвела усугубилось, и он замедлил шаг.

– Ну, пошевеливайся, – сказал Голос.

Промежутки между красными пятнами на лице Марвела посерели.

– Не урони книги, болван, – сердито сказал Голос. – Одним словом, – продолжал он, – мне придется воспользоваться тобой… Правда, орудие неважное, но у меня выбора нет.

– Я жалкое орудие, – сказал Марвел.

– Это верно, – сказал Голос.

– Я самое скверное орудие, какое только вы могли избрать, – сказал Марвел. – Я слабосильный, – продолжал он. – Я очень слабый, – повторил он, не дождавшись ответа.

– Разве?

– И сердце у меня слабое. Ваше поручение я выполнил. Но, уверяю вас, мне казалось, что я вот-вот упаду.

– Да?

– У меня храбрости и силы такой нет, какие вам нужны.

– Я тебя подбодрю.

– Лучше уж не надо! Я не хочу испортить вам все дело, но это может случиться. Вдруг я струхну или растеряюсь…

– Уж постарайся, чтобы этого не случилось, – сказал Голос спокойно, но твердо.

– Лучше уж помереть, – сказал Марвел. – И ведь это несправедливо, – продолжал он. – Согласитесь сами… Мне кажется, я имею право…

– Вперед! – сказал Голос.

Марвел прибавил шагу, и некоторое время они шли молча.

– Очень тяжелая работа, – сказал Марвел.

Это замечание не возымело никакого действия. Тогда он решил начать с другого конца.

– А что мне это дает? – заговорил он снова тоном горькой обиды.

– Довольно! – гаркнул Голос. – Я тебя обеспечу. Только делай, что тебе велят. Ты отлично справишься. Хоть ты и дурак, а справишься…

– Говорю вам, мистер, я неподходящий человек для этого. Я не хочу вам противоречить, но это так...

– Заткнись, а не то опять начну выкручивать тебе руку, – сказал Невидимка. – Ты мешаешь мне думать.

Впереди сквозь деревья блеснули два пятна желтого света, и в сумраке стали видны очертания квадратной колокольни.

– Я буду держать руку у тебя на плече, – сказал Голос, – пока мы не пройдем через деревню. Ступай прямо и не вздумай дурить. А то будет худо.

– Знаю, – ответил со вздохом Марвел, – это-то я хорошо знаю.

Жалкая фигура в потрепанном цилиндре прошла со своей пошей по деревенской улице мимо освещенных окон и скрылась во мраке за околицей.

14. В ПОРТ-СТОУ

На следующий день в десять часов утра Марвел, небритый, грязный, растрепанный, сидел на скамье у входа в трактирчик в предместье Порт-Стоу; руки он засунул в карманы, и вид у него был крайне усталый, расстроенный и тревожный. Рядом с ним лежали книги, связанные уже веревкой. Узел был оставлен в лесу за Брэмблхерстом в связи с переменой в планах Невидимки. Марвел сидел на скамье, и, хотя никто не обращал на него ни малейшего внимания, волнение его все усиливалось. Руки его то и дело беспокойно шарили по многочисленным карманам.

После того как он просидел так добрый час, из трактира вышел пожилой матрос с газетой в руках и присел рядом с Марвелом.

– Хороший денек, – сказал матрос.

Марвел стал испуганно озираться.

– Превосходный, – подтвердил он.

– Погода как раз по сезону, – продолжал матрос тоном, не допускавшим возражений.

– Вот именно, – согласился Марвел.

Матрос вынул зубочистку и несколько минут был занят исключительно ею. А между тем взгляд его был устремлен на Марвела и внимательно изучал запыленную фигуру и лежавшие рядом книги. Когда матрос подходил к Марвелу, ему показалось, что у того в кармане звенели деньги. Его поразило несоответствие между внешним видом Марвела и этим позвякиванием. И он заговорил о том, что владело его воображением.

– Книги? – спросил он вдруг, усердно орудуя зубочисткой.

Марвел вздрогнул и посмотрел на связку, лежавшую рядом.

– Да, – сказал он, – да-да, это книги.

– Удивительные вещи можно найти в книгах, – продолжал матрос.

– Совершенно с вами согласен, – сказал Марвел.

– И не только в книгах, – заметил матрос.

– Правильно, – подтвердил Марвел. Он взглянул на своего собеседника, затем огляделся по сторонам.

– Вот, к примеру сказать, удивительные вещи иногда пишут в газетах, – начал снова матрос.

– Н-да, бывает.

– Вот и в этой газете, – сказал матрос.

– А! – сказал мистер Марвел.

– Вот здесь, – продолжал матрос, не сводя с Марвела упорного и серьезного взгляда, – напечатано про Невидимку.

Марвел скривил рот и почесал щеку, чувствуя, что у него покраснели уши.

– Чего только не выдумают! – сказал он слабым голосом. – Где это, в Австралии или в Америке?

– Ничего подобного, – возразил матрос, – здесь.

– Господи! – воскликнул Марвел, вздрогнув.

– То есть не то чтобы совсем здесь, – пояснил матрос, к величайшему облегчению мистера Марвела, – не на этом самом месте, где мы сейчас сидим, но поблизости.

– Невидимка, – сказал Марвел. – Ну, а что он делает?

– Все, – сказал моряк, внимательно разглядывая Марвела. – Все что угодно, – добавил он.

– Я уже четыре дня не видал газет, – заметил Марвел.

– Сперва он объявился в Айпинге, – сказал матрос.

– Вот как? – сказал Марвел.

– Там он объявился в первый раз, – продолжал матрос, – а откуда он взялся, этого, видно, никто не знает. Вот: «Необыкновенное происшествие в Айпинге». И в газете сказано, что все это точно и достоверно.

– Господи! – воскликнул Марвел.

– Да уж и впрямь удивительная история. И викарий и доктор утверждают, что видели его совершенно ясно… то есть, вернее говоря, не видели. Тут пишут, что он жил в трактире «Кучер и кони», и, верно, никто сперва не подозревал о его несчастье, а потом в трактире случилась драка, и у него с головы сорвали бинты. Тогда-то и заметили, что голова у него невидимая. Тут сказано, что его сразу же хотели схватить, да ему удалось сбросить с себя остальную одежду и скрыться. Правда, ему пришлось выдержать отчаянную борьбу, во время которой он нанес серьезные ранения достойному и почтенному констеблю мистеру Джефферсу. Вот как тут сказано. Все начистоту, а? Имена названы полностью, и все такое.

– Господи! – проговорил Марвел, беспокойно оглядываясь по сторонам и пытаясь ощупью сосчитать деньги в карманах; ему пришла в голову странная и весьма любопытная мысль. – Как все это удивительно! – сказал он.

– Правда ведь? Просто необычайно. Никогда в жизни не слыхал о невидимках. Да что говорить: в наше время порой слышишь о таких вещах, что...

– И это все, что он сделал? – спросил Марвел как можно непринужденнее.

– А этого разве мало? – сказал матрос.

– Он не вернулся в Айпинг? – спросил Марвел. – Просто скрылся, и все?

– Все, – сказал матрос. – Мало вам?

– Что вы, более чем достаточно, – проговорил Марвел.

– Еще бы не достаточно, – сказал моряк, – еще бы...

– А товарищей у него не было? Ничего не пишут об этом? – с тревогой спросил Марвел.

– Неужто вам мало одного такого молодца? – спросил матрос. – Нет, слава тебе господи, он был один. – Матрос хмуро покачал головой. – Даже подумать тошно, что он тут где-то околачивается! Он на свободе, и, как пишут в газете, по некоторым данным вполне можно предположить, что он направился в Порт-Стоу. А мы как раз тут! Это уж вам не американское чудо какое-нибудь. Вы подумайте только, что он может тут натворить! Вдруг он выпьет лишнего и вздумает броситься на вас? А если захочет грабить, кто ему помешает? Он может грабить, он может, укокошить человека, может красть, может пройти сквозь полицейскую заставу так же легко, как мы с вами можем удрать от слепого. Еще легче! Слепые, говорят, замечательно хорошо слышат. А если он увидал винцо, которое ему пришлось бы по вкусу…

– Да, конечно, положение его очень выгодное, – сказал Марвел. – И…

– Правильно, – сказал матрос, – очень выгодное.

В течение всего этого разговора Марвел не переставал напряженно оглядываться по сторонам, прислушиваясь к едва слышным шагам и стараясь заметить неуловимые движения. Он, по-видимому, готов был принять какое-то важное решение.

Кашлянув в руку, он еще раз оглянулся, прислушался, потом наклонился к матросу и, понизив голос, сказал:

– Факт тот, что я случайно кое-что знаю об этой Невидимке. Из частных источников.

– Ого! – воскликнул матрос. – Вы?

– Да, – сказал Марвел. – Я.

– Вот как! – сказал матрос. – А разрешите спросить…

– Вы будете удивлены, – сказал Марвел, прикрывая рот рукой. – Это изумительно.

– Еще бы! – сказал матрос.

– Дело в том… – начал Марвел доверительным тоном. Но вдруг выражение его лица, как по волшебству, изменилось. – Ой! – простонал он и тяжело заворочался на скамье; лицо его искривилось от боли. – Ой-ой-ой! – простонал он опять.

– Что с вами? – участливо спросил матрос.

– Зубы болят, – сказал Марвел и приложил руку к щеке. Потом быстро взял книги. – Мне, пожалуй, пора, – сказал он и начал как-то странно ерзать на скамейке, удаляясь от своего собеседника.

– Но вы же собирались рассказать мне про Невидимку, – запротестовал матрос.

Марвел остановился в нерешительности.

– Утка, – сказал Голос.

– Это утка, – повторил Марвел.

– Да ведь в газете написано... – возразил матрос.

– Просто утка, – сказал Марвел. – Я знаю, кто все это выдумал. Никакого нет Невидимки. Враки.

– Как же так? Ведь в газете...

– Все враки от начала и до конца, – решительно заявил Марвел.

Матрос встал с газетой в руках и выпучил глаза. Марвел судорожно оглядывался кругом.

– Постойте, – сказал матрос, медленно и раздельно. – Вы хотите сказать...

– Да, – сказал Марвел.

– Так какого же черта вы сидели и слушали, что я болтаю? Чего же вы молчали, когда я перед вами тут дурака валял? А?

Марвел надул щеки. Матрос вдруг побагровел и сжал кулаки.

– Я тут, может, десять минут сижу и размазываю эту историю, а ты, толстомордый болван, невежа ты этакий, не мог...

– Пожалуйста, перестаньте ругаться, – сказал Марвел...

– Ругаться! Погоди-ка...

– Идем! – сказал Голос.

Марвела вдруг приподняло, завертело, и он зашагал какой-то странной, дергающейся походкой.

– Убирайся, покуда цел, – сказал матрос.

– Это мне-то убираться? – сказал Марвел. Он отступал какой-то неровной, торопливой походкой, почти скачками. Потом что-то забормотал виноватым и вместе с тем обиженным тоном.

– Старый дурак, – сказал матрос; широко расставив ноги и подбоченясь, он глядел вслед удалявшемуся Марвелу. – Вот она, газета, тут все сказано. Я тебе покажу, пахал этакий! Меня не проведешь!

Марвел ответил что-то бессвязное; потом он скрылся за поворотом, а матрос все стоял посреди дороги, пока тележка мясника не заставила его отойти. Тогда он повернул к Порт-Стоу.

– Сколько дураков на свете! – проворчал он. – Видно, хотел подшутить надо мной. Вот осел! Да ведь это в газете напечатано...

Вскоре ему пришлось услышать еще об одном удивительном событии, которое произошло совсем рядом. Это было видение «пригоршни денег» (ни больше ни меньше), путешествовавшей без видимых посредников вдоль стены на углу Сент-Майклс-Лейн. Свидетелем этого поразительного зрелища в то самое утро оказался другой матрос. Он, конечно, попытался схватить деньги, по был тут же сшиблен с ног, а когда вскочил, деньги упорхнули, как бабочка. Наш матрос склонен был, по его собственным словам, многому поверить, но это было уж слишком. Впоследствии он, однако, изменил свое мнение.

История о летающих деньгах была вполне достоверна. В этот день по всей округе, даже из великолепного филиала лондонского банка, из касс трактира и лавок – по случаю теплой погоды двери везде были открыты настежь – деньги спокойно и ловко выскакивали пригоршнями и пачками и летали по стенам и закоулкам, быстро ускользая от взоров приближающихся людей. Свое таинственное путешествие деньги заканчивали – хотя никто этого не проследил – в карманах беспокойного человека в потрепанном цилиндре, сидевшего у дверей трактира в предместье Порт-Стоу.

15. БЕГУЩИЙ ЧЕЛОВЕК

Ранним вечером доктор Кемп сидел в своем кабинете, в башенке дома, стоявшего на холме, откуда открывался вид на Бэрдок. Это была небольшая уютная комната с тремя окнами – на север, запад и юг, со множеством полок, уставленных книгами и научными журналами, и с массивным письменным столом; у северного окна стоял столик с микроскопом, стекляшками, всякого рода мелкими приборами, культурами бацилл и бутылочками, содержавшими реактивы. Лампа в кабинете была уже зажжена, хотя лучи заходящего солнца еще ярко освещали небо; шторы были подняты, так как не приходилось опасаться, что кто-нибудь вздумает заглянуть в окно. Доктор Кемп был высокий, стройный молодой человек с льняными волосами и светлыми, почти белыми усами. Работе, которой он был сейчас занят, доктор придавал большое значение, рассчитывая попасть благодаря ей в члены Королевского научного общества.

Случайно подняв глаза от работы, он увидел пламенеющий закат над холмом против окна. С минуту, быть может, рассеянно прикусив кончик ручки, он любовался золотым сиянием над вершиной холма; затем внимание его привлекла маленькая черная фигурка, двигавшаяся по холму к его дому. Это был низенький человечек в цилиндре, и бежал он с такой быстротой, что ноги его так и мелькали в воздухе.

«Еще один осел, – подумал доктор Кемп. – Вроде того, который налетел на меня сегодня утром с криком: „Невидимка идет!“ Не понимаю, что творится с людьми. Можно подумать, что мы живем в тринадцатом веке».

Он встал, подошел к окну и стал смотреть на холм, окутанный сумраком, и на томную фигуру бегущего человека.

– Видно, он отчаянно торопится, – сказал доктор Кемп, – но от этого что-то мало толку. Он бежит так тяжело, как будто карманы у него набиты свинцом. Ходу, сэр, ходу! – сказал доктор Кемп.

Через минуту одна из вилл на склоне холма со стороны Бэрдока скрыла бегущего из виду. Но через минуту он снова показался в просвете между виллами, потом опять скрылся и опять показался, и так три раза, пока не исчез окончательно.

– Ослы! – сказал доктор Кемп и, отвернувшись от окна, снова направился к письменному столу.

Но те, кому случилось быть в это время на дороге и видеть вблизи бегущего человека, видеть выражение дикого ужаса на его мокром от пота лице, не разделяли презрительного скептицизма доктора. Человек бежал, и от него при этом исходил звон, как от туго набитого кошелька, который бросают то туда, то сюда. Он не оглядывался ни направо, ни налево, он смотрел испуганными глазами прямо перед собой, туда, где у подножия холма один за другим вспыхивали фонари и толпился народ. Его уродливая нижняя челюсть отвисла, на губах выступила пена, дышал он хрипло и громко. Все прохожие останавливались, начинали оглядывать дорогу и с беспокойством расспрашивали друг друга, чем может быть вызвано столь поспешное бегство.

Вдруг в отдалении, на вершине холма, собака, резвившаяся на дороге, завизжала, кинулась в подворотню, и, пока прохожие недоумевали, мимо них пронеслось что-то: не то ветер, не то шлепанье ног, не то звук тяжелого дыхания.

Люди закричали. Люди шарахнулись в сторону. С воплем кинулись под гору. Их крики уже раздавались на улице, когда Марвел был еще на середине холма. Добежав до дому, они лихорадочно запирали за собой двери и, еле переводя дух, сообщали страшную весть. Марвел слышал хлопанье дверей и бежал из последних сил.

Ужас пронесся мимо него, опередил его и в одно мгновение охватил весь город.

«Невидимка идет! Невидимка!..»

16. В КАБАЧКЕ «ВЕСЕЛЫЕ КРИКЕТИСТЫ"

Кабачок «Веселые крикетисты» находится у самого подножия холма, там, где начинается линия конки. Хозяин кабачка, опершись толстыми красными руками о стойку, разговаривал о лошадях с худосочным извозчиком, а чернобородый человек, одетый в серое, уплетал сухари с сыром, потягивал вино и беседовал с полисменом, только что сменившимся с дежурства. Судя по акценту, это был американец.

– Что это за крики? – сказал извозчик, вдруг прервав разговор и стараясь поверх грязной, желтой занавески на низеньком окне кабачка рассмотреть тянувшуюся вверх по холму дорогу. Кто-то пробежал по улице миме дверей.

– Уж не пожар ли? – сказал хозяин.

Послышались приближающиеся шаги; кто-то тяжело бежал. С шумом распахнулась дверь, и в комнату влетел Марвел, плачущий, растрепанный, без шляпы, с разорванным воротником. Судорожно обернувшись, он попытался закрыть дверь, но ому помешал ремень, которым она была привязана к стене.

– Идет! – завизжал Марвел не своим голосом. – Он идет, Невидимка! Гонится за мной! Ради бога... Спасите! Спасите! Спасите!

– Закройте дверь, – сказал полисмен. – Кто идет? В чем дело? – Он подошел к двери, отцепил ремень, и дверь захлопнулась. Американец закрыл вторую дверь.

– Пустите меня за стойку, – сказал Марвел, дрожа и плача, но крепко прижимая к себе книги. – Пустите меня. Спрячьте где-нибудь. Говорят вам, он гонится за мной. Я сбежал от него. Он сказал, что убьет меня. И убьет.

– Вам нечего бояться, – оказал чернобородый. – Двери заперты. А в чем дело?

– Спрячьте меня, – повторил Марвел и вдруг взвизгнул от страха: дверь затряслась от сильного удара, потом снаружи послышался торопливый стук и крики.

– Эй! – закричал полицейский. – Кто там?

Марвел, как безумный, заметался по комнате в поисках выхода.

– Он убьет меня! – кричал он. – У него нож! Ради бога!

– Вот, – сказал хозяин, – идите сюда. – И он откинул стойку.

Марвел бросился к нему. Стук в дверь возобновился.

– Не открывайте! – закричал Марвел. – Пожалуйста, не открывайте! Куда мне спрятаться?

– Так это, значит, Невидимка? – спросил чернобородый, заложив одну руку за спину. – Я думаю, пора уж и посмотреть на него.

Вдруг окно кабачка разлетелось вдребезги, и снаружи послышались крики и беготня. Полисмен, встав на скамейку и высунув голову в окно, старался разглядеть, что делается у дверей. Потом слез и сказал, озадаченно подняв брови:

– Это он.

Хозяин постоял перед дверью в соседнюю комнату, где заперли Марвела, поглядел на разбитое окно и подошел к своим посетителям.

Все вдруг затихло.

– Жаль, что у меня нет при себе дубинки, – сказал полисмен, нерешительно подходя к двери. – Как откроем дверь, так он сейчас и войдет. Ничем его не остановишь.

– А вы не очень торопитесь открывать дверь, – боязливо сказал худосочный извозчик.

– Отодвиньте засов, – сказал чернобородый. – Пусть только войдет... – И он показал револьвер, который держал в руке.

– Это не годится, – сказал полицейский, – может выйти убийство.

– Я знаю, в какой стране нахожусь, – возразил чернобородый. – Я буду целиться в ноги. Отодвиньте засов.

– А если вы угодите мне в спину? – сказал хозяин, выглядывая из-под занавески в окно.

– Ладно, – бросил чернобородый и, нагнувшись, сам отодвинул засов, держа револьвер наготове. Хозяин, извозчик и полисмен повернулись лицом к двери.

– Войдите, – негромко сказал чернобородый, отступая на шаг и глядя на открытую дверь; револьвер он держал за спиной. Но никто не вошел, и дверь не открылась. Когда минут пять спустя другой извозчик осторожно заглянул в кабачок, то все они еще стояли в выжидательных позах, а из соседней комнаты выглядывала бледная, испуганная физиономия.

– Все ли двери в доме заперты? – спросил Марвел. – Он где-нибудь тут, вынюхивает. Ведь он хитер, как черт.

– Боже мой! – воскликнул хозяин. – А задняя дверь! Вы тут посторожите. Вот ведь... – Он беспомощно огляделся. Дверь в соседнюю комнату захлопнулась, и ключ щелкнул в замке. – Дверь во двор и отдельный ход! Дверь во двор...

Он выбежал из комнаты.

Через минуту он вернулся с кухонным ножом в руках.

– Дверь во двор открыта! – сказал он, и его толстая нижняя губа отвисла.

– Может, он уже в доме? – сказал первый извозчик.

– В кухне его нет, – сказал хозяин. – Там две служанки, и я по всей кухне прошел вот с этим ножом, ни одного уголка не пропустил. Они тоже говорят, что он не входил. Они ничего не заметили...

– Вы заперли дверь? – спросил первый извозчик.

– Не маленький, слава богу, – ответил хозяин.

Чернобородый спрятал револьвер. Но в ту же секунду хлопнула откидная доска стойки, загремела задвижка, громко затрещал замок, и дверь в соседнюю комнату распахнулась настежь. Они услышали, как Марвел взвизгнул, точно пойманный заяц, и кинулись за стойку к нему на помощь. Чернобородый выстрелил, зеркало в соседней комнате треснуло, осколки со звоном разлетелись по полу.

Вбежав в комнату, хозяин увидел, что Марвел корчится и барахтается перед дверью, которая вела через кухню во двор. Пока хозяин стоял в нерешительности, дверь открылась и Марвела втащили в кухню. Оттуда послышались крики и грохот падающих кастрюль. Марвел, нагнув голову, упирался, но его все же дотащили до двери во двор. Засов отодвинулся.

Полисмен, протиснувшись мимо хозяина, вбежал на кухню, сопровождаемый одним из извозчиков, и схватил кисть невидимой руки, которая держала за шиворот Марвела, но тут же получил удар в лицо, пошатнулся и отступил. Дверь раскрылась, и Марвел сделал отчаянную попытку спрятаться за ней. В это время извозчик что-то схватил.

– Я держу его! – закричал извозчик. Красные руки хозяина вцепились в невидимое.

– Поймал! – крикнул он.

Марвел, выпущенный из невидимых рук, упал на пол и попытался проползти между ногами боровшихся людей. Борьба сосредоточилась у двери. Впервые раздался голос Невидимки – он громко вскрикнул, так как полисмен наступил ему на ногу. Затем послышалось яростное рычание, и Невидимка заработал кулаками, точно цепами. Извозчик вдруг взвыл и скрючился, получив удар под ложечку. Дверь, которая вела в комнаты, захлопнулась и прикрыла отступление Марвела. Люди топтались в тесной кухне, пока вдруг не заметили, что борются с пустотой.

– Куда он сбежал? – крикнул чернобородый.

– Сюда, – сказал полисмен, выходя во двор и останавливаясь.

Кусок черепицы пролетел над его ухом и упал на кухонный стол, уставленный посудой.

– Я ему покажу! – крикнул чернобородый.

Над плечом полисмена блеснула сталь, и в сумрак, в ту сторону, откуда была брошена черепица, вылетели одна за другой пять пуль. Стреляя, чернобородый описывал рукой дугу по горизонтали так, что выстрелы веером ложились по тесному дворику.

Наступила тишина.

– Пять пуль, – сказал чернобородый. – Это красиво! Козырная игра! Дайте-ка фонарь и пойдемте искать тело.

17. ГОСТЬ ДОКТОРА КЕМПА

Доктор Кемп продолжал писать в своем кабинете, пока звук выстрелов не привлек его внимания. «Паф-паф-паф» – щелкали они один за другим.

– Ого! – воскликнул доктор, снова прикусив ручку и прислушиваясь. – Кто это в Бэрдоке палит из револьвера? Что еще эти ослы выдумали?

Он подошел к южному окну, открыл его и, высунувшись, стал вглядываться в ночной город – сеть освещенных окон, газовых фонарей и витрин с черными промежутками крыш и дворов.

– Как будто там, под холмом, у «Крикетистов», собралась толпа, – сказал он, всматриваясь. Затем взгляд его устремился туда, где светились огни судов и пристань, – небольшое, ярко освещенное строение сверкало, точно желтый алмаз. Молодой месяц всходил к западу от холма, а звезды сияли, почти как под тропиками.

Минут через пять, в течение которых мысль его уносилась к социальным условиям будущего и блуждала в дебрях беспредельных времен, доктор Кемп вздохнул, опустил окно и вернулся к письменному столу.

Приблизительно через час после этого у входной двери позвонили. С тех пор как доктор Кемп услышал выстрелы, работа его шла вяло, он то и дело отвлекался и задумывался. Когда раздался звонок, он оставил работу и прислушался. Он слышал, как прислуга пошла открывать дверь, и ждал ее шагов на лестнице, но она не пришла.

– Кто бы это мог быть? – сказал доктор Кемп.

Он попытался снова приняться за работу, но это ему не удавалось. Тогда он встал, вышел из кабинета и спустился по лестнице на площадку. Там он позвонил и, когда в холле внизу появилась горничная, спросил ее, перегнувшись через перила:

– Письмо принесли?

– Нет, случайный звонок, сэр, – ответила горничная.

«Я что-то нервничаю сегодня», – сказал Кемп про себя.

Он вернулся в кабинет, решительно принялся за работу и через несколько минут был уже весь поглощен ею. Тишину в комнате нарушало лишь тиканье часов да поскрипывание пера, бегавшего по бумаге в самом центре светлого круга, отбрасываемого лампой на стол.

Было два часа ночи, когда доктор Кемп решил, что на сегодня хватит. Он встал, зевнул и спустился вниз, в свою спальню. Он снял уже пиджак и жилет, как вдруг почувствовал, что ему хочется пить. Взяв свечу, он спустился в столовую, чтобы поискать там содовой воды и виски.

Научные занятия сделали доктора Кемпа весьма наблюдательным; возвращаясь из столовой, он заметил темное пятно на линолеуме, возле циновки, у самой лестницы. Он поднялся уже наверх, как вдруг задал себе вопрос, откуда могло появиться это пятно. Это была, очевидно, подсознательная мысль. Но как бы то ни было, он вернулся в холл, поставил сифон и виски на столик и, нагнувшись, стал рассматривать пятно. Без особого удивления он убедился, что оно липкое и темно-красное, совсем как подсыхающая кровь.

Прихватив сифон и бутылку с виски, он поднялся наверх, внимательно глядя по сторонам и пытаясь объяснить себе, откуда могло появиться кровавое пятно. На площадке он остановился и в изумлении уставился на дверь своей комнаты: ручка двери была в крови.

Он взглянул на свою руку. Она была совершенно чистая, и тут он вспомнил, что, когда вышел из кабинета, дверь в его спальню была открыта, следовательно, он к ручке совсем не прикасался. Он твердым шагом вошел в спальню. Лицо у него было совершенно спокойное, разве только несколько более решительное, чем обыкновенно. Взгляд его, внимательно пройдя по комнате, упал на кровать. На одеяле темнела лужа крови, простыня была разорвана. Войдя в комнату в первый раз, он этого не заметил, так как направился прямо к туалетному столику. В одном месте постель была смята, как будто кто-то только что сидел на ней.

Тут ему почудилось, что чей-то голос негромко воскликнул: «Боже мой! Да ведь это Кемп!» Но доктор Кемп не верил в таинственные голоса.

Он стоял и смотрел на смятую постель. Должно быть, ему просто послышалось. Он снова огляделся, но не заметил ничего подозрительного, кроме смятой и запачканной кровью постели. Тут он ясно услышал какое-то движение в углу комнаты, возле умывальника. В душе всякого человека, даже самого просвещенного, гнездятся какие-то неуловимые остатки суеверия. Жуткое чувство охватило доктора Кемпа. Он затворил дверь спальни, подошел к комоду и поставил на него сифон. Вдруг он вздрогнул: в воздухе между ним и умывальником висела окровавленная повязка.

Пораженный, он стал вглядываться. Повязка была пустая, аккуратно сделанная, но совершенно пустая. Он хотел подойти и схватить ее, но чье-то прикосновение остановило его, и он совсем рядом услыхал голос:

– Кемп!

– А? – сказал Кемп, разинув рот.

– Не пугайтесь, – продолжал Голос. – Я Невидимка.

Кемп некоторое время молча глядел на повязку.

– Невидимка? – сказал он наконец.

– Невидимка, – повторил Голос.

Кемпу сразу вспомнилась история, которую он так усердно высмеивал еще сегодня утром. Но в эту минуту он, по-видимому, не очень испугался и удивился. Только впоследствии он мог дать себе отчет в своих чувствах.

– Я считал, что все это выдумка, – сказал он. При этом у него в голове вертелись доводы, которые он приводил утром. – Вы в повязке? – спросил он.

– Да, – ответил Невидимка.

– О! – взволнованно сказал Кемп. – Вот так штука! – Но тут же спохватился. – Вздор. Фокус какой-нибудь. – Он быстро шагнул вперед, и рука его, протянутая к повязке, встретила невидимые пальцы.

При этом прикосновении он отпрянул и изменился в лице.

– Ради бога, Кемп, не пугайтесь. Мне так нужна помощь! Постойте!

Невидимая рука схватила Кемпа за локоть. Кемп ударил по ней.

– Кемп! – крикнул Голос. – Кемп, успокойтесь! – И рука Невидимки еще крепче сжала его локоть.

Бешеное желание высвободиться овладело Кемпом. Перевязанная рука вцепилась ему в плечо, и вдруг Кемп был сшиблен с ног и брошен навзничь на кровать. Он открыл рот, чтобы крикнуть, но в ту же секунду край простыни очутился у него между зубами. Невидимка держал его крепко, но руки у Кемпа были свободны, и он неистово колотил ими куда попало.

– Будьте благоразумны, – сказал Невидимка, который, несмотря на сыпавшиеся на него удары, крепко держал Кемпа. – Ради бога, не выводите меня из терпения. Лежите смирно, болван вы этакий! – проревел Невидимка в самое ухо Кемпа.

Еще с минуту Кемп продолжал барахтаться, потом Затих.

– Если вы крикнете, я размозжу вам голову, – сказал Невидимка, вынимая простыню изо рта Кемпа. – Я Невидимка. Это не выдумка и не фокус. Я действительно Невидимка. И мне нужна ваша помощь. Я не причиню вам никакого вреда, если вы не будете вести себя, как обалделый мужлан. Неужели вы меня не помните, Кемп? Я Гриффин, мы же вместе учились в университете.

– Дайте мне встать, – сказал Кемп. – Я никуда не убегу. И дайте мне минуту посидеть спокойно.

Он сел на кровати и пощупал затылок.

– Я Гриффин, учился в университете вместе с вами. Я сделал себя невидимым. Я самый обыкновенный человек, которого вы знали, но только невидимый.

– Гриффин? – переспросил Кемп.

– Да, Гриффин, – ответил Голос. – В университете я был на курс моложе вас, белокурый, почти альбинос, шести футов росту, широкоплечий, лицо розовое, глаза красные. Получил награду за работу по химии.

– Ничего не понимаю, – сказал Кемп, – в голове у меня совсем помутилось. При чем тут Гриффин?

– Гриффин – это я.

Кемп задумался.

– Это ужасно, – сказал он. – Но какая чертовщина может сделать человека невидимым?

– Никакой чертовщины. Это вполне логичный и довольно несложный процесс...

– Это ужасно, – сказал Кемп. – Каким образом?

– Да, ужасно. Но я ранен, мне больно, и я устал. О господи, Кемп, будьте мужчиной! Отнеситесь к этому спокойно. Дайте мне поесть и напиться, а пока что я присяду.

Кемп глядел на повязку, двигавшуюся по комнате; затем он увидел, как плетеное кресло протащилось по полу и остановилось возле кровати. Оно затрещало, и сиденье опустилось на четверть дюйма. Кемп протер глаза и снова пощупал затылок.

– Это почище всяких привидений, – сказал он и глупо рассмеялся.

– Вот так-то лучше. Слава богу, вы становитесь благоразумным.

– Или глупею, – сказал Кемп и снова протер глаза.

– Дайте мне виски. Я еле дышу.

– Этого я бы не сказал. Где вы? Если я встану, то не наткнусь на вас? Ага, вы тут. Ладно. Виски?.. Пожалуйста. Куда же мне подать его вам?

Кресло затрещало, и Кемп почувствовал, что стакан берут у него из рук. Он выпустил его не без усилия, невольно опасаясь, что стакан разобьется. Стакан повис в воздухе, дюймах в двадцати над креслом. Кемп глядел на стакан в полном недоумении.

– Это... Ну, конечно, это гипноз... Вы, должно быть, внушили мне, что вы невидимы.

– Чушь! – сказал Голос.

– Но ведь это – безумие!

– Выслушайте меня.

– Только сегодня я привел неоспоримые доказательства, – начал Кемп, – что невидимость…

– Плюньте на все доказательства, – прервал его Голос. – Я умираю с голоду, и для человека, совершенно раздетого, здесь довольно прохладно.

– Он чувствует голод! – сказал Кемп.

Стакан виски опрокинулся.

– Да, – сказал Невидимка, со стуком ставя стакан. – Нет ли у вас халата?

Кемп пробормотал что-то вполголоса и, подойдя к платяному шкафу, вынул оттуда темно-красный халат.

– Подойдет? – спросил он.

Халат взяли у него из рук. С минуту он висел неподвижно в воздухе, затем как-то странно заколыхался, вытянулся во всю длину и, застегнувшись на все пуговицы, опустился в кресло.

– Хорошо бы кальсоны, носки и туфли, – отрывисто произнес Невидимка. – И поесть.

– Все, что угодно. Но со мной в жизни не случалось ничего более нелепого.

Кемп достал из комода вещи, которые просил Невидимка, и спустился в кладовку. Он вернулся с холодными котлетами и хлебом и, пододвинув небольшой столик, расставил все это перед гостем.

– Обойдусь и без ножа, – сказал Невидимка, и котлета повисла в воздухе; послышалось чавканье.

– Я всегда предпочитал сперва одеться, а потом уже есть, – сказал Невидимка с набитым ртом, жадно глотая хлеб с котлетой. – Странная прихоть!

– Рука, по-видимому, действует? – сказал Кемп.

– Будьте спокойны, – сказал Невидимка.

– И все-таки как это странно!..

– Вот именно. Но самое странное то, что я попал именно к вам, когда мне понадобилась перевязка. Это моя первая удача! Впрочем, я все равно решил переночевать в этом доме. Вам не отвертеться! Страшно неудобно, что кровь мою видно, правда? Целая лужа натекла. Должно быть, она становится видимой по мере свертывания. Мне удалось изменить лишь живую ткань, я невидим, только пока жив… Уж три часа, как я здесь.

– Но как вы это сделали? – начал Кемп раздраженно. – Черт знает что! Вся эта история от начала до конца – сплошная нелепость.

– Напрасно вы так думаете, – сказал Невидимка. – Все это совершенно разумно.

Он протянул руку и взял бутылку с виски. Кемп с изумлением глядел на халат, поглощавший виски. Свет свечи, проходя сквозь дырку на правом плече халата, образовал светлый треугольник.

– Что это были за выстрелы? – спросил Кемп. – Отчего началась пальба?

– Там был один дурак, мой случайный компаньон, черт бы его побрал, который хотел украсть мои деньги. И украл-таки.

– Тоже невидимка?

– Нет.

– Ну, а дальше что?

– Нельзя ли мне еще чего-нибудь поесть, а? Потом я все расскажу по порядку. Я голоден, и рука болит. А вы хотите, чтобы я вам рассказывал!

Кемп встал.

– Значит, это не вы стреляли? – спросил он.

– Нет, – ответил гость. – Стрелял наобум какой-то идиот, которого я прежде никогда и в глаза не видел. Они перепугались. Меня все пугаются. Черт бы их побрал. Но вот что, Кемп, я есть хочу.

– Пойду поищу, нет ли внизу еще чего-нибудь съестного, – сказал Кемп. – Боюсь, что найдется не много.

Покончив с едой – а поел он основательно, – Невидимка попросил сигару. Он жадно откусил кончик, прежде чем Кемп успел разыскать нож, и выругался, когда снаружи отстал листок табака. Странно было видеть, как он курил: рот, горло, зев и ноздри проступали, словно слепок, сделанный из клубящегося дыма.

– Славная штука табак! – сказал он, глубоко затянувшись. – Мне повезло, что я попал к вам, Кемп. Вы должны помочь мне. Подумать только, в нужный момент я натолкнулся на вас! Я в отчаянном положении. Я был как помешанный. Чего только я не перенес! Но теперь у нас дело пойдет. Уж поверьте…

Он выпил еще виски с содовой. Кемп встал, осмотрелся и принес из соседней комнаты еще стакан для себя.

– Все это дико… но, пожалуй, я тоже выпью.

– Вы почти не изменились, Кемп, за эти двенадцать лет. Блондины мало меняются. Все такой же хладнокровный и методичный… Я должен вам все объяснить. Мы будем работать вместе!

– Но как это вам удалось? – спросил Кемп. – Как вы стали таким?

– Ради бога, дайте мне спокойно покурить. Потом я вам все расскажу.

Но в эту ночь он не рассказал ничего. У него разболелась рука, его стало лихорадить, он очень ослабел. Ему все время мерещилась погоня на холме и драка возле кабачка. Он начал было рассказывать, но сразу отвлекся. Он бессвязно говорил о Марвеле, судорожно затягивался, и в голосе его слышалось раздражение. Кемп старался извлечь из его рассказа все, что мог.

– Он меня боялся… Я видел, что он меня боится, – снова и снова повторял Невидимка. – Он хотел удрать от меня, только об этом и думал. Какого я дурака свалял! Ах, негодяй! Надо было убить его…

– Где вы достали деньги? – вдруг спросил Кемп.

Невидимка помолчал.

– Сегодня я не могу вам сказать, – ответил он.

Он вдруг застонал и сгорбился, схватившись невидимыми руками за невидимую голову.

– Кемп, – сказал он, – я не сплю уже третьи сутки, за все это время мне удалось вздремнуть час-другой, не больше. Я должен выспаться.

– Хорошо, – сказал Кемп. – Располагайтесь тут, в моей комнате.

– Но разве мне можно спать? Если я засну, он удерет. Эх! Ладно, все равно!

– Рана серьезная? – отрывисто спросил Кемп.

– Пустяки, царапина. Господи, как спать хочется!

– Так ложитесь.

Невидимка, казалось, смотрел на Кемпа.

– У меня нет ни малейшего желания быть пойманным моими ближними, – медленно проговорил он.

Кемп вздрогнул.

– Ох и дурак же я! – воскликнул Невидимка, ударив кулаком по столу. – Сам подал вам эту мысль.

18. НЕВИДИМКА СПИТ

Несмотря на усталость и рану, Невидимка все же не положился на слово Кемпа, что на свободу его не будет никаких посягательств. Он осмотрел оба окна спальни, поднял шторы и открыл ставни, чтобы убедиться, что в случае надобности этим путем можно бежать. За окнами стояла мирная ночная тишина. Над холмами висел месяц. Затем Невидимка осмотрел замок спальни и двери уборной и ванной, чтобы убедиться, что и отсюда он может ускользнуть. Наконец он заявил, что удовлетворен. Он стоял перед камином, и Кемп услышал звук зевка.

– Мне очень жаль, – сказал Невидимка, – что я не могу сейчас рассказать вам обо всем, что я сделал. Но я положительно выбился из сил. Это нелепо, спору нет. Это чудовищно. Но верьте мне, Кемп, это вполне возможно. Я сделал открытие. Я думал сохранить его в тайне. Но это немыслимо. Мне необходим помощник. А вы... Чего только мы не сможем сделать!.. Впрочем, оставим все это до завтра. Теперь, Кемп, я должен заснуть, иначе я умру.

Кемп стоял посреди комнаты, глядя на безголовый халат.

– Ладно, я оставлю вас, – сказал он. – Но это невероятно. Еще парочка таких фактов, переворачивающих вверх дном все мои теории, и я сойду с ума. И все же, по-видимому, это так! Не надо ли вам еще чего-нибудь?

– Только чтоб вы пожелали мне спокойной ночи, – сказал Гриффин.

– Спокойной ночи, – сказал Кемп и пожал невидимую руку.

Он боком пошел к двери. Вдруг халат быстро приблизился к нему.

– Помните, – произнес Невидимка. – Никаких попыток поймать или задержать меня. Не то...

Кемп слегка изменялся в лице.

– Ведь я, кажется, дал вам слово, – сказал он.

Кемп вышел, тихонько притворил за собой дверь, я ключ немедленно щелкнул в замке. Пока Кемп стоял, не двигаясь, с выражением покорного удивления на лице, раздались быстрые шаги, и дверь ванной также оказалась запертой. Кемп хлопнул себя рукой по лбу.

– Сплю я, что ли? Весь мир сошел с ума, или это я помешался? – Он засмеялся и потрогал запертую дверь. Изгнан из собственной спальни – и кем? Призраком. Вопиющая нелепость!

Он подошел к верхней ступеньке лестницы, оглянулся и снова посмотрел на запертые двери.

– Неоспоримый факт, – произнес он, дотрагиваясь до слегка ноющего затылка. – Да, неоспоримый факт. Но... – Он безнадежно покачал головой, повернулся и спустился вниз.

Он зажег лампу в столовой, ваял сигарету и начал шагать по комнате, то бормоча что-то бессвязное, то громко споря сам с собой.

– Невидимка! – сказал он. – Может ли быть невидимое существо? В море – да. Там таких существ тысячи, миллионы! Все крохотные науплиусы и торнарии, все микроорганизмы... а медузы! В море невидимых существ больше, чем видимых! Прежде я никогда об этом не думал... А в прудах! Все эти крохотные организмы, живущие в прудах, – кусочки бесцветной, прозрачной слизи... Но в воздухе? Нет! Это невозможно. А впрочем, почему бы и нет? Будь человек сделан из стекла – и то он был бы видим.

Кемп глубоко задумался. Три сигары обратились в белый пепел, рассыпанный по ковру, прежде чем он заговорил снова. Или, вернее, вскрикнул. Затем он вышел из комнаты, прошел в свою приемную и зажег там газовый рожок. Комната была небольшая. Так как доктор Кемп не занимался практикой, там лежали газеты. Утренний номер, развернутый, валялся на столе. Он схватил газету, быстро просмотрел ее и начал читать сообщение о «Необычайном происшествии в Айпинге», с таким усердием пересказанное Марвелу матросом в Порт-Стоу. Кемп быстро пробежал эти строки.

– Закутан! – воскликнул он. – Переодет! Скрывает свою тайну. По-видимому, никто не знал о его злоключениях! Что у него, черт возьми, на уме? – Он бросил газету и пошарил глазами по столу. – Ага! – сказал он и схватил «Сент-Джеймс газэтт», которая была еще не развернута. – Сейчас узнаем всю правду, – сказал он и развернул газету. В глаза ему бросились два столбца. «Целая деревня в Сассексе сошла с ума!» – гласил заголовок. – Боже милостивый! – воскликнул Кемп, жадно читая скептический отчет о вчерашних событиях в Айпинге, описанных нами выше. Заметке предшествовало сообщение, перепечатанное из утренней газеты.

Кемп перечитал все сначала. «Бежал по улице, рассыпая удары направо и налево. Джефферс в бессознательном состоянии. Мистер Хакстерс получил серьезные увечья и не может ничего сообщить из того, что видел. Тяжкое оскорбление, нанесенное викарию. Женщина заболела от страха. Окна перебиты. Вся эта необычайная история, вероятно, выдумка, но так хороша, что ее нельзя не напечатать».

Кемп выронил газету и тупо уставился в одну точку.

– Вероятно, выдумка! – повторил он.

Потом схватил газету и еще раз перечел все от начала до конца.

– Но откуда взялся бродяга? Какого черта он гнался за бродягой?

Кемп бессильно опустился в хирургическое кресло.

– Он не только невидимка, – сказал он, – но и помешанный! У него мания убийства!..

Когда взошла заря и бледные лучи ее смешались в столовой со светом газового рожка и сигарным дымом, Кемп все еще шагал из угла в угол, стараясь понять непостижимое.

Он был слишком взволнован, чтобы думать о сне. Заспанные слуги, застав его утром в таком виде, подумали, что на него плохо подействовали усиленные занятия. Он отдал необычайное, но совершенно ясное распоряжение сервировать завтрак на двоих в кабинете наверху, а затем уйти вниз и больше наверху на показываться. Он продолжал шагать по столовой, пока не подали утреннюю газету. О Невидимке говорилось многословно, но новым было только очень бестолковое сообщение о вчерашних событиях в кабачке «Веселые крикетисты». Тут Кемпу впервые попалось упоминание о Марвеле. «Он силой держал меня при себе целые сутки», – заявил Марвел. Отчет об айпингских событиях был дополнен некоторыми мелкими фактами, в частности, упоминалось о повреждении телеграфного провода. Но во всех этих сообщениях не было ничего, что проливало бы свет на взаимоотношения между Невидимкой и бродягой, ибо мистер Марвел умолчал о трех книгах и о деньгах, которыми были набиты его карманы. Скептического тона как не бывало, и целая армия репортеров уже принялась за тщательное расследование.

Кемп внимательно прочел все сообщение до последней строчки и послал горничную купить все утренние газеты, какие только она сможет достать. Потом он жадно прочитал и их.

– Он невидим! – сказал Кемп. – И если судить по газетам, то ярость его граничит с помешательством. Чего только он не натворит! Чего только не натворит! Ведь он там, наверху, и свободен, как ветер. Что мне делать? Можно ли назвать предательством, если я... Нет!

Он подошел к маленькому, заваленному бумагами столику в углу и начал писать записку. Написав несколько строк, он разорвал ее и написал другую. Перечел и задумался. Потом взял конверт и написал адрес: «Полковнику Эдаю, Порт-Бэрдок».

Невидимка проснулся как раз в ту минуту, когда Кемп запечатывал письмо. Он проснулся в дурном настроении, и Кемп, который чутко прислушивался ко всем звукам, услышал яростное шлепанье ног в спальне наверху. Затем раздался стук упавшего стула и звон разбитого стакана. Кемп поспешил наверх и нетерпеливо постучав в дверь спальни.

19. НЕКОТОРЫЕ ОСНОВНЫЕ ПРИНЦИПЫ

– Что случилось? – спросил Кемп, когда Невидимка впустил его в комнату.

– Да ничего, – ответил он.

– А шум почему?

– Припадок раздражительности, – сказал Невидимка. – Забыл про свою руку, а она болит.

– Вы, по-видимому, подвержены такого рода вспышкам?

– Да.

Кемп прошел через комнату и подобрал осколки разбитого стакана.

– Про вас теперь все известно, – сказал Кемп. – Все, что случилось в Айпинге и внизу, в кабачке. Мир узнал о своем невидимом гражданине. Но никто не знает, что вы тут.

Невидимка выругался.

– Тайна раскрыта, – продолжал Кемп. – Ведь это была тайна, я полагаю? Не знаю, что вы намерены делать, но, разумеется, я готов помочь вам.

Невидимка сел на кровать.

– Наверху сервирован завтрак, – сказал Кемп, стараясь говорить непринужденным тоном, и с удовольствием заметил, что его странный гость охотно встал при этих словах. Кемп повел его по узкой лестнице наверх.

– Прежде чем мы с вами что-либо предпримем, – сказал Кемп, – я хотел бы узнать поподробней, как это вы стали невидимым.

И, бросив быстрый, беспокойный взгляд в окно, Кемп уселся с видом человека, которому предстоит долгая и основательная беседа. У него снова промелькнула мысль, что все происходящее – нелепость, бред, но мысль эта сейчас же исчезла, как только он взглянул на

Гриффина: безголовый, безрукий халат, сидел за столом и вытирал невидимые губы чудом державшейся в воздухе салфеткой.

– Это очень просто и вполне доступно, – сказал Гриффин, отложив в сторону салфетку и подперев невидимую голову невидимой рукой.

– Для вас, конечно, но... – Кемп засмеялся.

– Ну да, и мне это, конечно, сначала казалось волшебством, но теперь... Боже милостивый! Нам предстоят великие дела. Впервые эта идея возникла у меня в Чезилстоу.

– В Чезилстоу?

– Я переехал туда из Лондона. Вы знаете, я ведь бросил медицину и занялся физикой. Не знали? Ну так вот. Меня увлекла проблема света.

– А-а!..

– Оптическая непроницаемость! Весь этот вопрос – сплошная сеть загадок, сквозь нее лишь смутно просвечивает неуловимое решение. А мне тогда было всего двадцать два года, и я был энтузиаст, вот я и сказал себе: «Этому вопросу я посвящу свою жизнь. Тут есть над чем поработать». Вы ведь знаете, каким бываешь дураком в двадцать два года.

– Неизвестно, быть может, мы теперь еще глупее, – заметил Кемп.

– Как будто знание может удовлетворить человека! Но я принялся за дело и работал как каторжный. Прошло полгода усиленного труда и раздумий – и вот сквозь туманную завесу блеснул ослепительный свет. Я нашел общий закон пигментов и преломлений света – формулу, геометрическое выражение, включающее четыре измерения. Дураки, обыкновенные люди, даже обыкновенные математики и не подозревают, какое значение может иметь для изучающего молекулярную физику общее выражение. В книгах – в тех книгах, которые украл этот бродяга, – есть чудеса, магические числа! Но это не был еще метод, это была идея, которая могла навести на метод. А при помощи этого метода оказалось бы возможным, не изменяя свойств материи – за исключением цвета в некоторых случаях –

свести коэффициент преломления некоторых веществ, твердых или жидких, к коэффициенту преломления воздуха.

Кемп присвистнул.

– Это любопытно. Но все же мне не совсем ясно… Я понимаю, что таким путем вы могли бы испортить драгоценный камень, но сделать человека невидимым, до этого еще далеко.

– Безусловно, – сказал Гриффин. – Однако подумайте: видимость зависит от того, как видимое тело реагирует на свет. Давайте уж я начну с азов, тогда вы лучше поймете дальнейшее. Вы прекрасно знаете, что тела либо поглощают свет, либо отражают, либо преломляют его, или, может быть, все вместе. Если тело не отражает, не преломляет и не поглощает света, то оно не может быть видимо само по себе. Так, например, вы видите непрозрачный красный ящик только потому, что он поглощает некоторую долю света и отражает остальное, а именно – все красные лучи. Если бы ящик не поглощал некоторой доли света, а отражал бы его весь, то он был бы блестящим, белым. Вспомните серебро! Алмазный ящик не поглощал бы много света, и вместе с тем его поверхность отражала бы мало света, но в отдельных местах, в зависимости от расположения плоскостей, свет отражался и преломлялся бы, и мы видели бы блестящую паутину сверкающих отражений и прозрачных плоскостей, нечто вроде светового скелета. Стеклянный ящик столь отчетливо видим, как алмазный, потому что в нем меньше плоскостей отражения и преломления. Понятно? Под известным углом зрения такой ящик будет прозрачным; некоторые сорта стекла более видимы, чем другие; хрустальный ящик блестел бы сильнее, чем ящик из обыкновенного окопного стекла. Ящик из очень тонкого обыкновенного стекла было бы очень трудно различить при плохом освещении, потому что он не поглощает почти никаких лучей и отражает и преломляет совсем мало света. Если вы положите кусок обыкновенного стекла в воду или, еще лучше, в какую-нибудь жидкость, более плотную, чем вода, то вы стекла почти совсем не увидите, потому что свет, переходя из воды в стекло, преломляется я отражается очень слабо и вообще не подвергается почти никакому воздействию. Стекло в таком случае столь же невидимо, как струи углекислоты или водорода в воздухе. И по той же причине.

– Да, – сказал Кемп, – все это ясно. В таких вещах теперь разбирается каждый школьник.

– А вот еще один факт, в котором разберется всякий школьник. Если разбить кусок стекла и мелко истолочь его, оно станет гораздо более заметным в воздухе и превратится в белый непрозрачный порошок. Это происходит потому, что превращение стекла в порошок увеличивает число плоскостей преломления и отражения. В стеклянной пластинке имеется всего две поверхности, в порошке же каждая крупинка представляет собой плоскость преломления и отражения света, и сквозь порошок света проходит очень мало. Но если белый стеклянный порошок высыпать в воду, то он почти совершенно исчезает. Стеклянный порошок и вода имеют почти одинаковый коэффициент преломления, и свет, переходя из одной среды в другую, почти не преломляется и не отражается. Вы делаете стекло невидимым, помещая его в жидкость с приблизительно таким же коэффициентом преломления; всякая прозрачная вещь делается невидимой, если поместить ее в среду, обладающую одинаковым с ней коэффициентом преломления. И если вы чуточку подумаете, то поймете, что стеклянный порошок можно сделать невидимым и в воздухе, если только удастся довести коэффициент преломления света в нем до коэффициента преломления света в воздухе. Ибо в таком случае при переходе света из воздуха в порошок он не будет ни отражаться, ни преломляться.

– Все это так, – сказал Кемп. – Но ведь человек – не стеклянный порошок!

– Нет, – сказал Гриффин. – Он прозрачнее.

– Ерунда!

– И это говорит врач! Как легко все забывается! Неужели за десять лет вы успели перезабыть все, что знали из физики? А вы подумайте, сколько существует прозрачных веществ, которые вовсе не кажутся прозрачными. Бумага, например, состоит из прозрачных волокон, и если она представляется нам белой и непрозрачной, то это происходит по той же самой причине, по которой нам кажется белым и непрозрачным толченое стекло. Промаслите белую бумагу, заполните все поры между частицами бумаги маслом так, чтобы преломление и отражение света происходило только на поверхности, и бумага сделается такой же прозрачной, как стекло. И не только бумага, но и волокна хлопка, льна, шерсти, дерева, а также – заметьте это, Кемп! – и кости, мышцы, волосы, ногти и нервы. Одним словом, весь человеческий организм состоит из прозрачных бесцветных тканей, за исключением красных кровяных шариков и темного пигмента волос; вот как мало нужно, чтобы мы могли видеть друг друга. По большей части ткани живого существа не менее прозрачны, чем вода.

– Верно, верно, – воскликнул Кемп, – только сегодня ночью я думал о морских личинках и медузах!

– Вот-вот! Теперь вы меня поняли! И все это я знал и продумал уже через год после отъезда из Лондона, шесть лет назад. Но я ни с кем не поделился своими мыслями. Мне пришлось работать в очень тяжелых условиях. Оливер, мой профессор, был мужлан в науке, человек, падкий до чужих идей, – он вечно за мной шпионил! Вы ведь знаете, какое жульничество царит в научном мире. Я не хотел публиковать свое открытие и делиться с ним славой. Я продолжал работать и все ближе подходил к превращению своей теоретической формулы в эксперимент, в реальный опыт. Я никому не сообщал о своих работах, хотел ослепить мир своим открытием и сразу стать знаменитым. Я занялся вопросом о пигментах, чтобы заполнить некоторые пробелы. И вдруг, по чистой случайности, сделал открытие в области физиологии.

– Да?

– Вам известно красное вещество, окрашивающее кровь. Так вот: оно может стать белым, бесцветным, сохраняя в то же время все свои свойства!

У Кемпа вырвался возглас изумления.

Невидимка встал и зашагал по тесному кабинету.

– Вы поражены, я понимаю. Помню ту ночь. Было очень поздно – днем мешали работать безграмотные студенты, смотревшие на меня, разинув рот, и я иной раз засиживался до утра. Открытие это осенило меня внезапно, оно появилось во всем своем блеске и завершенности. Я был один, в лаборатории царила тишина, вверху ярко горели лампы. В знаменательные минуты своей жизни я всегда оказываюсь один. «Можно сделать животное – его ткань – прозрачным! Можно сделать его невидимым! Все, кроме пигментов. Я могу стать невидимкой!» – сказал я, вдруг осознав, что значит быть альбиносом, обладая таким знанием. Я был ошеломлен. Я бросил фильтрование, которым был занят, и подошел к большому окну. «Я могу стать невидимкой», – повторил я, глядя в усеянное звездами небо.

Сделать это – значит превзойти магию и волшебство. И я, свободный от всяких сомнений, стал рисовать себе великолепную картину того, что может дать человеку невидимость: таинственность, могущество, свободу. Оборотной стороны медали я не видел. Подумайте только! Я, жалкий, нищий ассистент, обучающий дураков в провинциальном колледже, могу сделаться всемогущим. Скажите сами, Кемп, вот если бы вы… Всякий, поверьте, ухватился бы за такое открытие. Я работал еще три года, и за каждым препятствием, которое я с таким трудом преодолевал, возникало новое! Какая бездна мелочей, и к тому же ни минуты покоя! Этот провинциальный профессор вечно подглядывает за тобой! Зудит и зудит: «Когда же вы наконец опубликуете свою работу?» А студенты, а нужда! Три года такой жизни… Три года я работал скрываясь, в непрестанной тревоге и наконец понял, что закончить мой опыт невозможно… невозможно…

– Почему? – спросил Кемп.

– Деньги… – ответил Невидимка и стал глядеть в окно.

Вдруг он резко обернулся.

– Тогда я ограбил своего старика, ограбил родного отца… Деньги были чужие, и он застрелился.

20. В ДОМЕ НА ГРЕЙТ-ПОРТЛЕНД-СТРИТ

С минуту Кемп сидел молча, глядя в спину стоявшей у окна безголовой фигуры. Потом вздрогнул, пораженный какой-то мыслью, встал, взял Невидимку за руку и отвел от окна.

– Вы устали, – сказал он. – Я сижу, а вы все время ходите. Сядьте в мое кресло.

Сам он сел между Гриффином и ближайшим окном.

Гриффин опустился в кресло, помолчал немного, затем опять быстро заговорил:

– Когда это случилось, я уже расстался с колледжем в Чезилстоу. Это было в декабре прошлого года. Я снял комнату в Лондоне, большую комнату без мебели в огромном запущенном доме, в глухом квартале на Грейт-Портленд-стрит. Комната скоро заполнилась всевозможными аппаратами, которые я купил на отцовские деньги, и я продолжал работу, успешно подвигаясь к цели. Я был как человек, выбравшийся из густой чащи в неожиданно втянутый в какую-то нелепую трагедию. Я поехал на похороны отца. Я весь был поглощен своими опытами и палец о палец не ударил, чтобы спасти его репутацию. Помню похороны, дешевый гроб, убогую процессию, поднимавшуюся по склону холма, холодный, пронизывающий ветер… старый университетский товарищ отца совершил над ним последний обряд, – жалкий, черный, скрюченный старик, страдавший насморком.

Помню, я возвращался с кладбища в опустевший дом по местечку, которое некогда было деревней, а теперь, на скорую руку перестроенное и залатанное, стало безобразным подобием города. Все дороги, по какой ни пойди, вели на изрытые окрестные поля и обрывались среди груд щебня и густых сорняков. Помню, как я шагал по скользкому блестящему тротуару – мрачная черная фигура – и какое странное чувство отчужденности я испытывал в этом ханжеском, торгашеском городишке.

Смерть отца ничуть меня не огорчила. Он казался мне жертвой своей собственной глупой чувствительности. Всеобщее лицемерие требовало моего присутствия на похоронах, в действительности же это меня мало касалось.

Но, идя по главной улице, я припомнил на миг свое прошлое. Я увидел девушку, которую знал десять лет назад. Наши глаза встретились...

Сам не знаю, почему я вернулся и заговорил с ней. Она оказалась самым заурядным существом.

Все мое пребывание на старом пепелище было как сон. Я не чувствовал тогда, что я одинок, что я перешел из живого мира в пустыню. Я сознавал, что потерял интерес к окружающему, но приписывал это пустоте жизни вообще. Вернуться в свою комнату значило для меня вновь обрести подлинную действительность. Здесь было все то, что я знал и любил: аппараты, подготовленные опыты. Почти все препятствия были уже преодолены, оставалось лишь обдумать некоторые детали.

Когда-нибудь, Кемп, я опишу вам все эти сложнейшие процессы. Не станем сейчас входить в подробности. По «большей части, за исключением некоторых сведений, которые я предпочитаю хранить в памяти, все это записано шифром в тех книгах, которые утащил бродяга. Мы должны изловить его. Мы должны вернуть эти книги. Главная задача заключалась в том, чтобы поместись прозрачный предмет, коэффициент преломления которого требовалось понизить, между двумя светоизлучающими центрами эфирной вибрации, – о ней я расскажу вам после. Нет, это не рентгеновские лучи. Не знаю, описывал ли кто-нибудь те лучи, о которых я говорю. Но они существуют, это несомненно. Я пользовался двумя небольшими динамо-машинами, которые приводил в движение при помощи дешевого газового двигателя. Первый свой опыт я проделал над куском белой шерстяной материи. До чего же странно было видеть, как эта белая мягкая материя постепенно таяла, как струя пара, и затем совершенно исчезла!

Мне не верилось, что я это сделал. Я сунул руку в пустоту и нащупал материю, столь же плотную, как и раньше. Я нечаянно дернул ее, и она упала на пол. Я не сразу ее нашел.

А потом я проделал следующий опыт. Я услышал у себя за спиной мяуканье, обернулся и увидел на водосточной трубе за окном белую кошку, тощую и ужасно грязную. Меня словно осенило. «Все готово для тебя», – сказал я, подошел к окну, открыл его и ласково позвал кошку. Она вошла в комнату, мурлыча, – бедняга, она чуть не подыхала от голода, и я дал ей молока. Вся моя провизия хранилась в буфете, в углу. Вылакав молоко, кошка стала разгуливать по комнате, обнюхивая все углы, – очевидно, она решила, что здесь будет ее новый дом. Невидимая тряпка несколько встревожила ее – слышали бы вы, как она зафыркала! Я устроил ее очень удобно на своей складной кровати. Угостил маслом, чтобы она дала вымыть себя.

– И вы подвергли ее опыту?

– Да. Но напоить кошку снадобьями – это не шутка, Кемп! И опыт мой не совсем удался.

– Не совсем?

– По двум пунктам. Во-первых, когти, а во-вторых, пигмент – забыл его; название – на задней стенке глаза у кошек, помните?

– Tapetum.

– Вот именно, tapetum. Этот пигмент не исчезал. После того, как я ввел ей средство для обесцвечивания крови и проделал над ней разные другие процедуры, я дал ей опиума и вместе с подушкой, на которой она спала, поместил ее у аппарата. И потом, когда все обесцветилось и исчезло, остались два небольших пятна – ее глаза.

– Любопытно!

– Я не могу этого объяснить. Конечно, она была забинтована и связана, и я не боялся, что она убежит, но она проснулась, когда превращение еще не совсем закончилось, стала жалобно мяукать, и тут раздался стук в дверь. Стучала старуха, жившая внизу и подозревавшая меня в том, что я занимаюсь вивисекцией, – пьяница, у которой на свете ничего и никого не было, кроме этой кошки. Я поспешил прибегнуть к помощи хлороформа. Кошка замолчала, и я приоткрыл дверь. «Это у вас кошка мяукала? – спросила она. – Уж не моя ли?» – «Вы ошиблись, здесь нет никакой кошки», – ответил я очень любезно. Она не очень-то мне поверила и попыталась заглянуть в комнату. Должно быть, странной ей показалась моя комната: голые стены, окна без занавесей, складная кровать, газовый двигатель в действии, свечение аппарата и слабый дурманящий запах хлороформа. Удовлетворившись этим, она отправилась восвояси.

– Сколько времени нужно на это? – спросил Кемп.

– На опыт с кошкой ушло часа три-четыре. Последними исчезли кости, сухожилия и жир, а также кончики окрашенных волосков шерсти. Но, как я уже сказал, радужное вещество на задней стенке глаза не исчезло.

Когда я закончил опыт, уже наступила ночь; ничего не было видно, кроме туманных пятен на месте глаз и когтей. Я остановил двигатель, нащупал и погладил кошку, которая еще не очнулась, и, развязав ее, оставил спать на невидимой подушке, а сам, чувствуя смертельную усталость, лег в постель. Но уснуть я не мог. В голове проносились смутные, бессвязные мысли. Снова и снова перебирал я все подробности только что произведенного опыта или же забывался лихорадочным сном, и мне казалось, что все окружающее становится смутным, расплывается, и наконец сама земля исчезает у меня из-под ног, и я проваливаюсь, падаю куда-то, как бывает только в кошмаре... Около двух часов ночи кошка проснулась и стала бегать по комнате, жалобно мяукая. Я пытался успокоить ее ласковыми словами, а потом решил выгнать. Помню, как я был потрясен, когда зажег спичку, – я увидел два круглых светящихся глаза и вокруг них – ничего. Я хотел дать ей молока, но его не оказалось. А она все не успокаивалась, села у самых дверей и продолжала мяукать. Я старался поймать ее, чтобы выпустить из окна, но она не давалась в руки и все исчезала. То тут, то там в разных концах комнаты раздавалось ее мяуканье. Наконец я открыл окно и стал метаться по комнате. Вероятно, она испугалась и выскочила в окно. Больше я ее не видел и не слышал.

Потом, бог весть почему, я стал вспоминать похороны отца, холодный ветер, дувший на склоне холма... Так продолжалось до самого рассвета. Чувствуя, что мне не заснуть, я встал и, заперев за собой дверь, отправился бродить по тихим утренним улицам.

– Неужели вы думаете, что и сейчас по свету гуляет невидимая кошка? – спросил Кемп.

– Если только ее не убили, – ответил Невидимка. – А почему бы и нет?

– Почему бы и нет? – повторил Кемп и извинился: – Простите, что я прервал вас.

– Вероятно, ее убили, – сказал Невидимка. – Четыре дня спустя она была еще жива – это я знаю точно: она, очевидно, сидела под забором на Грейт-Тичфилд-стрит, там собралась толпа зевак, старавшихся понять, откуда слышится мяуканье.

С минуту он молчал, потом снова быстро заговорил:

– Я очень ясно помню это утро. Я, вероятно, прошел всю Грейт-Портленд-стрит. Помню казармы на Олбэни-стрит и выезжавших оттуда кавалеристов. В конце концов я очутился на вершине Примроз-Хилл; я чувствовал себя совсем больным. Был солнечный январский день; в тот год снег еще не выпал, и погода стояла ясная, морозная. Я устало размышлял, стараясь охватить положение, наметить план действий.

Я с удивлением убедился, что теперь, когда я почти достиг заветной цели, это совсем меня не радует. Я был слишком утомлен; от страшного напряжения почти четырехлетней непрерывной работы все мои чувства притупились. Мной овладела апатия, и я тщетно пытался вернуть горение первых дней работы, вернуть то страстное стремление к открытиям, которое дало мне силу хладнокровно погубить старика отца. Я потерял интерес ко всему. Но я понимал, что это – преходящее состояние, вызванное переутомлением и бессонницей, и что если не лекарства, так отдых вернет мне прежнюю энергию.

Ясно я сознавал только одно: дело необходимо довести до конца. Навязчивая идея все еще владела мной. И сделать это надо как можно скорей, ведь я уже истратил почти все деньги. Я оглянулся кругом, посмотрел на играющих детей и следивших за ними нянек и начал думать о тех фантастических преимуществах, которыми может пользоваться невидимый человек. Я вернулся домой, немного поел, принял большую дозу стрихнина и лег спать, не раздеваясь, на неубранной постели. Стрихнин, Кемп, – замечательное укрепляющее средство, он не дает человеку упасть духом.

– Дьявольская штука, – сказал Кемп. – Он превращает вас в этакого первобытного дикаря.

– Я проснулся, ощущая прилив сил, но и какое-то раздражение. Вам знакомо это состояние?

– Знакомо.

– Кто-то постучал в дверь. Это был домохозяин, пришедший с угрозами и расспросами, старый польский еврей в длинном сером сюртуке и стоптанных туфлях. Я ночью мучил кошку, уверял он, старуха, очевидно, успела уже все разболтать. Он требовал, чтобы я объяснил ему, в чем дело. Вивисекция строго запрещена законом, ответственность может пасть и на него. Я утверждал, что никакой кошки у меня не было. Тогда он заявил, что запах газа от двигателя чувствуется по всему дому. С этим я, конечно, согласился. Он все вертелся вокруг меня, стараясь прошмыгнуть в комнату, заглядывая туда сквозь свои очки в серебряной оправе, и вдруг меня охватил страх, как бы он не проник в мою тайну. Я поспешил встать между ним и аппаратом, но это только подстегнуло его любопытство. Чем я занимаюсь? Почему я всегда один и скрываюсь от людей? Не занимаюсь ли я чем-нибудь преступным? Не опасно ли это? Ведь я ничего не плачу, кроме обычной квартирной платы. Его дом всегда пользовался хорошей репутацией, в то время как соседние дома этим похвастать не могут. Наконец я потерял терпение. Попросил его убраться. Он запротестовал, что-то бормотал про свое право входить ко мне, когда ему угодно. Еще секунда – и я схватил его за шиворот… Что-то с треском порвалось, и он пулей вылетел в коридор. Я захлопнул за ним дверь, запер ее на ключ и, весь дрожа, опустился на стул.

Хозяин еще некоторое время шумел за дверью, но я не обращал на него внимания, и он скоро ушел.

Это происшествие принудило меня к решительным действиям. Я не знал ни того, что он намерен делать, ни что он вправе сделать. Переезд на новую квартиру означал бы задержку в моей работе, а денег у меня в банке осталось всего двадцать фунтов. Нет, никакой проволочки я не мог допустить. Исчезнуть! Искушение было неодолимо. Но тогда начнется следствие, комнату мою разграбят…

Одна мысль о том, что работу мою могут предать огласке или прервать в тот момент, когда она почти закончена, привела меня в ярость и вернула мне энергию. Я поспешно вышел со своими тремя томами заметок и чековой книжкой

– теперь все это находится у того бродяги – и отправил их из ближайшего почтового отделения в контору хранения писем и посылок на Грейт-Портленд-стрит. Я постарался выйти из дому как можно тише. Вернувшись, я увидел, что мой домохозяин не спеша поднимается по лестнице,

– он, очевидно, слышал, как я запирал дверь. Вы бы расхохотались, если б увидели, как он шарахнулся, когда я догнал его на площадке. Он бросил на меня испепеляющий взгляд, но я пробежал мимо него и влетел к себе в комнату, хлопнув дверью так, что весь дом задрожал. Я слышал, как он, шаркая туфлями, доплелся до моей двери, немного постоял перед ней, потом спустился вниз. Я немедленно стал готовиться к опыту.

Все было сделано в течение этого вечера и ночи. В то время когда я еще находился под одурманивающим действием снадобий, принятых мной для обесцвечивания крови, кто-то стал стучаться в дверь. Потом стук прекратился, шаги начали удаляться, но вот снова приблизились, и стук в дверь повторился. Кто-то попытался что-то просунуть под дверь – какую-то синюю бумажку. Терпение мое лопнуло, я вскочил, подошел к двери и распахнул ее настежь. «Ну, что еще там?» – спросил я.

Это оказался хозяин, он принес мне повестку о выселении или что-то в этом роде. Он протянул мне бумагу, но, по-видимому, его чем-то удивили мои руки, и он взглянул мне в лицо.

С минуту он стоял, разинув рот, потом выкрикнул что-то нечленораздельное, уронил свечу и бумагу и, спотыкаясь, бросился бежать по темному коридору к лестнице. Я закрыл дверь, запер ее на ключ и подошел к зеркалу. Тогда я понял его ужас. Лицо у меня было белое, как мрамор.

Но я не ожидал, что мне придется так сильно страдать. Это было ужасно. Вся ночь прошла в страшных мучениях, тошноте и обмороках. Я стискивал зубы, все тело горело, как в огне, но я лежал неподвижно, точно мертвый. Тогда-то я понял, почему кошка так мяукала, пока я не захлороформировал ее. К счастью, я жил один, без прислуги. Были минуты, когда я плакал, стонал, разговаривал сам с собой. Но я выдержал все... Я потерял сознание и очнулся только среди ночи, совсем ослабевший.

Боли я уже не чувствовал. Я решил, что умираю, но отнесся к этому совершенно равнодушно. Никогда не забуду этого рассвета, не забуду жути, охватившей меня при виде моих рук, словно сделанных из дымчатого стекла и постепенно, по мере наступления дня, становившихся все прозрачнее и тоньше, так что я мог видеть сквозь них все предметы, в беспорядке разбросанные по комнате, хотя и закрывал свои прозрачные веки. Тело мое сделалось как бы стеклянным, кости и артерии постепенно бледнели, исчезали: последними исчезли тонкие нити нервов. Я скрипел зубами, но выдержал до конца... И вот остались только мертвенно-белые кончики ногтей и бурое пятно какой-то кислоты на пальце.

С большим трудом поднялся я с постели. Сначала я чувствовал себя беспомощным, как грудной младенец, ступая ногами, которых не видел. Я был очень слаб и голоден. Подойдя к зеркалу, перед которым я обыкновенно брился, я увидел пустоту, в которой еле-еле можно было еще различить туманные следы пигмента на сетчатой оболочке глаз. Я схватился за край стола и прижался лбом к зеркалу.

Только отчаянным напряжением воли я заставил себя вернуться к аппарату и закончить процесс.

Я проспал все утро, закрыв лицо простыней, чтобы защитить глаза от света; около полудня меня снова разбудил стук в дверь. Силы вернулись ко мне. Я сел, прислушался и услышал шепот. Я вскочил и принялся без шума разбирать аппарат, рассовывая отдельные части его по разным углам, чтобы невозможно было догадаться об его устройстве. Снова раздался стук, и послышались голоса – сначала голос хозяина, а потом еще два, незнакомые. Чтобы выиграть время, я ответил им. Мне попались под руку невидимая тряпка и подушка, и я выбросил их через окно на соседнюю крышу. Когда я открывал окно, дверь оглушительно затрещала. По-видимому, кто-то налег на нее плечом, надеясь высадить замок. Крепкие засовы, приделанные мной за несколько дней до этого, не поддавались. Однако сама попытка встревожила и возмутила меня. Весь дрожа, я стал торопливо заканчивать свои приготовления.

Я собрал в кучу валявшиеся на полу черновики записей, немного соломы, оберточную бумагу и тому подобный хлам и открыл газ. В дверь посыпались тяжелые и частые удары. Я никак не мог найти спички. В бешенстве я стал колотить по стене кулаком. Я снова завернул газовый рожок, вылез из окна на соседнюю крышу, очень тихо опустил раму и сел – в полной безопасности, невидимый, но дрожа от гнева и нетерпения. Я видел, как от двери оторвали доску, затем отбили скобы засовов, и в комнату вошли хозяин и два его пасынка – два дюжих парня двадцати трех и двадцати четырех лет. Следом за ними семенила старая ведьма, жившая внизу.

Можете себе представить их изумление, когда они нашли комнату пустой. Один из парней сразу подбежал к окну, открыл его и стал оглядываться кругом. Его толстогубая бородатая физиономия с выпученными глазами была от меня на расстоянии фута. Меня так и подмывало хватить кулаком по этой глупой роже, но я сдержался. Он глядел прямо сквозь меня, как и все остальные, которые подошли к нему. Старик вернулся в комнату и заглянул под кровать, а потом все они бросились к буфету. Затем они стали горячо обсуждать происшествие, мешая еврейский жаргон с жаргоном лондонских предместий. Они пришли к заключению, что я вовсе не отвечал на стук и что им это только почудилось. Мой гнев уступил место чувству необычайного торжества: я сидел за окном и спокойно следил за этими четырьмя людьми – старуха тоже вошла в комнату, по-кошачьи подозрительно озираясь, – пытавшимися разрешить загадку моего поведения.

Старик, насколько я мог понять его двуязычный жаргон, соглашался со старухой, что я занимаюсь вивисекцией. Пасынки возражали на ломаном английском языке, утверждая, что я электротехник, и в доказательство ссылались на динамо-машины и излучающие аппараты, Они все побаивались моего возвращения, хотя, как я узнал впоследствии, заперли наружную дверь. Старуха шарила в буфете и под кроватью, а на площадке лестницы появился один из моих соседей по квартире, уличный разносчик, живший вместе с мясником в комнате напротив. Его также пригласили в мою комнату и наговорили ему невесть что.

Мне пришло в голову, что если мои аппараты попадут в руки наблюдательного и толкового специалиста, то они слишком многое откроют ему; поэтому, улучив минуту, я влез в комнату, разъединил динамо-машины и разбил оба аппарата. До чего же они переполошились! Затем, пока они старались объяснить себе это, я выскользнул из комнаты и тихонько спустился вниз.

Я вошел в гостиную и стал ожидать их возвращения; вскоре они пришли, все еще обсуждая происшествие и стараясь найти ему объяснение. Они были немного разочарованы, не найдя никаких «ужасов», и в то же время сильно смущены, не зная, насколько законно они действовали по отношению ко мне. Как только они спустились вниз, я снова пробрался к себе в комнату, захватив коробку спичек, зажег бумагу и мусор, придвинул к огню стулья и кровать, при помощи гуттаперчевой трубки подвел к пламени газ и простился с комнатой.

– Вы подожгли дом?! – воскликнул Кемп.

– Да. Это было единственное средство замести следы, а дом, безусловно, был застрахован… Я отодвинул засов наружной двери и вышел на улицу. Я был невидим и еще только начинал сознавать, какие преимущества это давало мне. Сотни самых дерзких и фантастических планов возникали в моем мозгу, и от сознания лилией безнаказанности кружилась голова.

21. НА ОКСФОРД-СТРИТ

Спускаясь в первым раз по лестнице, я натолкнулся на неожиданное затруднение: ходить, не видя своих ног, оказалось делом нелегким, несколько раз я даже споткнулся. Кроме того, я ощутил какую-то непривычную неловкость, когда взялся за дверной засов. Однако, перестав глядеть на землю, я скоро научился сносно ходить по ровному месту.

Настроение у меня, как я уже сказал, было восторженное. Я чувствовал себя точно зрячий в городе слепых, расхаживающий в мягких туфлях и бесшумных одеждах. Меня все время подмывало подшучивать над людьми, пугать их, хлопать по плечу, сбивать с них шляпы и вообще упиваться необычайным преимуществом своего положения.

Но едва я очутился на Портленд-стрит (я жил рядом с большим мануфактурным магазином), как услышал звон и почувствовал сильный толчок в спину. Обернувшись, я увидел человека, несшего корзину сифонов с содовой водой и в изумлении глядевшего на свою ношу. Удар был очень чувствительный, но человек этот выглядел так комично, что я громко расхохотался. «В корзине черт сидит», – сказал я и неожиданно выхватил ее у него из рук. Он покорно выпустил ее, и я поднял корзину на воздух.

Но тут какой-то болван извозчик, стоявший в дверях пивной, подскочил и хотел схватить корзину, и его протянутая рука угодила мне под ухо, причинив мучительную боль. Я выпустил корзину, которая с треском и звоном упала у ног извозчика, и только среди крика и топота выбежавших из лавок людей, среди остановившихся экипажей сообразил, что я наделал. Проклиная свое безумие, я прислонился к окну лавки и стал выжидать случая незаметно выбраться из сутолоки. Еще минута – и меня втянули бы в толпу, где мое присутствие было бы обнаружено. Я толкнул мальчишку из мясной лавки, к счастью, не заметившего, что его толкнула пустота, и спрятался за пролеткой извозчика. Не знаю, как они распутали эту историю. Я перебежал улицу, на которой, к счастью, не оказалось экипажей, и, напуганный разыгравшимся скандалом, торопливо шел, не разбирая дороги, пока не попал на Оксфорд-стрит, где в вечерние часы всегда полно народу.

Я пытался слиться с потоком людей, но толпа была слишком густа, и через минуту мне стали наступать на пятки. Тогда я спустился в водосточную канаву. Мне было больно ступать босиком, и через минуту оглоблей ехавшей мимо кареты мне угодило под лопатку, по тому самому месту, которое уже ушибли корзиной. Я кое-как уклонился от кареты, судорожным движением избежал столкновения с детской коляской и очутился позади какой-то пролетки: счастливая мысль спасла меня: я пошел следом за медленно двигавшейся пролеткой, не отставая от нее ни на шаг. Мое приключение, принявшее столь неожиданный оборот, начинало пугать меня. И я дрожал не только от страха, но и от холода. В этот ясный январский день я был совершенно голый, а тонкий слой грязи на мостовой почти замерз. Как это ни глупо, но я не сообразил, что – прозрачный или нет – я все же подвержен действию погоды и простуде.

Тут мне пришла в голову блестящая мысль. Я забежал вперед и сел в пролетку. Дрожа от холода, испуганный, с первыми признаками насморка, с ушибами и ссадинами на спине, все сильнее дававшими себя чувствовать, я медленно ехал по Оксфорд-стрит, и дальше по Тоттенхем-Корт-роуд. Настроение мое совершенно не походило на то, с каким десять минут назад я вышел из дому. Вот она, моя невидимость! Меня занимала только одна мысль: как выбраться из скверного положения, в какое я попал?

Мы тащились мимо книжной лавки Мьюди; тут какая-то высокая женщина, нагруженная пачкой книг в желтых обложках, окликнула Моего извозчика, и я едва успел выскочить, чуть не попав при этом под вагон конки; Я направился к Блумсбери-сквер, намереваясь свернуть за музеем к северу, чтобы добраться до малолюдных кварталов. Я окоченел, и нелепость моего положения так угнетала меня, что я всхлипывал на ходу. На углу Блумсбери-сквер из конторы

Фармацевтического общества выбежала белая собачонка и немедленно погналась за мной, обнюхивая землю.

Раньше мне никогда не приходило в голову, что для собаки нос то же, что для человека глаза. Собаки чуют носом движения человека, подобно тому как люди видят их глазами. Мерзкая тварь стала лаять и прыгать вокруг меня, слишком ясно показывая, что она осведомлена о моем присутствии. Я пересек Грейт-Рассел-стрит, все время оглядываясь через плечо, и, только углубившись в Монтегю-стрит, заметил, что движется мне навстречу.

До меня донеслись громкие звуки музыки, и я увидел большую толпу, шедшую со стороны Рассел-сквер, – красные куртки, а впереди знамя Армии спасения. Я не надеялся пробраться, незаметно сквозь толпу, запрудившую всю улицу, а повернуть назад, уйти еще дальше на окраину я боялся. Поэтому я тут же принял решение: быстро вбежал на крыльцо белого дома, прямо напротив ограды музея, и остановился в ожидании, пока пройдет толпа. К счастью, собачонка, заслышав музыку, перестала лаять, постояла немного в нерешительности и, поджав хвост, побежала назад, к Блумсбери-сквер.

Толпа приближалась, во все горло распевая гимн, показавшийся мне ироническим намеком: «Когда мы узрим его лик?» Она тянулась мимо меня бесконечно. «Бум, бум, бум» – гремел барабан, и я не сразу заметил, что два мальчугана остановились возле меня. «Глянь-ка», – сказал один. «А что?» – спросил другой. «Следы. Да босиком. Как будто кто по грязи шлепал».

Я поглядел вниз и увидел, что мальчишки, выпучив глаза, рассматривают грязные следы, оставленные мной на свежевыбеленных ступеньках. Прохожие немилосердно толкали их, но они, увлеченные своим открытием, продолжали стоять возле меня. «Бум, бум, бум, когда, бум, узрим мы, бум, его лик, бум, бум...» – «Верно тебе говорю, кто-то взошел босиком на это крыльцо, – сказал один. – А вниз не спускался, и из ноги кровь шла».

Шествие уже скрывалось из глаз. «Гляди, Тед, гляди!» – крикнул младший из глазастых сыщиков в крайнем изумлении, указывая прямо на мои ноги. Я взглянул вниз и сразу увидел смутное очертание своих ног, обрисованное кромкой грязи. На минуту я остолбенел.

«Ах, черт! – воскликнул старший. – Вот так штука! Точно привидение, ей-богу!» После некоторого колебания он подошел ко мне поближе и протянул руку. Какой-то человек сразу остановился, чтобы посмотреть, что это он ловит, потом подошла девушка. Еще секунда – и мальчишка коснулся бы меня. Тут я сообразил, как мне поступить. Шагнув вперед – мальчик с криком отскочил в сторону, – я быстро перелез через ограду на крыльцо соседнего дома. Но младший мальчуган уловил мое движение, и, прежде чем я успел спуститься на тротуар, он оправился от минутного замешательства и стал кричать, что ноги перескочили через ограду.

Все бросились туда и увидели, как на нижней ступеньке и на тротуаре с быстротой молнии появляются новые следы.

«В чем дело?» – спросил кто-то. «Ноги! Глядите. Бегут ноги!»

Весь народ на улице, кроме моих трех преследователей, спешил за Армией спасения, и этот поток задерживал не только меня, но и погоню. Со всех сторон сыпались вопросы и раздавались возгласы изумления. Сбив с ног какого-то юношу, я пустился бежать вокруг Рассел-сквер, а человек шесть или семь изумленных прохожих мчались по моему следу. Объясняться, к счастью, им было некогда, а то вся толпа, наверное, кинулась бы за мной.

Дважды я огибал углы, трижды перебегал через улицу и возвращался назад той же дорогой. Ноги мои согрелись, высохли и уже не оставляли мокрых следов. Наконец, улучив минуту, я начисто вытер ноги руками и таким образом окончательно скрылся. Последнее, что я видел из погони, были человек десять, сбившиеся кучкой и с безграничным недоумением разглядывавшие медленно высыхавший отпечаток ноги, угодившей в лужу на Тэвисток-сквер, – единственный отпечаток, столь же необъяснимый, как тот, на который наткнулся Робинзон Крузо.

Это бегство до некоторой степени согрело меня, и я стал пробираться по лабиринту малолюдных улочек и переулков уже в более бодром настроении. Спину ломило, под ухом ныло от удара, нанесенного извозчиком, кожа была расцарапана его ногтями, ноги сильно болели, и из-за пореза на ступне я прихрамывал. Ко мне приблизился какой-то слепой, но я вовремя заметил его и шарахнулся в сторону, опасаясь его тонкого слуха. Несколько раз я случайно сталкивался с прохожими; они останавливались в недоумении, оглушенные неизвестно откуда раздававшейся бранью. А потом я почувствовал на лице что-то мягкое, и площадь стала покрываться тонким слоем снега. Я, очевидно, простудился и не мог удержаться, чтобы время от времени не чихнуть. А каждая собака, которая попадалась мне на пути и начинала, вытянув морду, с любопытством обнюхивать мои ноги, внушала мне ужас.

Потом мимо меня с криком пробежал человек, за ним другой, третий, а через минуту целая толпа взрослых и детей стала обгонять меня. Они спешили на пожар и бежали по направлению к моему дому. Заглянув в переулок, я увидел густое облако дыма, поднимавшееся над крышами и телефонными проводами. Я не сомневался, что это горит моя квартира; вся моя одежда, аппараты, все мое имущество осталось там, за исключением чековой книжки и трех томов заметок, которые ждали меня на Грейт-Портленд-стрит. Я сжег свои корабли – вернее верного! Весь дом пылал.

Невидимка умолк и задумался. Кемп тревожно посмотрел в окно.

– Ну? – сказал он. – Продолжайте.

22. В УНИВЕРСАЛЬНОМ МАГАЗИНЕ

– Итак, в январе, в снег и метель, – а стоило снегу покрыть меня, и я был бы обнаружен! – усталый, простуженный, с ломотой во всем теле, невыразимо несчастный и все еще лишь наполовину убежденный в преимуществах своей невидимости, начал я новую жизнь, на которую сам себя обрек. У меня не было ни пристанища, ни средств к существованию, не было ни одного человека во всем мире, которому я мог бы довериться. Раскрыть тайну значило бы отказаться от своих широких планов на будущее: меня просто стали бы показывать как диковинку. Тем не менее я чуть было не решил подойти к какому-нибудь прохожему и отдаться на его милость. Но я слишком хорошо понимал, какой ужас и какую бесчеловечную жестокость возбудила бы такая попытка. Пока что мне было не до новых планов. Я старался только укрыться от снега, закутаться и согреться – тогда можно было бы подумать и о будущем. Но даже для меня, человека-невидимки, ряды запертых лондонских домов были неприступны.

Только одно видел я тогда отчетливо перед собой: холод, бесприютность и страдания предстоящей ночи среди снежной вьюги. И вдруг меня осенила блестящая мысль. Я свернул на улицу, ведущую от Гауэр-стрит к Тоттенхем-Корт-роуд, и очутился перед огромным магазином «Omnium», – вы знаете его, там торгуют решительно всем: мясом, бакалеей, бельем, мебелью, платьем, даже картинами. Это скорее гигантский лабиринт всевозможных лавок, чем один магазин. Я надеялся, что двери магазина будут открыты, но они были закрыты. Пока я стоял перед входом, подъехал экипаж, и швейцар в ливрее, с надписью «Omnium» на фуражке, распахнул дверь. Мне удалось проскользнуть внутрь, и, пройдя первое помещение – это был отдел лент, перчаток, чулок и тому подобное, – я попал в более обширное помещение, где продавались корзины и плетеная мебель.

Однако я не чувствовал себя в полной безопасности, так как тут все время толклись покупатели. Я стал бродить по магазину, пока не попал в огромный отдел на верхнем этаже, который весь был заставлен кроватями. Здесь я наконец нашел себе приют на огромной куче тюфяков. В магазине уже зажгли огонь, было очень тепло; я решил остаться в своем убежище и, внимательно следя за приказчиками и покупателями, расхаживавшими по мебельному отделу, стал дожидаться часа, когда магазин закроют. «Когда все уйдут, – думал я, – я добуду себе и пищу и платье, обойду весь магазин, узнаю его запасы и, пожалуй, даже посплю на одной из кроватей». Этот план казался мне осуществимым. Я хотел достать платье, чтобы превратиться в закутанную, но все же не возбуждающую особых подозрений фигуру, раздобыть денег, получить свои книги из почтовой конторы, снять где-нибудь комнату и разработать план использования тех преимуществ над моими ближними, которые давала мне моя невидимость.

Время закрытия магазина наступило довольно скоро; с тех пор, как я забрался на груду тюфяков, прошло не больше часа, и вот я заметил, что шторы на окнах спущены, а последних покупателей выпроваживают. Потом множество проворных молодых людей принялись с необыкновенной быстротой убирать товары, лежавшие в беспорядке на прилавках. Когда толпа стала редеть, я оставил свое логово и осторожно пробрался поближе к центральным отделам магазина. Меня поразила быстрота, с какой целая армия юношей и девушек убирала все, что было выставлено днем для продажи. Все картонки, ткани, гирлянды-кружев, ящики со сладостями в кондитерском отделении, всевозможные предметы, разложенные на прилавках, – все это убиралось, сворачивалось и складывалось на хранение, а то, чего нельзя было убрать и спрятать, прикрывалось чехлами из какой-то грубой материи вроде парусины. Наконец все стулья были нагромождены на прилавки, на полу не осталось ничего. Окончив свое дело, молодые люди поспешили уйти с выражением такой радости на лице, какой я никогда еще не видел у приказчиков. Потом появилась орава подростков с опилками, ведрами и щетками. Мне приходилось то и дело увертываться от них, но все же опилки попадали мне на ноги. Разгуливая по темным, опустевшим помещениям, я еще довольно долго слышал шарканье щеток. Наконец через час с лишним после закрытия магазина я услышал, что запирают двери. Воцарилась тишина, и я очутился один в огромном лабиринте отделений и коридоров. Было очень тихо: помню, как, проходя мимо одного из выходов на Тоттенхем-Корт-роуд, я услышал звук шагов прохожих.

Прежде всего я направился в отдел, где видел чулки и перчатки. Было темно, и я еле разыскал спички в ящике небольшой конторки. Но еще нужно было добыть свечку. Пришлось стаскивать покрышки и шарить по ящикам и коробкам, но в конце концов я все же нашел то, что искал; свечи лежали в ящике, на котором была надпись: «Шерстяные панталоны и фуфайки». Потом я взял носки и толстый шерстяной шарф, после чего направился в отделение готового платья, где взял брюки, мягкую куртку, пальто и широкополую шляпу вроде тех, что носят священники. Я снова почувствовал себя человеком и прежде всего подумал о еде.

На верхнем этаже оказалась закусочная, и там я нашел холодное мясо. В кофейнике осталось немного кофе, я зажег газ и подогрел его. В общем, я устроился недурно. Затем я отправился на поиски одеяла, – в конце концов мне пришлось удовлетвориться ворохом пуховых перин, – и попал в кондитерский отдел, где нашел целую груду шоколада и засахаренных фруктов, которыми чуть не объелся, и несколько бутылок бургундского. А рядом помещался отдел игрушек, которые навели меня на блестящую мысль: я нашел несколько искусственных носов – знаете, из папье-маше – и тут же подумал о темных очках. К сожалению, здесь не оказалось оптического отдела. Но ведь нос был для меня очень важен; сперва я подумал даже о гриме. Раздобыв себе искусственный нос, я начал мечтать о париках, масках и прочем. Наконец я заснул на куче перин, где было очень тепло и удобно.

Еще ни разу, с тех пор как со мной произошла эта необычайная перемена, я не чувствовал себя так хорошо, как в тот вечер, засыпая. Я находился в состоянии полной безмятежности и был настроен весьма оптимистически. Я надеялся, что утром незаметно выберусь из магазина, одевшись и закутав лицо белым шарфом: затем куплю на украденные мною деньги очки, и таким образом экипировка моя будет закончена. Ночью мне снились вперемешку все удивительные происшествия, которые случились со мной за последние несколько дней. Я видел бранящегося еврея-домохозяина, его недоумевающих пасынков, сморщенное лицо старухи, справляющейся о своей кошке. Я снова испытывал странное ощущение при виде исчезнувшей белой ткани. Затем мне представился родной городок и простуженный старичок викарий, шамкающий над могилой моего отца: «Из земли взят и в землю отыдешь»...

«И ты», – сказал чей-то голос, и вдруг меня потащили к могиле. Я вырывался, кричал, умолял могильщиков, но они стояли неподвижно и слушали отпевание; старичок викарий тоже, не останавливаясь, монотонно читал молитвы и прерывал свое чтение лишь чиханьем. Я сознавал, что, не видя меня и не слыша, они все-таки меня одолели. Несмотря на мое отчаянное сопротивление, меня бросили в могилу, и я, падая, ударился о гроб, а сверху меня стали засыпать землей. Никто но замечал меня, никто не подозревал о моем существовании. Я стал судорожно барахтаться – и проснулся.

Бледная лондонская заря уже занималась: сквозь щели между оконными шторами проникал холодный серый свет. Я сел и долго не мог сообразить, что это за огромное помещение с железными столбами, с прилавками, грудами свернутых материй, кучей одеял и подушек. Затем вспомнил все и услышал чьи-то голоса.

Издали, из комнаты, где было светлее, так как шторы там были уже подняты, ко мне приближались двое. Я вскочил, соображая, куда скрыться, и это движение выдало им мое присутствие. Я думал, что они успели заметить только проворно удаляющуюся фигуру. «Кто тут?» – крикнул один. «Стой!» – закричал другой. Я свернул за угол и столкнулся с тощим парнишкой лет пятнадцати. Не забудьте, что я был фигурой без лица! Он взвизгнул, а я сшиб его с ног, бросился дальше, свернул еще за угол, и тут у меня мелькнула счастливая мысль: я распластался за прилавком. Еще минута – и я услышал шаги бегущих людей, отовсюду раздались крики: «Двери, заприте двери!»,

«Что случилось?» – и со всех сторон посыпались советы, как изловить меня.

Я лежал на полу, перепуганный насмерть. Как это ни странно, в ту минуту мне не пришло в голову, что надо раздеться, а между тем это было бы самое простое. Я решил уйти одетый, и эта мысль завладела мной. Потом по длинному проходу между прилавками разнесся крик: «Вот он!»

Я вскочил, схватил с прилавка стул и пустил им в болвана, который первый крикнул это, потом побежал, наткнулся за углом на другого, отшвырнул его и бросился вверх по лестнице. Он удержался на ногах и с улюлюканьем погнался за мной. На верху лестницы были нагромождены кучи этих пестрых расписных посудин, знаете?

– Горшки для цветов, – подсказал Кемп.

– Вот-вот, цветочные горшки. На верхней ступеньке я остановился, обернулся, выхватил из кучи один горшок и швырнул его в голову подбежавшего болвана. Вся куча горшков рухнула, раздались крики, и со всех сторон стали сбегаться служащие. Я со всех ног кинулся в закусочную. Но там был какой-то человек в белом, вроде повара, и он тоже погнался за мной. Я сделал последний отчаянный поворот и очутился в отделе ламп и скобяных товаров. Я забежал за прилавок и стал поджидать повара. Как только он появился впереди погони, я пустил в него лампой. Он упал, а я, скорчившись за прилавком, начал поспешно сбрасывать с себя одежду. Куртка, брюки, башмаки – все это удалось скинуть довольно быстро, но эти проклятые фуфайки пристают к телу, как собственная кожа. Повар лежал неподвижно по другую сторону прилавка, оглушенный ударом или перепуганный до потери сознания, но я слышал топот, погоня приближалась, и я должен был снова спасаться бегством, точно кролик, выгнанный из кустов.

«Сюда, полисмен!» – крикнул кто-то. Я снова очутился в мебельном отделе, в конце которого стоял целый лес платяных шкафов. Я забрался в самую гущу, лег на пол и, извиваясь, как угорь, освободился наконец от фуфайки. Когда из-за угла появились полисмен и трое служащих, я стоял уже голый, задыхаясь и дрожа от страха. Они набросились на жилетку и кальсоны, уцепились за брюки. «Он бросил свою добычу, – сказал один из приказчиков.

– Наверняка он где-нибудь здесь».

Но они меня не нашли.

Я стоял, глядя, как они ищут меня, и проклинал судьбу за свою неудачу, ибо одежды я все-таки лишился. Потом я отправился в закусочную, выпил немного молока и, сев у камина, стал обдумывать свое положение.

Вскоре пришли два приказчика и стали горячо обсуждать происшествие. Какой вздор они мололи! Я услышал сильно преувеличенный рассказ о произведенных мною опустошениях и всевозможные догадки о том, куда я подевался. Потом я снова стал обдумывать план действий. Стащить что-нибудь в магазине теперь, после всей этой суматохи, было совершенно невозможно. Я спустился в склад посмотреть, не удастся ли упаковать и как-нибудь отправить оттуда сверток, но не понял их системы контроля. Около одиннадцати часов я решил, что в магазине оставаться бессмысленно, и, так как снег растаял и было теплей, чем накануне, вышел на улицу. Я был в отчаянии от своей неудачи, а относительно будущего планы мои были самые смутные.

23. НА ДРУРИ-ЛЕЙН

– Теперь вы можете себе представить, – продолжая Невидимка, – как невыгодно было мое положение. У меня не было ни крова, ни одежды. Одеться – значило отказаться от всех моих преимуществ, превратиться в нечто странное и страшное. Я ничего не ел, так как принимать пищу, то есть наполнять себя непрозрачным веществом, значило бы стать безобразно видимым.

– Об этом я не подумал, – сказал Кемп.

– Да и я тоже. А снег открыл мне глаза на другие опасности. Я не мог выходить на улицу, когда шел снег: он облеплял меня и таким образом выдавал. Дождь тоже выдавал бы мое присутствие, очерчивая меня водяным; контуром и превращая в поблескивающую фигуру человека – в пузырь. А туман? При тумане я тоже превращался бы в мутный пузырь, в размытый силуэт человека. Кроме того, бродя по улицам при лондонском климате, я пачкал ноги, и на коже оседали сажа и пыль. Я не знал, скоро ли грязь выдаст меня. Но я ясно понимал, что это время не за горами, поскольку речь шла о Лондоне. Я направился к трущобам в районе Грейт-Портленд-стрит и очутился в конце улицы, где жил прежде. Я не пошел этой дорогой, потому что перед еще дымившимися развалинами дома, который я поджег, стояла густая толпа. Мне необходимо было достать платье. Я не знал, чем прикрыть лицо. Тут мне бросилась в глаза одна из тех лавчонок, где продается все: газеты, сласти, игрушки, канцелярские принадлежности, елочные украшения и так далее; в витрине я увидел целую выставку масок и носов. Это снова навело меня на ту же мысль, что и вид игрушек в «Omnium». Я повернул назад уже с определенной целью и, избегая многолюдных улиц, направился к глухим кварталам к северу от Стрэнда: я вспомнил, что где-то в этих местах торгуют своими изделиями несколько театральных костюмеров.

День был холодный, дул пронзительный северный ветер. Я шел быстро, чтобы на меня не натыкались сзади. Каждый перекресток представлял для меня опасность, за каждым прохожим я должен был зорко следить. В конце Бедфорд-стрит какой-то человек, мимо которого я проходил, неожиданно повернулся и, налетев на меня, сшиб меня на мостовую, где я едва не попал под колеса пролетки. Оказавшиеся поблизости извозчики решили, что с ним случилось что-то вроде удара. Это столкновение так подействовало на меня, что я зашел на рынок Ковент-Гарден и там сел в уголок, возле лотка с фиалками, задыхаясь и дрожа от страха. Я, видно, сильно простудился и вынужден был вскоре уйти, чтобы не привлечь внимания своим чиханьем.

Наконец я достиг цели своих поисков, – это была грязная, засиженная мухами лавчонка в переулке близ Друри-Лейн, где в окне были выставлены театральные костюмы, поддельные драгоценности, парики, туфли, домино и фотографии актеров. Лавка была старинная, низкая и темная, а над нею высились еще четыре этажа мрачного, угрюмого дома. Я заглянул в окно и, не увидев никого в лавке, вошел. Звякнул колокольчик. Я оставил дверь открытой, а сам шмыгнул мимо манекена и спрятался в углу за большим трюмо. С минуту никто не появлялся. Потом я услышал в лавке чьи-то тяжелые шаги.

Я успел уже составить план действий. Я предполагал пробраться в дом, спрятаться где-нибудь наверху, дождаться удобной минуты и, когда все стихнет, подобрать себе парик, маску, очки и костюм, а там незаметно выскользнуть на улицу, может быть, в весьма нелепом, но все же правдоподобном виде. Между прочим, я надеялся унести и деньги, какие попадутся под руку.

Хозяин лавки был маленький тощий горбун с нахмуренным лбом, длинными неловкими руками и очень короткими кривыми ногами. По-видимому, мой приход оторвал его от еды. Он оглядел лавку, ожидание на его лице сменилось сначала изумлением, а потом гневом, когда он увидел, что в лавке никого нет. «Черт бы побрал этих мальчишек!» – проворчал он. Потом вышел на улицу и огляделся. Через минуту он вернулся, с досадой захлопнул дверь ногой и, бормоча что-то про себя, ушел внутрь дома.

Я выбрался из своего убежища, чтобы последовать за ним, но, услышав мое движение, он остановился как вкопанный. Остановился и я, пораженный тонкостью его слуха. Он захлопнул дверь перед самым моим носом.

Я стоял в нерешительности. Вдруг я снова услышал его быстрые шаги, и дверь опять открылась. Он стал оглядывать лавку: как видно, его подозрения еще не рассеялись окончательно. Затем, все так же что-то бормоча, он осмотрел с обеих сторон прилавок, заглянул под стоявшую в лавке мебель. После этого он остановился, опасливо озираясь. Так как он оставил дверь открытой, я шмыгнул в соседнюю комнату.

Это была странная каморка, убого обставленная, с грудой масок в углу. На столе стоял остывший завтрак. Поверьте, Кемп, мне было нелегко стоять там, вдыхая запах кофе, и смотреть, как он принялся за еду. А ел он очень неаппетитно. В комнате было три двери, из которых одна вела наверх, обе другие – вниз, но все они были закрыты. Я не мог выйти из комнаты, пока он был там, не мог даже двинуться с места из-за его дьявольской чуткости, а в спину мне дуло. Два раза я чуть было не чихнул.

Ощущения мои были необычны и интересны, но вместе с тем я чувствовал невыносимую усталость и насилу дождался, пока он кончил свой завтрак. Наконец он насытился, поставил свою жалкую посуду на черный жестяной поднос, на котором стоял кофейник, и, собрав крошки с запачканной горчицей скатерти, двинулся с подносом к двери. Так как руки его были заняты, он не мог закрыть за собой дверь, что ему, видимо, хотелось сделать. Никогда в жизни не видел человека, который так любил бы затворять двери! Я последовал за ним в подвал, в грязную, темную кухню. Там я имел удовольствие видеть, как он мыл посуду, а затем, не ожидая никакого толка от моего пребывания внизу, где мои босые ноги вдобавок стыли на каменном полу, я вернулся наверх и сел в его кресло у камина. Так как огонь угасал, то я, не подумав, подбросил углей. Этот шум немедленно привлек хозяина, он прибежал в волнении и начал обшаривать комнату, причем один раз чуть не задел меня. Но и этот тщательный осмотр, по-видимому, мало удовлетворил его. Он остановился в дверях и, прежде чем спуститься вниз, еще раз внимательно оглядел всю комнату.

Я просидел в маленькой гостиной целую вечность. Наконец он вернулся и открыл дверь наверх. Мне удалось проскользнуть вслед за ним.

На лестнице он вдруг остановился, так что я чуть не наскочил на него. Он стоял, повернув голову, глядя мне прямо в лицо и внимательно прислушиваясь. «Готов поклясться...» – сказал он. Длинной волосатой рукой он пощипывал нижнюю губу. Взгляд его скользил по лестнице. Что-то пробурчав, он стал подниматься наверх.

Уже взявшись за ручку двери, он снова остановился с выражением того же сердитого недоумения на лице. Он явно улавливал шорох моих движений. Этот человек, по-видимому, обладал исключительно тонким слухом. Вдруг им овладело бешенство. «Если кто-нибудь забрался в дом!..» – закричал он, крепко выругавшись, и, не докончив угрозы, сунул руку в карман. Не найдя там того, что искал, он шумно бросился мимо меня вниз. Но я за ним не последовал, а уселся на верхней ступеньке лестницы и стал ждать его возвращения.

Вскоре он появился снова, все еще что-то бормоча. Он открыл дверь, но, прежде чем я успел войти, захлопнул ее перед моим носом.

Я решил осмотреть дом и потратил на это некоторое время, стараясь двигаться как можно тише: Дом был совсем ветхий, до того сырой, что обои отстали от стен, и полный крыс. Почти все дверные ручки поворачивались очень туго, и я боялся их трогать. Некоторые комнаты были совсем без мебели, а другие завалены театральным хламом, купленным, если судить по его виду, из вторых рук. В небольшой комнате рядом со спальней я нашел ворох старого платья. Я стал нетерпеливо рыться в нем и, увлекшись, забыл о тонком слухе хозяина. Я услышал крадущиеся шаги и поднял голову как раз вовремя: хозяин появился на пороге со старым револьвером в руке и уставился на развороченную кучу платья. Я стоял, не шевелясь, все время, пока он с разинутым ртом подозрительно оглядывал комнату:

«Должно быть, это она, – пробормотал он. – Черт бы ее побрал!» Он бесшумно закрыл дверь и сейчас же запер ее на ключ. Я услышал его удаляющиеся шаги. И вдруг я понял, что заперт. В первую минуту я растерялся. Прошел от двери к окну и обратно, остановился, не зная, что делать. Меня охватило бешенство. Но я решил прежде всего осмотреть платье, и первая же моя попытка стащить узел с верхней полки снова привлекла хозяина. Он явился еще более мрачный, чем раньше. «На этот раз он коснулся меня, отскочил и, пораженный, остановился, разинув рот, посреди комнаты.

Вскоре он несколько успокоился. «Крысы», – сказал он вполголоса, приложив палец к губам. Он явно был несколько испуган. Я бесшумно вышел из комнаты, но при этом скрипнула половица. Тогда этот дьявол стал ходить по всему дому с револьвером наготове, запирая подряд все двери и пряча ключи в карман. Сообразив, что он задумал, я пришел в такую ярость, что чуть было не упустил удобный случай. Я теперь точно знал, что он один во всем доме. Поэтому я без всяких церемоний хватил его по голове.

– Хватили по голове?! – воскликнул Кемп.

– Да, оглушил его, когда он шел вниз. Ударил стулом, который стоял на площадке лестницы; он покатился вниз, как мешок со старой обувью.

– Но, позвольте, простая гуманность...

– Простая гуманность годится для обыкновенных людей. Вы поймите, Кемп, мне во что бы то ни стало нужно было выбраться из этого дома одетым и так, чтобы он меня не видел. Другого способа я не мог придумать. Потом я заткнул ему рот камзолом эпохи Людовика Четырнадцатого и завязал его в простыню.

– Завязали в простыню?

– Сделал из него нечто вроде узла. Хорошее средство, чтобы напугать этого идиота и лишить его возможности кричать и двигаться, а выбраться из этого узла было не так-то просто. Дорогой Кемп, нечего сидеть и глазеть на меня, как на убийцу. У него ведь был револьвер. А если бы он увидел меня, то мог бы описать мою наружность...

– Но все же, – сказал Кемп, – в Англии, в наше время... И ведь человек этот был у себя дома, а вы... вы совершали грабеж!

– Грабеж? Черт знает что такое! Вы еще, пожалуй, назовете меня вором. Надеюсь, Кемп, вы не настолько глупы, чтобы плясать под старую дудку. Неужели вы не можете понять, каково мне было?

– Могу. Но каково было ему! – сказал Кемп.

Невидимка быстро вскочил.

– Что вы сказали? – спросил он.

Лицо Кемпа приняло суровее выражение. Он хотел было заговорить, но удержался.

– Впрочем, – сказал он, вдруг меняя тон, – пожалуй, ничего другого вам не оставалось. Ваше положение было безвыходным. А все же...

– Конечно, я был в безвыходном положении, в ужасном положении! Да и горбун довел меня до бешенства: гонялся за мной по всему дому, угрожал своим дурацким револьвером, отпирал и запирал двери... Это было невыносимо! Вы ведь не вините меня, правда? Не вините?

– Я никогда никого не виню, – ответил Кемп. – Это совершенно вышло из моды. Ну, а что вы сделали потом?

– Я был голоден. Внизу я нашел каравай хлеба и немного прогорклого сыра, этого было достаточно, чтобы утолить мой голод. Потом я выпил немного коньяку с водой и прошел мимо завязанного в простыню узла – он лежал не шевелясь – в комнату со старым платьем. Окно этой комнаты, завешенное грязной кружевной занавеской, выходило на улицу. Я осторожно выглянул. День был яркий, ослепительно яркий по сравнению с сумраком угрюмого дома, в котором я находился. Улица была очень оживленная: тележки с фруктами, пролетки, ломовик с кучей ящиков, повозка рыботорговца. У меня зарябило в глазах, и я вернулся к полутемным полкам. Возбуждение мое улеглось, я трезво оценил положение. В комнате стоял слабый запах бензина, употреблявшегося, очевидно, для чистки платья.

Я начал тщательно осматривать комнату за комнатой. Очевидно, горбун уже давно жил в этом доме один. Любопытная личность... Все, что только могло мне пригодиться, я собрал в комнату, где лежали костюмы, потом стал тщательно отбирать. Я нашел саквояж, который мог оказаться мне очень полезным, пудру, румяна и липкий пластырь.

Сначала я хотел было накрасить и напудрить лицо, чтобы сделать его видимым, но тут же сообразил, что в этом есть большое неудобство: для того, чтобы снова исчезнуть, мне понадобился бы скипидар и некоторые другие средства, не говоря уж о том, что это отнимало бы много времени. Наконец я выбрал маску, слегка карикатурную, но не более, чем многие человеческие лица, темные очки, бакенбарды с проседью и парик. Белья я не нашел, но его можно было приобрести впоследствии, а пока что я закутался в миткалевый плащ и белый кашемировый шарф; носков не было, но башмаки горбуна пришлись почти впору. В кассе оказалось три соверена и на тридцать шиллингов серебра, а взломав шкаф, я нашел восемь фунтов золотом. Снаряженный таким образом, я снова мог выйти на белый свет.

Тут на меня напало сомнение: действительно ли моя наружность правдоподобна? Я внимательно осмотрел себя в маленьком зеркальце, поворачиваясь то так, то этак, проверяя, не упустил ли я чего-нибудь. Нет, как будто все в порядке: фигура, конечно, гротескная, вроде театрального нищего, но общий вид сносный, бывают и такие люди. Немного успокоенный, я сошел с зеркальцем в лавку, опустил занавески и снова осмотрел себя со всех сторон в трюмо.

Несколько минут я собирался с духом, наконец отпер дверь и вышел на улицу, предоставив маленькому горбуну собственными силами выбираться из простыни. Сначала я сворачивал за угол на каждом перекрестке. Мой вид не привлекал ничьего внимания. Казалось, я перешагнул через последнее препятствие.

Он замолчал.

– А горбуна вы так и бросили на произвол судьбы? – спросил Кемп.

– Да, – сказал Невидимка. – Не знаю, что с ним сталось. Вероятно, он развязал простыню, вернее, разорвал ее. Узлы были крепкие.

Он снова замолчал, поднялся и стал смотреть в окно.

– Ну, а потом вы вышли на Стрэнд и что же дальше?

– О, снова разочарование! Я думал, что мытарства мои кончились. Воображал, что теперь я могу безнаказанно делать все, что вздумается, если только сохраню свою тайну. Так мне казалось. Я мог делать все что угодно, не считаясь с последствиями: стоило только скинуть платье, чтоб исчезнуть. Задержать меня никто не мог. Деньги можно брать где угодно. Я решил задать себе великолепный пир, поселиться в хорошей гостинице и обзавестись новым имуществом. Самоуверенность моя не знала границ, даже вспоминать неприятно, каким я был ослом. Я зашел в ресторан, стал заказывать обед и вдруг сообразил, что, не открыв лица, не могу начать есть. Я заказал обед и вышел взбешенный, сказав официанту, что вернусь через десять минут. Не знаю, приходилось ли вам, Кемп, голодному, как волк, испытывать такое разочарование?

– Такое – никогда, – сказал Кемп, – но я вполне себе это представляю.

– Я готов был убить их, этих кретинов. Наконец, совсем измученный голодом, я зашел в другой ресторан и потребовал отдельную комнату. «Я изуродован, – сказал я. – Получил сильные ранения». Официанты смотрели на меня с любопытством, но расспрашивать, конечно, не смели, и я наконец пообедал. Сервировка оставляла желать лучшего, но я вполне насытился и, затянувшись сигарой, стая обдумывать, как быть дальше. На дворе начиналась вьюга.

Чем больше я думал, Кемп, тем яснее понимал, как беспомощен и нелеп невидимый человек в сыром и холодном климате, в огромном цивилизованном городе. До моего безумного опыта мне рисовались всевозможные преимущества. Теперь же я не видел ничего хорошего.

Я перебрал в уме все, чего может желать человек. Правда, невидимость позволяла многого достигнуть, но но позволяла мне пользоваться достигнутым. Честолюбие? Но что в высоком звании, если обладатель его принужден скрываться? Какой толк в любви женщины, если она должна быть Далилой? Меня не интересует ни политика, ни сомнительная популярность, ни филантропия, ни спорт. Что же мне оставалось? Чего ради я обратился в запеленатую тайну, в закутанную и забинтованную пародию на человека?

Он умолк и, казалось, посмотрел в окно.

– А как же вы очутились в Айпинге? – спросил Кемп, чтобы не дать оборваться разговору.

– Я поехал туда работать. У меня тогда мелькнула смутная надежда. Теперь эта мысль созрела. Вернуться в прежнее состояние. Вернуться, когда мне это понадобится, когда я невидимкой сделаю все, что хочу. Об этом-то прежде всего мне и надо поговорить с вами.

– Вы поехали прямо в Айпинг?

– Да. Получил свои заметки и чековую книжку, приобрел белье и все необходимое, заказал реактивы, при помощи которых хотел осуществить свой замысел (как только получу книги, покажу вам все вычисления), и поехал. Боже, что за метель была, и как трудно было уберечь проклятый картонный нос, чтобы он не размок от снега!

– Если судить по газетам, – сказал Кемп, – третьего дня, когда вас обнаружили, вы немного…

– Да, немного… Укокошил я этого болвана полисмена?

– Нет, – сказал Кемп, – говорят, он выздоравливает.

– Ну, значит, ему повезло. Я совсем взбесился. Вот дураки! Чего они пристали ко мне? Ну, а этот остолоп лавочник?

– Смертных случаев не предвидится, – сказал Кемп.

– Что касается моего бродяги, – сказал Невидимка, зловеще посмеиваясь,

– то это еще неизвестно. Ей-богу, Кемп, вам с вашим характером не понять, что такое бешенство! Работаешь долгие годы, придумываешь, строишь планы, и потом какой-нибудь безмозглый, тупой идиот становится тебе поперек дороги! Дураки всех сортов, какие только существуют на свете, старались помешать мне. Если так будет продолжаться, я взбешусь окончательно и начну крошить их направо и налево. Из-за них теперь все стало в тысячу раз трудней.

– В самом деле, положение незавидное, – сухо обронил Кемп.

24. НЕУДАВШИЙСЯ ПЛАН

– Ну, – сказал Кемп, покосившись на окно, – что же мы теперь будем делать?

Он придвинулся ближе к Невидимке, чтобы заслонить от него троих людей, невероятно медленно, как казалось Кемпу, подымавшихся по холму.

– Что вы собирались делать в Порт-Бэрдоке? У вас есть какой-нибудь план?

– Я хотел удрать за границу. Но, встретив вас, я переменил намерение. Так как стало теплей и мне легче быть невидимым, я думал, что лучше всего мне двинуться на юг. Ведь тайна моя раскрыта, и здесь все будут искать закутанного человека в маске. А отсюда есть пароходное сообщение с Францией. Я думал, что можно рискнуть переправиться туда на каком-нибудь пароходе. А из Франции я мог бы по железной дороге поехать в Испанию или даже в Алжир. Это было бы нетрудно. Там можно круглый год оставаться невидимкой. Бродягу этого я превратил бы в подвижной склад моих денег и книг, пока не устроила бы с пересылкой того и другого по почте.

– Понятно.

– И вдруг этому скоту вздумалось поживиться моим имуществом! Он украл мои книги, Кемп! Мои книги! Попадись он мне только!..

– Первым делом надо отобрать у него книги.

– Да где же он? Разве вы знаете?

– Он заперт в городском полицейском управлении, в самой глухой тюремной камере, какая только там нашлась: сам об этом попросил.

– Негодяй! – вырвалось у Невидимки.

– Это несколько нарушает ваши планы.

– Нужно добыть книги, они необходимы.

– Конечно, – согласился Кемп, прислушиваясь к шагам на дворе. – Конечно, книги непременно надо добыть. Но это будет нетрудно, если только он не узнает, что их требуют для вас.

– Верно, – сказал Невидимка и задумался.

Кемп безуспешно пытался поддержать разговор, но тут Невидимка заговорил сам:

– Теперь, когда я очутился у вас, Кемп, все мои планы меняются. Вы человек, способный понять меня. Еще можно сделать многое, очень многое, несмотря на потерю книг, на огласку, несмотря на все, что случилось и что я перенес... Вы никому не говорили обо мне? – спросил он вдруг.

Кемп на мгновение замялся.

– Ведь я обещал, – сказал он.

– Никому? – повторил Гриффин.

– Ни единой душе.

– Ну, тогда... – Невидимка встал и, сунув руки в карманы, зашагал по комнате. – Да, это была ошибка, Кемп, огромная ошибка, что я взялся один за это дело. Напрасно потрачены силы, время, возможности. Один... Удивительно, как беспомощен человек, когда он один! Мелкая кража, потасовка – и все.

Я нуждаюсь в пристанище, Кемп, мне нужен человек, который помог бы мне, спрятал бы меня, мне нужно место, где я мог бы спокойно, не возбуждая ничьих подозрений, есть, спать и отдыхать. Словом, мне нужен сообщник. Тогда возможно все. До сих пор я действовал наобум. Теперь мы обсудим все те выгоды, которые дает невидимость, и все трудности. Заниматься подслушиванием и тому подобным – толку мало: тебя тоже слышно. Воровать это помогает, но не очень. Хоть поймать меня трудно, но, поймав, ничего не стоит засадить в тюрьму. Невидимость полезна, когда надо бежать или, наоборот, подкрадываться. Значит, она хороша при убийстве. Как бы человек ни был вооружен, я легко могу выбрать наименее защищенное место, ударить, спрятаться и удрать; как и куда пожелаю.

Кемп погладил усы. Кажется, кто-то движется внизу.

– Мы должны заняться убийствами, Кемп.

– Заняться убийствами, – повторил Кемп. – Я слушаю вас, Гриффин, но это не значит, что я соглашаюсь с вами. Зачем мы должны убивать?

– Не бессмысленно убивать, а разумно отнимать жизнь. Дело обстоит следующим образом: они знают, что существует Невидимка, знают не хуже нас с вами. И этот Невидимка, Кемп, должен установить царство террора. Вы изумлены, конечно. Но я говорю не шутя: царство террора. Невидимка должен захватить какой-нибудь город, хотя бы этот ваш Бэрдок, терроризировать население и подчинить своей воле всех и каждого. Он издаст свои приказы. Осуществить это можно тысячью способов, скажем, подсовывать под двери листки бумаги. И кто дерзнет ослушаться, будет убит, так же как и его заступники.

– Гм, – пробормотал Кемп, прислушиваясь больше к скрипу отворявшейся внизу двери, чем к словам Гриффина. – Я думаю, Гриффин, – сказал он, стараясь казаться внимательным, – что положение вашего сообщника оказалось бы не из легких.

– Никто не будет знать, что он мой сообщник, – горячо возразил Невидимка и вдруг остановился. – Стойте, что там такое?

– Ничего, – сказал Кемп и вдруг заговорил громко и быстро: – Я не могу согласиться с вами, Гриффин. Поймите же, не могу. К чему вести заведомо проигранную игру? Разве это может дать вам счастье? Не уподобляйтесь одинокому волку. Опубликуйте ваше открытие; если не хотите рассказать о нем всему миру, то доверьте его, по крайней мере, своей стране. Подумайте, чего вы могли бы добиться с миллионом помощников…

Невидимка прервал Кемпа.

– Шаги на лестнице, – прошептал он, подняв руку.

– Не может быть, – сказал Кемп.

– Сейчас посмотрим.

И Невидимка шагнул к двери. После секундного колебания Кемп бросился ему наперерез. Невидимка, вздрогнув, остановился.

– Предатель! – крикнул Голос, и халат расстегнулся. Бросившись в кресло, Невидимка начал раздеваться. Кемп сделал несколько торопливых шагов к двери, и сейчас же Невидимка – ног его уже не было видно – с криком вскочил. Кемп распахнул дверь настежь.

Снизу отчетливо донеслись голоса и топот бегущих ног.

Кемп оттолкнул Невидимку, выскочил в коридор и захлопнул дверь. Ключ заранее был вставлен снаружи. Еще мгновение – и Гриффин очутился бы в кабинете один под замком. Но помешала случайность. Наспех вставленный утром ключ от толчка выскочил и со стуком упал на ковер.

Кемп помертвел. Схватившись обеими руками за ручку, он изо всех сил старался удержать дверь. Несколько мгновений ему это удавалось. Потом дверь приоткрылась дюймов на шесть, он ее снова быстро прихлопнул. В другой раз она рывком открылась на фут, и в щель стал протискиваться халат. Невидимые пальцы схватили Кемпа за горло, и ему пришлось выпустить ручку двери, чтобы защищаться. Он был оттеснен, опрокинут и с силой отброшен в угол площадки. Пустой халат упал на него.

На лестнице стоял полковник Эдай, начальник бэрдокской полиции, которому Кемп написал письмо. Он с ужасом глядел на неожиданно появившегося Кемпа и на болтающиеся в воздухе пустые предметы одежды. Он видел, как Кемп был опрокинут, как он с трудом поднялся, сделал шаг вперед и опять рухнул на пол.

И вдруг его самого что-то ударило. Удар из пустоты! Будто на него навалилась огромная тяжесть. Чьи-то пальцы сдавили ему горло, чье-то колено ударило его в пах, и он кубарем скатился с лестницы. Невидимая нога наступила ему на спину, кто-то зашлепал по лестнице босыми ногами; внизу, в прихожей, оба полицейских вскрикнули и побежали, входная дверь с шумом захлопнулась.

Полковник Эдай приподнялся и сел, бессмысленно озираясь. Сверху, пошатываясь, сходил Кемп, растрепанный и перепачканный; щека у него побелела от удара, из разбитой губы текла кровь, в руках он держал халат и другие части туалета.

– Удрал! – крикнул Кемп. – Плохо дело. Удрал!

25. ОХОТА НА НЕВИДИМКУ

Сначала Эдай ничего не мог понять из бессвязного рассказа Кемпа. Они оба стояли на лестнице, и Кемп все еще держал в руках одежду, оставшуюся от Гриффина. Наконец Эдай начал понимать суть происшедшего.

– Он помешанный, – торопливо говорил Кемп, – это не человек, а зверь. Думает только о себе. Он не считается ни с чем, кроме собственной выгоды и безопасности. Я его выслушал сегодня – это злобный эгоист... Пока он только калечил людей. Но он будет убивать, если мы его не схватим. Он вызовет панику. Он ни перед чем не остановится. И он теперь на воле, обезумевший от ярости!

– Ясно одно: его надо поймать, – сказал Эдай.

– Но как? – воскликнул Кемп и вдруг разразился потоком слов: – Надо сейчас же принять меры. Надо всех поднять на ноги, чтобы Гриффин не ушел из этих мест. Иначе он будет колесить по стране, калечить и убивать людей. Он мечтает о царстве террора! Понимаете ли вы: террора! Вы должны установить надзор на железных дорогах, на шоссе, на судах. Вызовите войска. Единственная надежда на то, что он не уйдет, пока не достанет своих заметок, которые очень ценит. Я вам потом объясню. У вас в полицейском управлении сидит некий Марвел...

– Знаю, – сказал Эдай. – Книги, да. Но ведь этот бродяга...

– Не сознается, что книги у него. Но Невидимка уверен, что Марвел их спрятал. А главное, надо не давать Невидимке ни есть, ни спать. Днем и ночью люди должны бодрствовать, сторожить, чтобы он не мог достать никакой еды. Все должно быть на запоре. Все дома на запор! Дай бог, чтобы были холода и дожди! Все от мала до велика должны участвовать в охоте! Поймите, Эдай, его надо поймать во что бы то ни стало! Иначе нам грозят неисчислимые бедствия, подумать и то страшно.

– Так мы и будем действовать, – сказал Эдай. – Сейчас же пойду и возьмусь за дело. А может, и вы пойдете со мной? Пойдемте! Мы устроим военный совет, пригласим Хопса, администрацию железной дороги. Ей-богу, нельзя терять ни минуты… А по дороге расскажете мне все подробно. Что же еще предпринять? Да бросьте вы этот халат!

Через минуту Эдай и Кемп уже были внизу. Дверь была открыта настежь, и двое полицейских все еще глазели в пустоту.

– Сбежал, сэр, – доложил один из них.

– Мы сейчас отправляемся в Центральное управление, – сказал Эдай. – Один из вас пусть найдет извозчика и велит ему догнать нас. Да поворачивайтесь! Итак, Кемп, что же дальше?

– Собак надо, – сказал Кемп. – Найдите собак. Они не видят, но чуют. Найдите собак.

– Хорошо, – согласился Эдай. – Скажу вам по секрету: у тюремного начальства в Холстэде есть человек, который держит ищеек. Итак, собаки. Дальше.

– Не забудьте, – сказал Кемп, – что пища, поглощенная им, видна. Она видна, пока не усвоится организмом. Значит, после еды он должен прятаться. Надо обыскать каждый кустик, каждый уголок. Надо убрать все оружие и все, что может служить оружием. Ему ничего нельзя подолгу носить с собой. А все, чем можно воспользоваться, чтобы нанести удар, нужно спрятать подальше.

– Сделаем и это, – сказал Эдай. – Он от нас не уйдет, дайте срок.

– А по дорогам… – Начал Кемп и запнулся.

– Что? – спросил Эдай.

– Насыпать толченого стекла. Это, конечно, жестоко, но если подумать, что он может натворить…

Эдай свистнул:

– Не слишком ли это? Нечестная игра. Впрочем, велю приготовить на случай, если он слишком зарвется.

– Говорю вам, что это уже не человек, а зверь, – сказал Кемп. – Не сомневаюсь, что он осуществит свою мечту о терроре, стоит ему только оправиться после бегства. Мы должны во что бы то ни стало его опередить. Он сам бросил вызов человечеству. Так пусть заплатит за это кровью!

26. УБИЙСТВО УИКСТИДА

Невидимка, по всем признакам, выбежал из дома Кемпа в совершенном бешенстве. Маленький ребенок, игравший у калитки, был поднят на воздух и с такой силой отброшен в сторону, что сломал ножку. После этого Невидимка на несколько часов исчез. Никто так и не узнал, куда он направился и что делал. Но можно легко представить себе, как он бежал в знойный июньский полдень в гору и дальше, по меловым холмам за Порт-Бэрдоком, кляня свою судьбу, и наконец, усталый и измученный, нашел приют в кустарнике близ Хинтондина, где решил собраться с мыслями и заново обдумать рухнувшие планы борьбы против себе подобных. Скорее всего, он сразу же укрылся именно в этих местах, потому что около двух часов пополудни он обнаружил там свое присутствие самым зловещим, трагическим образом.

Каково было тогда его настроение и что он замышлял, можно только догадываться. Несомненно, он был до крайности взбешен предательством Кемпа, и, хотя вполне понятны мотивы, руководившие Кемпом, все же нетрудно представить себе гнев, который должна была вызвать такая неожиданная измена, и даже отчасти оправдать его. Быть может, Невидимку снова охватило то чувство растерянности, которое он испытал во время событий на Оксфорд-стрит, – ведь он явно рассчитывал, что Кемп поможет ему осуществить жестокий план – подвергнуть человечество террору. Как бы то ни было, около полудня он исчез, и никто не знает, что он делал до половины третьего. Для человечества это, возможно, и к лучшему, но для него самого такое бездействие оказалось роковым.

В эти два с половиной часа за дело принялось множество людей, рассеянных по всей округе. Утром Невидимка был еще просто сказкой, пугалом; в полдень же благодаря сухому, но выразительному воззванию Кемпа он превратился уже в совершенно осязаемого противника, которого надо было ранить, захватить живым или мертвым, и все население с невероятной быстротой стало готовиться к борьбе. Даже в два часа дня Невидимка еще мог бы спастись, забравшись в поезд, но после двух это стало уже невыполнимо. По всем железнодорожным линиям на обширном пространстве между Саутгемптоном, Манчестером, Брайтоном и Хоршэмом пассажирские поезда шли с запертыми дверями, а товарное движение почти прекратилось. В большом круге, радиусом миль в двадцать вокруг Порт-Бэрдока, по дорогам и полям рыскали группы по три-четыре человека с ружьями, дубинками и собаками.

Конные полицейские объезжали окрестные селения, останавливались у каждого дома и предупреждали жителей, чтобы они запирали двери и не выходили без оружия. В три часа закрылись школы, и перепуганные дети тесными кучками бежали домой. Часам к четырем воззвание, составленное Кемпом и подписанное Эдаем, было уже расклеено по всей округе. В нем кратко, но ясно были указаны все меры борьбы: не давать Невидимке есть и спать, быть все время настороже, чтобы принять решительные меры, если где-либо обнаружится его присутствие. Действия властей были так быстры и энергичны, а страх перед ужасной опасностью так силен, что до наступления ночи во всей округе на протяжении нескольких сот квадратных миль было введено осадное положение. И вот в тот же вечер но всему напуганному и насторожившемуся краю пронесся трепет ужаса: из уст в уста передавали слух, молниеносный и достоверный, об убийстве мистера Уикстида.

Если наше предположение, что Невидимка укрылся в кустарнике близ Хинтондина, правильно, то он, очевидно, вскоре после полудня вышел оттуда с неким намерением, для выполнения которого требовалось оружие. Что это было за намерение, установить нельзя, но оно было. Это, на мой взгляд, неопровержимо; ведь не случайно еще до стычки с Уикстидом Невидимка где-то добыл железный прут.

О подробностях этой стычки мы, разумеется, ничего не знаем. Произошла она на краю песчаного карьера, ярдов за двести от ворот виллы лорда Бэрдока. Все указывает на отчаянную борьбу: утоптанная земля, многочисленные раны Уикстида, его сломанная трость; но трудно себе представить, что могло послужить причиной нападения, кроме мании убийства. Мысль о помешательстве напрашивается сама собой. Мистер Уикстид, управляющий лорда Бэрдока, человек лет сорока пяти, был самым безобидным существом на свете и уж, конечно, никогда первым не напал бы на такого страшного врага. Раны, по-видимому, были нанесены мистеру Уикстиду железным прутом, вытащенным из сломанной ограды. Невидимка остановил этого мирного человека, спокойно направлявшегося домой завтракать, напал на него, быстро сломил его слабое сопротивление, перебил ему руку, повалил беднягу наземь и размозжил ему голову.

Железный прут он, вероятно, вытащил из ограды еще до встречи со своей жертвой, – должно быть, он держал его уже наготове. Еще две подробности проливают некоторый свет на это происшествие. Во-первых, песчаный карьер находился не совсем на пути мистера Уикстида к дому, а ярдов на двести в сторону. Во-вторых, по свидетельству маленькой девочки, которая возвращалась из школы, покойный какой-то странной походкой «трусил» через поле по направлению к карьеру. По тому, как она это изобразила, можно было заключить, что он словно преследовал что-то движущееся по земле, время от времени замахиваясь тростью. Девочка была последней, кто видел несчастного мистера Уикстида живым. Он шел прямо навстречу смерти; он спустился в ложбинку, и росшие там деревья скрыли от девочки последнюю схватку.

Эти подробности, по крайней мере, в глазах пишущего эти строки, делают убийство Уикстида не столь беспричинным. Можно представить себе, что Гриффин прихватил железный прут, конечно, как оружие, но без умысла совершить убийство. Тут мог попасться на дороге Уикстид и увидеть прут, который непонятным образом двигался по воздуху. Нисколько не думая о Невидимке – ведь от этих мест до Порт-Бэрдока десять миль, – он мог последовать за прутом. Весьма вероятно, что он даже и не слыхал о Невидимке. Легко далее допустить, что Невидимка стал потихоньку удаляться, не желая обнаруживать свое присутствие, а Уикстид, возбужденный и заинтересованный, не отставал от странного самодвижущегося предмета и наконец ударил по нему.

Конечно, при обычных обстоятельствах Невидимка мог бы без особого труда уйти от своего уже немолодого преследователя, но положение тела убитого Уикстида дает основание думать, что тот имел несчастье загнать своего противника в угол между густой зарослью крапивы и песчаным карьером. Помня крайнюю раздражительность Невидимки, нетрудно представить себе остальное.

Все это, впрочем, одни догадки. Единственные несомненные факты (ибо на рассказы детей не всегда можно полагаться) – это тело убитого Уикстида и окровавленный железный прут, валявшийся в крапиве. Очевидно, Гриффин бросил прут потому, что, охваченный волнением, забыл о цели, для которой им вооружился, если вначале такая цель и была. Конечно, он был большой эгоист и человек бесчувственный, но вид жертвы, его первой жертвы, окровавленной и жалкой, распростерли у его ног, мог пробудить в нем забытое раскаяние и на время отвратить его от злодейских намерений.

После убийства мистера Уикстида Невидимка, по всей вероятности, бежал в сторону холмов. Рассказывают, что два работника на поле у Ферн-Боттом слышали вечером какой-то таинственный голос. Кто-то рыдал, смеялся, охал и стонал, а порой громко вскрикивал. Должно быть, жутко было это слушать. Голос пронесся над клеверным полем и замер вдалеке у холмов.

В этот вечер Невидимке, вероятно, пришлось узнать, как быстро воспользовался Кемп его откровенностью. Должно быть, он нашел все двери на замке, бродил по железнодорожным станциям, подкрадывался к гостиницам, без сомнения, прочел расклеенные повсюду воззвания и понял, какой предпринят против него поход. С наступлением вечера по полям разбрелись группы вооруженных людей и раздавался собачий лай. Эти охотники на человека получили специальные указания, как помогать друг другу в случае схватки с врагом. Но Невидимке удалось избежать встречи с ними. Мы можем отчасти понять его ярость, если вспомним, что он сам сообщил все сведения, которые так беспощадно обращались теперь против него. В этот день, по крайней мере, он пал духом. Почти целые сутки, если не считать стычки с Уикстидом, он чувствовал себя как затравленный зверь. Ночью ему удалось, вероятно, поесть и поспать, ибо утром к нему снова вернулось присутствие духа: он снова стал сильным, деятельным, хитрым и злобным и был готов к своей последней великой борьбе со всем миром.

27. В ОСАЖДЕННОМ ДОМЕ

Кемп получил странное послание, написанное карандашом на засаленном клочке бумаги:

«Вы проявили изумительную энергию и сообразительность, – говорилось в письме, – хотя я не представляю себе, чего вы надеетесь этим достичь. Вы против меня. Весь день вы травили меня, хотели лишить меня отдыха и ночью. Но я насытился вопреки вам, выспался вопреки вам, и игра еще только начинается. Игра только начинается! Мне ничего не остается, как прибегнуть к террору. Настоящим письмом я провозглашаю первый день Террора. Отныне Порт-Бэрдок уже не под властью королевы, передайте это вашему начальнику полиции и его шайке, – он под моей властью, под Властью Террора. Нынешний день – первый день первого года новой эры – эры Невидимки. Я – Невидимка Первый. Сначала мое правление будет милосердным. В первый день будет совершена только одна казнь, для острастки, казнь человека по фамилии Кемп. Сегодня смерть настигнет этого человека. Пусть запирается, пусть прячется, пусть окружает себя охраной, пусть оденется в броню, если угодно, – смерть, незримая смерть приближается к нему. Пусть-принимает меры предосторожности: тем большее впечатление его смерть произведет на мой народ. Смерть двинется из почтового ящика сегодня в полдень. Письмо будет опущено в ящик перед самым приходом почтальона – и в путь! Игра началась. Смерть надвигается на него. Не помогай ему, дабы смерть не постигла и тебя. Сегодня Кемп должен умереть».

Кемп дважды прочел письмо.

– Это не шутки, – сказал он. – Это его голос! И он будет действовать.

Перевернув листок, он увидел на адресе штемпель «Хинтондин» и прозаическую записку: «Доплатить 2 пенса».

Кемп встал из-за стола, не докончив завтрака, – письмо пришло в два часа дня, – и поднялся в свой кабинет. Он позвонил экономке, велел ей немедленно обойти весь дом, осмотреть все задвижки на окнах и закрыть ставни. Из запертого ящика стола в спальне он вынул небольшой револьвер, тщательно осмотрел его и положил в карман домашней куртки. Затем он написал несколько записок, в том числе и полковнику Эдаю, и поручил служанке отнести их, дав ей при этом точные наставления, как выйти из дому.

– Опасности нет никакой, – сказал он, прибавив про себя: «Для вас». После этого он некоторое время сидел задумавшись, а потом вернулся к остывшему завтраку.

Он ел рассеянно, погруженный в свои мысли. Потом сильно ударил кулаком по столу.

– Мы его поймаем! – воскликнул он. – И приманкой буду я. Он зарвется.

Кемп поднялся наверх, тщательно закрывая за собой все двери.

– Это игра, – сказал он. – И игра необычайная. Но все шансы на моей стороне, мистер Гриффин, хоть вы невидимы и храбры. Гриффин contra mundum[1].

Он стоял у окна, глядя на залитый солнцем косогор.

– Ведь ему надо добывать себе пищу каждый день. Не завидую ему. А верно ли, что прошлой ночью ему удалось поспать? Где-нибудь под открытым небом, чтобы никто не мог на него наткнуться... Вот

---

[1] против всего мира (лат.)

если бы вместо этой жары наступили холода и слякоть... А ведь он, быть может, в эту самую минуту наблюдает за мной.

Кемп вплотную подошел к окну и вдруг в испуге отскочил. Что-то с силой ударилось в стену над рамой.

– Однако нервы у меня расходились, – проговорил он про себя, но добрых пять минут не решался подойти к окну. – Воробей, должно быть, – сказал он.

Тут он услыхал звонок у входной двери и поспешил вниз. Он отодвинул засов, повернул ключ, осмотрел цепь, закрепил ее и осторожно приоткрыл дверь, не показываясь сам. Знакомый голос окликнул его. Это был полковник Эдай.

– На вашу служанку напали, – сказал Эдай из-за двери.

– Что?! – воскликнул Кемп.

– У нее отняли вашу записку. Он где-нибудь поблизости. Впустите меня.

Кемп снял цепь, и Эдай кое-как протиснулся в узкую щель чуть приоткрытой двери. Он облегченно вздохнул, когда Кемп снова наложил засов.

– Записку вырвали у нее из рук. Она страшно испугалась. Сейчас она у меня в управлении. С ней истерика. Он где-нибудь поблизости. Что было в записке?

Кемп выругался.

– И дурак же я! – сказал он. – Мог бы догадаться: ведь отсюда до Хинтондина меньше часу хода. Уже!

– В чем дело? – спросил Эдай.

– Вот взгляните, – сказал Кемп и повел Эдая в кабинет. Он протянул ему письмо Невидимки. Эдай прочел и тихонько свистнул.

– А вы? – спросил он.

– Подстроил ловушку, – сказал Кемп, – и, как дурак, послал план с горничной. Прямо ему в руки.

Эдай терпеливо выслушал проклятия Кемпа.

– Он убежит, – сказал Эдай.

– Ну нет, – возразил Кемп.

Сверху донесся звон разбитого стекла. Эдай заметил маленький револьвер, торчавший из кармана Кемпа.

– Это в кабинете! – сказал Кемп и первый стал подниматься по лестнице. Еще не дойдя до верха, они опять услышали звон.

В кабинете они увидели, что два окна из трех разбиты, пол усеян осколками, а на письменном столе лежит большой булыжник. Оба остановились на пороге, глядя на разрушение. Кемп снова выругался, и в ту же минуту третье окно треснуло, точно выстрелили из пистолета, и на пол со звоном посыпались осколки.

– Зачем это? – сказал Эдай.

– Это начало, – ответил Кемп.

– А влезть сюда нет никакой возможности?

– Даже кошка не влезет, – сказал Кемп.

– Ставен нет?

– Здесь нет. Во всех нижних комнатах… Ого!

Снизу донесся звон стекла и треск досок от сильного удара.

– Это, должно быть… да, это в спальне. Он собирается обработать весь дом. Дурак он. Ставни закрыты, и стекло будет падать наружу. Он изрежет себе ноги.

Еще одно окно разлетелось вдребезги. Кемп и Эдай стояли на площадке, не зная, что делать.

– Вот что, – сказал Эдай, – дайте мне палку или что-нибудь в этом роде; я схожу в управление и велю прислать собак. Тогда мы его поймаем! Они будут здесь через каких-нибудь десять минут…

Еще одно окно разделило участь остальных.

– Нет ли у вас револьвера? – спросил Эдай.

Кемп сунул руку в карман и замялся.

– Нет, – ответил он, – по крайней мере, лишнего нет.

– Я принесу его обратно, – сказал Эдай. – Вы ведь в безопасности.

Кемп, пристыженный, отдал револьвер.

– Теперь пойдемте отворять дверь, – сказал Эдай.

Пока они стояли в прихожей, не решаясь подойти к двери, одно из окон в спальне на первом этаже затрещало. Кемп подошел к двери и начал как можно осторожнее отодвигать засов. Лицо его было несколько бледнее обыкновенного.

– Выходите, – сказал Кемп.

Еще секунда, и Эдай был уже на крыльце, а Кемп снова задвинул засов. Эдай помедлил немного: стоять, прислонившись к двери, было все-таки спокойнее. Потом выпрямился и твердо зашагал вниз по ступенькам. Он пересек лужайку и приблизился к калитке. Казалось, по траве пронесся ветерок. Что-то зашевелилось рядом с ним.

– Погодите минутку, – произнес Голос.

Эдай остановился как вкопанный, рука его крепко сжала револьвер.

– В чем дело? – сказал Эдай, бледный и угрюмый; каждый нерв его был напряжен.

– Вы весьма меня обяжете, если вернетесь в дом, – сказал Голос так же угрюмо и напряженно, как Эдай.

– К сожалению, не могу, – сказал Эдай несколько охрипшим голосом и провел языком по пересохшим губам. Голос был, как ему показалось, слева от него. А что, если попытать счастья и выстрелить?

– Куда вы идете? – спросил Голос.

Оба сделали быстрое движение, и в руке Эдая блеснул револьвер.

Но он отказался от своего намерения и задумался.

– Куда я иду – это мое дело, – проговорил он медленно.

Не успел он произнести эти слова, как невидимая рука обхватила его за шею, в спину уперлось колено, и он упал. Вытащив кое-как револьвер, он выстрелил наугад; в ту же секунду он получил сильный удар по зубам, и револьвер вырвали у него из рук. Он сделал тщетную попытку ухватиться за ускользнувшую невидимую ногу, попробовал встать и снова упал.

– Проклятье! – воскликнул Эдай.

Голос рассмеялся.

– Я убил бы вас, да жалко тратить пулю, – сказал он.

Эдай увидел футах в шести перед собой дуло повисшего в воздухе револьвера.

– Ну? – сказал Эдай, садясь.

– Встаньте! – приказал Голос.

Эдай встал.

– Смирно! – решительно произнес Голос. – Бросьте все свои затеи. Помните, что я ваше лицо хорошо вижу, а вы меня не видите. Вернитесь в дом.

– Он меня не впустит, – сказал Эдай.

– Очень жаль, – сказал Невидимка. – С вами я не ссорился.

Эдай снова провел языком по губам. Он отвел взгляд от револьвера, увидел вдали море, очень синее и темное в блеске полуденного солнца, шелковистые зеленые холмы, белый скалистый мыс, многолюдный город и вдруг почувствовал, как прекрасна жизнь. Он перевел взгляд на маленький металлический предмет, висевший между небом и землей в шести футах от него.

– Что же мне делать? – мрачно спросил он.

– А мне что делать? – спросил Невидимка. – Вы приведете подмогу. Нет, придется вам вернуться назад.

– Попытаюсь. Если он впустит меня, вы обещаете не врываться за мной в дом?

– С вами я не ссорился, – ответил Голос.

Кемп, выпустив Эдая, поспешил наверх: осторожно ступая по осколкам, подкрался к окну кабинета и глянул вниз. Он увидел Эдая, разговаривающего с Невидимкой.

– Что же он не стреляет? – пробормотал Кемп.

Тут револьвер переместился и засверкал на солнце. Заслонив глаза, Кемп старался проследить движение ослепительного луча.

– Так и есть! – воскликнул он. – Эдай отдал револьвер!

– Обещайте не врываться за мной, – говорил в это время Эдай. – Не увлекайтесь своей удачей. Уступите в чем-нибудь.

– Возвращайтесь в дом. Говорю вам прямо: я ничего не обещаю.

Эдай, видимо, вдруг принял решение. Он повернул к дому и медленно пошел вперед, заложив руки за спину. Кемп с недоумением наблюдал за ним. Револьвер исчез, затем снова сверкнул, снова исчез и появился, маленький блестящий предмет, неотступно следовавший за Эдаем. Дальнейшие события развертывались молниеносно: Эдай прыгнул назад, резко повернулся, хотел схватить револьвер, не поймал его, вскинул руки и упал ничком, а над ним взвилось маленькое синее облачко. Выстрела Кемп не слышал. Эдай сделал несколько судорожных движений, приподнялся, опираясь на руку, снова упал и остался недвижим.

Кемп постоял немного, глядя на безмятежно спокойную позу Эдая. День был жаркий и безветренный, казалось, весь мир замер, только в кустах между домом и калиткой две желтые бабочки гонялись одна за другой. Эдай лежал на лужайке возле калитки. Во всех виллах на холме шторы были спущены, но в маленькой зеленой беседке виднелась белая фигура – по-видимому, старик, который мирно дремал. Кемп внимательно всматривался, пытаясь разглядеть в воздухе револьвер, но он исчез. Взгляд Кемпа вернулся к Эдаю. Игра начиналась всерьез.

Кто-то начал звонить и стучаться в наружную дверь все громче, настойчивей, но прислуга, повинуясь распоряжениям Кемпа, сидела, запершись, по своим комнатам. Наконец все стихло. Кемп посидел немного, прислушиваясь, потом осторожно выглянул по очереди в каждое из трех окон. После этого вышел на лестницу и опять напряженно прислушался. Затем пошел в спальню, вооружился там кочергой и снова отправился проверять внутренние запоры окон в нижнем этаже. Все было прочно и надежно. Он вернулся наверх. Эдай по-прежнему неподвижно лежал у края посыпанной гравием дорожки. По дороге, мимо вилл, шли служанка и двое полисменов.

Стояла мертвая тишина. Кемпу показалось, что трое людей приближаются очень медленно. Он спрашивал себя, что делает его противник.

Вдруг он вздрогнул. Снизу донесся треск. После некоторого колебания Кемп сошел вниз. Внезапно весь дом огласился тяжелыми ударами и треском расщепляемого дерева. Звенели и лязгали железные задвижки на ставнях. Он повернул ключ, открыл дверь в кухню. Как раз в эту минуту в комнату полетели разрубленные и расщепленные ставни. Кемп остановился, оцепенев от ужаса. Оконная рама, кроме одной перекладины, была еще цела, но от стекла осталась только зубчатая каемка. Ставни были разрублены топором, который теперь со всего размаху ударял по раме и железной решетке, защищавшей окно. Но вдруг топор отскочил в сторону и исчез.

Кемп увидел лежавший на дорожке возле дома револьвер, и тотчас револьвер подпрыгнул. Кемп попятился. Еще секунда – раздался выстрел; щепка, оторванная от захлопнутой Кемпом кухонной двери, пролетела над его головой. Он запер дверь на ключ и сейчас же услышал крики и смех Гриффина. Потом под сокрушительными ударами топора снова затрещало дерево. Кемп постоял в коридоре, собираясь с мыслями. Через минуту Невидимка будет на кухне. Эта дверь задержит его ненадолго, и тогда...

У наружной двери позвонили. Должно быть, полисмены. Кемп побежал в прихожую, укрепил цепь и отодвинул засов. Только окликнув служанку и услышав ее голос, он снял цепь; все трое гурьбой ввалились в дом, и Кемп снова захлопнул дверь.

– Невидимка! – сказал Кемп. – У него револьвер. Осталось два заряда. Он убил Эдая. Или, во всяком случае, ранил его. Вы не видели его на лужайке? Он там лежит.

– Кто? – спросил один из полицейских.

– Эдай, – сказал Кемп.

– Мы прошли задворками, – сказала служанка.

– Что это за треск? – спросил другой полицейский.

– Он на кухне... или скоро там будет. Он нашел топор...

Вдруг на весь дом раздались удары топора по кухонной двери. Служанка взглянула на дверь, задрожала и попятилась и столовую.

Кемп отрывочно объяснял положение. Они услышали, как подалась кухонная дверь.

– Сюда! – крикнул Кемп, быстро вталкивая полисменов в столовую.

– Кочергу! – крикнул Кемп и бросился к камину. Кочергу, которую он принес из спальни, он отдал первому из полисменов, а кочергу из столовой – другому. Вдруг он отскочил назад.

Один из полисменов пригнулся и, вскрикнув, поймал топор кочергой… Револьвер выпустил предпоследний заряд, пробив ценное полотно кисти Сиднея Купера. Второй полисмен ударил своей кочергой по маленькому смертоносному оружию, точно хотел убить осу, и револьвер со стуком упал на пол.

Как только началась схватка, служанка вскрикнула, постояла с минуту у камина и бросилась отворять ставни, вероятно, думая спастись через разбитое окно.

Топор выбрался в коридор и остановился футах в двух от пола. Слышно было тяжелое дыхание Невидимки.

– Вы оба отойдите, – сказал он. – Мне нужен Кемп.

– А нам нужны вы, – сказал первый полисмен и, выступив вперед, ударил кочергой в направлении Голоса. Но Невидимке удалось уклониться от удара, и кочерга попала в стойку для зонтиков.

Полисмен едва устоял на ногах, и в ту же минуту топор стукнул его по голове, смяв каску, словно она была из бумаги, и он кубарем вылетел на кухонную лестницу. Но второй полисмен ударил кочергой позади топора и попал во что-то мягкое. Раздался крик боли, и топор упал на пол. Полисмен ударил опять, но попал в пустоту; потом он наступил ногой на топор и ударил еще раз. Затем, держа кочергу наготове, стал внимательно прислушиваться, стараясь уловить какое-нибудь движение.

Он услышал, как раскрылось окно в столовой и затем раздались быстрые шаги. Товарищ его приподнялся и сел; кровь текла у него по щеке.

– Где он? – спросил раненый.

– Не знаю. Я зацепил его. Стоит где-нибудь в прихожей, если только не шмыгнул мимо тебя. Доктор Кемп! Сэр!..

Никакого ответа.

– Доктор Кемп! – снова позвал полисмен.

Раненый стал медленно подниматься на ноги. Наконец ему это удалось. Вдруг с кухонной лестницы донеслось шлепанье босых ног.

– Гоп! – крикнул первый полисмен и метнул кочергу: она расплющила газовый рожок.

Он пустился было преследовать Невидимку, но потом раздумал и вошел в столовую.

– Доктор Кемп... – начал он и сразу остановился. – Вот так храбрец этот доктор Кемп, – сказал он, обращаясь к заглянувшему через его плечо товарищу.

Окно в столовой было раскрыто настежь. Ни служанки, ни Кемпа.

Свое мнение о докторе Кемпе второй полисмен выразил кратко и энергично.

28. ТРАВЛЯ ОХОТНИКА

Мистер Хилас, владелец соседней виллы, спал в своей беседке, когда началась осада дома Кемпа. Мистер Хилас принадлежал к тому упрямому меньшинству, которое ни за что не хотело верить «нелепым россказням о Невидимке». Жена его, однако, слухам верила и не раз впоследствии напоминала об этом мужу. Он вышел погулять по своему саду как ни в чем не бывало, а после обеда по давней привычке прилег. Все время, пока Невидимка бил окна в доме Кемпа, мистер Хилас преспокойно спал, но вдруг проснулся и почувствовал неладное. Он взглянул на дом Кемпа, протер глаза и снова взглянул. Потом он спустил ноги и сел, прислушиваясь. Он помянул черта, но странное видение не исчезло. Дом выглядел так, как будто его бросили с месяц назад после погрома. Все стекла были разбиты, и все окна, кроме окон кабинета на верхнем этаже, были изнутри закрыты ставнями.

– Готов поклясться, – мистер Хилас посмотрел на часы, – что двадцать минут назад все было в порядке.

Вдалеке раздавались мерные удары и звон стекла. А затем, пока он сидел с разинутым ртом, произошло нечто еще более странное. Ставни столовой распахнулись, и служанка в шляпе и пальто появилась в окне, судорожно стараясь поднять раму. Вдруг возле нее появился еще кто-то и стал помогать ей. Доктор Кемп! Еще минута – окно открылось, и служанка вылезла из него; она бросилась бежать и исчезла в кустах. Мистер Хилас встал, нечленораздельными возгласами выражая свое волнение по поводу столь поразительных событий. Он увидел, как Кемп взобрался на подоконник, выпрыгнул в окно и в ту же минуту появился на дорожке, обсаженной кустами; он бежал, пригнувшись, словно прячась от кого-то. Он исчез за кустом, потом показался опять возле изгороди со стороны открытого поля. В один миг он перелез изгородь и кинулся бежать вниз по косогору, прямо к беседке мистера Хиласа.

– Господи! – воскликнул мистер Хилас, пораженный страшной мыслью. – Это тот мерзавец Невидимка! Значит, все правда!

Для мистера Хиласа такая мысль означала: немедленно действовать, и кухарка его, наблюдавшая за ним из окна верхнего этажа, с удивлением увидела, как он ринулся к дому со скоростью добрых девяти миль в час.

– Чего это он так испугался? – пробормотала кухарка. – Мчится как угорелый.

Раздалось хлопанье дверей, звон колокольчика и голос мистера Хиласа, оравшего во все горло:

– Заприте двери! Заприте окна! Заприте все! Невидимка идет!

Весь дом тотчас же наполнился криками, шумом и топотом бегущих ног. Мистер Хилас сам побежал закрывать балконные двери, и тут из-за забора показалась голова, плечи и колени Кемпа. Еще минута – и Кемп, перемахнув через грядку спаржи, помчался по теннисной площадке к дому.

– Нельзя, – сказал мистер Хилас, задвигая засов. – Мне очень жаль, если он гонится за вами, но сюда нельзя.

К стеклу прижалось лицо Кемпа, искаженное ужасом. Он стал стучать в балконную дверь и неистово рвать ручку. Видя, что все напрасно, он пробежал по балкону, спрыгнул в сад и начал стучаться в боковую дверь. Потом выскочил через боковую калитку, обогнул дом и пустился бежать по дороге. И едва успел он скрыться из глаз мистера Хиласа, все время испуганно смотревшего в окно, как грядку спаржи безжалостно смяли невидимые ноги. Тут мистер Хилас помчался по лестнице наверх и дальнейшего хода охоты уже не видел. Но, пробегая мимо окна, он услышал, как хлопнула боковая калитка.

Выскочив на дорогу, Кемп, естественно, побежал под гору. Таким образом, ему пришлось теперь самому совершить тот же пробег, за которым он следил столь критическим взором из окна своего кабинета всего лишь четыре дня тому назад. Для человека, давно не упражнявшегося, Кемп бежал неплохо, и хотя он побледнел и обливался потом, мысль его работала спокойно и трезво. Он несся крупной рысью, и когда попадались неудобные места, неровный булыжник или осколки разбитого стекла, ярко блестевшие на солнце, то бежал прямо по ним, предоставляя невидимым босым ногам своего преследователя избирать путь по собственному усмотрению.

Впервые в жизни Кемп обнаружил, что дорога по холму необычайно длинна и безлюдна и что до окраины города там, у подножия холма, необыкновенно далеко. На свете нет более трудного и медлительного способа передвижения, чем бег. Виллы, дремавшие под полуденным солнцем, по-видимому, были заперты наглухо. Правда, это было сделано по его собственному указанию. Но хоть бы кто-нибудь догадался на всякий случай следить за происходящим! Вдали начал вырисовываться город, море скрылось из виду, внизу были люди. К подножию холма как раз подъезжала конка. А там полицейское управление. Но что это слышно позади, шаги? Ходу!

Люди внизу смотрели на него; несколько человек бросилось бежать. Дыхание Кемпа стало хриплым. Теперь конка была совсем близко, в кабачке «Веселые крикетисты» шумно запирали двери. За конкой были столбы и кучи щебня для дренажных работ. У Кемпа мелькнула мысль вскочить в конку и захлопнуть двери, но он решил, что лучше направиться прямо в полицию. Через минуту он миновал «Веселых крикетистов» и очутился в конце улицы, среди людей. Кучер ковки и его помощник, бросив выпрягать лошадей, смотрели на него разинув рты. Из-за куч щебня выглядывали удивленные землекопы.

Кемп немного замедлил бег, но, услышав за собой быстрый топот своего преследователя, опять поднажал.

– Невидимка! – крикнул он землекопам, неопределенно махнув рукой назад, и, по счастливому наитию, перескочил канаву, так что между ним и Невидимкой очутилось несколько дюжих мужчин. Оставив мысль о полиции, он свернул в переулок, промчался мимо тележки зеленщика, помедлил мгновение у дверей колониальной лавки и побежал по бульвару, который выходил на главную улицу. Дети, игравшие под деревьями, с криком разбежались при его появлении, раскрылось несколько окон, и разгневанные матери что-то кричали ему вслед. Он снова выбежал на Хилл-стрит, ярдов за триста от станции конки, и увидел толпу кричащих и бегущих людей.

Он взглянул вдоль улицы по направлению к холму. Ярдах в двенадцати от него бежал рослый землекоп, громко бранясь и размахивая лопатой; следом за ним мчался, сжав кулаки, кондуктор конки. За ними бежали еще люди, громко крича и замахиваясь на кого-то. С другой стороны, по направлению к городу тоже спешили мужчины и женщины, и Кемп увидел, как из одной лавки выскочил человек с палкой в руке.

– Окружайте его! Окружайте! – крикнул кто-то.

Кемп вдруг понял, что положение резко изменилось. Он остановился, переводя дух, и огляделся.

– Он где-то здесь! – крикнул он. – Оцепите…

– Ага! – раздался Голос.

Кемп получил жестокий удар по уху и зашатался; он попытался обернуться к невидимому противнику, но еле устоял на ногах и ударил в пустое пространство. Потом он получил сильный удар в челюсть и свалился на землю. Через секунду в живот ему уперлось колено и две руки яростно схватили его за горло, но одна из них действовала слабее другой. Кемпу удалось разжать кисти рук Невидимки, послышался громкий стон, и вдруг над головой Кемпа взвилась лопата землекопа и с глухим стуком опустилась. На лицо Кемпа что-то капнуло. Руки, державшие его за горло, вдруг ослабели, судорожным усилием он освободился, ухватил обмякшее плечо своего противника и навалился на него, прижимая к земле невидимые локти.

– Я поймал его! – взвизгнул Кемп. – Помогите, помогите! Он здесь. Держите его за ноги!

Секунда – и на место борьбы ринулась вся толпа. Посторонний зритель мог бы подумать, что тут разыгрывается какой-то ожесточенный футбольный матч. После выкриков Кемпа никто уже не сказал ни слова, слышался только стук ударов, топот ног и тяжелое дыхание.

Невидимке удалось нечеловеческим усилием сбросить с себя нескольких противников и подняться на ноги. Кемп вцепился в него, как гончая в оленя, и десятки рук хватали, колотили и рвали невидимое существо. Кондуктор конки поймал его за шею и снова повалил на землю.

Опять образовалась груда барахтающихся тел. Били, нужно сознаться, немилосердно. Вдруг раздался дикий вопль: «Пощадите! Пощадите!» – и быстро замер в придушенном стоне.

– Оставьте его, дурачье! – крикнул Кемп глухим голосом, и толпа подалась назад. – Он ранен, говорят вам. Отойдите!

Наконец удалось оттеснить сгрудившихся разгоряченных людей, и все увидели, что доктор Кемп опустился на колени, как бы повиснув дюймах в пятнадцати от земли; он прижимал к земле невидимые руки. Полисмен держал невидимые ноги.

– Не выпускайте его! – крикнул землекоп, размахивая окровавленной лопатой. – Прикидывается!

– Он не прикидывается, – сказал Кемп, становясь на колени возле невидимого тела, – и, кроме того, я держу его крепко. – Лицо у Кемпа было разбито и уже начинало опухать; он говорил с трудом, из губы текла кровь. Он поднял руку и, по-видимому, стал ощупывать лицо лежащего. – Рот весь мокрый, – сказал он и вдруг вскрикнул: – Боже праведный!

Кемп быстро встал и снова опустился на колени возле невидимого существа. Опять началась толкотня и давка, слышался топот подбегавших любопытных. Из всех домов выскакивали люди. Двери «Веселых крикетистов» распахнулись настежь. Говорили мало.

Кемп водил рукой, словно ощупывал пустоту.

– Не дышит, – сказал он. – И сердце не бьется. Бок у него… ох!

Какая-то старуха, выглядывавшая из-под локтя рослого землекопа, вдруг громко вскрикнула.

– Глядите! – сказала она, вытянув морщинистый палец.

И, взглянув в указанном ею направлении, все увидели контур руки, бессильно лежавшей на земле; рука была словно стеклянная, можно было разглядеть все вены и-артерии, все кости и нервы. Она теряла прозрачность и мутнела на глазах.

– Ого! – воскликнул констебль. – А вот и ноги показываются.

И так медленно, начиная с рук и ног, постепенно расползаясь по всем членам до жизненных центров, продолжался этот странный переход к видимой телесности. Это напоминало медленное распространение яда. Сперва показались тонкие белые нервы, образуя как бы слабый контур тела, затем мышцы и кожа, принимавшие сначала вид легкой туманности, но быстро тускневшие и уплотнявшиеся. Вскоре можно было различить разбитую грудь, плечи и смутный абрис изуродованного лица.

Когда наконец толпа расступилась и Кемпу удалось встать на ноги, то взорам всех присутствующих предстало распростертое на земле голое, жалкое, избитое и изувеченное тело человека лет тридцати. Волосы и борода у него были белые, не седые, как у стариков, а белые, как у альбиносов, глаза красные, как гранаты. Пальцы судорожно скрючились, глаза были широко раскрыты, а на лице застыло выражение гнева и отчаяния.

– Закройте ему лицо! – крикнул кто-то. – Ради всего святого, закройте лицо!

Тело накрыли простыней, взятой в кабачке «Веселые крикетисты», и перенесли в дом. Там, на жалкой постели, в убогой, полутемной комнате, среди невежественной, возбужденной толпы, избитый и израненный, преданный и безжалостно затравленный, окончил свой странный и страшный жизненный путь Гриффин – первый из людей, сумевший стать невидимым. Гриффин – даровитый физик, равного которому еще не видел свет.

ЭПИЛОГ

Так кончается повесть о необыкновенном и гибельном эксперименте Невидимки. А если вы хотите узнать о нем побольше, то загляните в маленький трактир возле Порт-Стоу и поговорите с хозяином. Вывеска этого трактира – доска, в одном углу которого изображена шляпа, а в другом – башмаки, а название его такое же, как заглавие этой книги. Хозяин – низенький, толстенький человечек с длинным носом, щетинистыми волосами и багровым лицом. Выпейте побольше, и он не преминет подробно рассказать вам обо всем, что случилось с ним после описанных выше событий, и о том, как суд пытался отобрать найденные при нем деньги.

– Когда они убедились, что нельзя установить, чьи это деньги, то стали говорить, – вы только подумайте! – будто со мной надо поступить, как с кладом. Ну, скажите сами, похож я на клад? А потом один господин платил мне по гинее в вечер за то, что я рассказывал эту историю в мюзик-холле.

Если же вы пожелаете сразу остановить поток его воспоминаний, то вам стоит только спросить его, не играли ли роль в этой истории какие-то рукописные книги. Он скажет, что книги действительно были, и начнет клятвенно утверждать, что, хотя все почему-то считают, будто они и посейчас находятся у него, это неправда, их у него нет!

– Невидимка сам забрал их у меня, спрятал где-то, еще когда я удрал от него и скрылся в Порт-Стоу. Это все мистер Кемп сочиняет, будто книги у меня.

После этого он всякий раз впадает в задумчивость, украдкой наблюдает за вами, нервно перетирает стаканы и наконец выходит из комнаты.

Он старый холостяк, у него издавна холостяцкие вкусы, и в доме нет ни одной женщины. Всю свою верхнюю одежду, части своего костюма он застегивает при помощи пуговиц – этого требует его положение, – но когда дело доходит до подтяжек и более интимных частей туалета, он все еще прибегает к веревочкам. В деле он не очень предприимчив, но весьма заботится о респектабельности своего заведения. Движения его медлительны, и он склонен к задумчивости. В местечке он слывет умным человеком, его бережливость внушает всем почтение, а о дорогах Южной Англии он сообщит сам больше сведений, чем любой путеводитель.

А в воскресенье утром – каждое воскресенье в любое время года – и каждый вечер после десяти часов он отправляется в гостиную, прихватив стакан джина, чуть разбавленного водой, после чего тщательно запирает дверь, осматривает шторы и даже заглядывает под стол. Убедившись в полном своем одиночестве, он отпирает шкаф, затем ящик в шкафу, вынимает оттуда три книги в коричневых кожаных переплетах и торжественно кладет их на середину стола. Переплеты истрепаны и покрыты налетом зеленой плесени (ибо однажды эти книги ночевали в канаве), а некоторые страницы совершенно размыты грязной водой. Хозяин садится в кресло, медленно набивает глиняную трубку, не отрывая восхищенного взора от книг. Затем он пододвигает к себе одну из них и начинает изучать ее, переворачивая страницы то от начала к концу, то от конца к началу. Брови его сдвинуты и губы шевелятся от усилий.

– Шесть, маленькое два сверху, крестик и закорючка. Господи, вот голова была!

Через некоторое время усердие его слабеет, он откидывается на спинку кресла и смотрит сквозь клубы дыма в глубину комнаты, словно видит там нечто недоступное глазу обыкновенных смертных.

– Сколько тут тайн, – говорит он, – удивительных тайн… Эх, доискаться бы только! Уж я бы не так сделал, как он. Я бы… эх! – Он затягивается трубкой.

Тут он погружается в мечту, в неумирающую волшебную мечту его жизни. И, несмотря на все розыски, предпринимаемые неутомимым Кемпом, ни один человек на свете, кроме самого хозяина трактира, не знает, где находятся книги, в которых скрыта тайна невидимости и много других поразительных тайн. И никто этого не узнает до самой его смерти.

ОГЛАВЛЕНИЕ